Süddeutsche Zeitung Bibliothek – München erlesen | **Herbert Achternbusch** – Die Olympiasiegerin • **Alfred Andersch** – Der Vater eines Mörders • **Friedrich Ani** – Süden und der Straßenbahntrinker • **Ernst Augustin** – Die Schule der Nackten • **Max Bronski** – München Blues • **Lena Christ** – Die Rumplhanni • **Lion Feuchtwanger** – Erfolg • **Oskar Maria Graf** – Wir sind Gefangene. Ein Bekenntnis • **Ödön von Horváth** – Der ewige Spießer • **Wolfgang Koeppen** – Tauben im Gras • **Annette Kolb** – Die Schaukel • **Walter Kolbenhoff** – Schellingstr. 48. Erfahrungen mit Deutschland • **Thomas Mann** – München leuchtete • **Andreas Neumeister** – Salz im Blut • **Gräfin Franziska zu Reventlow** – Herrn Dames Aufzeichnungen • **Josef Ruederer** – Das Erwachen • **Andrea Maria Schenkel** – Kalteis* • **Siegfried Sommer** – Und keiner weint mir nach • **Ludwig Thoma** – Münchnerinnen • **Uwe Timm** – Heißer Sommer • **Karl Valentin** – Die Jugendstreiche des Knaben Karl

Ausgewählt von der Feuilletonredaktion der Süddeutschen Zeitung | 2008

Süddeutsche Zeitung Bibliothek
München erlesen

* exklusiv für Bezieher der Gesamtedition, in dieser Ausgabe nicht als Einzelband erhältlich

SIEGFRIED SOMMER

UND KEINER WEINT MIR NACH

SIEGFRIED SOMMER

UND KEINER WEINT MIR NACH

ROMAN

Süddeutsche Zeitung Bibliothek

Bibliografische Information der Deutschen Nationalbibliothek
Die Deutsche Nationalbibliothek verzeichnet diese Publikation in der Deutschen Nationalbibliografie.
Detaillierte bibliografische Daten sind im Internet über http://dnb.d-nb.de abrufbar.

Der vorliegenden Ausgabe liegt die unveränderte Neuausgabe des 1996 im Paul List Verlag erschienenen Buches zugrunde.
Die Erstausgabe erschien 1954 im Süddeutschen Verlag München.
Lizenzausgabe der Süddeutschen Zeitung GmbH, München
für die Süddeutsche Zeitung Bibliothek 2008, München erlesen

Titelfoto: Eberhard Wolf
Autorenfoto: picture-alliance/dpa
Klappentext: Dr. Harald Eggebrecht
Gestaltung: Eberhard Wolf
Grafik: Dennis Schmidt
Projektleitung: Dirk Rumberg
Produktmanagement: Sabine Sternagel
Satz: vmi, Manfred Zech
Herstellung: Hermann Weixler, Herbert Schiffers
Druck und Bindearbeiten: CPI – Ebner & Spiegel, Ulm
Printed in Germany
ISBN 978-3-86615-627-2

Es waren drei Zehnpfennigstücke und sieben alte Kupferpfennige in dem Papier. Auf dem Gitterrost vor der Haustür stand Marilli Kosemund und weinte von links nach rechts. Ihr junger Mund riß langsam auseinander wie der Schlitz in einer Gummischürze. Jedesmal, wenn beim Weinen die hohen Töne drankamen, horchte sie ihnen lange nach und wurde schläfrig dabei. Der Hausmeister Herrlich kam im porösen Trikothemd und holte das Geld aus dem Kellerschacht. Als er das Gitter wieder in den Zementfalz zurückzwängte, zwickte er sich den Handballen blasig. Da würgte er einen sündhaften Fluch zurück, denn er war beim Christlichen Männerverein. Immerhin aber sagte er zischend zu Marilli:

»Wechselbalg.«

Als ob die Trambahn darübergefahren wäre, so hörte das helle Weinen der Marilli plötzlich auf. Sie ließ die Tränen, die sie noch am Nasenflügel kitzelten, einfach trocknen, und als sie beim Randstein war, dachte sie schon wieder an etwas Entferntes. Dazu sagte sie dauernd vor sich hin, was sie bei der Milchfrau holen sollte. Es war nicht viel.

Auf den steinernen Stufen vor dem Milchgeschäft Mägerlein saßen zwei Buben. Sie waren barfuß. Einer trug eine blaue Kammgarnhose, die eine Handbreit übers Knie ging. Auf alten Fotografien sind solche Hosen noch manchmal abgebildet. Zwischen seinen Händen hielt er eine doppelte Schnur, die mit ihren Enden über beide Mittelfinger lief. Ein zahngelber Mantelknopf, talergroß, war auf die Schnur gefädelt, die zusammengedreht war wie die Fasern eines Strickes. Wenn der Bub die Schnur spannte und wieder lockerließ, drehte sich der Knopf ganz schnell. Besonders aber, wenn er die Schnur spannte. Der andere Bub hatte kein solches Spielzeug und sah nur sinnend auf seinen Zehennagel hinunter, der blauschwarz war und im Begriff abzugehen. Schließlich probierte er, wie lange der Nagel noch halten würde. Als die

Marilli mit dem Emailküberl aus dem Laden kam, fünf Pfennig Schulden zurücklassend, blutete der Nagel. Es kam dunkelrotes, ungutes Blut heraus, zwei Tropfen. Da sagte das Kind mit dem Milchküberl:

»Des freut mich.«

Der eine Bub gab ihr keine Antwort, und der andere drehte den Knopf so schnell wie die ganze letzte halbe Stunde nicht. Die Marilli ging auf dem Randstein um die Kurve und paßte auf, daß sie auf keinen Verbindungsstrich trat. Dazu sang sie glücklich: »Pommerland ist abgebrannt.« Endlich meinte der mit dem Nagel:

»Des muß er büßn.«

Der andere zog die Schnur an und sagte:

»Er is ja dein Freund, da hastn.«

Seine Stimme war süß, zwei Drittel Hohn und der Rest Beleidigtsein. Schadenfreude war auch dabei.

Der Verletzte sagte nur:

»Fahr die Schnur einmal her.«

Die Straße, an der das grindige Mietshaus stand, war nur entlang der Häuserfront gepflastert. Dann kam ein langes Stück, wo sie sandig war. Der Sand war so fein wie Mehl oder wohl noch feiner. Ihn scharrten die Acht- und Zehnjährigen zu kleinen Häuferln zusammen und schlugen dann mit den Zehen hinein. Mit Anlauf, wie beim Fußballspielen. Das gab einen Staubpilz, gleich mannshoch. Vorgestern hatte der Rupp Bubi ein besonders schönes Häuferl hergerichtet und zum Leonhard gesagt:

»Des is meins.«

Darauf schoß der sofort einen prächtigen Strafstoß. Aber im Sandmehlbergerl war ein kartoffelgroßer Stein als Überraschung. Es tat zuerst gar nicht weh, als es leise knackste und das Zehenglied sanft abwärtshing. Doch im kühlen Hausgang, den der Leo hüpfend erreichte, kamen der Schmerz und die Wut daher und preßten dem Buben saures Wasser aus den Augen. Er hielt seinen Fuß mit der rechten Hand, während er auf den Steinstufen im Halbdunklen saß und mit dem Daumen der linken Hand die weißen Gipsfurchen des glasiggrünen Fliesenbelages nachmalte. Er sah jetzt, daß sie schon oft von anderen Kindern mit Pastellfarbstiften oder einem Glasscherben nachgeritzt worden waren. Dann grüßte er den Wohnungsinspektor Leer, der in seinem Gummimantel das Treppenhaus herunterkam. Als der automatische Türschließer seufzte, sah er, daß es ein Fremder war. Aha, darum hatte der nicht zurückgegrüßt. Solche Gummimäntel gab es aber auch viel. Beim Kaufhaus Gutmann waren die ausgestellt. Zweiundvierzig Mark.

Das Haus, in dem Leonhard Knie wohnte, gehörte einer großen Versicherungsgesellschaft. Die Versicherung hatte viele solche Häuser. Sie waren alle häßlich, vierstöckig und besaßen Etagenbäder. Laut Rentabilitätsberechnung waren sie eben im Begriff, sich zum fünften Male zu amortisieren. Gegenwärtig wurden vom Mietüberschuß des einen Hauses folgende Ausgaben bestritten: Das Grundieren der Balkongitter mit roter Mennige, zwei 15-Watt-Lampen für Waschhausbeleuchtung und ein Kanister minderes Bodenöl für die Treppen. Ferner wurden bezahlt: Der Kuraufenthalt des Prokuristen Amend in Badgastein, eine Brücke im linken Unterkiefer seiner Frau, mehrere zweiteilige Brüsseler Kombinationen für die sechsundzwanzigjährige, etwas lesbische Tochter des Hauptaktionärs sowie das Aufbinden der Maréchal-Niel-Rosen im Seegrundstück des Aufsichtsratsvorsitzenden. Nicht zu vergessen auch dessen Putzfrau. Den Rest des Gewinnes versteckte der flaschenköpfige und sehr ergebene Hauptbuchhalter in seiner Jahresbilanz wie der Osterhase die Eier. Der Eingang und der Treppenaufgang des Hauses waren zuletzt geweißt worden, als Freiherr von Hünefeld den Ozean überflog. Das war nun doch schon recht lange her, und von dem ursprünglichen Licht- und Schattenmuster war nur mehr der Schatten geblieben. Seitdem hatten mehrere Jahrgänge die Wände, vornehmlich unter Verwendung von kleinen grünen Kastanien, Zimmermannsbleistiften und Ziegelbrocken, mit unterhaltsamen Informationen oder Gemälden versehen.

Ja, das tut wohl, stand gleich beim eisernen Fußabstreifer. Jeder Erwachsene wußte, was der Schreiber gemeint hatte. Im ersten Stock stand dreimal und etwas rätselhaft untereinander *freili, freili, freili*. Dann folgte ein Indianerkopf in Pastell. Dieses Porträt war ein früher Leonhard Knie. Ausgerechnet die Marilli hatte Wangu, den Apatschen, mit einem energischen Schnurrbart verziert. Bis zum zweiten Stock lief in sechzig Zentimeter Höhe eine tiefe Rille. Auch sie stammte von der hoffnungsvollen Kosemund. Es war die Führungsfurche für ihren Hausschlüssel, den sie seit Jahren von ihrer jungen Hüfte aus beim Sachholen im Verputz ansetzte. Ein paar Blutspritzer vom Kirchweihhasen Viktor, der beim Hinauftragen noch einmal völlig überraschend und sinnlos gezuckt hatte, befleckten die Kalkhaut im dritten Stock.

Zusammen mit den runden Abdrücken eines Fußballes Numero drei ohne Nahtschutz ergaben sie fast ein Stilleben. Neben einer Wohnungstür war mit Charakterschrift verkündet *Geizige Schlampe*, während ganz oben im vierten Stock, der den größten Treppenvorplatz hatte, viele Stanniolpapierbecher mit zementfestem Konsumbrot an der Decke klebten. Diese Kelche wären niemals vorgekommen, wenn der Rupp Bubi nicht aufgehört hätte, Stanniolpapier für die armen Heidenkinder zu sammeln.

Natürlich besaß das Haus auch einen Wäschespeicher, der von einer eisernen Tür erfolgreich verschlossen wurde. Der übrige Speicherraum war durch ungehobelte, doch exakt vierkantige Latten abgeteilt. In diesen Abteilen bemühten sich satte Hundertschaften von Holzwürmern, einsame, aber mürrische Wanzen sowie viele veraltete Motten, den Plunder und Pofel aufzuarbeiten. Auf dem architektonisch sehr witzigen Dacherker über dem Scheitel des Hauses drehte sich nicht zu Unrecht eine staatenlose Phantasiefahne. Sie war ganz aus Zinkblech und saß auf einer kopfgroßen Kugel, in der sich Bleischrot befand. Dies entdeckte der Leonhard erst in seinem zwölften Lebenslenz.

Dreizehn Stufen tief oder lang war die Kellertreppe. Jeder Hausinwohner hatte sie schon oft gezählt – und deshalb war diese Zementleiter an allerhand, was so tagsüber passierte, schuld. Auch die einzelnen Keller waren quadratisch eingezäunt. Der größte, der von innen völlig mit Rupfensäkken der Firma Herzog und Heinrich verhangen war, gehörte dem Hausverwalter, nicht dem Hausmeister. Den zweitgrößten besaßen zum allgemeinen Ärgernis die Kosemunds. Im Gegensatz zum Speicher konnte man nicht über den Zaun der Kellerparzellen, der bis an die Betondecke ging, klettern. Die Kellertür war fast immer unversperrt. Hinter ihr standen eine Schneeschaufel, eine vom Rost schlampig angebissene Koksgabel und auch die gestauchte Vordergabel eines längst geschlachteten Damenfahrrades.

Die Hoftür war so geistreich angeschlagen, daß sie sich beim Öffnen mit der Kellertür stritt. Obwohl es in der Hoftürecke erbärmlich zog, tat diese immer ihren Dienst und war nie krank. Das machte wohl der omelettdicke Speckülberzug, der sie warm hielt. Draußen vor der Tür gähnten acht Aschentonnen an den Tagen, an denen sie geleert waren. Sonst liefen sie vor Dreck über. Der Hofboden war dunkel und weich getreten, als wäre er aus warmem Hausbrot geknetet worden. Eine Teppichstange wuchs plötzlich heraus. Ferner kränkelte ein Tbc-verdächtiger Hollerbaum vor sich hin. Mehrere Grasbüschel strebten aus boshaften Erdbuckeln wie Warzenhaare. Der Hof hatte zwei Wände aus müden Brettern. Die dritte Wand war die Hausmauer des Nachbargebäudes. Das war alles.

Zweiundzwanzig eckige Fensteraugen sahen gleichzeitig auf die vier langen Ulmen, die sich vor dem Angesicht des Hauses wie eine Hand ohne Daumen erhoben. Diese Bäume waren uninteressant, denn sie konnten von den Buben kaum bestiegen werden. Sie besaßen keine Buckel oder Löcher. Außerdem färbten sie grün ab. Nur der Bubi Rupp, dessen Balkon fast in die Baumwipfel mündete, überlegte sich lange Jahre, ob die Äste brechen würden, wenn er einmal in naher Zeit von den Blumenkisteln aus hinüberspringen würde. Als er es endlich probieren wollte, war aber gerade aus steuertechnischen Gründen wieder einmal der Mennigemaler da. So wurde ein großes Problem, das sicher die ganze Straße bewegt hätte, niemals gelöst.

Zwischen dem dritten und vierten Baum hatte der Boden zu einer Mulde nachgegeben. Wenn es regnete, sammelte sich dort das Wasser und floß erst ab, wenn man mit einem Regenschirmstangerl die verstopfte Randsteinrinne durchstocherte.

Am Sonntag gegen elf Uhr machte der Privatgelehrte Willi Herbst zehn Kniebeugen unter der dritten der vier Ulmen. Alle Hausinwohner warteten schon darauf. Herr Herbst kam seit zwanzig Jahren am Sonntag zu seiner alten Schwester zum Essen. Einmal machte er aus Versehen nur acht Kniebeugen. Da war fast das ganze Haus beunruhigt.

Und das waren die Leute, die im Mietshaus 46 in der Mondstraße wohnten. Im Hausgang hingen zwar neben der Benutzungsvorschrift für Gasbeleuchtungskörper, die stark fliegengesprenkelt war, zwei graue Tafeln mit auswechselbaren Namensschildern. Die stimmten aber schon nicht mehr, seit sie der schielende Hausmeister-Willi in der achten Klasse angefertigt hatte. Der Willi war jetzt bereits zweifacher unehelicher Vater. So schnell verging die Zeit. Wenn man errechnete, daß zweiundsiebzig Figuren in der alten Rentenburg hausten und daß jede im Durchschnitt sechzig Jahre alt wurde, so mußte mindestens in jedem Jahr eine abkratzen. Dieser Umstand ergab zusammen mit dem Einheiraten, mit Wohnungswechsel, der allerdings selten vorkam, weil die Mieter ihren gewohnten Wirsching-Mief nicht gern mit fremdem Rinderfett-Geranzel vertauschten, und mit eventuellen Totalabwanderungen die ›Verschiebung und Erneuerung des Mieterspiegels‹, wie Prokurist Amend bei der Vollversammlung geistreich und hochdeutsch sagte. Im allgemeinen hingen die Mondstraßler, insbesondere die von Nummer 46, mit sanfter Liebe und dumpfem Beharrungsvermögen an ihrem Haus. Fast alle liebten leise das befreiende Scharren der porzellanenen Abortzuggriffe, das Herunterlassen der Milchladenjalousien und das Geschepper der Radfelgen, die von dem zockelnden Kinderhaufen über das Trottoir getrieben wurden. Selbst die Kreissägestimme der Hausmeisterin wurde mit zartem Masochismus genossen. Es gab da keinen, der aus dem Zuschnappen einer Wohnungstür nicht genau die Stimmung, den Gesundheitszustand oder den Erfolg des absolvierten

Tagewerkes seiner Mitbewohner hätte heraushören können. Jedes Knarzen einer Stiefelsohne, das Abstellen der Fahrräder in den Stockwerken, das Schnaufen der Mütter mit den gefüllten Kohlenkübeln, die nassen Streifen einer gewischten Treppe und das blecherne Geräusch beim Briefkastenaufsperren wurden haargenau und treffend analysiert.

Wenn ihr ›Mandi‹ abends aufsperrte, erkannte Frau Blätsch, die doch bestimmt nicht die hellste war, am Klingeln seines Schlüsselbundes schon seine ehelichen Absichten. Und sie richtete sich danach. Die Art des Zusammenlebens in dem Haus hatte einen Grad von Harmonie erreicht, den man auch als Monotonie bezeichnen konnte. Immerhin besaß aber jedermann eine besondere Individualität, die er stolz ›sein Leben‹ nannte.

Im vierten Stock tat dies vor allem in ihrer zweizimmrigen Mansarde Fräulein Sidonie Innig. Oft hatte sie schon festgestellt, daß ihr der liebe Gott, wie so vielen anderen Mitmenschen, den einzig richtigen Namen ausgesucht hatte. Sie war in hohem Grade innig, wenn auch schon dreiundfünfzig, und sie wußte beides. Sidonie lebte von einer Rente, die ihr ein Papierwarengroßhändler zahlen mußte. Ihre Mutter selig war Teilhaberin in dem Geschäft gewesen. Als Sidonie dreiundzwanzig Jahre alt war, geschah an ihr die große Liebe, die sie bis heute hervorragend konserviert hatte. Wie sich manche Leute an den Besteckkästen und ihrem Silber ergötzen konnten, die sie zum Hochzeitstage bekommen und getreu nach deutschem Brauchtum seitdem nie mehr benutzt hatten, so freute sich Fräulein Innig stets an dem Geschenk der einzigen Liebe. Sie war so echt gewesen, daß man sie niemals zu polieren brauchte. Nullkommaneunzig gestempelt. Alle die kleinen Kapitel ihrer Liebesnovelle fielen zeitlich mit melancholischen oder zärtlichen Schlagern zusammen. Als sie der Helmut zum erstenmal in dem alten Café bei der Bahnüberführung zum Tanzen holte, spielten sie gerade die Melodie:

›Adieu, mein kleiner Gardeoffizier.‹

Natürlich war er kein Gardeoffizier gewesen, sondern Schriftsetzer, aber sie liebte ihn vom ersten Tangoschritt an, mit dem er sanft versuchte, ihre züchtig geschlossenen Knie ein wenig zu öffnen. Beim Heimgehen gab er ihr auf der Höhe vom Hillerhausblock den ersten Kuß, den er etwas ungeschickt ansetzte, so daß er nur ihr Kinn traf. Schon am Sonntag darauf passierte es aber. Es war auf einer dürren Grasinsel in den Anlagen beim kleinen Hinterbrühler See. Wenn die Sidonie etwas mehr Geld hätte, würde sie dieses Fleckerl Erde heute noch kaufen. Hernach brachte sie der Helmut zart auf die Straßenbahn und begleitete sie heim. Sie war ja immerhin schon dreiundzwanzig, damals.

Dann kam eine lange Zeit, in der sie miteinander gingen; das ganze Haus wußte es, daß der Helmut *ihr Herr* war. Sie hatten sich beim Frühlingsfest mit der Nagelschere der Sidi leicht in die Zeigefinger gestochen und die zwei dünnen Blutströpfelchen am Rand ihres gemeinsamen Bowlenglases abgestreift. Der rote Lebenssirup zog mehrere geheimnisvolle Fadenspiralen im süßen Ananastrunk, und dann leerten sie den Becher. Das galt.

Seinerzeit war der Schlager von der guten Kameradin modern. ›Mach was du willst mit mir‹, sang die Sidi im Augenblick des Glückes mit schleifenden Schritten auf dem Fliesenparkett unter den Kastanien. Der Helmut machte das auch, wenn es nur irgendwie ging. Sie hatte ihn so lieb, daß sie oft weinte vor Sehnsucht, und ihr Gefühl war fast chemisch rein. Dann kam ein maßloser Unsinn. Der Vater vom Helmut, der Beamter war, wurde versetzt, nach Dresden. Helmut ging mit, sie aber mußte dableiben und ihre Liebe auch. Sie fuhren mit der Linie 12 zum Hauptbahnhof. Er stand am Einsteiggitter, und die Sidi las ständig die völlig blödsinnige Aufschrift *Linke Hand am linken Griff.*

Dann ging sie schnell heim und hielt die beiden Hände um ihr Herz, wie bei einer Kerze, die nicht auslöschen darf. Zu Hause bettete sie ihre Liebe in ein luftdichtes Phantasiefutteral, das innen blau ausgefüttert war. Sie schrieb ihm nie mehr. Dies hatten sie sich am Abschiedsabend unter schluchzend nassen Tränenküssen versprochen. Das tut noch extra gemein weh. Die salzigen Tränen waren aber gleichzeitig die Medizin, mit der die Sidi ihr erstes Glück einbalsamierte.

Alle Schallplatten, die es aus dieser Zeit gab, kaufte sie sich. Später ging sie schon noch mit ein paar anderen Herren. Als sie über Dreißig war und die Mutter starb, sagte sie, ›man ist ziemlich allein‹. Sie trug aber von da ab sonderbare Frisuren, die sie selbst erfand. Auch farbige Schleifen oder eine rote Aster mochte sie gerne im Haar. In der Leihbibliothek war sie eine gute Kundin. Einmal kaufte sie sich einen Hund, aber der wurde schon am dritten Tag ganz schnell überfahren. Da blieb sie wieder allein und sang ein bißchen. Alle Leute im Haus konnten sie gut leiden.

Nicht so die Nachbarpartei, R. M. Dimmer. Schon das R. M. auf dem prahlerischen großen Messingschild war zu großkopfig. Ebenso großkopfig wie Rudolf Maria Dimmer selbst. Wenn einer schon Rudolf Maria hieß! Eine Tochter war auch da. Die hatten sie gleich gar Eugenie getauft. Niemand im Haus wußte zudem ganz genau, ob man Euge-*nie* oder Euge-*ni-e* sagte. Drum sagten die Leute auch meistens ›die junge Dimmer‹, die gewöhnlichen und stark empfindenden ›der Dimmer-Balg‹. Von ihren Eltern wurde die Eugenie auch ›Wisi‹ genannt. Das kam daher, weil sie sich so lange bemüht hatten, sie dieses Wort zu lehren, damit sie nicht mehr bettnäßte, was sie mit fünf Jahren noch geflissentlich tat. Die Unbeliebtheit der Dimmer kam von ihrer Angabe. Der Alte war Stangenholzhändler oder Kommissionär und hatte einen Chevrolet-Wagen. Die Frau trug trotz ihres breiten Beckens einen wulstigen Rotfuchsmantel, den die ganze Stadt kannte. Die Dimmers ließen sich auch nicht auf die Etagenbad-Tafel schreiben. Sie gingen demonstrativ jeden Freitag ins Pilgersheimer Wannenbad und kamen mit nassen Haaren heim. Das heißt, er nicht, denn sein Kopf war so kahl wie ein Benzinkanister. Auch in der Form war er etwa so. Als die Dimmer Eugenie in die Schule gehen mußte, bekam sie alle Tage ein Pausenpaket mit, in dem zwei Kuchenscheiben waren. Sie waren auch noch mit Butter dick bestrichen. So eine Angabe. Aber die Eugenie blieb schon in der ersten Klasse sitzen. Da erfand der junge Leonhard Knie, der einige Male in seinem kurzen Leben sehr geistreich war, folgenden Spruch:

›Dumm, dimme, Eugenie Dimmer.‹

Das war allerhand für einen Buben, der schließlich erst zwölf Jahre zählte.

An der dritten Tür im vierten Stock stand auf einer abgeschrägten Eisenplatte *Matthias Himmelreich, Tapezierermeister.* Das Wohnungs- und Firmenschild war ein Produkt des sehr praktischen Sohnes Melchior, das er mit einem spitzen Körner in tagelanger Heimarbeit vollbracht hatte. Meister Himmelreich besaß drei Buben, nämlich Kaspar, Melchior und Balthasar sowie zwei Töchter namens Elfriede und Leni. Es war seltsam, daß alle fünf Kinder im November und Dezember zur Welt gekommen waren. Es ließ auf eine besondere Aktivität des Meisters in den Monaten März und April schließen. Herr Rupp meinte dazu, der Himmelreich sollte dann statt Malzkaffee lieber Bleichsoda trinken.

Die Tapeziererbuben waren zu allen Jahreszeiten einheitlich kahl geschoren. Dies tat der Vater eigenhändig jedesmal am Samstagnachmittag. Er selbst aber trug einen malerischen Backenbart, der möglicherweise durch den häufigen Umgang mit Seegras auch dessen Farbe angenommen hatte. Die Himmelreichin war fast bei jeder Reparatur, die in einem nahen Mietsgartenschuppen ausgeführt wurde, persönlich anwesend. Waren Wanzen in den alten Kanapees und Ottomanen, meldete sie es sofort der Milchfrau Mägerlein, die für rasche Verbreitung dieser Nachricht Sorge trug.

Manchmal setzten aber die Himmelreich-Buben die aufgestöberten Roßhaarkröten auch in leeren Zündholzschachteln gefangen. Dann zeigten sie die Beute ihren Freunden, erklärten ihnen Gestüt und Stammbaum und stachen die Plüschpartisanen schließlich mit Stecknadeln zwischen die Schulterblätter, so wie man spanische Kampfstiere tötet.

Die Tapezierer-Leni hatte einen zurückgebliebenen Fuß und eine eiserne Gehmaschine. Weihnachten bekam sie deshalb von allen Hausinwohnern milde Gaben. Frau Himmelreich weinte dann jedesmal öffentlich, und die Leute verziehen ihr kurzfristig, daß sie eine so große Ratschen war.

Mit der Familie Jungverdorben hatte sich das Schicksal einen argen Schwank gestattet. Das war seinerzeit so gewesen: Kaspar Jungverdorben war städtischer Straßenwart, genaugenommen war er Straßenkehrer, wenn er auch im Winter vierundzwanzig Schneeräumer streng befehligte. Er kehrte meistens am Gollierplatz, in der Bergmann- und Kazmairstraße. Mag sein, daß es dort einen besonders interessanten Dreck gab, jedenfalls war's der Kaspar hoch zufrieden. Seine Frau Mathilde, ein Wesen, das aus Seufzern, selbstgemachten Fleckerlschuhen und vielen Kirchgängen bestand, war's auch. Da, an einem bellendkalten Frostmorgen, fand der Kaspar an der Hydrantenkurve bei der Westendstraße, also eigentlich außerhalb seines Reviers, einen handgenähten blauen Samtbeutel. Der Beutel hatte einen Verschluß mit einer Schnur. Kaspar zwängte seinen steifen Zeigefinger in den verhutzelten Verschluß, und dann stieg ihm ein säuerliches Gefühl in die Nase, wie wenn man Weißbier trinkt. Erst sah der Straßenwart nach links, sodann nach rechts, und hernach lehnte er seinen Besen mit dem flachen Eisenschäuferl an die rauh verputzte Wand. Auf seinen krummen Handteller schüttete er den Inhalt des Beutels. Goldene Ringe, zwei Broschen, Armreifen, Spangen und Ohrringe.

»Hm.« »Khm.« »Khmm.«

Das erste Gescheite, was ihm einfiel, war eine Zeile aus einem alten Märchenbuch – ›und siehe da, alles war von eitel Gold und Karfunkelstein‹. Hastig kehrte er weiter. Nur unauffällig bleiben! Er grüßte die alte Kramerin einsilbig. Zur Brotzeit holte er sich ein Zehntel Leberpreßsack und eine weiche Semmel. Nicht mehr als immer. Nur durch große Ausgaben bringen sich die meisten Verbrecher auf. Gegen zwei Uhr aber hatten Gewissen und Ehrlichkeit seinen langschwänzigen inneren Schweinehund halbtot gebissen. Den Besen stellte er in das Innere der hohlen Plakatsäule und ging aufs Fundbüro. Im Hausgang des Anwesens Nummer vier in der Martin-Greif-Straße nahm er jedoch mit hartem Kiefer eine goldene Kleeblatt-Anstecknadel mit Brillanten aus dem Beutel.

Er wickelte sie in das Silberpapier seiner Salem-Schachtel, zwängte im ersten Stock das lockere Zinkblech vor dem Stiegenhausfenster hoch und schob das Kleinod darunter. Diese Fundunterschlagung beging Kaspar Jungverdorben bewußt. Er hatte sich genau überlegt, daß seine Eigentumsbegriffe nicht ausreichen würden, um den ganzen Beutel zu behalten. Die gestohlene Brosche würde er moralisch tragen können. Das konnte er aushalten.

Das würde sein Gewissen verarbeiten. Eine Unehrlichkeit bis vielleicht tausend Mark. Höher kaum.

Lange sah der linksgescheitelte, sauerkrauthaarige Inspektor Lehner auf dem Fundbüro die Juwelen an. Bei verschiedenen Stücken nahm er sogar eine Art Brennglas, zog einen Augenwulst hoch und zwängte die Lupe so fest hinein, daß in seinem verzogenen Gesicht ein gelber Augenzahn sichtbar wurde. Dann nahm er das Protokoll auf, sagte, daß so ein Fund in seinen zweiunddreißig Dienstjahren noch nicht dagewesen wäre und gab dem Kaspar Jungverdorben einen gestempelten Ablieferungsschein. Dieser wußte selbst, daß ihm der Beutel nach einem Jahr gehören würde, wenn ihn der Verlierer nicht abholte. Das weiß doch jeder. In die Rubrik *Wert des Gegenstandes* hatte der Polizeiinspektor und Sachverständige Lehner siebzigtausend Mark geschrieben. Erst am vierten Tag sprach Jungverdorben mit seiner Frau. Die setzte sich auf eine einzelne Ecke des Küchenhockers.

»Weiß's sonst noch jemand?«

»Na.«

»Meinst, er holt's?«

»Weiß i net.«

»I mein, ob's d'meinst.«

»Weiß doch net.«

»Den Finderlohn muß er auf alle Fälle zahln.«

»Des muß er.«

Die Brosche hatte der Kaspar verschwiegen. Er holte sie am Dienstag, nahm ein Schweinefettpapier, wickelte sie ein, legte sie in eine Manoli-Blechschachtel und vergrub sie bei den Erdbeeren im Garten. In einem braunen Kuvert, das er in das verschließbare Vertikofach tat, war ein Zettel mit dem Lageplan der Schachtel. Auf dem Kuvert stand: *Nur im Todesfall zu öffnen.*

Dann kehrte der Kaspar Jungverdorben ein volles Jahr weiter, aber der schönste Dreck ließ ihn innerlich kalt. Abends lag er unter seinem Plümo mit rankendem Rosenmuster und sah zum Elfmillimeterrohr der Lichtleitung hinauf. Der Schlaf war weg. Es war beschlossen, daß im Falle der Nichtabholung ein Standregulator, ein Speiseservice und ein Boucléteppich gekauft werden sollten, auch Leintücher und Kopfkissenbezüge.

»Bettwasch kann man nie genug haben.«

Im Mietsgarten würde ein neues Gartenhäusl gebaut, und blaue Glaskugeln für die Rosenstücke müßten her. Sollte sich aber der Verlierer melden, kämen sechstausendfünfhundert Mark vom Finderlohn auf die Sparkasse. Der Rest war aufgeteilt für 40 Zentner Eierbriketts, 200 Kalkeier, das Ausweißeln der Wohnung und Ausgußsockel und das Einrichten des Elektrischen auf dem Klosett. In beiden Fällen aber bekäme die heilige Mutter Anna auch ihre Prozente ab. Zwei Messen für die armen Seelen im Fegefeuer und eine meterhohe Bienenwachskerze.

So, wie er stand, mit der Lodenjoppe, den welligen Rindlederschaftsstiefeln und einem drei Tage alten Drahtbürstenbart ging der Herr Jungverdorben nach zwölf Monaten und vier Tagen aufs Fundbüro. Als ob er nur einen verlorenen Fäustling abholen wollte, so kalt war er. Hinter der langen Barriere saß ein junger blonder Mensch. Er sah den Schein, schaute auf die Unterschrift und sagte respektlos: »Jessas, der Herr Lehner, der sieht auch die Kartoffeln schon lang von unten wachsen.«

Der alte Fundinspektor war an einer Embolie schnell gestorben. Der jetzige Kollege hatte drei Jahre gewartet, bis die Planstelle endlich frei wurde. Jetzt sah er in einem Buch nach und sagte: »Gratuliere, nicht abgeholt.«

Jedes Stück, das er aus dem Beutel nahm, hakte er in seinem Buch ab. Mit einem Patentbleistift, der mit vier Farben schrieb. Der Jungverdorben tat völlig uninteressiert, als wenn er das Finden längst gewöhnt wäre. Er gab dem Jungen nicht einmal eine Zigarette, als dieser fertig war.

So muß man als Reicher sein, dachte er trocken. Doch das Straßenkehren würde er doch nicht aufgeben. Er würde ein heimlicher Reicher bleiben.

Daheim sah ihn seine Frau vom Speisekammerlfenster aus kommen, da wußte sie alles. Ihr Kopf wurde dunkel, aber sie tat gelangweilt, als sie ihm die Tür aufmachte. Nur in ihrem faltigen Hals ging es zu. Der Kaspar lächelte völlig fremd und leicht irr. Auf dem blauen Wachstuch mit den braunen Topfringen lag der Schatz. Der Hansi im Käfig hörte auf zu jubilieren.

Es wurde beschlossen, daß Herr Jungverdorben am Mittwoch, wo er nachmittags frei hatte, zum Juwelier Baumgarten gehen würde, um den Schmuck zu verkaufen. Es stand jetzt für die zwei ziemlich fest, daß der Schmuck von einem Einbruch stammte, vom Einbrecher auf der Flucht weggeworfen. Doch das war jetzt gleich, er war jedenfalls ausgeschrieben gewesen, und niemand war gekommen. Herr Jungverdorben verstärkte deshalb die Sperrkette an der Gangtüre mit seinem Fahrradkabel, das er durch zwei dicke Rundschrauben zog. Der Beutel kam einfach in die Küchenkastenschublade.

»Kein Dieb sucht da, wo‘s am leichtesten ist.«

Diesmal war der Kaspar Jungverdorben an den Kinnwinkeln wund geschabt, mit einer Rasierklinge, die er an einem leeren Senfglas eigens abgezogen hatte. Auch trug er seinen blauen Moltonanzug und einen strengsitzenden Plüschhut. Zu den Leuten im Haus, die fragend blickten, hatte die Frau Jungverdorben beiläufig gesagt:

»Er geht auf das Dienstjubiläum von einem Kollegen.«

Aus dem Nachtkastl hatte ihr Mann entschlossen einen Schlagring genommen, der an den fünf Knöchelspitzen vernickelt war.

Lange hatte der Juwelier gar nicht hingeschaut auf die Broschen und dann geschäftstüchtig gefragt:

»Ja, was haben Sie sich denn gedacht, Herr?«

»Sie sind der Käufer, oder ...«

»Jaja, schon, aber wir kaufen nur echte Sachen.«

»Echte?«

»Ja, natürlich.«

Dort, wo bei den Menschen das Gefühl sitzt, einen Finger breit unter dem Brustbein, wurde es beim Straßenaufseher bitter mit finster gemischt. Ein lehmiger Klumpen wuchs, löste sich und stieg hurtig die Speiseröhre hoch.

»Das Zeug ist aus Idar-Oberstein, meistens Dublee, zwei Stück Silber, vergoldet.«

»So, und der Herr Inspektor Lehner?«

»Was für ein Lehner?«

»Der tote Polizei-Lehner!«

»Kenn ich nicht.«

»Ist der dümmer als Sie?«

»Möglich wär's schon«, sagte der Juwelier. »Wenn er Ihnen mehr zahlt als fünfundzwanzig Mark, geben Sie's halt lieber dem.«

Er schob den Beutel weg und grüßte eine Frau, die altes Silbergeld brachte. Zum Kaspar sagte er noch nebenbei:

»Ist Ihnen nicht aufgefallen, daß nichts gestempelt ist, fünfhundertfünfundachtzig oder siebenhundertfünfzig?«

»Guten Tag«, sagte der Kaspar auf hochdeutsch.

Als ihn die Mathilde so über die Treppe heraufkommen hörte und die Sperrkette hochzog, schaute sie zuerst nach dem Verband. Es war ganz klar, daß man ihren Kaspar überfallen hatte. Sonst wäre er doch ganz anders aufgetreten, viel gescheiter und nicht so scharrend.

Aber da war kein Verband und keine Schlinge um den Arm. Da war nur der Straßenwärter Jungverdorben, der ein bißchen schief daherkam, als ob er gegen einen unsichtbaren Wind gehen müßte. In der Küche nahm er den Beutel, streckte die linke Hand weit vor, wie es die Speerwerfer tun, und feuerte das Brillantsackerl mit tiefer Inbrunst in die Ausgußecke, dort, wo das kleine Schüsserl stand, in dem ein großer Flaschenstopsel war und Ata-Putzsand. Dann sagte er ganz leise und drohend einen gräßlichen Fluch vor sich her, der damit begann:

»Dreiunddreißig Jahr Barfußgelaufener ...«

Die Mathilde schlug noch im Bücken ein Kreuzzeichen, nahm das knisternde Schüsserl und sagte:

»So macht man doch das gute Sach nicht hin!«

Den Beutel legte sie auf den Tisch.

Noch einmal sah der Kaspar jedes Stück an. Die Krawattennadel mit dem Hufeisen und dem höhnisch grinsenden

Pferdekopf. Die beiden giftiggrünen Steine in dem Ring, die aussahen wie die Abführtabletten seiner Frau und jetzt stark in der Fassung wackelten. Die Rheinkieselbrosche, die Armreifen mit dem arabischen Muster, den Anhänger, haselnußdick und falsch.

»Schau nach dem Stempel«, sagte er zu seiner Frau.

»Stempel?«

»Ja, Stempel, Stempel, Stempel, saudumme Beichtstuhlrutschn!«

»Kann i was dafür, Kaspar?«

Schmerzhaft begann es in ihren Augenwinkeln zu sickern.

»Frag ihn einmal, deinen heiligen Antonius, ob er's nicht nachstempeln will!«

»Kaspar!«

»Wenn's geht, siebenhundertfuchzig, wenn's keine Schwierigkeiten macht.«

Dann nahm er aus der bemalten Blumenvase mit dem Gasgeld fünf Mark und kam um halb drei Uhr mit einem scharfriechenden bösen Schnapsrausch wieder. Die Mathilde hatte bei seinem Abgang die Finger in das Steingutkesserl mit Weihwasser gesteckt, das an der Tür hing, und auch nicht vergessen, ihrem Mann ein paar Spritzer nachzuschicken. Die Zweizimmerwohnung war stark verlästert. Nach Jahren schenkte Herr Jungverdorben die lang vergrabene Brosche für den Weihnachts-Glückshafen des Straßenreinigungsbezirkes XI. Sie war das einzige Stück, das echt gewesen war, auch ohne Stempel.

»Dritter Stock, Mitte links«, sagte der Rupp Bubi, wenn er in der Schule oder sonstwo Male nach seiner Adresse gefragt wurde. Der Rupp-Sprößling war kein besonderer Bub, wenn er auch von seinem Vater, einem Vermessungsbeamten und Sportfischer, dafür gehalten wurde. Der alte Rupp sagte seit etwa fünfzehn Jahren nach jeder vollbrachten Leistung: »Sodala.« Hatte er das Gewinde des Wasserhahnes beim Reparieren endlich ausgedreht, »sodala«. Selbst wenn er beim Angeln mit den kolossalen Gummistiefeln ausrutschte und bis zur selbstgebundenen Halsschleife ins Wasser fiel, »sodala«. Auch wenn er sonntagvormittags aus dem ehelichen Schlafzimmer kam, das bis zehn Uhr immer abgesperrt war, worüber sich der Bubi jedesmal wunderte, rieb sich Herr Rupp die Hände und sagte »sodala«. Seine Frau, deren Vornamen niemand im Hause kannte, war ein schmalbrüstiges stilles Gretchen mit schöner blonder Erntedankfrisur. Doch die Zöpfe waren nicht echt. Das wußten auch alle, weil sie Frau Rupp, am Samstagnachmittag, wenn sie ins Etagenbad ging, gar nicht einmal trug, sondern nur ein Handtuch über dem Kopf hatte. Immerhin waren es doch ihre eigenen Zöpfe aus der Jugendzeit, die sie vor rund dreißig Jahren still hinter sich gelassen hatte.

Nebenan, zur Witwe Stoll, kam der Bruder Herbst jeden Feiertag. Abgesehen von seinen öffentlichen Kniebeugen und einer Lebensphilosophie, die eine Mischung von Buddhismus und Konfektionskommunismus war, galt Herr Herbst als völlig normaler guter Mensch. Beim gemeinsamen Sonntagsmahl erregte er jedoch den Unwillen seiner Schwester regelmäßig dadurch, daß er alles sehr stark nachsalzte.

»Des wirst schon sehn, wias des einmal büßn mußt«, sagte sie jedesmal erbost, und er erwiderte kichernd:

»Ich will ja gar keine hundert Jahr werden, neunundachtzig reichen mir.«

Er war vierundsechzig.

Frau Stoll hatte einen starken Verschleiß an Zimmerherren, denn sie war sehr geübt im Errechnen von Nebenspesen. Jahrelang hatte sie ihren Untermietern die Schrankschlüssel abgezogen, den Verlust zu Lasten der möblierten Herren förmlich und mit wackelndem Kopf gemeldet und dieselben Schlüssel dann gegen eine gesunde Honorierung wieder geliefert. Bis ein Elektromechaniker, namens Heiß, die Schlüssel ganz leicht anfeilte, und als er sie wieder als neu zurückbekam, eine Betrugsanzeige erstattete. Die nahm er allerdings für den Nachlaß einer kompletten Monatsmiete wieder zurück. Das Haus aber war informiert.

Es ist eine Tatsache, daß gerade die dünnarmigsten Männer am liebsten Ringkampf- und Athleten-Veranstaltungen besuchen. Ebenso hegen die Unmusikalischen häufig eine stille verzweifelte Liebe zu Liederkränzen, während sich besonders stiefmütterlich behandelte ältere Burschen mit viel Gewalt zum Trachtentragen hingezogen fühlen. Der Trambahner Kästl war ein solcher. Er stellte seine blassen Knie freudig in den Dienst der bayerischen Heimatpflege und war beim Oberländerverein ›Watzmann‹. Die Buttermilchfarbe seiner Knie, der große Spezialschmerz seines Lebens, war hauptsächlich auch darauf zurückzuführen, daß er im Beruf die städtisch lange Diensthose anhatte. An der surrealistischen Form seiner Schenkel und Wadenbeine trug allerdings der Fiskus keine nennenswerte Schuld.

Heimeran Kästl hatte einen Buben, der beim Indianerspielen mit großem Starrsinn den Marterpfahl belebte. Der Kästl-Bub war hart im Nehmen, wenn es zum Beispiel galt, eine Sonderfesselung stundenlang auszuhalten. Frau Kästl ging in die Großmarkthalle als Hilfsarbeiterin und brachte ihren Leuten manche leicht angefaulte Banane mit. Eine solche oder ausgeschnittene Orangen verschenkte sie auch manchmal an die anderen Kinder im Haus. Da war sie nicht so.

Nun ja, das konnte man nicht wegleugnen, der alte Kling war verkalkt. Weißhaarig, mit langen ausgewachsenen Zähnen, seiner eigenen zweiten Garnitur, sah er aber immer wieder schneidig aus, wenn er am Samstagnachmittag zum Polizeirevier ging, um seinen Schwiegersohn anzuzeigen. Er tat dies seit seinem siebzigsten Geburtstag. Es war so: Von seiner Rente legte er sich einen Teil in harten Fünfmarkstükken zurück. Die versteckte er dann überall. Im Kachelofen und hinter den Parkettbodenleisten, wo er kleine Löcher in den Mauerverputz kratzte und jede Spur entfernte. Auch vergrub er sie manchmal in den Geranienkisteln. Am Sonntag nach dem Essen begann er dann regelmäßig zu suchen. Seine Tochter Agnes und der eingeheiratete Schwiegersohn Max Brunner halfen ihm dabei. Auch die dreizehnjährige Hanni, knochig und im Gesicht voller Pickel wie ein Streuselkuchen, suchte mit. Schließlich aber ging Herr Kling aufs Revier, wo er immer denselben Kommissar antraf, der ihn schon erwartete. Den Haftbefehl, den Meister Kling forderte, stellte der Blaukittel zwar nicht aus, aber er versprach, auf die eindringlichen Vorstellungen seines Besuchers hin, den schuftigen Schwiegersohn gegen Abend zu fesseln. Da schritt Vater Kling erleichtert heim und grüßte nach allen Seiten. Daheim aß er zwei große Schüsseln Malzkaffee mit eingeweichtem Hefenzopf und schlief bis Montag früh. Während der Woche saß er mit einem Hakelstecken, an dem unten ein Gummipuffer war, auf der Spitalerbank beim Lilienberg. An den schwarzen Kalendertagen war er nämlich fast normal.

Während die Wohnungstüren der Hausinwohner alle fünf Jahre einmal mit grauer Ölfarbe gestrichen wurden, tat dies der Vertreter Kampf im zweiten Stock unter eigener Regie, auf eigene Kosten, alle Jahre um die Osterzeit extra. Sein Privatgrau war auch ein bißchen heller als das der anderen Türen. Langsam wurde der Vertreter Kampf von seiner Frau vernichtet. Das war jedem klar. Morgens, wenn er mit auswärts gerichteten Schnürstiefeln zum Vertreten ging, war auch er hellgrau im Gesicht.

»Bis zwei Uhr hat wieder das kleine Licht brennt«, meldete die Hausmeisterin regelmäßig. Abends hörte man Herrn Kampf hinter der Wohnungstür mit müdem Strich die Stiefel wichsen. Einmal, als die Putzfrau nicht kam, weil sie von der Frau Kampf schikaniert worden war, stand der Mann selbst auf der Treppe mit Schaufel und kleinem Besen. Er sagte zu allen Leuten laut: »Grüß Gott« und trug eine gestreifte Schürze, die unter den Armen befestigt war. Er sagte, bevor er sich wieder zur Arbeit bückte, auch noch:

»Meine Irma hat eine kleine Blutvergiftung.«

Sie hatten keine Kinder, obwohl die Figur der Frau für ein halbes Dutzend gut gewesen wäre. Frau Kampf war schön. Da gab's keine Kritik. Sie füllte ihre Kleider an jeder beliebigen Stelle mit Wohlgefallen aus. Nein, einen Hausfreund hatte sie nicht. Vormittags las die hübsche Frau die Film-Illustrierte, nachmittags ging sie ins Kino.

Und da waren die Kosemunds. Zwei Zimmer, Küche, Balkon und Klosett. Drei Menschen. Marilli, von der alles einstimmig sagte: »Die wird einmal recht«, war schon acht Jahre alt und trug den Mädchennamen Leidig. Ihre Mutter hatte sie einst aus dem Kurort Bad Tölz mit in die Ehe gebracht. Bevor das Mädchen allgemein ›das Flitscherl‹ geheißen wurde, nannte die Hausgemeinschaft es einen ›Balg‹. Über den Vater von Marilli bewahrte ihre Mutter sogar dem eigenen Mann Karl gegenüber stolzes Schweigen. Genaugenommen hätte sie erst selbst zwischen dem Heizer Schorsch vom Kurgarten, einem italienischen Gitarristen und dem Pensionsinhaber, bei dem sie damals bedienstet war, wählen müssen. Sie fielen alle in die gleiche Zeit. Karl Kosemund, ein sehr begehrter Revolverdreher und Rundschleifer, hatte seine Frau auf einer Floßfahrt kennengelernt, schon acht Wochen nachher geheiratet und die Marilli adoptiert. Seitdem war er ziemlich oberflächlich zu ihr.

Er hatte ja auch mit seiner Frau genug zu tun.

Die stand nachts, wenn er zweimal wöchentlich vom Stammtisch heimkam, regelmäßig auf. Dann ließ sie in der Küche das Wasser laufen, damit es alle anderen Geräusche übertönte und kontrollierte die Hose ihres Mannes, die über einem braunpolierten Rohrstuhl hing. Am Taschentuch roch sie.

Hernach legte sie auf den Küchentisch ein Glasröhrchen mit Schlaftabletten, als ob sie eine genommen hätte. Aus lauter Kummer. Karl aber hatte sie längst gezählt. Es blieben immer sieben Stück. Ins Bett zurückgekehrt, stieß sie einen dreikantigen Seufzer aus und schlief verbissen ein.

Morgens nach dem Erwachen machte Frau Kosemund, die vom Karl auch manchmal während der ehelichen Pflichten ›Matschi‹ genannt wurde, das verkrampfte Gesicht eines Federgewichtlers. Sie lachte ganz selten und wenn, dann nur aus Überlegenheit, hatte zwei geschiedene Schwestern und entfernte sich immer mehr von ihrem Mann. Aber sie liebte ihn doch sehr, denn er verdiente gut und hatte das weiche Herz vieler Spezialarbeiter.

Die Marilli schlief zuerst im Wohnzimmer und später in der Küche auf der Ottomane. Das kleine vaterlose Geschöpf besaß schon früh den Mut zu seinen Gefühlen. Sie tat ganz unbewußt immer das Unkomplizierteste und war sehr natürlich. Demnach war sie hungrig, eigensinnig, unbescheiden, eitel, faul und alles das, was viele Menschen gerne wären, wenn sie sich trauen würden und nicht die Meinung ihrer Mitgenossen zu sehr fürchteten. In der Schule sagte das Fräulein öfters zur Marilli:

»Ja, wo würde denn das hinführen, wenn alle so wären wie du?«

Aber das frühreife Kind erkannte schnell, daß die meisten Menschen eben nicht so waren wie sie. Also brauchte sie keine Angst haben, daß wegen ihr die Gesellschaft auseinanderfiele. Oder die Welt unterginge. Also war sie so, wie sie war. Der erste Schritt im Leben, den sie unbewußt tat, war der zu sich selbst.

Um den Hals trug die Marilli ein schwarzes Samtband, an dem ein goldenes Herz hing. Es war zwar nur feuervergoldet und innen hohl für eine Fotografie. Und eine solche war auch drin. Ein schwarzer Mann mit großen feuchten Rauschgiftaugen. Er war der Wunschtraum der Marilli, und sie hatte ihn aus einem Zigarettenbild ausgeschnitten, unter dem gestanden hatte *Ramon Navarro*.

Das Gesicht der Kleinen war amulettförmig, der Haaransatz vollendet und der unschuldige gierige Mund ins Gesicht gerissen, mit geworfenen Lippen. Sie hatte lange glatte Haare, rot wie frisch abgeschälte Radiolitzen. Sonst war sie um diese Zeit noch ein großes Kind.

Gegenüber haust die Großmutter Knie. Das war eine sehr alte Frau. Sie hatte den grauen Star. Auf einem Auge sah sie gar nichts, auf dem anderen nicht mehr viel. Sie war trotz ihres Alters noch schwarzhaarig und trank dreimal im Tag aus einem Steingutkrug Bier. In das Bier brockte sie zwei Kaisersemmeln. Sonst aß sie die ganze Woche nichts als nachmittags um drei Uhr einen Brathering. Ihren Enkel Leonhard schlug sie oft mit einem langstieligen Kochlöffel, der vorn angebrannt war.

Das Geld unterschied sie durch Abgreifen der Kanten mit dem Fingernagel. Sie besaß nur Hartgeld. Wenn ein Gewitter kam, die Blitze strichen und der Donner die alten Ölfarbmöbel wackeln ließ, ging die Großmutter auf den finsteren Wohnungsgang hinaus, zündete einen geweihten Wachsstock an und fürchtete sich sehr. Auch der Leonhard mußte sich dann mitfürchten und Verse in dunklem Bibeldeutsch hersagen. War die alte Frau nicht betrunken, also während der letzten halben Stunde vor dem nächsten Bier, konnte sie sogar gut sein.

Der Leonhard stahl ihr regelmäßig Geld, Zehnpfennigstücke, und am Sonntag nach Möglichkeit ein Fünfzigerl, wenn sie ihren Geldbeutel, der die Form eines Waschhandschuhes hatte, irgendwo liegenließ. Jedoch schrieb sich der Bub auch den kleinsten Betrag in ein blauliniertes Heft. Er würde seiner Großmutter, das hatte er mit gepreßtem Atem geschworen, alles zehnfach zurückzahlen, wenn er einmal groß wäre. Bis jetzt standen neun Mark fünfundsiebzig im blauen Heft.

Die Wohnung der Knies bestand aus einer Küche mit feuchtem Blätterteigverputz und dem kleinen Schlafzimmer. In diesem standen zwei Betten, nach der Wandseite mit braunen Brettern abgeschirmt, weil sich im Winter ein Reif an der Wand bildete. Es war die Außenmauer des Mietshauses. Über den Betten hingen drei Bilder. *Die Erstürmung der trutzigen Burg Godesberg durch die Bayern*, hieß ein Kupfertiefdruck hinter Glas. Das zweite Kunstwerk handelte vom Jüngsten Tag und die lateinische Unterschrift besagte *Von dannen Er kommen wird*. Unter jenen, die von den zusammenstürzenden Bergen zermalmt wurden, erkannte Leonhard mit großer Gewißheit den Hausmeister Herrlich. Ferner hing da noch eine farbig ausgemalte Fotografie König Ludwigs des Zweiten. Im Oval stand auf diesem Bild in blasser Goldstaubschrift: *Dem Bayernland starbst Du zu früh – Dein treues Volk vergißt Dich nie*. Das Königsbild verehrte der junge Knie sehr, und als er die traurige Geschichte Seiner Majestät erfahren hatte, stellte er sich lange vor den schönen König hin und weinte. Von der Herkunft Leonhards erzählten sich die Leute das:

Hilde Knie, seine Mutter, war selbst ein lediges Kind gewesen. Wie sie neunzehn war, empfing sie oft den Besuch eines mitteljungen Mannes, der Herbert hieß. Jeden Samstag kam der Herbert mit Gewißheit. Während der Woche nur selten. Er trug eine Streifenhose, einen hochmodernen Marengosakko und einen schwarzen Hut mit aufgebogenem Rand. Niemals lächelte er, und seinen linken Fuß schleppte er nach.

Die alte Frau Knie hatte früher einen Mietsgarten besessen. Dahin ging Samstag nachmittags um drei Uhr die Hilde mit einer Schüssel in der Hand. Ihr Bräutigam ging hinterdrein. Alle Hausinwohner, die vorneheraus wohnten, sahen zu. Dann sperrte die Hilde das Gartenhäuschen auf und ging hinein. Der ernst blickende Herr folgte ihr. Er mußte sich bücken.

Um sechs Uhr kamen die beiden zurück, da ging dann immer er voraus. Die Hilde trug in der Schüssel grüne Bohnen. Der aufmerksame Herr Rupp hatte aber bereits zweimal gesehen, daß ihre Bluse nachher verkehrt eingeknöpft war. Den Hinkenden nannte er ›Zweitakter‹.

Im Winter nahm die Hilde ihren schweigsamen Freund auch in die Wohnung mit. Zum letztenmal an einem Aschermittwoch, als die alte Frau Knie mit der Frau Jungverdorben in die Kirche gegangen war. Als der Leonhard zur Welt kam, schon im Oktober, war Hildes Herr bereits Monate nicht mehr dagewesen. Er kam noch einmal kurz nach der Entbindung und drückte ihr seine Einladung zum Vormundschaftsgericht in die Hand. Er ging nicht einmal in die Küche, um sich den Buben anzusehen, sondern sagte nur:

»Bei mir nicht!«

Dann fuhr er zurück nach Hamburg, wo er her war. Auf dem späteren Gerichtsentscheid stand lediglich: ›Herbert Jakob Langjohann ist nach der Blutgruppenbestimmung als Vater des Kindes möglich.‹ Freilich, zahlen hätte er schon müssen. Aber sie haben ihn nie mehr gefunden. Als Leonhard vier Jahre war, fuhr auch seine Mutter fort, nach Bremerhaven. Sie hätte dort auf eine Zeitungsannonce eine Stellung als Sprechstundenhilfe bekommen, erklärte die

Großmutter der Hausmeisterin beim Verhör. Herr Rupp wußte es genauer. Leonhard sah in seinem ganzen Leben die Mutter nicht mehr. Er zehrte von der Leibrente seiner Großmutter mit, die für die zwei knapp, aber sicher ausreichte.

Nun wohnen in so einem Haus wie in der Mondstraße auch farblose und langweilige Leute. Dazu gehörte der Büchsenmacher Blätsch mit seiner nichtssagenden einfältigen Frau. Auch die Kuglers waren so ein Volk, ratschten nicht, rauften nicht und warteten halt so, bis das zweite Jahrtausend voll würde. Es würde bald soweit sein.

Die markanteste Erscheinung im ersten Stock war der Scherenschleifer Viviani. Luigi Viviani, Urenkel eines venezianischen Edelmannes, den der Papst aus seinem Palazzo an der Ponte di Rialto verjagt hatte. Dies erzählte Luigi, und er glaubte es manchmal selber. Die vom ersten Stock, bis auf seine eigene Frau, meinten aber, er sei lediglich das Produkt eines der vielen Ziegelarbeiter, die noch vor dreißig Jahren vom sonnigen Süden über die Berge kamen, um den bayerischen Lehm zu kneten. Viviani war nicht einmal ein richtiger Scherenschleifer. Scheren schliff er nur mehr, wenn er arbeitslos war, was mitunter vorkam. Gegenwärtig half er bei einem Vulkaniseur Autoreifen, Wärmeflaschen und Gummistiefel flicken. Etwa ein Fünfzehntel vom Monatsumsatz des Schnapslers Karg kam aus Vivianis vollfettem Ziegenlederbeutel. Weil es beim Karg keinen ›Grappa‹ gab, nahm er mit einem schwäbischen Obstschnaps, einem bissigen, trüben und mit einem tückischen Fettauge auf der Oberfläche, vorlieb. Luigis Gesicht war von einer Nase beherrscht, die wie der Griff einer Notbremse andauernd zur Berührung verlockte. Sein Kopf glich einem auf die Spitze gestellten Dreieck. Es hielten sich eine große Menge seltsamer Gedanken darin auf. Durch das regelmäßige Saufen waren die kleinen Haargefäße der Haut längst geplatzt, so daß sie die Farbe von übermangansaurem Kali, wie man es zum Gurgeln hernimmt, angenommen hatte. Graue, am unteren Schaft sehr dicke, doch dann rasch dünner werdende Haare wuchsen aus den Ohr- und Nasenlöchern. Nur jeden zweiten Sonntag schnitt sie Luigi ab. Er war nicht schön.

Weil aber die Endsumme von Schönheit, Intellekt, Charme, Erfolg, Glück, Empfinden, Kraft, Krankheit und der zwei Dutzend Faktoren, die das Leben bestimmen, bei allen Menschen annähernd immer dieselbe ist, war Viviani gescheiter als schön. Wenn seine kleinen schwarzen Steckkontaktaugen und sein mindestens siebzehnhundert Gramm schweres Hirn durch den schwäbischen Bauernfusel geschärft waren, sah er mit großer Deutlichkeit, daß alles eitel war. Dann blieb er auf dem Heimweg an der Toreinfahrt, in der die Bierfässer der Restauration ›Alte Zeit‹ lagen, stehen und stellte einen Fuß auf das kleinste Faß. In dieser Haltung, mit dem schmalen Bücklingsrücken an die Mauer gelehnt, hielt er seine berühmten Vorträge. Zwei, drei Kinder hörten ihm zu, darunter regelmäßig der kahle Himmelreich Balthasar, und auch meistens der verrückte Kling. Wenn der häusliche, in Sachen Viviani gelangweilte Meldedienst funktioniert hatte, kam des Scherenschleifers molliges Töchterlein Lucia und führte den Hausgang-Nietzsche an der Hand heim zu Mammi.

Vivianis Ehe galt als die glücklichste im Haus. Das kam daher, weil dem Säufer seine Frau in einem Maße hörig war, wie man es nur mehr in Marokko findet, wo angeblich die Frauen fünfzig Meter vor ihren Männern hergehen, damit sie zuerst auf die verborgenen Tellerminen treten.

Der Mietsgast rechts vom Viviani hieß Zierfuß. Das heißt, Michael Zierfuß hatte schon vor zwei Jahren sein Postschaffnerleben im Liegestuhl auf dem Balkon ausgehustet. Seitdem war die Fanni Zierfuß mit ihrem blassen, immer etwas feuchten Töchterlein Gertrud Wohnungsinhaberin. Michael hatte jahrelang dahingehüstelt. Sein Husten klang wie Knöchelklopfen an einem gesprungenen Tongeschirr. Was der Postschaffner aus seiner Brust heraushustete, spuckte er in ein Glasröhrchen, das in ein Holzkistchen sorgfältig verpackt wurde und in eine Untersuchungsanstalt kam. Dort betrachteten zahlreiche Studenten das Sputum des Herrn Zierfuß und wunderten sich, daß der Mann mit diesen Tuberkellegionen in der Lunge noch immer lebte.

Als der Husten vom Michael gereizter wurde und der Postler bis zu zehn Taschentücher am Tag verbrauchte, kam auch einmal ein Kaplan von der Pfarrei. Herr Zierfuß aber zog seine schweißnasse Hand unter den Liegestuhldecken hervor, machte eine böse kleine Faust daraus und drohte dem geistlichen Herrn. Da ging der, und in seinem Gesicht stand deutlich geschrieben, daß er an höchster Stelle nichts Gutes über den Michael berichten würde.

Zwei Tage danach tänzelte der Rupp Bubi mit leisem Singsang über die Treppen hinauf. Im ersten Stock war das Stiegenhausfenster offen, und der Bubi sah den Herrn Zierfuß im Liegestuhl sitzen. Er grüßte laut und dann noch einmal, weil er kein Nicken als gewohnte Antwort bekam. Da nahm er, unter das Fensterbrett gebückt, ein paar grüne Fruchtperlen von einem Hollerstrauch aus der Tasche. Sodann zog er einen pasteurisierten Trinkhalm, von denen ein Bündel zwischen seinen Stoffhosenträgern steckte, heraus, lud das kleine winzige Blasrohr mit den Hollerkügelchen und schoß auf den träumenden Postbeamten. Schon der zweite Schuß saß.

Er traf den Mann im Stuhl pickend an der Schläfe. Da war es nun, als ob das Staunen des Toten noch größer würde. Der Rupp Bubi hatte in Sekundenschnelle begriffen, daß er auf eine Leiche geschossen hatte, obwohl es die erste war, die er sah. Er stieß einen Winsellaut aus und näßte durch seine kurze Fischgrätenhose die Treppe. Als ihm die Mutter die Wohnungstür öffnete, stand der Bubi mit verschränkten Füßen und verzweifelt gekrümmt auf der Kokosmatte und sagte nur: »Ich tu‘s nie mehr.«

Als ob er den Postschaffner umgebracht hätte.

Da wurde die Ruppin auch schon durch den kindlichen Hilfeschrei der Frau Zierfuß alarmiert. Man holte den Michael noch am gleichen Abend. Alle standen vor dem Haustor. Sidonie Innig, der schwachsinnige Kling, die drei Himmelreich-Buben, blaß und kahl, der Trambahner Kästl in der Tracht und der Hausmeister Herrlich, der die schwere Haustür mit ihrem Haken eingehängt hatte, damit die Sargträger ohne Anstoßen hinaus konnten. Es fehlten lediglich Luigi Viviani, der beim Saufen war, der Angeber Dimmer, der verbitterte Jungverdorben und der Vertreter Kampf. Die halbblinde Frau Knie sagte zu ihrem Enkel Leonhard:

»Merk dir das, wenn ein Totenwagen auf dich zufährt, stirbt bald einer vom Haus. Wenn er von dir wegfährt, das ist gut, da packt's einen andern.«

An der Ecke, um die der schwarze Leichenwagen langsam fahren mußte, kam ein Früchterl vom Nachbarblock auf Rollschuhen und hing sich hinten an den Türscharnieren an. Das Scheppern seiner billigen Eisenrollen hörte man eine ganze Zeit lang, bis ihm das Totenauto dann zu schnell fuhr. Da mußte er wohl auslassen.

Bartholomäus Uiker meldete das dritte Schild im ersten Stock. Es war eins, wie es die Automaten stanzen, die manchmal am Bahnhof stehen, zum Selbstbedienen. Uiker war Altmetall- und Lumpensammler. Das Charakteristische an ihm waren seine langen Arme, die ein gutes Stück über die eingesetzten Knie der Manchesterhose hinunterhingen. Sie sahen aus wie die Greifzangen eines Tauchers. Sicher waren die Maulwurfshände des Bartholomäus nur deshalb so wenig vom Boden entfernt, damit er sich beim Sammeln der Lumpen, Flaschen und Knochen nicht so tief zu bücken brauchte.

Eine ziemliche Schuld luden die Buben seit vielen Jahren auf ihre Wasserscheitel, weil sie dem Lumpenhändler gern nachschrien: »Alles, alles ist vergänglich, nur Uikers Eierkopf bleibt länglich.« Das war nicht einmal wahr, denn der geschmähte Kopf war keineswegs schlechter geformt als zum Beispiel der vom Brunner oder vom Herrn Vertreter Kampf. Jedesmal aber, wenn dieser Ruf erklang, blieb Uiker stehen. Dann drehte er langsam den Kopf zu dem Buben hin, der gerade schrie, nickte ihm zu, als ob dieser ganz recht hätte, und ein kicherndes Lächeln ging ihm durchs ganze Gesicht. Jedermann meinte, nun freut sich der Alte auch noch. Aber die Buben hatten doch ein leises Bauchweh und wagten sich nie in den Bereich der krummen Fangarme des Lumpensammlers. Nun geschah aber einmal das:

Unweit der Mondstraße, auf einer Bauwiese, lagen die sechs ausrangierten Kessel alter Lokalbahnlokomotiven, und niemand wußte, warum. Spielten die Buben Räuber und Schandi, so krochen sie durch das runde Kesselloch an der Oberseite der sonst völlig verschlossenen Eisenröhren ins Innere. Ein ideales, wenn auch nicht ganz einwandfreies Versteck.

An einem Mittwochnachmittag also, es war ein schulfreier, stiegen sechs unmündige Mondstraßler in so einen rostigen Kesselbauch ein. Es waren dies der Kaspar und der Melchior, des Tapezierers älteste, Leonhard Knie, Bubi Rupp, der harte Sprößling vom Trambahner Kästl und Marilli Kosemund. Lucia, des Scherenschleifers Töchterlein, mußte suchen.

Die Knie am Kinn, denn das Verlies war niedrig, kauerten die sechs in der Röhre. Leise Schritte nahten. Die Marilli konnte noch »pst« sagen, da erschien ein langer haariger Arm im Einsteigeluk. Die Marilli, Nummer eins, wurde durch eine vorsichtige Genickschere erfaßt und wie ein Angelwurm, zart und federnd, aus dem Loch gezogen. Das erste, was sie sah, waren die Eckzähne vom Bartholomäus Uiker und sein mildes Lächeln. Dann nahm er sie fast liebkosend an dem feinen roten Schläfenflaum, dort, wo die Ohrmuschel zum großen Bogenschwung ansetzt, und nun zog er stumm und lächelnd, bis die Marilli nur mehr auf den Zehenspitzen des rechten Fußes stand. Getreu ihrer Veranlagung schrie die Kleine, daß der Rost von den Heizkesseln abblätterte, und auf einmal war sie frei und begann zu laufen. An der Ecke, beim Wasserhydranten, blieb sie stehen und verspürte schon wieder ein leises Kribbelgefühl, als sie den Kahlkopf und die Schultern vom Melchior aus dem Kesselloch erscheinen sah.

Mit einer blaßgrünen Weidengerte in der Hand legte der Lumpensammler die Buben über. Wortlos, lächelnd, jähzornig. Das Innere der Röhre war indessen mit komprimiertem Grauen ausgefüllt. Die letzten Minuten von U 47 konnten nicht schrecklicher gewesen sein. Nur der Ignatius Kästl, an Kummer gewöhnt, blieb hart und sachlich. Jedesmal herrschte fünf Sekunden Friedhofstille, wenn einer der Delinquenten, mit beiden Händen seine kitzelnde Hose reibend und mit vorwärtsgebogenen Knien abging. Wieder erschien der haarige Gorilla-Arm und fischte geisterhaft nach dem Leonhard. Der wurde am handgestickten Hosenträger gefaßt. Er sträubte sich mit verkrallten nackten Zehen. Als ihn die Klauenhand über den Rand des Einstieges bog, stellte er trotz der wütenden Angst fest, daß der Uiker nach Fisch roch. Vielleicht Kieler Sprotten, dachte er unsinnig, dann traf ihn der erste Hieb.

Fast unhörbar zählte der Lumpensammler bei den Prügeln mit, denn er war für Gerechtigkeit. Es gab fünfundzwanzig ›Korrekte‹. Insgesamt schlug er hundertundfünfundzwanzigmal zu. Das war eine glatte Zahl, das war ein Achtel von tausend. Uiker dachte gerne in Vierteln, Achteln und Halben.

Ignaz Kästl kam aber auch nicht von selbst heraus, so weit ging seine Tapferkeit doch nicht. Er hatte festgestellt, daß er der vierte war, und dachte sich, der Uiker sei bestimmt schon etwas müd. So ein alter Mann. Also war er nicht am schlechtesten dran. Aber den Lumpensammler erzürnte wohl gerade die Ergebenheit, mit welcher sich der Kästl-Bub prügeln ließ. Er legte die ganze Inbrunst seiner eingemachten Wut in die Schläge und erschrak, denn beinahe hätte er einen Hieb zuviel gegeben.

Erstaunt schaute Marilli Kosemund nach dem kleinen Kästl, der nicht wimmerte, sondern mit hochgenommenen Armen wie ein Dauerläufer an ihr vorübertrabte, als er fertig war. Am meisten schrie der Rupp Bubi. Manchmal klang es wie eine Hawaii-Gitarre, dann wieder, als ob ein Messer auf einem Porzellanteller ausrutschte. Herrgott, konnte der Bubi schreien. Die Gerte schnalzte pfeifend auf der nassen Fischgrätenhose, die ein ausgebessertes Gesäß hatte, aus Gabardinestoff. Der war so arg dünn.

Die Prügel waren vorüber, schweigend saßen die Buben auf dem Randstein bei der Sandkiste. Der Rupp Bubi stand wegen des schmerzenden Gesäßes. Der Laternenanzünder kam schon mit seiner Stange. Hinter ihm eine alte Frau. Der Melchior, der sie zuerst sah, sagte:

»Leo, deine Großmutter sucht dich.«

Der Leonhard hatte vergessen, seiner Großmutter das Nachmittagsbier zu holen. Auch mittags war schon schlecht eingeschenkt gewesen. Jetzt blieb die halbblinde Frau stehen und fragte die Marilli, die mit dem Milchküberl kam, nach dem Leonhard.

»Da sitzt er«, sagte die Marilli und stach mit dem Finger ein Loch in die Dämmerung. Mürrisch erhob sich der Leo. Er wußte es schon. Die alte Frau hielt den angebrannten Kochlöffel hinterm Rücken versteckt.

Der Leer Biwi, dessen Vater städtischer Inspektor war, galt als der eigentliche Freund von Leonhard. Die Leers wohnten direkt unter der Wohnung der Großmutter Knie. Die zwei Buben verständigten sich manchmal durch Klopfzeichen am Ausgußrohr. ›Dreimal kurz, zweimal lang‹ hieß beim Leer Biwi: ›Ich hab' Hausarrest, Läuten zwecklos.‹ Dreimal lang: ›Der Alte ist da.‹

Herr Leer war kein außergewöhnlicher Mensch. Herr Rupp hatte ihn schon eingereiht und zitierte das Bibelwort: »Da du aber nicht kalt bist und nicht heiß, sondern lau, werde ich dich ausspeien aus meinem Munde.« Er mochte den Leer nicht, weil er seinerzeit die frei gewordene Wohnung vom Sigmund Löwenstein im ersten Stock nicht bekommen hatte. Es stimmte zwar: Der Wohnungsbeamte hatte einen gutmütigen Konfektionskopf, und sein Charakter war wohl von der Stange. Aber er tat niemandem was, wartete geduldig auf den Ersten und auf seine Beförderung, die in vierzehn Jahren fällig sein mußte. Die Frau Leer, Zenta Leer, war sauber, ordentlich und fromm und nur ein kleines bißchen mondsüchtig. Das wußte ihr Mann, und er paßte auf. Ein wenig empfand er die Eigenheit seiner Frau sogar als noble Extravaganz.

Herr Leer hatte auch einen Schwager, der hieß Lösch und besaß ein rotes Cockerell-Motorrad, das er seit Jahren am Sonntagvormittag putzte. Er hatte es in einer kleinen Garage in Leers Heimgarten eingestellt. Um neun Uhr kam er immer mit der Trambahn von Sendling und packte viele Schraubenschlüssel aus. Die legte er auf eine Zeltbahn aus dem Ersten Weltkrieg. Dann schob er den roten Apparat aus der Box. Jede Woche ließ er ein Stück mehr daran verchromen. Die Speichen, die Auspufftöpfe, den Gashebel oder einen selbstgemachten Rennbügel. Das Motorrad hatte auch einen Beiwagen, und die Buben flüsterten sich zu, da seien Bleiplatten darin wegen der Straßenlage. Gegen Mittag packte Herr Lösch seine Spezialschlüssel ein und schaute zum Balkon seines Schwagers hinauf. Herr Leer winkte hinunter. Dann durften sechs bis acht Buben anschieben, Herr Lösch zog noch schnell eine lederne Breecheshose an. Auf einmal schrie er »zupp« und ließ die Kupplung los, und das Motorrad stand sofort wie von unten angeschraubt auf der Straße. Da tat der Sportsmann den Gang wieder heraus und schob die störrische rote Benzinkuh in ihren Stall zurück. Zu seinem Schwager auf dem Balkon rief er erklärend:

»Die Unterbrecherkontakte!«

Herr Leer nickte wissend, und seine Frau rief zum Essen. Am nächsten Sonntag aber brachte Herr Lösch einen neuen verchromten Hebel mit.

Direkt unter dem Vertreter Kampf wohnte ein zweiter Geschäftsmann, dessen Broterwerb der leidige Handel war. Sigmund Löwenstein. Er war aber kein Jude und führte Rosenkränze. Wohl aus Berufsgründen trug er nur hohe steife Kragen und eine Art Kaplansgewand, schwarz und schon ein bißchen glänzend. Er hatte ein rundes rotes Edamergesicht und aß sehr viel.

»I weiß nimmer, wo ich's herbring«, sagte seine Frau ehrlich und oft. Zum guten Glück kam Herr Löwenstein mittags nicht nach Hause, denn er bereiste die nähere Umgebung, in der kleinere Klöster und Wallfahrtsorte waren. Herr Löwenstein führte auch Gebetsschnüre mit schönen farbigen Holzperlen für die Landkundschaft. Der Leer Biwi hatte einmal einen solchen Rosenkranz, bei dem zwei Vaterunserperlen fehlten, geschenkt bekommen und ihn – der Herr wird es sicher verzeihen – in seinem kindlichen Unverstand auf sein Indianergewand genäht.

Trotz guten Auskommens war Frau Löwenstein nicht sehr zufrieden auf der Welt. Sie lag oft im Hader mit ihrem Mann und kujonierte ihn, denn sie war besessen vom Reinlichkeitsfimmel. Immer lag auf dem Wohnungsgang, wenn der müde Löwenstein abends heimkam, Zeitungspapier, denn der Parkettboden wurde tagsüber von seiner Frau wütend poliert. Auch auf den alten fast wertlosen Küchenstühlen lagen kleine gestickte Schoner, und auf dem Kanapee mußte der Mann jeden Tag auf einer anderen Stelle sitzen, damit es gleichmäßig abgenützt würde. Für Herrn Löwenstein standen außerdem drei Paar graue Stoffhausschuhe immer bereit, das erste Paar gleich an der Wohnungstür wie vor einer arabischen Moschee. Mehrere Male war der Rosenkranzvertreter von den Hausleuten bereits gesichtet worden, wie er seine schwarzen weichen Schnürschuhe schon auf dem Fußabstreifer auszog. Auf diesem stand *Salve*.

So jeden zweiten Tag versuchte Herr Löwenstein mit etwas Satire auf die Tugenden seiner Frau anzuspielen. Aber da sagte sie zu ihm: »Du mit deiner Sekkiererei.«

Manchmal trieb sie ihren Mann arg in die Enge. Anstatt daß Herr Löwenstein aber dann zum Teppichklopfer gegriffen hätte, was menschlich gewesen wäre, langte er in seiner grundgütigen Nachgiebigkeit in die Tischschublade und nahm eine kleine Mundharmonika heraus. Mit der begab er sich auf den Wohnungsgang und spielte: ›Machen wir's den Schwalben nach.‹

Dazu tanzte er in seinem schwarzen Gewand für sich allein einen Walzer. Die Leute im Haus horchten, wenn Löwensteins Verzweiflung im Dreivierteltakt klang und sagten zueinander:

»Auweh.«

Der Hausmeister in einer Zinskaserne mit zwanzig Parteien ist meistens bös. Vermutlich macht es bös und verdrossen, wenn man ein Leben lang anderen Leuten den Dreck wegputzen muß. Und der Ärger mit den Kindern der Mieter, die verschmierten Wände, zerbrochne Fenster, deren Zerstörer man nicht mehr ermitteln kann, worum man dann vom Verwalter blöd angeredet wird. Verstopfte Klosetts, eingefrorene Wasserleitungen, schlecht gewischte Treppen, die Speichereinteilung, das heuchlerische Kassieren der Miete. Ein abgebrochener Schlüssel in der Kellertüre, erloschene Stiegenhauslampen, ein verschwundener Fußabstreifer und der durchgebrannte Rost vom Waschhauskessel. Jedesmal mußte der Hausmeister Herrlich dann zur Verwaltung, und das ging gleich bis zum Prokuristen Amend, und der hatte seinen Etat schon abgeschlossen und wußte nicht, wo er diese dämlichen Ausgaben von dem Herrlich verbuchen sollte. Er konnte doch schließlich diese Idiotenbeträge nicht seiner Frau von der Goldbrücke abziehen.

»Vielleicht muß man sich da bald nach einem anderen Hausmeister umsehen, was meinen Sie, Herr Herrlich? Nach einem, der der Hausverwaltung in die Tasche arbeitet und nicht aus der Tasche heraus. Sie machen schon lange die größten Sonderausgaben von unseren sechsundzwanzig Anwesen.«

Und dabei geht der Hermann Herrlich nebenbei und sogar hauptsächlich doch noch in eine Klischieranstalt, dort ist er Ausgeher mit dem Fahrrad. Und am Samstagnachmittag kehrt die Frau das Trottoir und wischt noch die Stiegen für zwei Parteien. Und am Sonntagvormittag muß der Hermann die heilige Messe besuchen und manchmal auch am Sonntagabend die Versammlung des Männervereins. Denn sonst hätte er die Hausmeisterstelle, die er nur dem Verwalter Stein zu verdanken hatte, nie bekommen. Denn die Steins waren streng katholisch. Die Freude an den eigenen Kindern war für die Herrlichs auch nicht überwältigend. Der Willi hat zwei ledige Kinder verursacht, jedes Kind bei einer anderen. Sicher, er war nun Maschinist bei den Stadtwerken, aber alles wurde ihm für die Unterhaltsbeiträge bis aufs Existenzminimum gepfändet. Das war die Stütze des Alters für die Hausmeistersleute. Also hatten die Herrlichs schon ein Recht, böse zu sein.

Wohl wegen der sonnigen Südostseite hatte der Hausverwalter Stein, der direkte Vorgesetzte vom Hausmeister Herrlich,

Inhaber des größten Kellers und Alleinbenutzer des Etagenbades Parterre, gerade diese Wohnung genommen. Noch nie hatte jemand vom Haus die Zimmer der Steins betreten. Weder die kleinen Freunde des Sohnes Karl, der überall der Verwalter-Karli hieß, noch ein Briefträger, Gasmann, Angestellter der Hausverwaltung oder Ausgeher befreundeter Firmen, die manchmal Pakete schickten. Liebedienerisch aber legten fast alle Hausinwohner kleine Päckchen mit Wursthäuten und Bratenrinden an den rechten Fuß des Türrahmens. Der verkalkte Kling brachte sogar einmal sorgsam abgelutschte Pflaumenkerne. Aber was verstand denn der schon.

Nicht alle diese Gaben fanden Gnade vor dem bebrillten Auge der Frau Stein, die ihrem Kater Hektor sehr zugetan war. Die Packerl wurden ausgesondert, und das Minderwertige kam in die Aschentonne. Wenn dann jemand beim Kübelausleeren das verschmähte Katerfressen fand, so war auch bald heraus, von wem es stammte. Derjenige aber bemühte sich redlich, das nächstemal die Kalbsknochen nicht so lange abzunagen, bis sie glatt und nackt waren wie die Henkel von Porzellantassen. Warum sie das taten? Nicht, weil vielleicht jemand die Miete schuldig war oder aus purer Wohldienerei. Nein, Frau Stein war eben eine ›Bessere‹, und mit der wollte jeder gut stehen, und der Karli ging ja auch schließlich aufs Gymnasium. Ein Töchterlein war noch da, die Emmi. Die wurde später Lehrerin, das wußte man schon. Sie hatte artige Zöpfe, war semmelhäutig und ein kleines Dickerchen. Jeden Sonn- und Feiertag gingen die Steins ins Hochamt, mit dem Gebetbuch in der Hand. Herr Stein ging auf Linksaußen. Herr Stein sagte zu seiner Frau immer »Weib«, sie aber nannte ihn nur mit seinem ganzen Vornamen »Engelbrecht«. Dies waren die Inwohner eines Hauses in der Mondstraße in einer Stadt, die groß war und doch auf dem riesigsten Globus höchstens wie eine Warze ausgesehen hätte. Die Haustafel schaute so aus:

4. Stock

INNING	R. M. Dimmer	*Tapezierer* Himmelreich

3. Stock

Jungverdorben	RUPP	STOLL	H. Kästl	Brunner

2. Stock

KAMPF	K. Kosemund	Blätsch	**Knie**	*Kugler*

1. Stock

Luigi Viviani	Zierfuß	B. UIKER	LEER	**LÖWENSTEIN**

Parterre

Herrlich *Hausmeister*	Stein

Da aber die Gier und die Sünden, die heimlichen Laster und die Güte, das Leben und die Befürchtung, daß es umsonst sein könnte, vom Kap der Guten Hoffnung bis nach Nürnberg dieselben sind, waren sie es auch in diesem Hause. Nur die Umstände waren verschieden. Wie es keine zwei gleichen Fingerabdrücke gibt, gab es auch kein solches Haus mehr. Nirgends auf der Welt. Und so taten denn die Marilli Kosemund und der Rosenkranzvertreter Löwenstein, R. M. Dimmer und die Frau Vertreter Kampf das, was in dem großen Inhaltsverzeichnis, nach dem die Gelehrten seit Jahrtausenden mit ihren blassen Nasen schnüffeln, aufgeschrieben war. Und so ist es sinnlos, darüber nachzudenken, warum alles so kam, denn es ist dumm, den Zeigefinger in den Stillen Ozean zu stecken und ein geheimnisvolles Gesicht zu machen, wie weit man eingedrungen ist, während man bis heute noch gar nicht weiß, wie tief er eigentlich ist.

Seit vierundzwanzig Jahren, so lange schliefen sie nun nebeneinander, sah Frau Herrlich beim Aufstehen zuerst die krummen grauen Nackenhaare ihres Mannes, des Hausmeisters. Der lag morgens immer auf der Herzseite, den Hals nach vorn gewölbt wie ein Kamel und die gefalteten Hände zwischen den angezogenen Knien.

Im Schlafzimmer roch es nach Äpfeln, die, von einem gelben Staubtuch poliert, auf dem Spiegelschrank einer versteckten Fäulnis entgegendünsteten. Eine Birne stand ganz am Eck mit dem Stengel nach oben. Doch die war aus Papiermaché und hatte einen Schlitz zum Geldeinwerfen. Das Nußbaumvertiko zierte ein Dornauszieher, der seit Jahren vergeblich versuchte, einen Schiefer aus der Fußsohle zu entfernen, denn der Arm, mit dem er das tun wollte, war am Ellbogen abgebrochen. Das machte aber wenig, weil auch der Dorn nur gedacht war. Frau Herrlich stand zuerst auf. Sie rollte sich dazu bis zur furnierten Bettkante, sagte leise »oje« und warf das rechte Bein mit Schwung über den Rand ihrer Traumschublade. Durch den Schwung kam sie zum Sitzen und sah direkt in den echten Quecksilberspiegel des Kleiderkastens hinein. Und das seit vierundzwanzig Jahren. Manchmal sagte sie dabei zu ihrem Spiegelbild:

»Es geht schon noch, was, für Dreiundfünfzig. Da schaun andere noch ganz anders aus!«

An einigen wenigen Tagen aber blickte sie auch entsetzt auf ihr unendlich verbrauchtes Gesicht, das ihr mit der müden dicken Haut von saurer Milch aus dem Spiegel entgegenhing. Dann sagte sie, in wehem Ergreifen, aber halt doch etwas theatralisch: »Sic transit gloria mundi« und hernach hochdeutsch: »Und so vergeht der Glanz der Welt.« So stand es auf einem Kupfertiefdruck, der Cäsars Ende darstellte und auf ihrer Toilette hing, unter der großen Zinkwanne an der linken Wand. Frau Herrlich hatte einmal dem Verwalter-Karli das Bild gezeigt, und der hatte den Text auf Anhieb übersetzen können. Seitdem empfand sie immer einen stillen Trost beim Hersagen dieses Spruches, und ihr harter Hausmeistermund wurde nachsichtig und fast ein bißchen schön.

Mit dem alten Wintermantel ihres Mannes und dem langweiligen Geschmack von fünf Krankenkassenzähnen im Mund ging sie zum Aufsperren: Haustor und Hoftüre. Die Haustür hing sie gleich ein mit dem Haken, der in die Wand eingegipst war und durch das tausendfache Ausschwingen einen tiefen Viertelkreis in die Mauer gewetzt hatte. Man konnte genau den linken Zeigefinger in diese Rille legen, wenn man ihn krumm machte. Frau Herrlich hatte es schon ein paarmal getan. Nur so, wie man manchmal etwas Blödes tut, wenn man ganz allein ist. Beim Hinausgehen schaute die Hausmeisterin durch die ausgesägte gelbe Fragezeichenverzierung von unten in ihren Blechbriefkasten. Sie blies auch noch hinein. Dann weckte sie ihren Mann, der bei dem Ruf: »Dreiviertel is«, blitzschnell die nach unten betenden Hände hochwarf, als wäre er aufgefordert worden, sich zu ergeben.

Dann rief er aus: »Blumendraht.«

Dies und sein »Pfüad di«, zusammen mit dem widerwillig geschlürften Mate-Tee, war alles, was die langjährige Ehe von der goldenen Morgenstunde übriggelassen hatte.

Mit dem Geschäftsrad, einer alten Mühle, die zwischen dem Rahmenbau ein großes Reklameschild hatte, damit es die Angestellten nicht für Sonntagsausflüge benutzten, trat sich Herr Herrlich zu seiner Firma durch, die ihm das Leben für achtundfünfzig fünfzig wöchentlich abgemietet hatte.

Seine Frau daheim aber begann mit der Geduld und dem Mute einer Heiligen den völlig uninteressanten Ausguß zu putzen, die idiotisch gleichgültigen Töpfe auszureiben und an der gänzlich bedeutungslosen Milchflasche zu riechen.

Indessen hatte auch bei Kosemunds der Tag begonnen. Matschi stand im blauen Charmeuseschlafanzug und mit den ausschweifenden Filzpantoffeln ihres Mannes über die Zeitung gebeugt, die sie gerade aus dem Kasten geholt hatte, am Küchentisch. Sie las grundsätzlich nur immer den Polizeibericht oder die Ehetragödien aus dem Gerichtssaal. Fand sie etwas Passendes, so legte sie die Zeitung genauso gefaltet auf den Platz ihres Mannes, daß er diese Spalte zuerst sehen mußte. Herr Kosemund machte im Schlafzimmer unterdessen zehn Liegestützen, fünfzehn Kniebeugen und zehnmal Rumpfpendeln, wobei er die Luft pfeifend ausstieß, wie es die Boxer beim Training tun. Marilli schlief noch, die Fäuste geballt und die kleinen Daumen darin versteckt. Das Plümo war halb auf das Küchenlinoleum gerutscht, und die Mama gabelte es mit dem rechten Fuß zurück.

»Morgen.«

»Um wieviel geht der Wecker vor?«

»Acht Minuten.«

»Schalt den Radio ein.«

»Willst die braunen Schuh oder die schwarzen?«

»Die braunen, trag die andern zum Reichenberger, Eiserl draufmachen.«

»'s Gas is kumma, vierzehn fuchzig.«

»Is der Zucker schon drin?«

»Ja, vier Stückl.«

»Gib mir den Anschnitt vom Brot.«

Die Marilli drehte sich um. Aus dem Bett fiel die augenlose Puppe Fanny.

»'s Fräulein wacht auch schon auf.«

»Laß die Kleine stehn.«

»Kann ich jetzt zum Brunnen hin?«

Über dem Ausguß lief der Spiegel an, als Karl Kosemund seinen Rasiertiegel, der innen eine dicke Kalkrinde hatte und mit fast kochendem Wasser gefüllt war, auf den Rost stellte. Er wischte den Spiegel mit dem bloßen Unterarm ab und entfernte mit dem Zeigefinger die zwei blaßgelben Sandkörner aus seinen Augenwinkeln. Sein Gesicht war ungut, als er es einseifte. Seine Frau war ruhig.

Wie ein vollendeter Idiot, ein Vollidiot, dachte er jedesmal, wenn er die Zunge unter die Oberlippe schob und mit jener Seite des Rasierhobels, bei der das Messing durchs Chrom schimmerte, zu schaben begann.

Das dumpfe Scharren auf der Straße, das waren die vollen Kannen, die beim Mägerlein abgeladen wurden, das helle Scheppern die leeren. ›Pleng‹, das war die hintere Bordwand des Lieferwagens. Heute war sie dem Fahrer noch einmal heruntergefallen, bevor er den Haken zuschnappen konnte. Sie prallte dreimal zurück. Der Fahrer fluchte:

»Hurendeckel.«

Karl Kosemund war jetzt beim rechten Ohr. Das war seine Schokoladenseite. Er spannte die Haut und schnitt sich wie immer. Seine Frau war auch schon da, mit dem alten Lappen, damit er das Handtuch nicht beschmutzte. Der alte Lappen war der Rücken eines gestreiften Oberhemdes. Ein kragenloses war es gewesen, wischte beim Karl ein Gedankenfetzen vorüber. Sein Oberkörper war noch nackt, und jetzt spreizte er die Beine, weil ihm die Hose herunterrutschen wollte. Beim Abwaschen über dem Ausguß blies er mit ausgestülpten Lippen in das Wasser, das ihm vom Hahn in die Hand lief. Matschi hatte hinter ihm schon den Putzlumpen zum Aufwischen zur Hand. Mit einem angespuckten Fetzerl des schmalen gezackten Zeitungsrandes stillte Herr Kosemund das sickernde Rasierblut. Auf dem Küchenschrank lagen die Hausschlüssel, eine Zelluloidhülle mit der Trambahnkarte, ein grünkariertes Taschentuch und ein billiges Nickelfeuerzeug. Auch ein Taschenkamm lag da, den der Karl mit einer alten Haarbürste über dem Dreckkübel säuberte, bevor er alles einschob.

»Pfüad euch.«

Vor dem Haus stand der dunkelblaue Chevrolet-Wagen des Rundholzhändlers Dimmer. Der linke hintere Kotflügel war eingedrückt, und unter dem gesprungenen Lack schaute die braune Spachtelgrundierung heraus.

Fix und fertig, mit gesäbelten Beinen wie ein mexikanischer Weidereiter, ging die brave Frau Kästl in die Großmarkthalle. Sie trug an den Füßen weiche langschäftige Ringkämpferstiefel, die sie durch ihren Klammergang am Außenrist bis zum Oberleder abgetreten hatte. Eben verlor sie eine lange Haarnadel aus ihrer Schneckenfrisur. Sie merkte es aber nicht, und das letzte Ende des verschimmelten Zopfes hing jetzt ungezogen über den Rand des preiswerten Lodenmantels. Heute waren zwanzig Waggons Tomaten gemeldet. Die graue Wachstuchtasche für die defekten war schon mit Pergamentpapier ausgelegt. Aus der Mietgartenwerkstatt vom Tapezierer Himmelreich tönte ein kleines Nageln, Frau Kästl horchte hin, da trat sie auf einen gewöhnlichen Stein und verstauchte sich den Fuß. Zuerst schaute sie sich um, ob niemand ihre Ungeschicklichkeit gesehen hatte, dann wurde sie schnell verlegen und rot und hinkte. Am Zaun hielt sie ein, bis der erste Schmerz vorbei war. Jetzt kam sie zu spät in die Halle.

Dann war es Vormittag, zehn Uhr. Im Hof spielte ein Kind. Es war die dünne, feuchte Gertrud Zierfuß. Sie spielte allein. Auf den Sockel des vergitterten Kellerfensters hatte sie sieben Kastanienblätter gelegt, mit sieben kleinen Kieselsteinen. Die Gertrud richtete das Essen für die sieben Zwerglein her. Jedes bekam auch noch ein kleines Stückchen von einem Streichholz auf das Blatt gelegt. Dann sagte das Mädchen leise:

»Heute backe ich, morgen brat ich!«

Ein Hemd, das zum Trocknen vor dem Parterrefenster hing, fuchtelte mit den Ärmeln nach dem Kind. Aus dem Waschhaus stieg ein qualliger Dampfpilz. Frau Blätsch kochte die Arbeitskleider ihres Mannes aus. Plötzlich klatschte ein Rest Kartoffelsalat vom dritten Stock in den Hof.

Das war die Witwe Stoll, die alte Sau. Sie wollte den Salat eigentlich über den Hofraum in die Mietsgärten werfen, hatte aber zu kurz gezielt. Jetzt sagte das blasse Kind:

»Schneeweißchen und Rosenrot – stichst mir den Freier tot.«

Eine gewöhnliche Hausmaus mit schwarzen Liebesperlenaugen kam mit dem Kopf aus einem Loch, schaute zuerst nach links, dann nach rechts, wie beim Überqueren einer Straße, stieß einen winzigen Warnruf aus und verschwand wie der Blitz. Die Hoffenster der Parteien waren geöffnet. Ein Wecker hackte ordinär die Zeit in gleichgroße Stücke. Auf einem Reibeisen wurden Kartoffeln gerieben, eine Kaffeemühle raspelte. Vor der Küchentür der ›Alten Zeit‹ lag der Dachsbastard ›Jericho‹ und schnappte nach einer blauen Fliege, die eben vom Schnitzelfleisch, das auf dem Küchentisch lag, gestartet war. Jericho erwischte sie aber nicht, denn er war zu faul und zu dämlich dazu. Sein Hundeblick ging jetzt aufwärts. Im vierten Stock hatte nämlich Fräulein Sidonie Innig das Fenster geöffnet, und sie sang gar nicht übel: »Du schwarzer Zigeuner« und etwas später: »Liebe war es nie.« Gertrud setzte sich jetzt auf den knetigen Hofboden. Schon ein paarmal hatte das Kind auf einen abgewetzten kleinen Kiesel im Mauerverputz gedrückt, als Glockenknopf. Aber die sieben Zwerge waren noch immer nicht zum Essen gekommen. Da hatte sie sich hingesetzt. Der leichte Schweiß, den die Gertrud immer auf den Schläfen hatte, war schon ganz kalt geworden. Durch das Hoftor zog es sehr. Da beugte sich Frau Zierfuß über das Balkongitter herab und schrie:

»Willst du augenblicklich aufstehen!«

Die Gertrud stand auf und staubte mit ihren kleinen Händen hinten den Rock ab. Ihre Mutter ging in die Küche zurück, schüttete noch etwas Wasser in den Pfannenkuchenteig und rührte. Neben der Schüssel lag ein Angebot vom Kaufhaus Gutmann, das sie beim Rühren las, und dabei bewegte sie die Lippen. Gertrud aber räumte beleidigt ab. Einen der kleinen Kiesel nahm sie in den Mund. Er war warm und schmeckte genau nach gar nichts.

Da kam der Himmelreich Balthasar daher, den Hals mit einem alten Schal seines Vaters fest umwickelt wie ein undichtes Dampfheizungsrohr. Er setzte sich stumm neben die Gertrud, die aber jetzt stand. Mit der Gabel eines zweiteiligen Infanteriebesteckes malte er rätselhafte Dreiecke in den dunklen weichen Hausbrotboden. Die Gertrud schaute sinnend zu. In Holzschlappen erschien die Wirtin im Rahmen der Küchentüre. Sofort sprang der Balthasar auf und lief zu ihr hin. Er hatte schon einmal vor Monaten einen Wurstzipfel, den ein Gast zurückgehen ließ, geschenkt bekommen.

Auch diesmal sagte die Wirtin wieder: »Mach dein Goscherl einmal auf«, und dann: »Was machen denn die kleinen Zahnerl?«

Balthasar entblößte seine rosigen Kiefer, und die Frau Wirtin probierte einen oberen Schneidezahn, der schon wackelte, mit dem Zeigefinger. Aber sie gab keine Wurst her. Der Bub blieb noch länger neben ihr stehen und war sehr enttäuscht, bis er plötzlich vergaß, warum er dort stand.

Genießerisch platschten seine zwei barfüßigen Brüder Melchior und Kaspar durch die leise nachquietschende Türe in den Hof. Sie hatten beide eine heiße Kartoffel bekommen, die sie von einer Hand in die andere balancierten. Kaspar biß zuerst hinein, stöhnte »ah«, spuckte jedoch den glühenden Brocken nicht aus, sondern schob ihn mit der Zunge im offenen Mund hin und her, bis er ihn keuchend in die entsetzte Speiseröhre hinabwürgte. Der Melchior lachte dumm und wartete. Da kam auch der Balthasar angerannt und hielt sein Feldbesteck betriebsfertig in der Hand. Die Brüder gaben ihm aber gar nichts, und der Kaspar nahm ihm sogar die Gabel weg. Da fing der jüngste laut zu weinen an und begann, den Dreck, den er an den Fingern hatte, mit Hilfe der kleinen Tränen gleichmäßig im Gesicht zu verteilen. Dann spuckte er seinen gleichgültigen Bruder von hinten an und arbeitete sich die vier Treppen zu der elterlichen Wohnung Stufe für Stufe hinauf. Mutter Himmelreich hörte ihn kommen und brach eine große Kartoffel in der Mitte auseinander, damit sie kalt würde für den jüngsten. Die Leni mit der eisernen Gehmaschine half der Mutter schälen. Elfriede, die reifste, war auf die nahe Friedhofswiese gegangen, zum Hasenfutterholen. Auf Kirchweih sollte der alte Rammler geschlachtet werden.

Manchmal konnte der Leonhard den Atem bis einhundertundsiebzig anhalten, so gut hatte er das schon trainiert.

Er brauchte die errungene Fähigkeit auch jetzt gerade wieder, denn er zielte auf einen Spatzen. Sein Freund, der Leer Biwi, der mit seiner Mutter in die Stadt gegangen war, weil er Holzklapperl für werktags bekam, hatte ihm sein Luftdruckgewehr geliehen und drei Kugeln. Zwei davon hatte er schon verschossen auf einen Spatzen, der in dem rachitischen Hollerbaum saß und nicht einmal den Kopf drehte, als der Leo abzog. Der Bub hatte einen Hocker aus der dunklen Küche geholt und auf den Balkon gestellt. Er kniete dahinter und stützte die Ellenbogen auf den Sitz. Durch die wild wuchernden Kapuzinerranken, die aus den Balkonkisteln wuchsen, war er tadellos gedeckt. Die dritte Kugel war im Lauf, und auf dem Balkon herrschte atemlose Stille, als der Leonhard Kimme, Korn und Spatzenbrust in eine gerade Linie brachte.

Langsam krümmte sich sein schlecht gereinigter Finger um den blechernen Abzugsbügel. Der Kopf vom Leo war fast tomatenrot vom Anhalten der Luft, da flog der Vogel ohne jeden Grund weg. Niemals wird jemand erfahren, warum er sich aber gerade dreißig Zentimeter vor dem kleinen eisernen Gewehrloch auf das Altanengitter setzte. Der Schütze war starr vor Spannung. Er spürte deutlich, wie sein schlagendes Herz an den Rippen wetzte. Er brauchte keinen Millimeter anders zu zielen, der dumme Sperling saß haargenau in der Schußlinie. Da drehte der Spatz seinen Vogelkopf und blinzelte zweimal belanglos in die finstere Öffnung, durch die der Weg schnurgerade in den Sperlingshimmel führte.

»Wieso?« sagte Leo laut. In Sekundenbruchteilen hatte er gemeint, daß er den Sperling kenne. Wie war denn das? Wo war er denn mit ihm beisammen gewesen? Sie hatten sich doch schon einmal angeblinzelt? Wieso blinzelt ein Vogel einen Menschen an? Herrgott, so ein Schmarrn! Jetzt war er weg. Und er hätte den toten Spatzen so dringend gebraucht. Mit ausgespannten Flügeln wäre er auf seinem alten Schutzmannshelm montiert worden, den Kopf drohend nach vorne gerichtet. Der Leo war von sich selber betäubt. Das war fast so, wie wenn er manchmal in den Spiegel schaute, und auf einmal – natürlich, ganz selbstverständlich – schaute er heraus. Aber dann waren sie ja zu dritt? – weil ja noch einer da war, der den im Spiegel und also auch ihn ganz fremd betrachtete? Einen schönen Blödsinn dachte er da.

»Geh, du spinnst ja komplett«, sagte er, und da fragte endlich die Großmutter aus der Küche:

»Mit wem redest denn du?«

Der Leonhard legte den Lauf des Luftdruckgewehres diesmal auf das Blumenkistl direkt auf, zielte ganz kurz und traf die Sitzbadewanne, die neben dem geöffneten Fensterladen der Familie Kugler hing. Es tat ›pling‹, kurz und hell, und wie in einem Kasperltheater erschien blitzschnell der unbedeutende Kopf der Frau Kugler in der Fensteröffnung. Sie schaute rasch heraus, als wollte sie sagen »Seids alle da«, dann verschwand sie wieder, mit den mehligen Händen, denn sie machte breite Nudeln nach Art des Hauses. Der Leo aber ging zu seiner Großmutter hinein und fragte ohne jede Scheinheiligkeit aus gutem Herzen:

»Magst dein Bier schon, Oma?«

Als die alte Frau nickte und nach ihrem Geldbeutel zu suchen begann, sah der Bub, daß der zwischen der Ottomane und der Wand hinabgerutscht war. Er hätte der halbblinden Frau unter diesen Umständen leicht ein Zehnerl herausnehmen können, aber er tat es diesmal nicht, sonst wäre seine Güte, die ihm warm machte, vielleicht sofort verschwunden. So aber hatte er einen leichten Gefühlsrausch, als er mit dem Zinndeckelkrug auf die Straße ging. Er hob beim Radlerweg mit den nackten Zehen einen Stein auf und warf ihn dann in den Abflußgully. Wie der Stein hinabgeklingelt war, fiel ihm das Thema der Hausaufgabe ein. Sie hatten heute alle schulfrei, aber sie mußten einen Aufsatz schreiben. Der sollte heißen: ›Womit ich mich nützlich machen kann.‹ Der Leonhard würde schreiben, wie er seiner Großmutter half, in der Küche, im Keller und auch beim Geschirrabtrocknen, und wie er immer fleißig das Bier für sie holte.

Die Gastwirtschaft ›Alte Zeit‹ gehörte nicht zum Anwesen Mondstraße 46, sondern zum Nachbarhaus. Die hintere Küchentüre jedoch mündete in denselben Hof, und auch die leeren Bierfässer durften mit stets widerruflicher Genehmigung der Versicherungsgesellschaft in der Hofeinfahrt von 46 bis zur Abholung durch die Brauerei gelagert werden. Jeden Dienstag und Donnerstag wurden sie abgeholt. Es waren meistens kleine Fässer, denn die ›Alte Zeit‹ hatte ihre beste Zeit auch schon hinter sich. Wenn der Bierwagen kam, der mit einer schmierigen Kette elektrisch angetrieben wurde, waren alle Kinder da. In den Fässern klapperte es manchmal. Viele kleine Kieselsteine waren darin, die rasselten dann ganz dünn und hell, wenn die Bierbanzen zum Wagen gerollt wurden. Die zwei Bierfahrer aber blickten drohend auf die Spalier stehenden unschuldigen Mondstraßenkinder.

Wenn die satthüftige Wirtin kam, mit einem neuen weißen Schurz, und sich mit der Haarnadel träumerisch auf dem Kopf kratzte, schaute sie besonders der eine Bierführer verschwommen und doch sehr notwendig an. Erstaunt hörte die Marilli dem etwas heiseren Gespräch der beiden zu. Sie zog gerade ihr schwarzes Samtband mit dem Dubleeamulett durch ihre zweiten schmelzweichen Zähne, da sagte der Mann:

»Geh halt 'runter zum Aufzug.«

»Geh, ist doch *er* da.«

»Dös Grillenmanderl.«

»Du, täusch dich net.«

»Am Donnerstag bist aber drunt.«

»Kann schon sein.«

Die Marilli sah noch, wie der Bierführer seine ungeheure Hand auf die quellenden Hüften der Wirtin legte und diese keine Bewegung des Widerspruches machte. Dann dachte sie sich:

Wie man nur so einen Palawasch reden kann wie die großen Leute, pfhhi.

Die Marilli hatte heute ihr ärmelloses Kleid an, und sie roch an ihrer eigenen sonnenwarmen Haut auf der linken Schulter. Dann machte sie ein Fleckchen mit der Zunge naß, roch noch einmal und biß leicht hinein. Das tat sie gerne. An der Ecke vorn sah sie die weichmollige Verwalter-Emmi. Die spielte mit einem kinderkopfgroßen Gummiball und sagte:

»Ich knie mich nieder und steh wieder auf und fang den Ball dreimal mit einer Hand auf.« Das tat sie auch. Die

Marilli sagte zu ihr: »Du mußt ihn auch hintenrum werfen und rückwärts übern Kopf.« Die Emmi reagierte sofort auf den Rat und gab der Marilli ihren Ball, die ihr das selbsterdachte Kunststück gleich vormachte. Selbstverständlich brachte sie es nicht fertig. Da sagte sie:

»Dein Ball is ein G'lump, der springt nicht richtig, der Ball von der Zierfuß Gertrud ist auch viel teurer gewesen.«

Da ging die Emmi, die einst Lehrerin werden sollte, zu ihrer Mutter und sagte ihr das mit weitgezogenem Mund.

Drei Häuser weiter vorn drehten sich fünf Kinder im Ringelreihen. Ihre dünnen Stimmen mußten um eine Gruppe ratschender Frauen, eine Sandkiste und drei Kastanienbäume herum, bis sie gerade noch bis zur Marilli reichten.

›Drüben am Carolersee‹, sangen die Mädchen. Zu ihnen ging Marilli Kosemund. Sie schwänzelte leicht beim Gehen, und in ihrem lackroten Haar kehrte die Sonne ärgerlich wieder um. Der Vermessungsbeamte Rupp, der eben heimkam, sah das Kind und wie das Mädchen beim Gehen zuerst die Ballen aufsetzte und dann mit dem Absatz zwei Millimeter nachrutschte. Er dachte sofort an die ›Rue de Galoppe‹, wie er und seine Freunde die berüchtigte Straße in der Innenstadt unter sich nannten, und sagte kichernd und zynisch wie immer vor sich hin:

»Die wird einmal ein erotischer Wanderpreis.«

Dann war es auch schon mittags zwölf Uhr. Der Straßenbahner Kästl, Herr Himmelreich, Hilfsarbeiter Max Brunner, die Herren Blätsch, Leer, Herrlich und Hausverwalter Stein kamen mittags zum Essen heim. Herr Stein war stets als erster da, haargenau sieben Minuten nach zwölf. Er fuhr auf einem hohen Wanderer-Rad mit Felgenbremse und stieg über die verlängerte Achse des Hinterrades, den Großvateraufstieg, ab. Der brave Karli stand dann wartend an der Haustür, nahm das väterliche Speichenroß in Empfang und trug es respektvoll die elf steinernen Hausgangstufen bis zur Wohnungstür hinauf. Er mußte das Radl mit der rechten Hand unten beim Tretlager nehmen und mit der linken Hand am Lenker. Er war noch so klein. Verwalter Stein ging voraus, er ließ die blitzenden Hosenspangen an. Wer vorüberkam, wurde höflich, aber ernst gegrüßt. Nur Personen wie die Hausmeisterin und vielleicht noch Frau Himmelreich, die schamlos an vielen Türen horchten, konnten das leise Mittagsgemurmel hinter der Stein-Tür deuten. Die Familie betete stehenden Fußes. Nie hat jemand herausbekommen, was Steins aßen. Fragten die anderen Kinder den Karli oder die Emmi:

»Was hat‘s denn bei euch heut gegeben?«, so kam die Antwort: »Bei uns? Nix und ein Brot dazu.«

Die Mutter hatte diese Auskunft als ausreichend empfohlen.

Beim Trambahner Kästl aber roch es durch alle Fugen nach einem fürchterlichen Fett. Die Kästlin mixte es nach einem Geheimrezept. Auch die Samstagnachmittag-Rohrnudeln wurden von ihr mit demselben Talg gebacken. Niemals war es deshalb vorgekommen, daß der Nazi, wie sie den kleinen Ignatius nannten, von einem anderen Kind angebettelt wurde, wenn er am Wochenende strahlend mit der warmen, weithin ranzelnden Rohrnudel bei seinen Freunden erschien. Der Trambahner betete nicht, aber er machte beim Essen die Hosenschnalle auf. Die Frau legte ihm das ganze Pfund Rindfleisch, das den energischen Tranchierversuchen wie ein Stück Autoreifen widerstand, in den Suppenteller. Sie bekam immer ein gehöriges Stück davon ab, worauf sie ständig sagte:

»Geh, da bleibt ja dir nix mehr.«

Darauf sagte er:

»Iß nur, Weiwi, ich krieg mei Sach schon.«

Frau Kästl aß es nicht ganz, sondern stellte ihren Teller hinter sich auf den Ofen und machte aus den übriggebliebenen Stückerln abends ein Tiroler Gröstl. Herr Kästl sah und billigte das. Der Nazi kriegte ein paar Bröckerl vorgeschnitten, dann den Wirsching drauf und die Kartoffeln. Das rührte er mit einem Löffel um und schlang es zusammen mit einem dreieckigen Keil Brot sehr schnell hinunter. Der Trambahner selbst aß mit System. Er schnitt das Fleisch genau viereckig und hob sich immer den schönsten Bissen bis zum Schluß auf.

»Dann meint man, man hat lauter Gutes gehabt«, sagte er, rülpste, machte die Hose zu und fuhr wieder sechs Stunden auf der Linie 2.

Den krautfarbenen, spröden Backenbart voll Seegrasstaub und mit einem blauen Arbeitsschurz um seine erfolgreichen Lenden, folgte Meister Himmelreich dem gellenden Ruf seines Weibes:

»Zum Essen!«

Frau Himmelreich, die Frau des Tapezierers, mußte für sieben Personen kochen, und das war schon was. Jedesmal schnitt sie einen ganzen Zweipfundwecken Brot auf und zählte ihrer Sippschaft die Scheiben hin, schnell und gewandt wie die Blätter beim Kartenspiel. Wenn eines der Kinder zaghaft über die Qualität der chronischen Kartoffelsuppe murrte, sagte sie:

»Warts nur, bis ihr euch euren Löffel einmal selbst wischen müßt.« Darauf wußte niemand eine Erwiderung. Zum Trinken gab's den Saft von einem chinesischen Teepilz. Das war gewöhnliches Brunnenwasser, das sich in einem großen Einmachglas befand, in dem ein gallertartiger Schwamm wucherte. Das Getränk schmeckte nach Untersuchungshaft und Zahnpasta. Der Schwamm wuchs sehr schnell. Damals hatten viele Leute einen chinesischen Teepilz angesetzt. Nach dem Mahl kehrte der Meister sogleich wieder zurück zu seinen gebrauchten Polstermöbeln und den Wanzen.

Beamter Leer fuhr mit der Straßenbahn. Er war immer wohlgemut und geziemend. Seine artige Frau nahm ihm den griffigen Hut schon am Gang draußen ab und stellte das bereits ausgeteilte Essen jedem auf seinen Platz. Der Biwi schlenkerte unter dem Tisch mit den neuen Klapperln, wurde gefragt, ob sie paßten, und bejahte dieses klar. Nach dem letzten Bissen nahm Herr Leer einen der bereitliegenden Zahnstocher, hielt die Hand vor den Mund und bohrte zwischen zwei wackeligen Stiftzähnen. In fünf Monaten hatte er erneut Anspruch auf Zahnersatz – und dann kamen sie aber 'raus. Manchmal, wenn er die Luft kräftig durch die Lücke durchzog, rochen sie nämlich schon ein wenig nach faulem Torf. Er gab seiner Frau immer einen Kuß, wenn er ging, und der Biwi gab dem Papa anständig die Hand.

Und doch schoß der Leer Biwi an diesem Nachmittag um zwei Uhr einem anderen Kind ein Auge aus.

Der Biwi, Melchior und Kaspar Himmelreich, natürlich der Rupp Bubi und der Leo hatten nachmittags ein Fußballspiel vereinbart. Der Leo war der Torwart Zamora. Später kam der Kästl Nazi noch dazu. Sie spielten aber doch nur auf ein Tor, weil sechs zu wenig waren. Das Tor war der Wasserhydrant am Eck und der Zitherkasten vom Nazi, der eigentlich in die Zitherstunde zu dem alten Musiklehrer Huber gehen sollte. Aber vorderhand spielte er Fußball. Der Ball sah aus wie ein Preßsack. Die Himmelreich-Buben waren für diese Wurst verantwortlich. Sie hatten sie aus den Resten eines ledernen Autositzes mit den krummen Nadeln des Vaters zusammengestückelt. Aber eine Luftblase war schon drin. Da geschah es nun, daß der Leo einen Oberrist-Elfmeter vom Biwi nicht mehr halten konnte, so sehr er sich auch streckte, und das linke Knie blutig schlug beim Hinfallen. Die lederne Wurst aber verschwand mit viel Effet in einem offenen Parterrefenster. Der Leo stellte sich an die Wand und bot dem Bubi die in Nabelhöhe gefalzten Hände zum Einstieg an. Links, rechts, links, so kletterte der barfüßige Sportler auf Hand, Schulter und Kopf seines Torwartes. Wie er den zweiten Fuß auf Leos Scheitel setzte, begann dessen Kopf bedenklich zu wackeln, denn die Rückenwirbel waren ja noch zart. Dann verschwand der Klettermaxe in der viereckigen Ungewißheit eines wildfremden Schlafzimmerfensters.

Was zuerst herausflog, waren sechs Äpfel. Nur zwei fielen aufs Pflaster, so schnell hatten die lieben Kinder begriffen. Die makellosen Boskop-Äpfel waren die einzige Zierde eines Kastensimses gewesen, wie halt beim Hausmeister Herrlich auch. Dann kam die Nudel und dann der Bubi, der den Apfeldiebstahl sicher beichten würde. Er platschte nach dem Absprung mit beiden Füßen auf das Pflaster, spürte die Stauchwirkung bis zum Halswirbel, wo es ganz heiß wurde und schrie:

»Hopp.«

Da sausten die sechs, die Hosensäcke geschwollen, der Einfahrt zur ›Alten Zeit‹ zu. Der Kästl Nazi stieß bei der Flucht mit dem Zitherkasten noch an den Hydranten, daß die Saiten hell erklangen.

Als die Äpfel in der Durchfahrt gegessen waren, der vom Leo war natürlich wurmig gewesen, wußten die Buben nicht gleich weiter. Der Kaspar trug zuerst einmal den Lederbastard hinauf und kam dann gleich wieder zurück. Dann schrie der Nazi zum Balkon seiner elterlichen Wohnung empor:

»Mama, schmeiß mir bittschön ein Brot 'runter!«

Die Mama erschien zwar auf der Mietshauskanzel, aber kein Brot kam hinterher. Der Nazi war das schon gewöhnt. Er wartete auch gar nicht ernstlich darauf.

Schließlich knüpfte der Leer Biwi seine lederne Schlüsseltasche, die an einer dünnen Uhrkette hing und fast aussah wie ein Geldbeutel, vom Hosenträger ab. Melchior platschte zu seinem Vater in das Mietsgartenausbesserungswerk und brachte eine lange Schnur. An dieser wurde das falsche Portemonnaie befestigt und mitten aufs Trottoir gelegt. Nun lief die Schnur, an welcher die Börse hing, vom Liegeplatz quer über das Pflaster hinter die Bierfässer in der Hofeinfahrt. Dort kauerten auch die sechs Früchterl. Die Zugleine aber war mit Sand und Dreck so getarnt, daß man sie kaum sah. Sie mündete in Leos Hände.

Der erste, der kam, war ein Mann vom Nachbarhaus. Er hieß Stubenrauch oder so ähnlich. Man grüßte ihn nur wenig. Er sah jedoch gleich den Geldbeutel, zuckte einen Moment, und dann sah er aber auch die getarnte Schnur. Sein Blick rutschte an ihr weiter und stieß auf die Buben hinter den Fässern. Die saßen starr. Da lachte der Mann ein wenig, ging bis zur Ecke und blieb dort vielleicht eine Minute stehen. Er wartete, ob nicht ein Dümmerer kommen würde oder einer in Gedanken, denn der Mann, Stubenrauch oder so ähnlich, kannte diesen Trick aus seiner Jugendzeit.

Dann ging ein völlig Irrer vorüber. Der redete lautlos vor sich hin. Er schien im Gehen zu rechnen, wie es manche Menschen tun, die noch nicht wissen, daß eine solche Rechnung nie aufhört. Dieser Mensch sagte, als er den Geldbeutel sah und einen Fuß hob, um darüber wegzusteigen, wie über einen Abfall, halblaut:

»Jaja, so mach ich's, genauso und nicht anders.«

Dann schien er zufrieden. Die sechs hinter den Fässern stießen sich mit den Ellenbogen an, und der Biwi machte »sss« vor seiner nicht allzu hohen Stirn und drehte dabei an einer gedachten Kurbel.

Nach einer kleinen Zeit, und als dem Leo seine Fersen, auf denen er saß, schon krampfig wurden, kam der Schnapsler Karg vorbei, bei dem Luigi Viviani fast sein ganzes Geld versoff. Nun, der sah den Fundgegenstand natürlich sofort. Seit seinen Kindertagen hielt er nämlich stets den Blick gesenkt. Schon damals hatten ihm seine Eltern anempfohlen, beim Gehen fleißig auf den Boden zu schauen, denn das Geld liege auf der Straße. Er hatte so bis zum zwölften Lebensjahr ein paar tausend Sicherheitsnadeln und Hosenknöpfe, zwei Hundemarken, mehrere Taschenmesser und bereits drei Geldbörsen mit einem Gesamtinhalt von einundzwanzig Mark in bar nach Hause gebracht. Herr Karg ging wie achtlos an dem Portemonnaie vorbei, pfiff ein bißchen, blickte ein bißchen, schaute gelangweilt die Häuser hinauf und kam wieder zurück. Dann schneuzte er sich laut und ohne jeden Erfolg, ließ das Taschentuch fallen und bückte sich blitzschnell. Es gelang ihm noch, den Lederbeutel in den Handteller zu bekommen, doch die Finger konnte er nicht mehr schließen, da zog der Leo an. Der Lederfisch schnellte wie eine seltsame Forelle auf den Haustunnel zu, Herr Karg erschrak sehr. Er erschrak so heftig, daß er fast auf die Knie gefallen wäre. Da hörte er das Lachen der Buben, drückte sich aus der Hocke steil empor und lachte schnell mit. Dumm, grundlos und übertölpelt. So ein alter Depp, dachte er kräftig im raschen Weggehen, und er meinte es ehrlich mit sich selbst.

Da sagte der Kästl Nazi:

»Spielen wir doch den Wilhelm Tell!«

Sein Schullehrer Forster, ein großer Patriot und Liebhaber vaterländischer Sagen, hatte ihnen die Geschichte von dem schuftigen Landvogt und dem wackeren Apfelschützen auf Raten erzählt, als Belohnung, wenn sie recht brav gewesen waren. Allerdings stand der Wilhelm Tell gar nicht auf dem

Lehrplan, aber der Lehrer Forster sparte einfach bei der Bürgerkundestunde fünfzehn Minuten ein. Die anderen Buben kannten den Freiheitshelden ziemlich schlecht, jedoch erbot sich der Nazi, die Regie zu übernehmen und das Drama zu leiten. Der Biwi mußte seinen Bogen holen und drei Pfeile, weil keine Armbrust da war. Auf der Treppe traf er den Himmelreich Balthasar, und den nahm er auch gleich mit. Nun waren es ihrer sieben. Sie gingen auf die Wiese, wo die Dampfkessel rosteten.

»Also, du machst den Geßler«, teilte der Nazi den Leo ein. Der bekam eine Bohnenstange, was geschichtlich nicht ganz richtig war, und auf die Stange kam eine leere Konservenbüchse als Hut. Nun mußten der Biwi, der Bubi, Kaspar, Melchior und Balthasar am Leo vorbeigehen und die alte Erbsenbüchse mit angelegter Hand grüßen. Der Nazi korrigierte sie, und sie gingen ein paarmal um die Stange im Kreis herum, bis das richtig saß. Nur der Balthasar, der hinten nachtrabte, durfte den Hut nicht grüßen.

Als die Proben vorbei waren und es ernst wurde mit dem Theater, schrie der Nazi wieder in Umkehrung der geschichtlichen Tatsachen den Balthasar furchtbar an:

»Was, du willst dem Hut keine Reverenz nicht erweisen?«

Erschrocken blieb der kleine Himmelreich-Bub stehen. Doch der Nazi schob ihn sofort wieder in die Reihe und sagte:

»Du Depp, das heißt doch so.«

Da zottelte der kleine Balthasar wieder hinterdrein und machte viel zu lange Schritte, weil er doch mitmarschieren mußte, aber um vier Jahre jünger war als die anderen, und die hatten längere Beine.

Zum zweiten Male schrie der Nazi:

»Was, du willst dem Hut die Reverenz nicht erweisen?«

Und wieder blieb der winzige Wicht stehen und bekam Angst, weil der Nazi, der sonst nie etwas zu sagen hatte, heute so schrie. Da schaute sich der Kästl-Bub schon nach einem anderen Statisten um unter seinen Freunden, und auch der Leo, der die Bohnenstange hielt, murrte:

»Tun wir lieber was anderes.«

Aber der Nazi zog jetzt den Balthasar an seiner Leiberlhose zu einem Kessel hin und sagte zu den anderen:

»Letzter Akt.«

Dann erklärte er den wieder begeisterten Freiheitskämpfern die Sache mit dem Apfel. Herrgott, jetzt hatten sie aber alle sechs gegessen, sogar der Leo seinen wurmigen. Aber der Nazi wußte gleich eine Lösung. Er stellte zuerst den Balthasar, der sehr froh war, weil er mit den Großen mitspielen durfte, ganz steif an die Kesselwand und legte ihm die Hände selbst an die Hosennaht. »So bleibst jetzt stehn, ganz ruhig, und du darfst dich niemals rühren, weil du der Bub vom Wilhelm Tell bist.«

Zur Probe machte er ganz nahe vor dem Balthasar zweimal unverhofft: »Gsch-gsch«, aber dieser blieb eisern ruhig. Nun legte er ihm sein zusammengeknülltes Taschentuch auf den Kopf und sagte ihm vor:

»Schieß nur her, Vater, da ist der Apfel.«

Dabei mußte der Balthasar auf seinen Kahlkopf zeigen, der schon ziemlich igelig war, denn es war Donnerstag.

Fünf Schritte maß der Biwi ab. Er kannte seine Rolle. Nun drehte er sich um und spannte den Bogen. Der war aus sechs hohlen Stangerln eines Damenschirms gemacht. Die Pfeile waren aus Strohbinsen und hatten einen zwei Zentimeter langen Pfropfen von einem Ast des skrofulösen Hollerstrauches im Hof. Der Bolzen war mit dem Mark fest auf den Binsenhalm gepfropft.

»Da ist der Apfel«, sagte der Balthasar und sah gläubig und sehr erfreut auf den Bogenschützen. Der schoß ihm genau ins linke Auge.

Noch zwei Sekunden blieb der Bub stehen, das unverletzte Auge furchtlos geradeaus gerichtet, wie es befohlen war und die Hände angelegt. Dann schrie er schrecklich. Der Leo ließ die Bohnenstange fallen, sie traf den Kaspar auf den Kopf, und der Bubi nahm sofort das herabgefallene Taschentuch, drückte es dem Verletzten auf den riesengroß geöffneten Mund und bettelte:

»Sei still, sei still, biiitschön sei still!«

Biwi Leer lief zuerst drei hastige Sprünge weit davon. Aber er drehte sich auch gleich wieder um und ging durch den entsetzten Halbkreis der anderen auf den brüllenden Balthasar zu. Das Auge war geschlossen.

Der Leo und der Kaspar nahmen den Kleinen so fest unter den Achseln, daß er beim Mitlaufen mit den nackten Füßen kaum mehr das Wiesengras berührte. Biwi, der unglückselige Schütze, trug das Taschentuch mit einem pressenden Entsetzen im Bauch hinterher. Jeder Schritt stieß ihm ein kleines unbewußtes Weinen aus dem Halse. Vor dem Haus war niemand. Noch immer schrie der Balthasar, jetzt aber monoton und mehr durch die Nase. Einer läutete bei Leer.

Als die Mutter die Tür aufmachte, kniete sich der Biwi hin, krallte sich in die blaue Schürze, die dünne weiße Streifen hatte, und wimmerte: »Mama, Mama, Mama.«

Der Leo sagte, was passiert war, und die Tür bei Zierfuß ging auf. Die Witwe stand mit einem Gasanzünder in der Hand im Rahmen. Sie hörte die letzten Worte und sagte:

»Jesus, Maria und Josef.«

Zenta Leer machte in gelähmter Unsinnigkeit den grünen Waschlappen naß und wischte damit um das Auge herum. Der kleine Bub lag auf der Ottomane. Biwi und Leo, der als einziger mitgekommen war, weinten. Frau Zenta Leer schlug völlig kopflos zwei Eier in eine Pfanne, rührte sie mit Milch an, tat sie in eine Untertasse und wollte sie dem Balthasar mit einem Teelöffel eingeben.

Den ersten Löffel schluckte der kleine Himmelreich auch, dann fing er wieder an zu schreien. Der Leo hielt ihm den Waschlappen aufs Auge. Der Lappen war ganz warm geworden, da läutete es an der Tür. Es war die Frau Himmelreich.

Sie schrie laut:

»O heilige Mutter Anna!«

Sie nahm ihren Buben von der Ottomane auf und drückte den kahlen fiebernden Kopf an ihre magere, gute Brust. Frau Leer lief in die ›Alte Zeit‹ hinunter, und die Wirtin rief nach ihrer stotternden Erzählung die Sanitäter an. Das Auge war jetzt riesengroß geschwollen. Als die zwei Männer in ihren grauen Lodenanzügen den Tapezierbuben in den Wagen schoben, um ihn in die Augenklinik zu fahren, stand wieder das ganze Haus unter den vier Ulmen versammelt. Alle Leute redeten viel. Vater Himmelreich war blaß und drehte nutzlos an seinem Vollbart, als wollte er ihn auswinden. Auch die Marilli Kosemund stand da. Sie hatte die Beine übereinandergeschränkt und sehr große Augen.

Kurz bevor Herr Leer vom Büro heimkam, trug seine Frau der Tapeziererin einen noch sehr guten Krimmermantel hinauf. Sie sagte zu Frau Himmelreich nur:

»Nehmens ihn, nehmens ihn!«

Und die Frau nahm ihn und sagte weinend:

»Vergelt's Gott.«

Der Biwi Leer mußte den Küchenhocker holen. Das hatte er bisher zweimal in seinem Leben tun müssen, wenn er Schläge vom Vater bekam. Inspektor Leer war sich über die Sinnlosigkeit der Exekution völlig im klaren, als er seinen Buben überlegte, bis der pfiff. Nach den Prügeln, die Mutter Leer vergeblich und weinend und ohne jede Überzeugungskraft zu unterbrechen versuchte, verhängte Herr Leer noch sieben Tage Hausarrest über den Biwi. Dies signalisierte Biwi am anderen Tag mit einem Eßlöffel auf dem Ausgußrohr zum Leo hinauf. Der hatte von seiner Großmutter mit dem langen Waschkochlöffel ebenfalls Schläge bekommen. Er nahm sie ohne einen Muckser in der Kanapee-Ecke in Empfang.

In der Schule wurde Wilhelm Leer vom Offizianten auf Befehl des Klassenlehrers Forster ein zweitesmal übergelegt. Es gab zehn ›Sachliche‹ mit dem spanischen Rohr.

Nach sechsundzwanzig Tagen kam der kleine Balthasar aus der Augenklinik zurück. Das Auge war noch vorhanden und sah gar nicht so arg aus. Doch die Netzhaut war zerstört, und er sah nichts mehr damit. Neben der Pupille war der Augapfel leicht marmoriert. Der Lehrer Forster erzählte noch lange seinen Klassen die Geschichte vom Wilhelm Tell. Er erwähnte stets ausdrücklich, daß dieser große Patriot mit der Armbrust auf einen Apfel geschossen hatte und nicht mit einem Bogen nach einem Taschentuch wie beim Himmelreich Balthasar. Er empfahl seinen Buben, sich am Beispiel des Tell zwar zu begeistern, aber es keinesfalls nachzuahmen.

Auf einmal war Frau Blätsch gestorben. Sie ging noch selbst ins Krankenhaus, sie hatte Schmerzen im Unterleib, und der Arzt sagte, das könne ein Tumor sein. Dann schnitten sie ihr den Bauch auf, machten aber gleich wieder zu, weil's schon zu spät war. Das jedenfalls erzählte die Hausmeisterin. Herr Blätsch wurde Witwer und sehr still.

Siebzehn kleine Obstschnäpse im Bauch und den linken Fuß auf einem leeren Achtzehnliter-Fäßchen, so stand Luigi Viviani in der buttergelben Frühjahrssonne, die zitternde Lichtkringel auf das sauber gekehrte Trottoir warf. Es war ein Samstagnachmittag, und der Scherenschleifer hielt seinen bedeutenden Vortrag über die deutsche Eigenart. Viviani sprach nur wenig Italienisch, da er schon früh seinen südländischen Vater verloren hatte, der ihm jedoch gleich nach der Geburt standesamtlich seinen Namen gegeben hatte. Nicht durch den Tod verlor er den Vater, sondern weil der alte Viviani, als der Knabe Luigi acht Jahre alt war, zur Lehm- und Ziegelsaison nicht mehr kam. Das war ganz simpel. Er hatte in seiner Heimat, in der Nähe von Portofino, ein anderes Weib und andere Arbeit gefunden. Deshalb kannte der spätere Scherenschleifer nur ein paar italienische Flüche und ein paar Zärtlichkeiten auch, konnte auf italienisch Essen und Trinken verlangen, und noch zwei, drei wohltönende Sätze. Natürlich aber konnte er auch die Worte, mit denen der Liebe Gott gebeten wird, Krankheiten, Hunger und unruhigen Schlaf abzuwenden.

Als ob der alte Kling die Wichtigkeit gerade des heutigen Vortrages geahnt hätte, kam er mit schnellen kurzen Bersaglierischritten daher. Er schwang seinen Hakelstecken mit dem Gummipuffer und schrie aufgeregt zum Viviani hin:

»Wart, wart.«

Der Himmelreich Balthasar, der doch noch nicht einmal das Alphabet hersagen konnte, war schon seit einer Stunde in der Hofeinfahrt herumgeschlichen. Er richtete sein marmoriertes Zuschauerauge, das seit sechs Tagen ausgebunden war, rückhaltlos auf den Philosophen. Wenn der Vortrag des Gelehrten besonders spannend wurde, sagte der alte Kling zu dem Buben:

»Paß auf, paß auf!« – so wie man es zu einem jungen Hund sagt, wenn Einbrecher vermutet werden. Und also sprach Viviani:

»Die Deutschen verdanken ihre zahlreichen kriegerischen Erfolge vor allem ihrer großen Schuhnummer. Das ist ganz klar, denn wenn ein deutscher Soldat nur um drei Zentimeter längere Füße hat als die Soldaten der anderen Armeen, so macht das beim ganzen Heer vielleicht hundert Kilometer aus – und um diese sind die Deutschen allen anderen voraus. Deshalb ist der Deutsche auch immer so schnell in einem anderen Land, haut dort einen Apotheker auf den Kopf oder treibt einem Schmied aus Demidow, Kreis Rudnija, ein geschliffenes Stück Eisen in die Nieren. Aber auch die Stiefelsohlen machen da sehr viel aus. Der deutsche Zivilist trägt bekanntlich die dicksten Stiefelsohlen der Welt: er ist ein ständig verhinderter Marschierer. Plötzlich kann er den Befehl kriegen zu marschieren – und wenn er kein gutes Schuhwerk hat, was ist dann? Bereit sein ist alles.

Deutsche, laßt euch die Stiefel besohlen und dreifach nageln. Deutsche Mütter, schaut euch das Schuhzeug eurer Kinder an, ob nicht ein Nagel fehlt und ob sie auch groß genug sind, die Schuhe, damit sie für die nächsten fünfzig Jahre reichen, wenn das Kind hineinwächst. Dadurch, daß die Schuhe schon dem kleinsten Bambino um vier Nummern größer gekauft werden, haben die Füße im Laufe von Generationen natürlich das Bedürfnis bekommen, den hohlen Reserveraum schnellstens auszufüllen. Ein deutscher Fuß läßt sich da nicht lumpen. Dadurch vor allem wurde das wuchernde Wachstum des deutschen Vorderfußes begünstigt. Und wenn sich nicht die tschechische Schuhleistenindustrie geweigert hätte, noch größere Leisten als Nummer sechsundfünfzig herzustellen, wäre ein Ende der wachsenden Ausdehnung germanischer Pedale gar nicht abzusehen gewesen.«

»Hurra, hurra, hurra!« Der verrückte Kling schulterte bei diesem Ruf sofort den Hakelstecken und strahlte. Und der Balthasar setzte erstaunt einen Fuß etwas vor, wie ein Fechter, wenn's aufgeht.

»Schaut euch bloß die deutsche Frau an«, fuhr der Scherenschleifer fort. »Auch sie lebt in einem großen Schuh, mit eingebauter Gelenkstütze, damit sie nicht ermüdet, falls sie im Troß benötigt wird. In ihren Adern pulst das unruhige Blut des Marketenderstandes. Sie half schon immer weiter hinten mit, wenn das wertlose Fußvolk die grünen Felder und Wiesen rot färbte und stillte vornehmlich das Blut der Herren Offiziere und deren Neugier nach der Farbe ihrer Strapsgürtel.

In den Pausen zwischen den Kriegen fahren die Deutschen mit vernickelten Omnibussen, an denen kleine Fähnchen wehen, zu gewaltsamen Erkundungen über die Alpen. Dann stellt das nordische Weib seinen Riesenfuß in Verona auf ein Haupt der ehrwürdigen Löwen, die dort vor der Kirche des heiligen Antonius stehen, und läßt sich so im Format sechs mal neun aus vier verschiedenen Perspektiven fotografieren. Sie stellt ihre Boxkalftrampel auf den Löwen, zum Zeichen, daß sie ihn bezwungen hat, so wie ich meinen Fuß auf dieses Faß Bier stelle, weil ich die Sucht nach dem Bier ebenfalls bezwungen habe und längst beim Obstschnaps angelangt bin, den mir der molto delinquente Signore Karg jeden Samstag einflößt.«

An dieser Stelle schneuzte sich Signore Viviani die Nase und blickte etwas enttäuscht auf den Inhalt seines Taschentuches. Auch Vater Kling schaute interessiert hinein. Dann nahm der Redner den Faden wieder auf.

»Dasselbe ist es mit der Kleidung des Deutschen. Er hängt stets sein bestes Gewand in den Schrank und zieht es nur bei Beerdigungen, Hochzeiten und zum heiligen Osterfeste an, um es einmal auszulüften. Daher kommt es, daß man zu diesen Anlässen und Zeiten in Deutschland so unendlich viel geschmacklos gekleidete Menschen sieht. Da ein Anzug bei einer solchen Behandlung mindestens dreißig Jahre hält, sofern sich nicht die Mottenbullen seiner erbarmen, trägt der Deutsche die Mode von gestern. Die deutsche Frau trägt ihr schönes neues Kleid in der Schachtel heim und wartet, bis es zu klein geworden ist. Der deutsche Kunde verlangt sofort einen Reservestoff für sein geschneidertes Hemd oder den Mantel!

Die stille Reserve ist die allergrößte Stärke der Teutonen. Sie legen überall Reserven an, besonders in den Banken und Sparkassen. Wenn da genügend beisammen ist, sagt der Staat: Das gilt jetzt nichts mehr! Und dann bezahlt er die Auslagen für den soeben verlorenen Krieg von diesem Geld. Und das ist gut so, denn wer würde dem Staat sonst einen Kredit für einen neuen Krieg geben? Alles, was ein guter Deutscher tut, tut er auf lange Sicht. Drum ist der Tedesco auch so gern ein Beamter, und jeder Beamte freut sich heimlich, wenn er in den Dienst geht, daß die anderen Leute nichts ahnen von seinen sicheren Pensionsansprüchen und vielleicht meinen, er sei auch so ein Hungerleider, der nur von der Hand in den Mund lebe. Manchmal irrt sich aber der Beamte, weil ihn schon frühzeitig eine tödliche Darmträgheit befällt, vom vielen Sitzen, oder weil die Zahlen, die er sein ganzes Leben auf eine lange Liste geschrieben hat, politisch nicht zuverlässig waren. Dann kriegt der Beamte nichts, und das ist unfair, weil ihn seine Frau schließlich wegen der Pension geheiratet hat und wegen dem Sicheren, und nicht wegen seiner treuen Augen.

Die Deutschen rechnen aber auch sonst gern. In soundsoviel Monaten habe ich das Geld für das Küchenlinoleum, und alle vier Wochen kann ich mir die Haare schneiden lassen. Und der Bräutigam geht eben mit einer ekelhaften Nackenbürste zu seiner neuen Braut, weil noch drei Tage an den vier Wochen fehlen, und die Braut denkt sich, welch ein Saubär, und kommt das nächstemal nicht mehr, und sie wäre sonst sein Weib geworden und hätte ihm so gern drei Kinder geboren. Drei Buben!

Viele Menschen gibt es in diesem schönen Land, die nähen sich lederne Herzen auf die Röcke an den Ellenbogen, weil diese besonders stark vom Verschleiß bedroht sind, und andere schließen Versicherungen ab für ihr Leben, die sie aber nur ausbezahlt kriegen, wenn sie tot sind. Und da gilt das Geld bekanntlich nicht mehr viel für den, der die Leiche darstellt. Und jetzt wollen die Deutschen in ihrem Drang, alles für die Ewigkeit zu tun, sogar ein tausendjähriges Reich gründen, aber auch das wird ins Auge gehen, weil sich der liebe Gott nicht vorschreiben läßt, wie lange so etwas dauert. Ecco.

Alles, was der gute Deutsche für die Geschichte und das Soziale unternimmt, tut er für seine Kinder. Der Urgroßvater tat es für den Großvater, dieser für den Vater und der Vater wieder für die Kinder, die dann wieder von vorne anfangen.

Weil dem Deutschen aber nie die Früchte, zu denen seine Ahnen den Samen gesät haben, heranreifen, ist er immer mit Recht verbittert und rechnet leise vor sich hin, warum das nicht aufgeht. Du kannst einen Deutschen hinter einem Handkarren anschauen und einen hinter dem Steuer seiner schwarzpolierten Limousine. Sie rechnen meistens leise vor sich hin. Sie haben auch meistens jenen leicht irren, verkrampften Blick, der auf die nächste Jahrhundertwende gerichtet ist. Die Deutschen tragen ihr Leben in einem Tornister aus Kalbfell, und da sie schwer daran tragen, werfen sie es bei nächster Gelegenheit auf dem Schlachtfeld weg, als ob es schlecht riechen würde. Dafür bekommen sie oder ihre Hinterbliebenen die sogenannte Ehre.

Deutschland müßte eigentlich einen gewaltigen Überschuß an Ehre haben. Aber wo ist diese viele Ehre eigentlich geblieben? Niemand hat sie gehen sehen. Schon ist sie ums Eck, und eine neue Ehre muß her, und wenn der Küchenkasten aus dem Haus muß und der älteste Sohn zu den Panzerjägern!«

Der närrische Kling nickte heftig zu diesen Worten, und er sang ganz leise:

»Bin Soldat, vallera, hob a G'wehr ...«

Viviani schneuzte sich wieder, und diesmal fand er etwas. Dann setzte er zum Endspurt an und sagte: »Da ich aber nur zur Hälfte ein Italiener bin, obwohl mein Urgroßvater einen Palazzo hatte und vertrieben wurde, und zur anderen Hälfte ein Deutscher, habe ich auch wohl nur zur Hälfte recht. Und weil ich nicht über das Gastland schimpfen sollte, des Brot ich eß, respektive Schnaps ich trink', bin ich höchstwahrscheinlich sogar auch noch ein Lump.«

»Jawohl«, sagte der alte Kling. »Jawohl und tausendmal ja.«

»Jedenfalls einer, dem es nicht zusteht, die deutsche Eigenart zu besudeln!« So schloß der besoffene Vulkaniseur, da er sein Töchterchen kommen sah. Auch verflüchtigte sich schön langsam der gewässerte Obstler vom Schnapsler Karg, und die Gedanken des Mannes, der den Fuß auf dem Bierfaßl hatte, taten es ebenfalls. Lucia kam gütig auf den Papa zu und nahm ihn bei der Hand. Der Mann gab dem Kind auch seinen Geldbeutel, der mager und schmierig war, und das Kind nahm ihn in die andere freie Hand. So zogen sie ab, die zwei, während der weißhaarige Kling den Stecken schulterte und schnurgerade hinterdrein ging. Der Balthasar folgte langsam.

Im ersten Stock hing eine unzerbrechliche Schultafel an der Tür des Etagenbades. Darauf stand unter *Leer* und *Zierfuß* der Name *Viviani.* Der Viviani war gleich dran zum Baden, und die Leute im Haus wußten, daß ihm seine Frau den Rücken wusch. Dazu sagten sie nichts, denn die Frau tat ihnen sowieso schon leid genug.

Auch in den anderen Stockwerken hingen die Schultafeln. Frau Herrlich hatte sie geschrieben, mit schiefer Druckschrift. Die Reihenfolge der wöchentlichen Reinigung war den betreffenden Parteien von ihr vorgeschlagen: sie waren kurz befragt worden, und so war ein unumstößlicher Turnus entstanden. Entschuldigungen und irgendwelche Änderungen waren unzulässig. Jede Partei stellte das Heizmaterial selbst. War das Bad zu Ende, so meldete der Gesäuberte der Nachfolgepartei, ob und wieviel warmes Wasser noch im Kessel sei.

»Er ist noch gut viertelvoll, weil ich den Kopf heut nicht gewaschen hab'.«

Mit einem zappelnden Ringelnatterzopf huschte Frau Leer die drei Schritte zur Badetür. Sie trug rosa Unterwäsche in der Hand, von der dauerhaften Wellblechsorte. Nach drei viertel Stunden hörte man den Abfluß der Wanne gierig saugen, und nachdem die peinlich gesäuberte, etwas mondsüchtige Zenta bei spaltoffener Badetür sekundenlang gehorcht hatte, ob nicht gerade jemand im Stiegenhaus sei oder aus der Wohnung wolle, huschte sie wieder schnell in ihr Heim zurück. Die fünf nassen Abdrücke ihres kleinen Vorderfußes auf dem Stiegenhausboden verblaßten schnell. Sie hatte ihre Hausschuhe in der Wohnung vergessen.

Der Leo kam gerade vom Friseur und Bader Lechner heim. Die Großmutter hatte ihm fünfzig Pfennig gegeben. Er sollte sich mit diesem Geld die Warze abbinden lassen, die er seit seiner Geburt im Nacken trug. Genau an der Stelle, wo später der Kragenknopf sitzen würde. Es war eigentlich keine richtige Warze, sondern ein recht fleischiges Muttermal, pfenniggroß und rot. Die alte Frau hielt nichts davon, daß ihr Enkel mit so einem Hexenmal herumlief. Auch die Freunde vom Leo lachten jedesmal, wenn sie beim Baden den blaßroten Naturknopf im Nacken vom Leo sahen. Sogar der Friseur sagte immer beim Haarschneiden:

»Jetzt mach ma's aber weg, das Zwackerli.«

Diesmal hatte er das Knöpferl mit einem reinseidenen Faden abgebunden und noch mit Höllenstein eingepinselt. Deshalb brauchte der Leo heute auch nicht zu baden. Der Leer Biwi war schon fertig.

Sie gingen zusammen in den vierten Stock hinauf. Eigentlich ohne jeden Plan. Nur so. Das Stiegenhausfenster im vierten Stock war mit sechs dünnen Eisenstäben senkrecht vergittert. Da sagte der Biwi:

»Ob dein Kopf da durchgeht?«

Als der Leo nur bis zu den Ohren zwischen zwei Stäbe kam, erklärte der Biwi:

»Wart, ich weiß was.«

Und er zog die zwei dünnen Stangen, durch die der Kopf vom Leo nicht ganz durchging, mit aller Kraft so weit auseinander, daß der den Kopf schließlich doch noch durchzwängen konnte und die zwei Stäbe, die wieder leicht zusammenschnellten, gerade ganz sacht den Hals vom Leo berührten. Er konnte seinen Kopf freilich nicht viel bewegen, aber sagte lachend zum Biwi:

»Wie ein Tiger, aber laß mich wieder 'raus.«

Da geschah es nun, daß zu derselben Minute die pickelige, aber schon fünfzehnjährige Brunner Hanni vom dritten Stock ins Bad ging. Vom Gitterfenster des vierten Stockes, durch das der Kopf vom Leo hinausragte, sah man, sofern das Oberlichtfenster des Etagenbades offenstand, einen dreieckigen, gleichschenkeligen Ausschnitt dieses Raumes. Als der so Eingezwängte also ein Geräusch aus dem Wannenkammerl hörte, drehte er den Kopf, soweit's ging, nach dieser Richtung. Da erblickte er einen nackten Arm bis zum Ellenbogen und gleich danach das entblößte Bein eines Mädchens. Der Fuß war an den Fersen nicht ganz sauber.

Er sah, wie die Gespensterhand ein Seifenschüsserl auf den Badehocker stellte, und dann sah er nichts mehr, sondern hörte das geträllerte Lied:

»Drei Lilien, drei Lalien.«

Kein Zweifel, das war die Hanni. Der Leo griff mit den Händen hinter sich nach dem Biwi. Es war höchste Zeit, daß ihn dieser wieder befreite. Er wollte kein Tiger mehr sein. Reden konnte er auch nicht, weil das die Hanni gehört hätte. Aber der Biwi hatte schon längst begriffen, daß der Kopf seines Freundes gefährdet war, besonders, wenn jemand kam. Er zog wieder mit aller Kraft an den zwei Stäben, doch seine Kraft war jetzt einfach nicht mehr groß genug. Der Leo grunzte leise und zog selber mit, wo die Eisenstäbe seinen Hals berührten. Aber es reichte nicht.

Da ging eine Tür im Stiegenhaus. Herab kam bis zum Treppenabsatz beim Gitter der widerliche Rundholzhändler Rudolf Maria Dimmer.

»Ei, ei, ei«, sagte er. »Ihr zwei Früchterl.«

Als er aber den Eingezwängten sah, zog er sehr schnell, kräftig und angeberisch die Stäbe auseinander, daß sie sich nur so bogen; der Leo hätte jetzt mit den ganzen Schultern hindurch gekonnt. In diesem Augenblick, als sich der Befreite die Angst und das angestaute Blut aus dem Hals rieb, sang die Brunner Hanni frohlockend das Räuberlied und gerade den Refrain: »Sie war so schön, so schön wie Milch und Blut.«

Und wie laut!

»Ah da schau her, schau, schau«, sagte da der Holzhändler, kniete hin und streckte selbst seinen Kopf durch die weiten Stäbe.

»I hab nix g'sehn, drei Finger aufs Herz«, sagte sofort der Leo, und Herr Dimmer pfiff leise, obwohl er auch nur die Seifenschale sah, zog seinen Kopf zurück und stand auf.

»Ihr zwei verkommenen Bürscherl, ihr Dreckfrüchterl«, sagte Herr Dimmer. »Wie alt seids denn, ihr zwei Verbrecher?«

»Ich bin zehn«, sagte der Biwi, die kurze Hose voll Bauchweh.

»Ich werd's erst im Juli«, sagte der Leo, »und ich versteh's ja noch gar nicht«, sagte er und deutete ein bißchen auf das Badefenster. Herr Dimmer jedoch schaute auf seine Armbanduhr und sagte eiskalt:

»Es ist jetzt genau sechzehn Uhr zwölf, die Zeit ist wichtig für den Tatbestand. Das andere wird schon euer Oberlehrer erledigen. Und die Polizei. Ich zeig euch an.«

Dann ging er weiter die Treppen hinunter, schüttelte noch einmal den Kopf und sagte im dritten Stock zum zweitenmal und ganz hoch:

»Schau, schau, schau.«

Der Biwi aber sagte zum Leo:

»Der zeigt uns an, ich geh.« Und er erreichte gerade noch das Klosett.

Der Rundholzhändler Rudolf Maria Dimmer jedoch zeigte die beiden nicht an, weil er am Sonntag drauf auf der Strecke nach Starnberg bei Kilometer vierzehn in einen Lastwagen aus Wuppertal fuhr. Der Dimmer wurde dreimal am Kopf genäht und bis zum Nabel in Gips gelegt. Die kleine Eugenie saß auch im Chevrolet, sie brach das Schlüsselbein und erlitt innere Verletzungen. Fünf Monate konnte sie nicht zur Schule gehen. Deshalb kam sie noch einmal in die erste Klasse. Zum drittenmal.

Der Samstagnachmittag verging. Es wurde Abend über den vier Ulmen. Der Mond kam bald. Er lag gekrümmt auf dem Rücken wie ein junger gelber Hund, den man am Bauch kitzelt.

Als der Leo den letzten Krug Bier in der ›Alten Zeit‹ holte, saßen drei Männer am Wirtstisch und spielten Karten. Der Leo hatte sich vorgenommen, wenn er groß wäre, würde er dauernd Karten spielen wie diese Männer! Das mußte schön sein und sehr wichtig. Ein einsamer Gast saß am Fenstertisch und hatte eine Zither vor sich. Er spielte auf den Saiten und sang dazu. Nicht sehr laut.

›Doktor Gudden, der wollt helfen, doch er mußt mit ihm fort.‹ Es war das König-Ludwig-Lied. Der Leo merkte sich den Text. Er würde ihn vor dem Schlafengehen noch vor dem Bild des Märchenkönigs im Schlafzimmer singen. Dann trank er von dem Bier der Großmutter und rührte mit dem Hausschlüssel um. Das gab neuen Schaum. Dann ging er hinauf. Im Schlafzimmerfenster des Vertreters Kampf ging das kleine Licht schon an.

Zur gleichen Zeit rüstete Sidonie Innig zum Jahresschoppen. Das war so: Jedes Jahr an dem Samstag, der auf den Abschiedstag von ihrem Helmut folgte, ging sie in das kleine Café am Bahnübergang. Sie zog sich einfach und ein wenig geschmacklos an, tröpfelte das ewig gleiche Parfüm von dazumal in ihren bescheidenen Blusenausschnitt und ging langsam den ewig gleichen Weg entlang. Ihre Gabe des Erinnerns war sehr stark. Die ganze Zeit sang und summte sie leise. Sie lächelte in die Weite. Nach der Melodie:

»Ob ich will oder nicht, du bist mein Schicksal«, legte sie im Gehen die Wange in die eigene Hand und sagte zu sich:

»Du Dummerli du, du liebes Dummerl.«

Sie war zärtlich zu sich selbst.

Im Café, wo sie ihren Platz bereits bestellt hatte, aß sie anstandshalber etwas. Dann trank sie langsam eine ganze Flasche ›Heidenheimer Hochgewächs‹. Nach dem zweiten Gläschen, gewöhnlich war es dann zehn Uhr, schaute sie selig zur Kapelle hinüber.

Nun spielten die Musiker natürlich in diesen Jahren längst ganz andere Lieder als dazumal, Jazz und so. Aber die Bedienung brachte der Kapelle dann einen kleinen Zettel von dem alten Fräulein, das da saß und lächelte. Und auf dem Zettel standen drei Wünsche, und eine Mark war darin eingewickelt. Wenn dann die alten Schmachtfetzen drankamen und ziemlich falsch drankamen, denn die jungen Musiker kannten die halt nicht mehr so, weil ja auch die Musik rasch fortschreitet, dann schauten die meisten Paare, warum denn so ein Mist, wie sie es nannten, gespielt würde. Da zeigte schon der Mann mit der Violine in die Ecke zu dem reiferen Fräulein hinüber, das gar niemand sah und das gar niemand mehr war. Und die jungen Tänzer sagten:

»So, die da?«

Und sie ließen es halt über sich ergehen.

Um Mitternacht aß die Sidonie noch ein Sardellenbrot. Das hatte es damals allerdings nicht gegeben, weil der Helmut nicht viel Geld hatte und weil sie es auch gar nicht gegessen hätte, denn dann hätte sie ja beim Küssen nach Fisch geschmeckt. Und wer will denn so was? Um ein Uhr, als die Musikanten ihre vernickelten Posaunen und die Violine in die grüngepolsterten Kästen legten und der erste Musikus vom Wirt sein Geld bekam und sich vielmals dafür verbeugte, als ob nicht er sieben Stunden gespielt hätte, sondern der Wirt, half man der Sidonie in den Mantel. Sie ging wieder auf dem schmalen Grasstreifen zwischen Radfahrweg und Fußweg an der Bahnhecke entlang. Ein Betrunkener kam daher, sah sie an und sagte:

»Die Frau Holle geht auch schon heim, da schau her. Gute Nacht, Mutterl.«

Fräulein Innig hörte es, aber es ging nicht in sie hinein, weil der Helmut in ihr drin war und auch das ›Heidenheimer Hochgewächs‹, und die zwei füllten sie aus.

Sie lächelte noch immer zum fernen Sirius hin, als die Haustür seufzend zurückfiel. Droben unter dem Dach war ihr Bett frisch überzogen. Ganz weiß und kühl. Man sah noch überall die Kniffe, wo die Wäsche zusammengelegt war. Sidonie sagte ein wenig kindisch und kichernd:

»Mein Nest ist das best.«

Als sie müde unter dem keuschen Linnen lag, begann für ihre Zeitrechnung ein neues Jahr.

Beim Vertreter Kampf brannte noch immer das kleine Licht. Das war die achte Stunde. Doch wahrscheinlich hatten sie nur vergessen, es auszuschalten. Sie hatten ja auch einen Pauschalvertrag mit dem Elektrizitätswerk. Da war das dann nicht so wichtig.

Wenn Leonhard Knie manchmal so nachdachte, meinte er, die Nase der erwachsenen Menschen sei total verkümmert.

Allerdings die vom Viviani nicht, der war ja ein Nasenkönig. Sagte denn nicht der Geruch eines Dinges viel mehr als etwa sein Anblick oder Geschmack? Zum Beispiel, wenn er vielleicht hundert Jahre alt würde, würde er sicher das Aussehen seines Schulhauses längst vergessen haben. Den Geruch aber niemals. Oder den Geruch in seinem Wohnungsgang. Oder den Duft, wenn man auf dem Bauche lag und ins Gras roch, oder selbst den Geruch von Großmutters blauer Schürze. Auch wenn man im Sommer beim Tauchen in der Isar Wasser in die Nase kriegte. Das war schon was. Da roch man allerhand vom Jungsein und von den kleinen Kroppen unter den Steinen und vielleicht etwas vom fernen Ertrinken, und dann schaute man ganz schnell, daß man Boden unter die Füße bekam und schrie ganz hell geradeaus und wie am Hals gekitzelt. Das verstanden die anderen Kinder schon, nur die Erwachsenen fragten recht dumm:

»Was plarrst denn so blöd.«

Aber die Erwachsenen, so meinte der Leo, hatten ja auch ihre Nasen nur mehr, damit die Brillen nicht herunterrutschen konnten oder damit sie wußten, was sie in die Taschentücher stecken sollten.

Im Schulhaus vom Leo roch es wie in sämtlichen Schulen der gemäßigten Breitengrade. Nach Bodenöl, nach dem kleinen Einmaleins, nach abgeschriebenen Hausaufgaben und Griffelstaub. Bang roch es auch noch. Immer roch es ein bißchen bang. Und die Mädchenklassen rochen schlapp und matschig und süßlich. Und der Lehrer Zeller roch nach spanischem Rohr und ein bißchen nach Leder und Papier und nach seiner Haushälterin, die manchmal kam und was brachte und ihrerseits nach September roch. Und das Fräulein Müller von der Mädchenklasse 6 B, die einen Preis im Hochsprung bekommen hatte, in Aschaffenburg, wo viele Fräulein hochgesprungen waren, die roch schön geradeaus nach Leistung und wie nur ein kompletter Turnverein riechen konnte. So hatte alles seinen Geruch, die Lehrer, die Säle und die Tinte.

Leonhard saß in der dritten Bank in der Fensterreihe, und neben ihm saß der Fritz Fikentscher. In der Bank vor ihm lernte der Schwab Erwin, der Butterbrothändler, sowie Rudi Pirzer, der Anfälle bekam, weil sein Herz nicht richtig schlug, sondern falsch ging wie die Schulhausuhr. Die spann. Auch der Leer Biwi und der Rupp Bubi besuchten dieselbe Klasse wie der Leo. Nazi Kästl war ein Jahr älter, und die zwei größeren Himmelreich-Buben waren protestantisch, obwohl ihre Mutter katholisch war, aber das tat nicht weh, sagten sie und lachten. Auf der hölzernen Schulbankplatte vom Leo war mit dem Messer eingeschnitzt *Rache*. An der Kante waren viele Kerben eingeschnitten, das hatte vor zwanzig Jahren ein Schulbub namens Martin Waage getan – jedesmal nachdem er übergelegt worden war, schnitt er eine Kerbe. Es waren sehr viele Kerben, doch der Leo Knie wußte natürlich nicht, warum sie da waren. Denn Martin Waage hätte ja sein Vater sein können.

Der Tintenfaßdeckel auf der Bank vom Schüler Knie, ein Deckel aus Zink, den man zurückklappen konnte, so daß der eigentliche Hals des Tintenglases sichtbar wurde, war auch verziert. Auf ihm stand, sicherlich mit einem Taschenmesser eingraviert: *Memento mori*. Dies hatte ein Schüler getan, der Johann Freudenreich geheißen hatte und später schon mit einundzwanzig Jahren überfahren wurde. Er hatte es getan, als er Winnetou, Band 2, unter der Bank ausgelesen hatte und die edle Rothaut gestorben war. Die lateinische Weisheit bezog er von einem Beichtzettel. Darauf stand dieser Spruch, und drunter stand derselbe Spruch in Klammern auf deutsch.

Links vom Leonhard, fast mit der Hand zu erreichen, war der Hebelgriff des Oberlichtfensters, das er auf Befehl des Lehrers manchmal öffnen durfte, und schräg rechts vorne stand der Lehrer selbst hinter seinem Katheder, wenn er nicht gerade saß, was ihm und dem Leo lieber war. Lehrer Zeller, Sohn eines Kartoffelgroßhändlers, war ein Mann ohne Ehrgeiz und so mittendurch halt, wie die Buben sagten. Er legte sie mit derselben Phantasielosigkeit über, mit der er ihnen auch vom Popocatepetl erzählte. Manchmal aber kam Herr Zeller mit einem langen Segeltuchfutteral in die Schule, an den Tagen, wenn nachmittags frei war. In dem Futteral verbarg sich eine doppelläufige Schrotflinte, die der Lehrer Zeller an diesen Tagen brauchte, weil er von einem alten Geschäftsfreund seines verstorbenen Vaters auf die Wildenten- oder Hasenjagd eingeladen war. Dies waren eine Passion und ein Umstand, die den Lehrer Zeller ein wenig über die anderen Lehrer hinaushoben. Das Schrotgewehr hing an einem Landkartenhaken.

Nun war in der Klasse vom Leonhard auch der Gustav Müller. Dieser Bub war schwer erziehbar, das stand sogar in seinem Zeugnis, regelmäßig seit vier Jahren. Wenn der Fritz Fikentscher in der großen Pause vom Herrn Lehrer Zeller ein frisches Stück Kreide bekam, um seine Mitschüler, die schwätzten, während Herr Zeller im Erdkundezimmer allein seinen Leberkäs aß, aufzuschreiben, stand nachher als erster auf der Tafel: *Gustav Müller.* Als letzter stand Gustav Müller wiederum darauf.

Müller hat gelacht oder *Müller hat den Schüler Fikentscher angespuckt* und *Müller hat gesagt, er fürchtet den Herrn Lehrer nicht.* Das stand alles auf der rotlinierten Tafel, und der Fikentscher hatte gerade genug zu tun, bis er das in Schönschrift verfaßt hatte. Höchstens stand noch der Leer manchmal am Rand, weil nicht mehr viel Platz war. Wenn der Lehrer dann zurückkam, ging er fünf Schritte in das Schulzimmer hinein, stellte sich mit dem Gesicht zur Tafel hin und sagte ohne Erregung:

»Müller 'raus.«

Nun kriegten alle Buben eine Gänsehaut, weil der Gustav Müller so viel Mut hatte und, je nachdem wie er aufgelegt war, vielleicht gar nicht hinausging aus seiner Bank. In diesem Fall ging der Herr Lehrer langsam auf ihn zu und zog ihn an den Schläfenhaaren vor das Katheder. Manchmal gab der Gustav da mit schrägem Hals nach, manchmal nahm er auch den Lehrer bei der Hand und versuchte, ihm den Besitz seiner Schläfenhaare streitig zu machen. Schließlich blieb aber doch immer der Lehrer Sieger, und er schlug den garstigen Schüler ganz kurz und schnell mit dem spanischen Rohr. Dann ging der Unterricht wieder weiter. Nach der letzten Stunde jedoch schlug der Müller Gustl seinerseits den Fikentscher. Als er den oft genug geschlagen hatte, kam der auf die Idee, zusammen mit dem Lehrer aus dem Schulhaus zu gehen, fast bis nach Hause, weil die beiden den gleichen Weg hatten.

Da geschah es, daß der Herr Lehrer einmal einen ganz schlechten Tag hatte. Sei es, daß ihm seine Haushälterin Kummer bereitet hatte oder daß seine Sterne gerade besonders übel standen, jedenfalls war Lehrer Zeller bedeutend unwirsch. Und an diesem Tage hatte wohl auch der Schüler Müller eine ausgesprochen schlechte Konstellation der Gestirne. Er malte in der Pause in seinem Übermut den Lehrer selbst auf die Tafel. Dem Fikentscher hatte er einfach die Kreide weggenommen und eine Nuß auf den gescheiten Hinterkopf gegeben. Das Lehrerporträt war gar nicht schlecht gelungen, nur das Kinn war zu lang. Das fand wohl auch der Lehrer Zeller, als er von der Vesper zurückkam. Diesmal zog er so stark an den Schläfenhaaren des chronischen Sünders, daß ihm Gustav Müller nicht widerstehen konnte. Der Schüler wurde vorn an die Fensterseite des Schulzimmers, vor die Dampfheizungsrippen, postiert.

»Rühr dich ja nicht vom Fleck, Müller«, sagte der Lehrer, und sein Ton war ernst und streng. Es war ein Mittwoch, der Zwilling hing im grünen Futteral am Landkartenhalter.

Diesen nahm nun Herr Zeller mit der rechten Hand herunter und zog hinten an einer Schnur am Futteral, da ging es auf. Heraus holte er den Wildentenböller mit den zwei düster funkelnden Läufen. Die Klasse wurde stiller als beim ›Dominus vobiscum‹ am Sonntagvormittag. Niemand scharrte, schubste, knarzte, hustete oder schnaufte. Gustav Müller stand an der Heizung wie seinerzeit der Himmelreich Balthasar beim Wilhelm-Tell-Spiel, starr und stumm. Da sagte der Lehrer:

»Schüler Müller, dein letztes Stünderl hat geschlagen, der Krug geht so lange zum Brunnen, bis er bricht.«

Dann spannte Herr Zeller zwei große Hähne, die laut und kalt knackten. Der Schüler war im Gesicht grün geworden wie ein schmutziger Ölsockel, und der Lehrer hob die Flinte und schloß ein Auge. In der hinteren Bank begann ein Bub zu wimmern. Da sagte der Gustav Müller in die gläserne Luft hinein mit leerer, zu leihen genommener Stimme:

»Das dürfen Sie ja gar nicht, Herr Lehrer, das dürfen Sie nie.« In dem Augenblick ging die Tür zum Klassenzimmer auf, und der zierliche Oberlehrer Kraus mit seinen wenigen glatten Haaren stand da. Der Schüler Müller rutschte jetzt langsam mit dem Rücken am Dampfheizungskörper hinab, bis er auf dem Boden saß. Es war halt doch etwas zu viel gewesen für ihn. Der kleine Oberlehrer Kraus aber sagte zum Lehrer Zeller, der jetzt auf einmal recht lächerlich aussah:

»Ich muß schon sagen, Herr Kollege, ich muß schon sagen.«

Und er nahm ihn mit, den Kollegen, in das Oberlehrerzimmer, und der lange Hilfslehrer Mayer kam an diesem Vormittag zur Aushilfe, und er blieb noch drei Tage, bis der Lehrer Zeller wieder da war. Er hatte keine glückliche Zeit hinter sich, denn die Geschichte war bis zum Stadtschulrat gegangen oder noch weiter. Fritz Fikentscher bekam von diesem Tage ab keine Kreide mehr zum Aufschreiben und auch keine Schläge mehr vom Klassenkameraden Müller. Jetzt sollte der Eisenreich Johann aufschreiben, da war die Tafel immer leer. Das Erschießen hatte aber beim Gustav Müller gar nichts geholfen, und er blieb weiterhin schwer erziehbar.

Was er aber in Wirklichkeit für einer war, erfuhren manche seiner Jugendfreunde erst später, als der Schüler Gustav Müller Berufsboxer geworden war und von achtunddreißig Kämpfen nur einen einzigen verlor – gegen so einen schlechtriechenden Mulatten, der Sikki hieß und als unfair galt.

Und wieder war ein Samstagnachmittag. Zuerst hatten die Buben von der Mondstraße in den Isar-Auen Maikäfer gesucht. Das heißt, Maikäfer gab es Ende März noch gar nicht, aber der Nazi hatte gesagt, die müßten schon irgendwo dasein, unter dem Rasen, von wo sie dann im Mai durch kleinere Löcher herauskriechen würden. Und ein Maikäfer im März ist natürlich mindestens so viel wert wie Erdbeeren im Dezember. Die Maikäfer, die sie fangen würden, sollte der Leo am Sonntagvormittag beim Eingang zum Tierpark verkaufen. Da kamen doch viele reiche Leute mit ihren blassen, dummen Herrschaftskindern, die im Leben nie einen Maikäfer selbst erwischen würden, aber alles haben müssen. Diesen gnädigen Herrschaften sollte der Leo seine Maikäfer anbieten. Die Männchen für fünfzig Pfennig, die Weibchen für weniger, weil Weibchen immer weniger wert waren. Für das Geld wollten die Buben ein Tauchgerät kaufen, mit Schwimmflossen, und hinter dem Familienbad, dort, wo das Wasser abfloß, nach Goldbrillen und Schmuck tauchen, welche die Strömung den badenden Leuten abgerissen hatte. Vielleicht würden sie sogar einmal im Starnberger See nach dem Prunkschiff König Ludwigs tauchen, das nur sieben Meter tief auf dem Grunde liegen sollte. Möglich war das schon. Das war sogar sehr leicht möglich.

Sechsundfünfzig Quadratmeter Rasen hoben die sechs Mondstraßler auf der Suche nach den frühen Maikäfern ab. Die sechsundfünfzig Quadratmeter mußten ungefähr stimmen, denn das stand später in dem Protokoll über mutwilligen Flurschaden, das dem Lehrer Zeller von der Stadtgartendirektion zugeleitet wurde und das er laut der Klasse vorlas, bevor er die sechs überlegte. Und obwohl die sechs Amateurzoologen nicht einen einzigen Maikäfer gefunden hatten, sondern nur drei käsefarbene Engerlinge, die in eine Manoli-Blechschachtel kamen, mußten sie den Flurschaden bezahlen. Der Leo, der Kästl Nazi und der Müller Gustl konnten dies aber nicht, weil sie keine Sparkasse besaßen, und so mußten sie ihr angespanntes Fell hinhalten, und der Herr Lehrer prügelte darauf herum, aber es fiel nirgends Geld heraus aus den brutal gestrafften Hosen. Aber das war erst später.

An diesem Nachmittag, als sie vom einarmigen Aufseher Zirngibel bei der Maikäferpirsch erwischt worden waren, spielten die Mondstraßler Indianer. Sie kamen in Rupfenhosen, mit Hühnerfedern um den Kopf, und zwei hatten ein gestohlenes Tafelmesser aus der ›Alten Zeit‹ zwischen den Zähnen. Drüben an der Isar wurde unter der Aufsicht des Herrn Zirngibel gerade Kies aus dem Flußbett gefahren, für die Wege zu den Anlagen, die er bewachte. Der Kies kam dabei in kleine eiserne Rollwagen, die heute Ruhetag hatten und zu sechst gekoppelt und mit einer Kette abgesperrt auf dem steilen Ufer der Isar rasteten. Aber was sind schon so eine Kette und so ein Vorhängeschloß mit einem daumendikken Bügel für Buben, die Indianer spielen! Den Rundholzbalken brachte der schauerlich mit Wasserfarben bemalte Nazi. Sie zwängten den Balken mit dem kürzeren Hebelende zwischen die Absperrkette und stemmten sich mit den schmächtigen, aber entschlossenen Schultern unter das lange Stück und sagten nur ein einzigesmal:

»Ho ruck.«

Und ab war das Ding für zwölf achtzig. Unterhäuptling ›Schweigsames Eisen‹, der Sohn des Beamten Leer, löste den Bremsklotz vom vorderen Wagen des Zirngibel-Expresses, und dieser rollte zuerst leise murrend, aber dann donnernd auf die hölzerne Brücke zu, die über den Wasserarm führte. Pfadfinder ›Hartherz‹ stand auf dem Führungswagerl und stieß einen gellenden Schlachtruf aus, als er mitten auf der Strecke die Holzschwelle gewahrte, die der Leo über das Geleise gelegt hatte. Gerade konnte ›Hartherz‹ noch abspringen und mit lebensgefährlichen Bewegungen die Balance auf dem schmalen verbleibenden Brückensims zurückgewinnen, als der Aufprall erfolgte. Ein jähes Aufbäumen der ersten zwei Eisenwagerl, ein Splittern der Schwelle – und die ›Pacific Railway‹ neigte sich plötzlich gelangweilt über den Steg und plumpste gurgelnd und Blasen erzeugend in den drei Meter tiefen Wasserarm. Schaukelnd versanken die Wagerl. ›Schweigsames Eisen‹ schoß noch einen nutzlosen Pfeil hinterher, und der Melchior spuckte träumerisch in die wieder still gewordene Flut. Dies war die erste Abschlagszahlung der Mondstraßler an den Aufseher Zirngibel für die Maikäfersache.

Dann liefen die allerletzten Mohikaner knapp hintereinander den Weidenbüschen zu. Es sah aus, als ob sie alle hinkten, aber das sah nur so aus, denn Häuptling ›Te-cum-se‹ hatte zu seinen Kriegern gesagt, sie müßten immer hundert Schritte hauptsächlich mit dem linken Fuß laufen und dann hundert mit dem rechten, weil der andere Fuß dabei immer ausruhen könnte, und sie dann niemals einzuholen wären. Er hatte es gelesen.

Bei der Ausführung eines Kundschafterauftrages erlebte der junge Leo Knie an diesem Nachmittag ein eigentümliches

Gespräch. Er war gerade dabei, auf dem Bauch kriechend, ein spärlich grünes Gebüsch zu teilen, da sah er, durch Weidengerten und dürre Stengel etwas verdeckt, einen Mann und eine Frau auf einer Decke liegen, die auf dem frühwarmen Boden ausgebreitet war. Einmal sagte sie und dann sagte wieder er:

»Sag einmal, was hast du dir eigentlich gedacht, wie du mich das erstemal gesehen hast?«

»Was ich mir gedacht hab'?«

»Ja.«

»Soll ich dir's sagen?«

»Ja, sag mir's, Wackerle.«

»Ich hab' mir gedacht, das wär auch so eine.«

»Was für eine denn?«

»Na ja, halt so eine.«

»Nein, du mußt sagen, was für eine.«

»Eine, die was vertragen tät und was aushält.«

»Du redest aber schon ganz schön frei.«

Sie zupfte ihm jetzt ein paar Haare vom Kragen weg, wo gar keine da waren, und staubte ihm auch etwas ab, wo nichts war. – Dann sagte er:

»Du bist doch verheiratet, gell?«

»An was kennst du denn das?«

Da sang er lachend:

»Schatz, mach noch einmal die Bewegung.«

»Jaja, die Verheirateten.« Jetzt nahm er eine Zündholzschachtel aus der Hosentasche, brach den Schwefelkopf von einem Hölzchen ab und zerbiß den Rest zwischen den Zähnen. Dann sagte er halb vor sich hin:

»Sag, gell, alle Frauen haben doch ein Geheimnis wie der Zauberer und die Ringkämpfer, die auch niemand 'reinschauen lassen, weil doch sowieso alles ein Krampf ist.«

Da kicherte die Frau auf der Decke.

»Weißt, Herzi, aber lieb bist du schon.«

»Ich bin halt arbeitslos.«

»Ja und? Ist ein Arbeitsloser nicht so lieb wie ein anderer?«

»Doch, doch, schon, aber arbeitslos ist er halt zuerst.«

»Du, schaust nachher in deine rechte Joppentasche?«

»Wieso denn?«

»Ja, vielleicht ist was drin nachher, wer weiß?«

»Du, das geht aber nicht, bei mir geht's aus Liebe oder gar nicht. Das muß ich dir schon gleich sagen, damit du weißt, was Ambach ist.«

»Wieso Ambach?«

»Halt Ambach, das ist ein Wort beim Kartenspielen.«

»Ach so ...«

Da sagte die Frau plötzlich:

»Süßerle ...«

Er sagte nichts und legte den Arm um ihre Hüften, dort, wo die Bluse aus dem Rock herausgerutscht war und ein rosa Unterhemd herausschaute.

Da gab ihm die Frau einen Kuß in das Ohr, und als der Mann etwas den Kopf drehte, sah der Leo, wie er das Gesicht dabei verzog und gar nicht sehr glücklich aussah, sondern eher etwas ärgerlich und ergeben. So, wie die Kohlenträger aussahen, wenn sie vor dem Haus hielten und die Säcke in den vierten Stock tragen mußten, zu Rudolf Maria Dimmer, wo es kein Trinkgeld gab. Aber der lauschende Mohikaner kannte den Mann auf dem Boden nicht. Und wieder sagte die Frau: »Süßerle« und seufzte dazu, und da zog sie der Mann zu sich herüber, und da lag sie fast auf dem Menschen. Das Gesicht der Frau, die jetzt auf dem Mann lag, war sehr rot und schaute dick aus, fast wie verweint. Aber da hob die Frau ihren Kopf etwas, und da sagte der Leo ganz laut:

»O Jessas!«

Es war die Frau des Vertreters Kampf, die sich da auf den Mann gewälzt hatte und der die Haare ins Gesicht hingen und die heute so verschwollen aussah im Gesicht. Der Mann unter ihr sagte noch:

»Da ist einer.«

Dann sprang er schnell auf und stieß die Frau Kampf grob von sich herab, aber der Leo brach schon durch die knisternden Büsche. Ganz automatisch lief er zuerst auf dem linken Fuß und dann auf dem anderen. Der Mann kam ihm aber sowieso nicht nach, denn die Hose rutschte ihm. Der Leo lief gleich heimzu. Irgend etwas kitzelte ihn in den Leisten. Das, was er gesehen hatte, war unkeusch gewesen. Kein Zweifel. So klein war er nimmer, daß er das nicht wußte. Wenn er auch noch Maikäfer suchte im März. Und die Frau, die ›Süßerle‹ gesagt und den fremden Menschen ins Ohr geküßt hatte, das war die Frau Kampf gewesen. Wo der Herr Kampf zum Vertreten ging tagaus, tagein oder hinter der Tür die Schuhe putzte, was jeder hören konnte.

Jetzt ging der Leo langsamer, denn sein Haus war schon nah. Er grüßte ganz verwirrt Herrn Dimmer, der seit Monaten schon aus dem Gips war, aber immer noch hinkte.

Herr Dimmer grüßte nicht zurück.

Als Frau Kampf vom Boden aufgestanden war, erlosch rasch der Zuckerglanz in ihren Augen. Der Mann, den sie im Kino kennengelernt hatte, lächelte etwas dumm und sagte:

»Jetzt gehn wir aber, da sind ja Leute.«

Er bückte sich und hob die Decke auf, und sie packten sie an allen vier Zipfeln und schnalzten sie auseinander, so daß alle Gräslein und ein paar alte Blätter wegstaubten. Dann ging er voraus und trug die gerollte Decke unter dem Arm.

Er sah heimlich nach, was in seiner rechten Tasche war. Es war ein Fünfmarkstück. Und er dachte: Fünf Mark sind fünf Mark. Vom Bahngeleise weg ging Frau Kampf allein.

Am gleichen Nachmittag, schon gegen Abend zu, traf der Leo die Frau Kampf im Stiegenhaus, und sie sagte zu ihm:

»Geh, willst mir nicht die Milch holen, kriegst ein Zehnerl.«

Er schaute sie steif und haargenau an und nahm den Topf. Sie hatte ihn also nicht erkannt. Als er zurückkam, ließ ihn die Frau Kampf in den Wohnungsgang treten und suchte ein Zehnerl in ihrer Handtasche. Weil sie aber keins fand, ging sie in die Küche und legte ihre Tasche auf den Garderobeständer. Da fiel ein kleines, grünes Schachterl aus der Tasche, und weil die Frau Kampf in der Küche war, hob es der Leo auf und steckte es ein. Hernach schaute er hinein. Es waren Gummiröllchen drin. Ha, was war denn jetzt das? Er wollte sie dem Biwi zeigen, ob der vielleicht wüßte, was man damit tun könnte.

Der Föhnwind blies. Karl Kosemund stritt mit seiner Frau. Er hatte manchmal starke Anwandlungen von Ordnungssinn, und da hob er die Diwankissen in der Küche auf und schaute in die große Einkaufstasche und hinter das Radio oben auf dem Küchenkasten, und immer fand er dasselbe: einen Seidenstrumpf mit einem Loch, auf dem Kasten einen Strapsgürtel, einen Büstenhalter, dem der hintere Knopf fehlte, und einen Unterrock mit abgerissenem Träger unter den Sofakissen, auf die selten dämliche Sprüche gestickt waren:

Bleib mir 3, 4 + 4 und *Wer nicht arbeitet, soll wenigstens gut essen.* In der Einkaufstasche aber waren ganz sicher alter Endiviensalat, braun gefault, eine angebrochene Schokoladentafel für das Fräulein Marilli, verfallene Rabattmarken und ein aufgeweichtes Mohnzöpferl. Die Gegenstände drapierte der Karl, kopfschüttelnd und hoffnungslos, aber böse lächelnd, mitten auf den Küchentisch und wartete, bis die Matschi aus dem Schlafzimmer oder vom Gang hereinkam. Dann sagte er zuerst gar nichts, weil er schon wußte, wie sie anfing:

»Hast schon wieder geschnüffelt, alter Schnüffler.«

»Gefällt's dir nicht, dein Stilleben? Wie vom Maler Picasso. Mit der Unterschrift: Potpourri einer Schlampe.«

»Wer wär denn die Schlampe?«

»Ja du, wer denn sonst, meinst, ich mein vielleicht die Maria Stuart?«

»Welche Maria Stuart?«

»Aha, da is niemand daheim, bei der Bildung. Da reicht's halt nicht.«

»Muß ja nicht jeder so gescheit sein wie du oder deine Menscher.«

Nun ging der Karl zur Attacke über.

»Hab' ich dir nicht schon eine millionmal gesagt, daß man einen Salat nicht verfaulen läßt?«

»Der is nicht verfault, bist höchstens du verfault.«

»Und die Schokolade fürs Herzipopperl?«

»Warum, der fehlt doch nix.«

»Dem Schokolad vielleicht nicht, aber dir, dir fehlt's im Hirnkastl, du mußt es ja nicht verdienen.«

»Hättst ja nicht heiraten brauchen, hab' ich vielleicht darauf drängt oder du?«

»Herrgott, mit was hab' ich das verdient?«

»Und überhaupt, wem hab' ich denn meine ganze Jugend geopfert?«

Die Matschi hatte den Salat längst wieder in die Tasche getan und die Schokolade auch, und den Straps und den Büstenhalter und den Strumpf auf einen Stuhl gelegt. Der Karl hatte die Hände in die Hosentaschen gesteckt, er bohrte mit dem Zeigefinger eines der Löcher größer, die er stets in diesen Futteralen hatte. Seine Augen waren aufwärts gerichtet zur Decke, wo ein Sprung im Plafond war, der aussah wie das Profil einer alten Hexe. Der Revolverdreher Karl sog die säuerliche Küchenluft durch die Zähne ein, und dann sagte er auf einmal mild und sehr belehrend:

»Ich will dir einmal was sagen, mein Kind, weißt du, was ein Mann bei einer Frau sucht? Güte sucht er, Güte und Weichheit und Nachgiebigkeit. Und wenn du nicht so borniert wärst, tätest du das alles wissen und danach handeln. Wenn ein Mann heimkommt von der Arbeit und einen Rucksack voll Sorgen mitbringt und Verdruß, so soll ihm die Frau helfen, daß er den Rucksack auf den Boden stellen kann, ins Eck. Dann weiß er, daß er daheim ist, der Mann. Und einen Respekt verlangt der Mann; und die Frau, die ihm den Respekt nicht gibt, ist zweimal blöd, weil der Mann davon lebt, daß er sich wichtig vorkommt in der Familie, die ihn braucht, und weil man den Mann merken lassen soll, wie sehr man ihn braucht. Aber wenn man das einer Frau schon sagen muß, weil sie nicht selber draufkommt, weil sie zu faul und zu dumm ist, darüber nachzudenken, da langt mir's schon.

Aber wenn ein Mann richtig behandelt wird, dann kann er auch was leisten, und dann behängt er die Frau von unten bis oben mit allem, was er hat, aber wenn eine Frau eben dumm ist, dann kämpfen selbst die Götter vergebens dagegen.«

Da sagte die Matschi:

»Dumm, dumm, dumm, dumm. Sonst hört man ja nix von dir. Statt daß du einmal eine Frau so behandelst, wie sich's gehört. Lern zuerst einmal das! Da gibt's nämlich auch ein

Sprichwort, wennst schon so gescheit bist, nämlich: Wie man in den Wald hineinschreit, so schreit es heraus. Aber bei deinen andern Weibern, da wird dir der Schnabel schon gehn, da wirst vornehm sein und Herzi hin und Herzi her, aber wenn ich dir auf eine draufkomm, die kann was erleben, das kannst ihr sagen, deiner Freundin. Die schaut schön aus, die soll sich nur gleich eine Sonnenbrille kaufen von wegen der blauen Augen ... Oder vielleicht kauft's gleich der Herr Kosemund selber für sein Popperl, der Herr Karl Kosemund, der selber so dumm ist, daß er nicht spannt, daß ihn seine Weiber nur ausnutzen, und bei mir tät er sparen. Da sag ich nur pfui Teufel.«

Und jetzt war die Matschi gefährlich. Jetzt wurde sie entweder gleich ordinär, oder sie würde weinen, und deshalb nahm der Karl den Türgriff in die Hand und drückte ihn nach unten.

Und der Föhnwind blies auch durch das Küchenfenster des Rosenkranzvertreters Löwenstein und unter dessen schwarzen Havelock. Der Hader war schon im Gange, weil Herr Löwenstein beim Aufwärmen des Rasierwassers das Gas viel zu weit aufgedreht hatte, so daß die Flamme über das Haferl hinausschlug. Mochte nun gleich gar der Teufel in ihn gefahren sein. Herr Löwenstein wippte heute auf dem Kanapee wie ein blödes Kind und freute sich, weil es so schön auf und ab ging und die Federn krachten, aber nicht nachgaben. Er hatte gerade eine Schlachtschüssel hinter sich, mit vier Knödeln. Und jetzt wippte er, was er das ganze Jahr nicht tat, weil er es doch nicht durfte. Da kam aber seine Frau herein, als er gerade oben war mit dem schwarz verhangenen Gesäß und sich fallen ließ.

Er erschrak sehr. Sie jedoch sagte mit gräßlichem Duldergesicht:

»Das muß ja ganz besonders wohltun, wenn man einem anderen Menschen einen Schmerz bereiten kann. Ich dank dir recht schön, Sigmund, daß du mir das antust. Ich dank dir wirklich, vielen Dank. Ich bin ja auch nicht mehr wert.«

Und sie hielt die Hand, die gelb war von dem ewigen Verkehr mit Bodenstolz und Bohnerwachs, an die Stelle, wo sie das Herz vermutete, wo jedoch die Milz lag. Und dann folgte eine lange Ballade vom Kreuzweg einer Hausfrau, die nichts als ordentlich und sauber sein wollte und sich aufopferte für die ihren. Und die Litanei war so selbstzerfleischend und schmerzhaft lang, daß Herr Löwenstein schließlich die Mundharmonika nahm und auf den Gang hinausging, wo er alle drei Strophen von ›Schwalben nach‹ spielte, bis sein Blutdruck wieder zurückgegangen war, auf einhundertzweiundvierzig.

Und der launisch verruchte Wind zwängte sich auch in das keusche Kämmerlein der Sidonie, so daß sie lauter schwere Lieder sang, ›Rosen auf dem Heidegrab‹, ›Reich mir zum Abschied noch einmal die Hände‹ und ›Es wird in hundert Jahren wieder so ein Frühling sein‹. Fräulein Innig war ungekämmt und hatte sich gegen elf Uhr mittags die Zähne noch nicht geputzt.

Der verwitwete Blätsch schritt in seiner verwaisten Wohnung auf und ab und hin und her. Den Schrank hatte er aufgemacht, in dem die sackartigen Kleider seiner einstigen Frau noch mit einem Tuch extra verhangen waren. Aus dem Kasten roch es nach Alter und nach Naphthalin. Herr Blätsch ging auf und ab. Der Kalender war seit fünf Monaten nicht mehr abgerissen, der Ausguß war verstopft, und die Wanduhr stand. Der Büchsenmacher Blätsch sah verwahrlost aus. Das alles machte der Tod seiner Frau. Er merkte auch, daß er sich häufig fragte: »Was tu ich noch auf der Welt«, oder besser erklärte, »am liebsten morgen ich sterben mag«. Das war noch ein schönes Gedicht gewesen, aus dem Lesebuch. Mein Gott, was war das Leben ohne eine Frau. So was Leeres, so was Einsames, so was unsinnig Nutzloses. Herr Blätsch machte sich in einer Pfanne Bandnudeln mit Ei. Er schnitt auch Zwiebeln hinein.

Der Leer Biwi bekam heute ein Fleisch, an dem lauter Haut war, und Fettbrocken waren auch daran. Er biß und würgte. Dazu gab es Spinat. Zwei Schöpflöffel voll. Der Biwi wußte nichts vom Föhn, der manchmal ganz wütend blies und in die Dreckhaufen schnaufte, die der Straßenkehrer Jungverdorben in der Westendstraße mühselig zusammengekehrt hatte.

Die Brunner Hanni war im Gesicht noch pickeliger als sonst. Beim Herrn ›Sodala‹ bewirkte der Föhn, daß er sich, ohne daß er es schon gewußt hätte, um drei Meter vermessen hatte, so daß seine Arbeiter morgen ganz woanders ein Loch graben würden.

Der Viviani schlief seinen Samstagsrausch aus, ob es Föhn war oder nicht. Das war diesem verkommenen Menschen völlig gleich. Bei der kleinen Zierfuß Gertrud war es jedoch ärztlicherseits erwiesen, daß sie unter dem Warmlufteinfluß sehr litt. Sie hustete schüchtern. Ganz wie der Vater.

»Dieses Proletenvolk kocht wohl mit Affenschmalz«, sagte dagegen der dreiviertelreiche Dimmer. Er meinte damit den Schmirgeldunst, der aus der Kästl-Küche in großen Schwaden aufstieg, zum ausgewaschenen Himmel, und auch einige Ausläufer zu ihm heraufwehte.

Doch gerade an diesem ekelhaften Föhntag war das rote Motorrad vom Herrn Lösch angesprungen. Er hatte gar nimmer damit gerechnet. An manchen anderen Sonntagen möglicherweise schon, aber heute gewiß nicht. Und als er den Kupplungshebel diesmal ausgelassen hatte und der Schwager Leer vom Balkon herabschaute, sprang das Ungeheuer an und riß sich los aus den Händen des Privatingenieurs Lösch. Dann allerdings sauste es brüllend auf den Mietsgarten des Spenglers Johann Müller zu und riß den Zaun nieder, mit den schweren Bleiplatten, die im Beiwagen waren. Dann fiel es um, auf die Seite. Aber der Motor und das Hinterrad liefen donnernd weiter. Herr Lösch schüttete einen Kübel voll Wasser über seine schnalzende, hämmernde und schwerverchromte Maschine. Die Buben warfen sogar Sand darauf, aus ziemlicher Entfernung. Und auf einmal war es still. Herr Lösch beugte sich über seinen verkannten eisernen Derbysieger und hob ihn auf. Der Spengler Müller meinte:

»Mein Zaun richten kostet mindestens zwanzig Mark, selbst wenn ich es selber mach.«

Herr Lösch schrie zu Herrn Leer auf dem Balkon: »Hast des g'sehn?«

Dann schob er das rote Roß mit Hilfe der Buben in die Garage. Herr Lösch hatte einen langen Riß in seiner ledernen

Breecheshose, der ging bis auf die Haut. Er hinkte stark, aber er merkte es gar nicht. Er triumphierte.

Als die Marilli zwölf Jahre und sieben Monate alt war, stand sie eines Tages an der Gaslaterne. Die Laterne aus Gußeisen, mit einem serienmäßigen Blättermuster am Sockel, war schon immer Wendepunkt in der Kinderwelt der Mondstraßler. Beim Fangermandlspiel oder beim Reiftreiben. Auch beim Fahren mit dem Radlrutsch oder beim Lokomotivspielen, immer ging es um die alte gußeiserne Tante mit dem rankenden Blättermuster herum. Wenn am Abend dieser kleine gelbe Vorstadtmond von dem hinkenden Stangerlmann mit Hilfe des langen hölzernen Zeigestabs angezündet wurde, mußte seit eh jedes wohlerzogene Kind heimgehen. Weil ja dann auch die Nebelfrau über die Wiese ging und die bösen Kinder mitnahm.

So stand die Marilli Kosemund an der Laterne, und sie hatte den rechten Fuß hinten hochgezogen und an die Laterne gespreizt, und die Hände hatte sie auf dem Rücken verschränkt.

Sie trug einen ganz engen, frischgewaschenen Pullover aus ihrem zehnten Lebensjahr. Da sah man zum erstenmal ihre kleinen Praline-Brüstchen. Sie waren einfach lächerlich.

Die Hausmeisterin Herrlich sagte hinfort nicht nur zu ihrem Mann, sondern zu jedem im Haus: »Dieses freche Flitscherl kriegt schon eine Brust!«

Sie sagte das, als ob die Marilli das aus reiner Bosheit täte. Und sie sagte es in einem Tonfall, der enttäuscht, sehr verbittert und haßerfüllt war. Und ein wenig verhärmt. Aber die Marilli stand an jenem Abend unter dem Gaslicht, das auf ihre roten Trauerweidenhaare fiel, und erblühte einfach weiter. Doch den zu kleinen Pullover hatte sie schon mit Absicht angezogen. Das natürliche Wachstum des Kosemund-Flitscherls hatte aber auch der Gesanglehrer Kümmel bemerkt. Es verwirrte ihn. Auch die anderen Mädchen im Haus hatten gesehen, daß die Marilli anders wurde. Und noch einer hatte es bemerkt, von dem man nie geglaubt hätte, daß er so einer wäre. Das war der Büchsenmacher Blätsch, der doch noch Trauer haben sollte.

Das erstemal, als die Marilli in den Keller ging und Kohlen holen wollte, hatte der Blätsch sie nur zufällig gerade gesehen, und auf einmal wurde ihm warm, und er nahm den Kerzenleuchter, den das Kind in der Hand trug, und leuchtete ihm damit beim Kohleneinschaufeln. Sonst war gar nichts. Denn das ist ja nichts, daß ein achtundfünfzigjähriger Witwer einem knapp dreizehnjährigen Kind den Kerzenleuchter hält und nachher auch den schweren Kohlenkübel bis in den zweiten Stock hinaufträgt ohne Absetzen. Daran konnten nur ganz verworfene Menschen etwas finden.

Da war das schon viel schlimmer gewesen, was die Buben der siebenten Klasse getan hatten, unter Anführung des Leonhard. Sie hatten eins der Tütchen, die er der Frau Kampf entwendet hatte, aufgeblasen. Das war im Schulhof gewesen. Dann hatten sie damit Fußball gespielt und den Herrn Kaplan Jenner, der sich innerlich gerade auf die Religionsstunde vorbereitete, genau auf den Hinterkopf getroffen. Als die Schule an diesem Vormittag aus war, mußten die fünf Fußballer dableiben. Und der Herr Kaplan war da mit dem Herrn Oberlehrer, dem Lehrer und dem alten bissigen Fräulein Modl. Ausgerechnet in diesem Augenblick fiel dem Rupp Bubi sein Lesebuch hinunter und heraus fiel ein kleines Briefkuvert, so wie sie für die Glückwunschkarten zu Weihnachten oder Neujahr verwendet werden. Der Oberlehrer hob es blitzschnell auf. Es war ein Mädchenkopf daraufgemalt, mit langen roten Haaren und viel zu großen Augen. Darunter stand: *Marilli Kosemund*. In dem Kuvert war ein Zettel, auf dem ein Gedicht aufgeschrieben war. Das Poem lasen der Lehrer, der Oberlehrer, der Kaplan und das ungute Fräulein gleichzeitig. Sie schauten sich dabei häufig an, lasen weiter, schüttelten ihre Köpfe heftig, aber lasen immer weiter. Der Rupp Bubi saß da. Die Angst saß in ihm. Sie wäre von einem guten Menschen mühelos wegzunehmen gewesen, denn sie war ja dumm. Aber der Oberlehrer und der Lehrer und die anderen Erzieher ließen sie mit Absicht dort, weil man doch mit der Angst ganze Völkerstämme erziehen kann und weil auch die Erzieher selbst genug Angst besitzen, so daß sie froh sind, wenn sie ein wenig davon verteilen können, obwohl davon ihre eigene nicht weniger wird.

Das Gedicht mit dem Kuvert kam auf das Katheder. Kaplan Jenner beschwerte es mit dem Tintenfaß. Sodann begannen der Oberlehrer, der Lehrer, der Kaplan und das Fräulein Modl ein genaues Verhör.

Heraus trat zum Katheder der Bubi Rupp. Ob das Gedicht von ihm sei?

»Nein, ja, nein.«

Ob er wisse, was auf dem Zettel stehe.

»Gack, gack, ja.«

Ob er das Gedicht auswendig könne?

»Vielleicht – ja.«

Also solle er es hersagen. Der Bub begann mit flatternden Lippen:

»Neunzehnhunderteins, war ich noch alleins.

Neunzehnhundertzwei, ging ich schon vorbei.«

»Wo vorbei?« fragte der Lehrer.

»Einfach vorbei.«

»So, so. Weiter!«

»Neunzehnhundertdrei hatt ich schon ein Wei!«

»Weib meinst du wohl, du Lausbub! Weib sollte das heißen«, sagte der Herr Lehrer zum Herrn Oberlehrer erklärend.

»Ja. Weib. Neunzehnhundertvier ging ich schon mit ihr.«

»Ging ich schon mit ihr«, nickte der Lehrer bedeutungsvoll vor sich hin, mit einem Blick auf das starre Fräulein Modl.

»Neunzehnhundertfünf – neunzehnhundertfünf« – jetzt versagten die dünnen Nerven vom Rupp Bubi. Zwei saure Tränen liefen ihm aus den Augenwinkeln und beschrieben eine Kurve über den Bubenwangen, bevor sie auf dem Linoleum platzten.

»Was war neunzehnhundertfünf?« Streng fragte der Lehrer.

»Neunzehnhundertfünf –«

»Los jetzt, los, Bürscherl, sonst leg ich dich über!«

»Neunzehnhundertfünf – – – die Strümpf«, brachte der Bubi noch hervor, dann bekam er plötzlich einen Hätscher. Der Lehrer hob den Briefbogen mit dem Gedicht auf und deutete auf die fehlenden Worte zwischen neunzehnhundertfünf und Strümpf. Dann sagte der Oberlehrer:

»Herr Kaplan, werte Kollegin, ich glaub, wir lassen es damit bewenden. Dieser junge Mensch scheint mir schon durch und durch verdorben. Was ist denn sein Vater?«

Der Lehrer schaute schnell nach und sagte dann erstaunt:

»Er ist Beamter, städtischer Beamter.«

»Der Mann tut mir leid«, sagte da der Oberlehrer, »ein Beamter und so einen Buben. Schicken Sie den Herrn Vater dieses Buben zu mir, wenn er hereinkommt.« Dann ging er.

Nach einigen Tagen war das Gröbste überstanden. Die Fußballer waren gehörig gezüchtigt worden, ganz besonders aber der sittlich verwahrloste Bubi. Sein Gedicht gewann, ungeachtet seiner leichten Idiotie, eine gewisse Popularität. Das Haus in der Mondstraße aber kam nichtsdestoweniger in schlechten Ruf. Wenn die Leute von ihm sprachen, sagten manche: »Der sündige Block«, und sie sahen es nicht gern, wenn ihre Kinder mit denen vom Haus Nr. 46 spielten. Und alles wegen der Marilli. Schließlich passierte dann auch noch die Geschichte mit dem Büchsenmacher Blätsch, und von da ab hieß das Haus ›der Blätsch-Block‹. So kam der Name Blätsch, den früher kaum jemand gekannt hatte, in aller Mund. Und wiederum kam alles wegen der Marilli, und wiederum war die Marilli völlig unschuldig daran.

Zum viertenmal hatte die Hausmeisterin gesehen, daß der Herr Blätsch, ungepflegt und verwahrlost, das Kosemund-Mädchen in den Keller begleitet hatte. Da holte sie die Frau Himmelreich als Zeugin, und die zwei warteten hinter der Wohnungstür der Hausmeisterin, bis die Marilli kam und gleich nach ihr der Herr Blätsch, der seinerseits hinter der eigenen Tür gehorcht hatte, bis er das Klappern der Kohlenschaufel im Kohlenkübel der Kosemunds, den die Marilli trug, vernahm. Das ›Flitscherl‹ – das war sie jetzt längst, darüber gab es überhaupt keinen Zweifel – ging immer zur selben Zeit in den Keller, abends kurz nach fünf Uhr, bevor der Revolverdreher Karl, ihr Adoptivvater, heimkam.

Herr Blätsch ging in Filzpantoffeln, ohne etwas zu sagen, nur kindisch ein paarmal nickend, hinter der rothaarigen Marilli. Er hatte ihr den Kübel aus der Hand genommen, als sie die Kellertür aufsperrte. Auch sie sagte nichts, sie war nur geschmeichelt, weil Herr Blätsch immer da war, wenn sie in den Keller ging. Es war ihr sehr recht, da sie sich im Keller immer ein bißchen fürchtete. Aber daheim sagte Marilli doch lieber nichts vom Kavalier Blätsch, weil sie fühlte, daß nicht alle wissen durften, wie gern ihr der Büchsenmacher beim Kohlenholen leuchtete.

Herr Blätsch hob den Kerzenleuchter immer ganz hoch, wenn er hinter der Marilli herging, wobei er ziemlich einfältig wirkte. Dann sagte er, wenn das Mädchen die Kohlen einschaufelte:

»Geht's, Marilli?« Oder »Komm, laß dir helfen, Kleine! Oder »So ein alter Depp, gell«.

Die roten Haare der Marilli hingen beim Kohleneinschaufeln glatt hernieder, wie die Fahne einer Revolution, wenn sie nichts zu tun hat und gerade nicht wehen muß. Und vom Nacken des gebückten Mädchens stieg ein kleiner Geruch auf, wie von Weidenrinden und Jamber. Das war es vielleicht, warum der alte Büchsenmacher Blätsch dem Mädchen leuchtete, wenn es Kohlen holte. So war nun einmal der Herr Blätsch.

Aber die Hausmeisterin hielt das nicht für möglich, daß sonst einfach nichts war, und als der Blätsch hinter dem Mädchen die dreizehn Kellerstufen wieder heraufkam, stieß er direkt an die Hausmeisterin an, die schnell hinter der Kellertür hervorgetreten war.

»Und das ist die Zeugin, Herr Blätsch, für die Unzucht an dem Kind, damit Sie's wissen«, sagte sie und deutete auf die Tapeziererin, die sich kaum bewegte. Dem verwitweten Büchsenmacher lief ein kleines bißchen Speichel aus dem Mund, als er ihn aufmachte, um ratlos zu staunen. Er blieb noch eine ganze Weile stehen und trippelte dann wie ein Schwachsinniger hinter dem Mädchen her, das »ui!« gerufen hatte. Den Kohlenkübel ließen beide stehen. Den nahm die Hausmeisterin, stellte ihn in ihre Wohnung, zog den Lodenmantel an und ging zur Polizeiwache. Die Himmelreichin ging mit, wenn auch nicht gerne.

Herr Blätsch schlurfte in seine Wohnung. Das letzte Stück ging er auf den Zehen, obwohl er leise Filzpantoffeln trug.

Sodann legte er die Sperrkette vor, schaute durch den erblindeten Messingspion nochmals ins stille Stiegenhaus, steckte den Schlüssel von innen ins Schloß und drehte zweimal um. Der Schlüsselbund schwang im Schloß mit zartem Geklingel aus. Herr Blätsch ging in die Küche.

Zuerst riß er alle alten Kalenderblätter ab und las halblaut, was hinten draufstand. Montag: *Rollgerstensuppe, Haschee mit Spiegelei, Apfelmus.* Und darunter: *Mannesmann-Röhren sind vollkommen nahtlos.* Und wieder darunter: *Dem Mutigen gehört die Welt.* Es war ein Reklameabreißkalender, der nichts gekostet hatte. An die zwanzig Speisenfolgen las der Büchsenmacher, bei manchen nickte er, bei den meisten nicht. Die Aphorismen sagten ihm soviel wie gar nichts.

Herrgott, diese Frau hinter der Türe war ja zur Polizei gegangen. Wieso, das hatte sie ja gar nicht gesagt. Warum war sie wohl zur Polizei gegangen? Jetzt so was. Aber freilich war sie gegangen, mit so einem Gesicht, wie die hatte, geht man immer zur Polizei und dort zeigt man dann jemanden an, zum Beispiel ihn, der eben erst seine Frau verloren hatte und der doch nur einem Kind mit roten Haaren geleuchtet hatte. Er hatte sonst nichts gewollt. Er war nicht der Mensch, der zweimal leben wollte.

Da kroch Herrn Blätsch solche Angst in die Därme, daß sie zu pressen anfingen und gurrten. Eine so große Angst, die ihn ganz krumm machte und nach vornüber zog. Auf dem Boden lagen die Blätter vom Abreißkalender. Herr Blätsch bückte sich und blies hinein. Die Blätter stiegen nur ein wenig in die Höhe, auf einer Seite. Sicher mußte er stärker blasen oder niedriger. Also kniete er sich hin. Schau, jetzt ging's. Aber da taten ihm die Knie weh. Drum setzte sich der alte Mann auf den Boden. So saß er denn auf dem Küchenboden, der dreckig war und lange nicht mehr feucht gewischt, weil ja die Frau tot war, und dachte nun über das Leben eines Büchsenmachers nach, zu dem er den Statisten abgegeben hatte, so wie eben der Mensch einen Statisten abgibt für das Leben eines Königs oder einer Milchfrau oder eines Trichinenbeschauers oder eines Hundertmeterläufers. Halt, nein, die Hundertmeterläufer waren vielleicht keine Statisten, die liefen vielleicht selbst. Ob wohl die Marlene Dietrich ihr Leben lebte? Sicherlich auch nicht. Wann hätte sie denn das tun sollen? In den Drehpausen? Aber was wußte er schon davon. Er jedenfalls, der Herr Viktor Blätsch, hatte seines nicht gelebt. »Hä«, sagte er laut. Und wie billig er es verkauft hatte! Für knappe dreihundert Mark im Monat. Eine schöne Meinung muß man da von sich kriegen, wenn man sich selbst für dreihundert Mark hergibt im Monat, samt den ganzen Kenntnissen und mit solchen Zeugnissen, wie er sie hatte. Ein schöner mieser Vogel war man da. Wo er bloß den Ausdruck herhatte? ›Mieser Vogel‹. Ach ja, der war ja von einem Kollegen in den mittleren Jahren, von seinem Arbeitskollegen Serze aus dem Sächsischen, der zu Blätsch auch einmal gesagt hatte: »Sie sind äben ein Knilch.« Das hatte er sich aber nicht bieten lassen, daß er ein Knilch war, und der andere hatte es dann auch zurückgenommen und gelacht und gesagt: »Wissen Sie denn, Gudester, was ein Knilch ist?« Viktor Blätsch wußte es nicht. Niemand wußte es eigentlich. Aber wo war er jetzt stehengeblieben?

Ja, also für dreihundert Mark im Monat ein Leben verkaufen. Was war dann schon sein Leben wert? Der Judas hatte sogar das Leben von Jesus für nur dreißig Silberlinge verkauft. Viktor Blätsch sah jetzt ein, daß es wirklich recht belanglos war, ob er gelebt hatte oder nicht. Weil eben kein Geschichtsschreiber dereinst im Jahre zweitausendsechshundertsechsundsechzig in ein Buch schreiben würde: ›Blätsch Viktor, bedeutender Büchsenmacher, 1894 bis –‹ Ja, bis wann denn? Und selbst wenn er in dieses Buch hineingeschrieben werden würde – was hatte man schon davon, wenn man tot war ...

Der Büchsenmacher Blätsch stand jetzt vom Boden auf und verlor dabei einen Filzschuh. Da holte er seine weichen Schnürschuhe, weil er doch Frostbeulen hatte, aus dem Schuhbankerl und zog sie sorgfältig an. Es waren Schuhe aus gutem Chevreauleder mit Haken. Hälfte Löcher, Hälfte Haken. Wie er sich aber bückte, kam die gräßliche Angst wieder, vor dem Schutzmann und dem Blick dieser Frau, bevor sie gegangen war. Diesmal setzte sich die Angst in seinem Rumpf etwas höher fest und drückte sogar auf den Schlund. So eine Angst wuchs kolossal schnell. Jetzt füllte sie schon seine ganze Brust aus, er spürte sie innen an jeder Rippe, und sie wurde so groß, daß das Herz fast keinen Platz mehr hatte, und Herr Blätsch dachte schnell: Wenn man der Angst den kleinen Finger gibt, will sie gleich die ganze Hand. Da ging er zu dem kleinen Radio, das neben dem Ausguß auf der Anrichte stand, und drehte am Knopf. Ein Konzert. Da die Angst die Stille liebt und die Einsamkeit, schrumpfte sie jetzt, da die Musik laut spielte, widerwillig zusammen. Da tat der alte Blätsch ein paar entschlossene Schritte hin zum Küchentisch und zog die Schublade auf. Ein schöner Saustall war in der Schublade! Halbrostige Messer und Gabeln – und an einer war noch Spinat dran. Und Wäscheklammern und eine Beißzange und der schmierige Deckel einer Ölsardinenbüchse. Weil eben keine Frau mehr da war in seinem Haus. Und ganz hinten war auch noch der Wäschestrick. Als der Viktor an ihm zog, fiel die Tischschublade heraus auf den Boden. Da schaute sich der Mann in der muffigen Küche erschrocken um, ob das auch niemand gehört hätte, und zwängte die Schublade schnell wieder hinein. Sie ging nicht mehr ganz zu.

Wenn er jetzt ganz ehrlich war, dann mußte er zugeben, daß er es gleich gewußt hatte, ja schon lange, daß er sich etwas antun würde, drum war ja auch die Angst so riesengroß und so schrecklich schwer.

Das Hemd, das der Mensch in der Küche anhatte, war ein Baumwollhemd ohne Kragen. Ein Hemd von dem Schnitt, wie sie in Zuchthäusern, beim Militär oder auch in Irrenanstalten getragen werden. Der Hals war nackt und ganz frei. Der Mann fing an zu weinen und wimmerte:

»Jetzt geht's dahin, jetzt geht's dahin.«

Aber dann ging das Wimmern in ein läppisches Kichern über, und er sagte:

»Um mich ist's nicht schad. Was nehm ich denn bloß für einen Stuhl?«

Dann nahm er den Stuhl, auf dem er die Schuhe angezogen hatte, an der Lehne und hob ihn auf. Als er ihn zur Küchentür hintrug, kam er am Ausguß vorbei, wo zwei säuerliche Handtücher hingen, und an einem davon wischte er sich die Augen ab und auch die Nase.

Auf dem kurzen Wohnungsgang neben dem Gasometer war in der Decke ein schwarzer Eisenhaken eingeschraubt. Vor Jahren hing daran das Fahrrad der Frau Blätsch. Es wurde stets, nachdem es geputzt und eingeölt war, an diesem Haken hochgezogen. So stand es nicht im Gang herum, und niemand schlug sich die Schienbeine wund an den Pedalen. Viktor Blätsch sah zu dem Haken empor und nickte ihm zu.

Der Stuhl wippte, beinahe wäre er umgefallen. Herr Blätsch erschrak. Da hätte sich so ein alter Mann wie er leicht den Fuß brechen können! Dann befestigte er den Strick, machte eine Schlinge und legte sie sich um den Hals. Er ächzte ein wenig. Der Stuhl wackelte schon wieder.

Dann war der Mann auf dem Stuhl plötzlich ganz ruhig. Er stieg mit den Füßen einfach über den Stuhl hinab, wie über eine Treppe.

Ein paar Leute vom Haus sahen, vom Balkon und vom Schlafzimmerfenster aus, die Frau Herrlich mit dem Schutzmann kommen. Die Himmelreichin zockelte hinterher. Die Leute traten ins Treppenhaus. Die Frauen wischten sich die nassen Hände an den Schürzen ab, und die Frau Jungverdorben sagte:

»Ja, was is denn da los?«

»Ist am End was passiert?« fragte die Witwe Stoll. Und die Kästlin rief über das Treppengeländer hinunter:

»Nicht daß ich wüßt.«

»Wird schon nix Gscheites sein«, meinte die Jungverdorben.

Es regnete leise. Der Schutzmann trug eine Pelerine und machte sich darunter seine eigenen Gedanken. Eigentlich müßte diesen Fall ein Kriminaler bearbeiten. K 5 war da zuständig, und ihn ging es gar nichts an. Er hätte nur die Anzeige aufnehmen müssen und weiterleiten, auf dem Dienstweg. Die Einvernahme des Verdächtigen und dieser Kosemund wäre Sache der Kriminaluntersuchungs-Abteilung 4, Sittlichkeitsreferat, gewesen. Aber die Hausmeisterin Herrlich hatte keine Ruhe gegeben. Der Büchsenmacher Blätsch sei auf der Treppe noch hinter dem Flitscherl hergelaufen, und das Gewissen der zwei sei so schlecht gewesen, daß sie sogar den Kohlenkübel hätten stehenlassen. Parterre. Sie habe ihn aufgehoben.

Eine Hausmeisterin aber konnte unangenehm werden, das wußte der Wachtmeister. Auch der Polizei gegenüber. Und nachschauen durfte er ja. Das war ihm nicht verboten. Außerdem war das ja schon ein komisches Haus. Der langnasige Viviani wohnte darin und der blödsinnige Kling mit dem ewigen Schmarrn von seinem Schwiegersohn. Und die Bankerten in dem Haus. Alle Augenblicke war da was los.

Der Wirt von der ›Alten Zeit‹ stand unter der Tür und grüßte den Wachtmeister: »Hawedeehre.« Der zog die Hand unter der Pelerine hervor und legte sie an seine Schutzmannsmütze. Dann waren sie im Hausgang. Der Wachtmeister übernahm die Spitze, als sie die Treppen hinaufgingen, und sagte zur Hausmeisterin auf hochdeutsch:

»Holen Sie einmal das Mädchen.«

Vom dritten Stock kam die vergrämte Frau Jungverdorben herunter und auch die Witwe Stoll. Frau Kampf stand im Rahmen ihrer frischgestrichenen Wohnungstür. Der Wachtmeister läutete bei Blätsch. Es blieb stumm. Er läutete ein zweitesmal, schaute amtlich über seinen Rücken, wer da schon alles da wäre, und sah die Matschi Kosemund auf Geheiß der Frau Herrlich ihr rothaariges Kind herbeiführen. Mutter und Tochter schauten fast ohne Furcht. Die Marilli hatte der Mama schon alles erzählt. Es war also gar nichts gewesen – und das durfte man ja. »Das wollen wir schon sehen«, sagte die Matschi. Sie schaute wie ein Federgewichtler, wenn der Gong schlägt.

Der Schutzmann läutete zum drittenmal, drückte ganz fest auf die Glocke, als ob sie dann lauter ginge, und deutete mit dem Finger neben sich, er meinte damit, daß sich die Marilli an diesem Platz einzufinden hätte. Hinter der Tür vom Blätsch blieb es einsam, nur das Radio hörte man spielen. Schließlich sagte die Hausmeisterin:

»Soll ich vielleicht den Spengler Müller holen?«

»Holen wir ihn«, sagte der Schutzmann nach kurzem Überlegen. Dann drückte er neuerdings. Mit der rechten Hand nahm er das Gelenk der jungen Kosemund, als wollte er sie arretieren, aber gleich war die Matschi da.

»Sie rühren mein Kind nicht an!« Da sagte der Schutzmann:

»Wie reden Sie denn mit mir?« Und jemand von den Gaffenden zischte:

»Soll man das Flitscherl vielleicht mit Glacéhandschuhen anlangen?« Der Stimme nach war das die betrügerische Witwe Stoll gewesen. Der Schutzmann aber hatte das Gelenk der Marilli losgelassen.

»Er wird sich doch nix antan haben, der Herr Blätsch, das is ja eine Todsünd«, sagte die Frau Jungverdorben weinerlich. Pumpernd hämmerte die Faust des Wachtmeisters gegen die Türfüllung. Durch die Röcke der neugierigen Frauen zwängten sich die kahlen Himmelreich-Kinder. Der Polizist sagte:

»Leute, gehts doch in eure Wohnungen, das ist doch eine Amtshandlung. Was gibt's denn da schon zu schauen.«

Ganz leise meinte die Tapeziererin zur Witwe Stoll:

»Ich hab' einmal g'lesen, da hat sich auch einer vergiftet, mit Gas, und der Briefträger hat an der Wohnungsglocke g'läutet, und innen an der Glocke ist ein Funke überg'sprungen, und dann ist das Gas, wo im Zimmer war, explodiert, und der Briefträger war hin. Von der Wohnungstür, wo es herausgeschleudert hat, ist er erschlagen worden.«

Die Stollin nickte, und Frau Kästl, die nicht alles gehört hatte, aber halt auch mitreden wollte, sagte: »Des stimmt, den hat's z'rissen.«

»Nicht zerrissen, erschlagen hat's ihn«, verbesserte die Himmelreichin.

»Ja freilich, erschlagen, das wollt ich ja sagen. Tz, tz.«

Der Wachtmeister hatte das Pumpern eingestellt, und der freche Melchior zog an seiner Pelerine und sagte:

»Sie, Herr Schutzmann, i schau einmal, ob der Herr Müller schon kommt.«

Der Polizist streifte den Buben von seinem nassen Lodenmantel ab wie einen Käfer und drehte sein Gesicht den Leuten zu. Jetzt mußte er unbedingt amtlich schauen. Sein Blick lief auf zwei Schmalspurschienen bolzengerade und leer auf die Wand hin. Das Volk wurde sofort ruhiger, als es diesen Blick seiner Obrigkeit sah. Ja, das war das Auge des Gesetzes. So mußte es sein.

Die Hausgangstür schnaufte. Wuchtig, mit dem ganzen Fuß auftretend, kam der Spengler. Er hielt in der einen Hand einen großen Eisenreifen, an dem viele Sperrhaken aufgereiht waren. In der andern Hand trug er eine Werkzeugtasche aus einem alten Schulranzen. Als ihm vorhin die Hausmeisterin erzählt hatte, um was es sich handelte, hatte er auch noch eine blaue Schildmütze von einem Wandhaken genommen und aufgesetzt. Darauf veränderte sich sofort sein Gesicht, sein Schritt und sein Stundentarif. Weil er jetzt halbamtlich war, so wie ein Ordnungsmann, ein Saaldiener oder Weichensteller. Obwohl jedermann so eine Mütze beim Kaufhaus Gutmann erstehen konnte. Die konnte jeder ohne jeden Ausweis bekommen.

Als sich die Hecke der Neugierigen vor der Blätsch-Türe lautlos teilte, legte der Spengler Müller seinen zerschundenen Zeigefinger an das Mützenschild und grüßte den Schutzmann, und dieser schlug wieder seine Pelerine zurück und grüßte dagegen. Aber nur so, wie ein Offizier den unbekannten Gefreiten des Alltags grüßt.

»Des wern wir gleich haben«, sagte darauf der Spengler Müller, und der Wachtmeister sagte gar nichts und ließ ihn ans Schloß hin. Dumm müßte er sein, wenn er einen Auftrag geben würde zum Aufsprengen! Wenn‘s dann nichts war mit dem Blätsch und der war vielleicht nur spazierengegangen, gab‘s eine herbe Nase vom Kommissar. Aber so hatte ja die Hausmeisterin den Spengler geholt. Oder vielleicht nicht? Vorsicht ist die Mutter der Beförderung ...

»Sakra, da steckt der Schlüssel von innen«, sagte der Spengler. Sein Sperrhakenring rasselte interessant, und die Himmelreich-Buben starrten ehrfürchtig auf die vielen Dietriche und überlegten sich, ob die wohl jeden Panzerschrank und jede Geheimtüre aufsperren könnten. Der Spengler nahm nun eine spitze Zange und steckte sie ins Schlüsselloch. Die Zange war jedoch zu groß oder das Schlüsselloch zu klein, und da öffnete die wichtig dastehende Hausmeisterin ihren Mund etwas, als ob der das Schlüsselloch gewesen wäre und die Zange jetzt leichter hineingehen würde.

»Wir müssen sprengen«, sagte der Spengler und schaute den Schutzmann an, der den fragenden Blick an die Frau Herrlich weitergab wie einen Stafettenstab. Diese nickte nicht ganz überzeugt. Darauf setzte der Spengler Müller ein kralliges Hebeleisen oberhalb des Schlosses an. Nun sagte er:

»Ho Rucksack!« und riß schon einen fingerdicken Fetzen aus dem Türstock. Die Hausmeisterin sagte erschrocken:

»Mariandjosef, die Tür, Herr Müller, die Tür!«

»Wenn ich aufmachen soll, müssens das schon in Kauf nehmen«, erwiderte der Spengler hart, um seinen Murks etwas zu vertuschen. Dann setzte er erneut an. Diesmal schlug er zuerst mit einem Hammer hinten auf sein Eisen, daß es tief eindrang. Der Türstock splitterte und franste oberhalb des Schlosses. Als der Spengler dann andrückte, schwollen ihm gleich zwei Adern unter dem blauen Mützenschild an. Die Tür bewegte sich auf der Scharnierseite, stieg aus dem Falz, gab nach und sprang auf.

Der Wachtmeister trat jetzt vor dem Dunkel einen halben Schritt zurück. Das hatte er auf der Polizeischule gelernt, als Vorsichtsmaßnahme ... und gelernt ist gelernt. Dann drückte er von der Scharnierseite aus, also im toten Winkel, vorsichtig gegen die Tür.

Die Tür ging auf und das Gesicht des Erwürgten starrte plötzlich auf die Leute im Stiegenhaus, als wollte es sagen: »Äh.«

»Heiliger Florian«, schrie die Frau Himmelreich grell, obwohl Sankt Florian ja mehr für Feuersbrunst und Wasserschäden zuständig ist. Frau Stoll schlug röchelnd die Hände mit den goldenen Witwenreifen am rechten Ringfinger zusammen, Frau Kampf wurde grünkäsig im Gesicht, und die Kästlin schrie ebenfalls laut hinaus, wobei sie aber schnell einen Schritt nach links ging, denn sie hatte von ihrer Seite aus den Toten am Strick ja noch gar nicht gesehen.

Marilli Kosemund tat das einzig Natürliche. Als sie das fürchterliche Gesicht ihres Kellergastes sah, stieß sie den höchsten Schrei aus, über den sie verfügte, ging an die Wand zurück und erbrach sich. Sie legte den Unterarm an die Wand, die Stirn auf den Unterarm und brach. Die Matschi, ihre Mutter, hielt ihr an den Ohren die roten Haare zurück, damit sie nicht schmutzig wurden.

»Gehn Sie schnell telefonieren«, sagte der Schutzmann, der auch nicht besonders gut im Gesicht aussah, zur Hausmeisterin Herrlich.

»Rufen Sie drei-dreiundachtzig-einunddreißig an, verlangen Sie K eins, die Mordabteilung, und sagen Sie denen, die sollen gleich herkommen.«

Er stellte sich mit dem Rücken zur Tür und zog sie hinter sich zu, bis der Griff seine Nierengegend berührte. Das Radio in der Blätschküche brachte gerade den Landwirtschaftsbericht: ›Roggen einhundertzwölf, Futterkleie vierundneunzig.‹ Die polizeiliche Untersuchung des Falles Blätsch sowie das Verhör in der Schule, zu dem beide Elternteile der Kosemund vorgeladen waren, ergaben die völlige Schuldlosigkeit des Kindes Marilli am Selbstmord des Büchsenmachers.

»Aber auf dem Gewissen hat's ihn, das Flitscherl«, sagte die Hausmeisterin, und die Himmelreichin fügte hinzu: »I möcht nicht in ihrer Haut steckn.«

Die Marilli jedoch schlief nach einiger Zeit wieder recht gut. In die leere Blätschwohnung zog bald darauf eine neue Partei ein, ein alter Mann und seine Frau. Sie hießen Stumm und waren es auch.

»Wenn ich nur das A richtig erwisch«, sagte der Leer Biwi.

»Das mußt aber jetzt doch schon bald können«, meinte sein Freund, der Leonhard, der einen engen blauen Kammgarnanzug trug, der ihm so stramm paßte, als wäre er hineingenäht worden.

»Ja schon, aber verstehst doch die Aufregung«, erwiderte der Biwi.

Der Kästl Nazi hatte seine Zither dabei. Sein Anzug war ihm viel zu klein, so daß er kaum zu schnaufen wagte, und die Hände, mit denen er nachher Zither spielen sollte, hingen fremd, rot und lang aus den lächerlichen Ärmeln. Alles war aufgeregt. Die Schulfräulein hatten Frisuren, die nach Brennscheren rochen, und trugen weiße Blusen mit Meerschaumbroschen, auf denen Frauenköpfe waren, altdeutsche wie der von der Frau Rupp, wenn der Zopf nicht ab war.

»Denn die Elemente hassen das Gebild der Menschenhand«, stieß der Leonhard drohend hervor. Er mußte diese Ballade vortragen.

Sie standen vor der Aula. Drinnen hatte der Herr Offiziant aus den Sprungbrettern des Turnsaals ein kleines Podium erbaut. Es war eingesäumt von grünen Buchsbaumstauden, die in Holzkübeln wuchsen. Die Stirnseite der Aula schmückte heute ein Steindruck von Wolfgang Eberhard Meisel. *Als ich Abschied nahm.* Ein junger Mann mit einem Ränzel ging darauf in die Fremde und fiel fast über einen Hund, der ihm lautlos vor den Beinen herumsprang. In der Aula standen neunzig Stühle. Sie waren für die Eltern und Angehörigen der Schüler bestimmt. Es war Schulschlußfeier.

Am letzten Schultag waren die achte Mädchenklasse und die Klasse für Knaben 8 B zuerst in die Kirche geführt worden. Ein Chor ausgewählt braver Schüler und Schülerinnen der sechsten Klasse war vom Kaplan Jenner sehr erfolgreich dirigiert worden. Dann ging es zurück ins nahe Schulhaus, und die Mädchen und die Buben mußten nicht mehr in der Reihe gehen, und die Lehrer gingen mit den Lehrerinnen extra und sahen manchmal sonderbar zu dem schnatternden Haufen hinüber. Die Klasse vom Leonhard hatte in den letzten zwei Schuljahren den Herrn Lehrer Gerber gehabt. Das war ein seltsamer Mensch gewesen. Er war so gut, daß es jeder spürte. Sogar der Müller Gustl war auf einmal leichter erziehbar. Der Leo hatte beim Lehrer Gerber ein ganz eigenes System entwickeln können. Er war nicht sonderlich gescheit oder fleißig, dieser Bub, nur sehr empfindlich und empfänglich. Er las auch schon recht viel. Auch unter der Bank in der Schule. Wenn aber Physikstunde war oder Erdkunde, da hörte der Leo, der in diesen Fächern fast immer las – schon Charles Dickens, aber auch noch Karl May –, auf einmal halb im Unterbewußtsein den Lehrer eine Frage stellen, auf die er die Antwort wußte. Sofort schrie er sie, ohne aufgefordert zu sein, hinaus. Da sagte der Herr Lehrer Gerber nach einigen Monaten:

»Knie, von dir weiß ich schon, daß du das weißt, aber die andern sollten's ja auch wissen. Sei du still.«

Drum wurde der Leo fast nie aufgerufen. Er war der festen Überzeugung, daß der Lehrer Gerber seinen Trick glaubte, und ein bißchen kam er sich schlecht vor, weil er den Lehrer Gerber ziemlich gern hatte. Der wußte natürlich über den Leo viel mehr, als der Leo über sich selber wußte. Aber der Lehrer Gerber war gut und hatte außerdem den Leo auch gern. Niemals gab es beim Lehrer Gerber Schläge oder körperliche Strafen. Einmal hatte der Weidmann Konrad im Turnsaal, als sie Völkerball spielten, dem Lehrer Gerber mit einem wuchtigen Wurf des harten Lederballes den Augenzwikker zerbrochen. Die gesplitterten Gläser fielen zu Boden, und ein winziger Splitter bohrte sich in Gerbers blasse Nase. Ein Blutstropfen trat hervor. Der Weidmann Konrad bekam fast einen Schreikrampf, hing sich mit den Händen an den Griff der Turnsaaltür und schluchzte nur immer vor sich hin:

»Mari Mama.«

Er hatte eine Pflegemutter, die er zum Unterschied von seiner richtigen Mutter so nannte. Aber der nur wenig blutende Lehrer ging zu ihm hin, wischte dem Buben die rollenden Tränen von den Wangen und gab ihm zum seltsamen Erschauern fast aller Schüler einen Kuß auf die Stirn. Dabei blinzelte er mit den Augen, denn ohne Brillengläser sah er kaum.

So ein komischer Mensch war der Herr Lehrer Gerber. Da gab es aber auch noch vieles andere bei ihm, was die Buben wunderte und wobei sie nicht weiterwußten. Da war zum Beispiel das gemeinsame Schulbaden. Jeden Dienstag im Keller des Schulhauses. Zu zehn und zehn durften die Buben da brausen; dazu bekamen sie von der Schule Handtücher und Badehosen geliehen, und jeder bekam eine Kabine angewiesen mit einem wasserdichten Vorhang, den man beim Abtrocknen oder Ankleiden zuziehen konnte. Aber nach der Brause ging der Lehrer Gerber durch diese Kabinenreihen, zog bei dem oder jenem Schüler den wasserdichten Vorhang zur Seite und sagte mit seiner schönen Stimme:

»Hauptsächlich an den Lenden mußt du dich gut abtrocknen.« Einmal hatte er sogar den Leo selbst abgetrocknet, an den Lenden und überall. Da hatte sich der Leo sehr geschämt und war rot geworden, und der Lehrer sagte milde lächelnd:

»Dummer Bub.«

Später, als der Leonhard fast achtzehn Jahre war und viel Schlechtes vom Leben der Menschen wußte, unter anderem auch das, hatte er eben dies auch vom Lehrer Gerber gedacht, aber andererseits heiratete der noch auf dem Totenbette, mit achtundfünfzig Jahren, die achtzehnjährige Lulu Fürst, ein zartes wächsernes Ding. Die Leute sagten: »Nur wegen der Pension.«

Ein andermal hatte der Lehrer Gerber den Leonhard abends erwischt, als der sich mit der Lotte Haller hinter der Schulhofmauer getroffen hatte. Diese Lotte Haller ging auch in die achte Klasse und war so gebaut, daß dem Leo schwindlig wurde, wenn er sie nur sah. Als er sich mit diesem Wunschmädchen traf – die Himmelreich Leni hatte das mit einem kleinen Zettel, den er schrieb, vermittelt –, aß die Lotte grad eine Semmel. Da er maßlos verlegen war und sich beim Sprechen sofort verschluckte, so würgte ihn sein taumelndes Glück, sagte er zu ihr sehr erstaunt:

»Eine Semmel ißt du?«

Er wollte damit sagen, so ein Mädchen wie dieses, die Haller Lotte, dürfte eigentlich nur Kuchen essen. Aber sie hörte seine Worte wohl gar nicht, und so sagte sie ähnlich dumm:

»Gell, du bist der Zweite in der Klasse?«

Da sagte er: »Ja«, denn das stimmte. Der Erste war natürlich der Fikentscher. Gerade da ging der Herr Lehrer um die Ecke, mit einem weichen, grauen Filzhut. Wie Wotan sah er damit aus. Er schaute den grüßenden Leo an, mit Augen, die eben von einer himmelweiten Reise zurückkamen und sagte:

»Komm einmal her, Knie!«

Der Leo ging die zehn Schritte zu seinem Lehrer hin und schaute dann angstweit auf den zweiten Knopf seines Lodenmantels. Der Herr Lehrer legte ihm eine ungemein weiche Hand auf den Kopf und sagte:

»Es ist ja erst März, Bub, schau, wart doch, bis es Sommer wird.«

Der Leo schaute dumm und wurde schnell rot. Es war doch Juni.

Und da sagte der Lehrer noch:

»Willst vielleicht eine Familie gründen!?« Und dann lachte er seltsam, und der Bub sagte stotternd: »Ich hab' die Haller grad so getroffen. Sie aß eine Semmel.«

»So, so«, sagte der Herr Gerber, und seine Augen waren schon wieder weit fort. Der Leo bekam einen leichten Schlag in den Rücken, der Lehrer ging, und der Leo drehte sich um, aber die Lotte war schon längst weg.

Vier Jahre später sah sie der Leo einmal auf dem Fahrrad. Sie kam von einer Fabrik, wo sie kleine Schräubchen in ein sehr kompliziertes Werk einsetzen mußte.

»Was spinnst denn schon wieder«, sagte der Leer Biwi und stieß seinen träumenden Freund.

»Jetzt is vorbei«, sagte der erwachende Leo.

»Was ist vorbei?« fragte der Biwi.

»Es ist vorbei«, sang der Leo lachend und ganz erlöst.

»Bei dir fehlt's doch direkt am Eiweiß«, sagte der Biwi und war etwas beleidigt. Das merkte doch jeder, daß bei dem manchmal nicht alle Schrauben angezogen waren. Da kam der Lehrer Gerber daher und sagte lächelnd:

»So, meine lieben Buben.« Er ging voraus in die Aula, ihm folgten diejenigen, die etwas vortragen mußten.

Aus der Mondstraße saßen allerhand Leute auf den reservierten Stühlen. Die Matschi Kosemund zum Beispiel, Frau Leer und Frau Kästl. Sogar Herr Rupp war da, im braunen Sportanzug, zu dem er zwei Hosen besaß, Knickerbokker und eine lange Hose: Heute trug er die. Die Feier begann mit einem Choral, der vom Oberlehrer auf dem Harmonium gespielt wurde.

Das Harmonium trat ein keuchender, geduckter Sechstkläßler. Er war ganz versteckt hinter dem Kasten, und er trat mit solcher Hingabe die Luft in den Blasebalg, daß der Oberlehrer kein einziges Register mehr fand, das leise ging, und mit einem schmetternden Akkord endete. Dann kam die Kosemund auf die Sprungbrettbühne und sagte ein Gedicht auf. Das hieß ›Der Besen‹ und begann mit der Feststellung:

»Der Zauberstab in jedem Haus, der alles Schlimme fegt hinaus, ist wohl der Besen.« Dazu kehrte sie mit einem ganz neuen Reisigbesen imaginären Unrat zu einem Haufen.

Die Hausmeisterin Herrlich, die kein Mensch eingeladen hatte, saß ganz hinten und machte leise, aber ungemein spöttisch: »Pfhhi.« Sie wollte damit zum Ausdruck bringen, daß man so, wie es die Kosemund mache, niemals einen Dreck zusammenbringen würde.

Aber die Marilli, heute mit einer abgeänderten Bluse ihrer Mutter bekleidet, trug nicht schlecht vor. Kein einziger Fehler unterlief ihr, und die Lehrerin gab dem Mädchen sogar nachher die Hand, als es vom Podium stieg, etwas zu frech natürlich.

Jetzt kam das Violinsolo vom Leer Biwi auf einer Schülergeige. Der Singlehrer gab ihm mit einem Tonpfeiferl das A. »A«, sang er gleich nachher ganz leise in der richtigen Tonlage, weil der Biwi danebengezupft hatte. Der Singlehrer stand hinterm Notenständer, von dem jetzt der Biwi mit schrägem Hals die Noten herunterspielte. Es war ›Das Meer‹ von Schubert, das der Schüler Leer spielte. Als es im Text hieß ›Die Möwe zog hin und wieder‹, lächelte Herr Rupp in der dritten Stuhlreihe selbstbewußt. Er kannte ›Das Meer‹ von Schubert auch und sang es manchmal. Doch weil er ein Spötter war und einer, dem nichts heilig ist, wie es im Hause allgemein hieß, hatte er eigene Verse zum ›Meer‹ von Schubert gedichtet. Bei ihm handelte diese musikalische Ballade hauptsächlich von einem losen Weibsstück. Und die Stelle, die der junge Leer jetzt geigte, von der Möwe, hieß in der Ruppschen Fassung: ›Sie gab sich ihm hin und wieder.‹ Solche Gedanken hatte der Herr Rupp, statt er den leisen Schmerz und die kleine Wehmut einer Schulschlußfeier richtig empfunden hätte.

Nachdem der Biwi reichen Beifall für sein fehlerfreies ›Meer‹ geerntet hatte, trat der Leo mit sicherem Schritt aufs Podium. Er war als Kommandant eines Sprechchors ausgebildet worden. Der Sprechchor behandelte das Lied von der Glocke, und der Leo war der Meister und sprach dessen Worte, und die anderen Schüler, darunter sogar der Fritz Fikentscher, waren die Gesellen.

»Frisch, Gesellen, seid zur Hand«, befahl der Leo und machte einen weiten Grätschschritt, und die Gesellen begannen zu werkeln. Der sonst so stille Lehrer Gerber, der immer über den Situationen stand, ertappte sich dabei, wie er die von ihm schon tausendmal gelehrte Glocke mit tonlosen Lippen mitsprach. Kurz vor der Schlußstrophe aber schaute der Leo in die Reihen der Zuhörer, unter denen auch seine halbblinde Großmutter saß, und sein Blick traf auf die Haller Lotte. Da bekam er wieder dasselbe irrsinnige Gefühl, das er schon ein paarmal empfunden hatte, wenn er irgendeinem respektablen Erwachsenen gegenüberstand, wie jetzt unter anderen dem Oberlehrer, und auf einmal dachte er:

Was täte der jetzt sagen, wenn ich ganz einfach aufhören und hingehen würde und ihm ohne Grund eine kühle, sachliche Ohrfeige versetzen würde? Was täte der darauf?

Und mit den ausgebreiteten Armen eines Volksredners und der Geste eines Fanatikers in Rage sagte der Leonhard mitten in das Glockengedicht hinein – und er wußte ganz deutlich, was er tat:

»Nächtlich am Busento lispeln bei Cosenza dumpfe Lieder.« Und sein Text hätte doch geheißen: »Soll das Werk den Meister loben.«

Sofort war der Herr Lehrer Gerber auf der Bühne und ging auf den Leo zu, ihm sanft die ausgebreiteten Arme herunterdrückend. Ein prustendes Gekicher preßte sich durch die Reihen der Mädchen. Die Haller Lotte wurde blutrot, auch einige Erwachsene lachten leise, und die Gesellen vom Leonhard stießen sich gegenseitig an. Der Lehrer Gerber aber sagte sanft: »Liebe Eltern und Mitschüler, seien Sie bitte nicht bös, unser lieber Schüler Knie hat halt in der Aufregung die zwei Gedichte ein bisserl verwechselt. Es wird ja auch bestimmt nicht mehr vorkommen«, sagte der Lehrer. Und er hatte recht damit. Er nahm den Leonhard, den es plötzlich fror, mit hinunter auf den Sessel neben sich.

Überraschend schnell legte sich die allgemeine Heiterkeit wieder. Es sprach der Herr Oberlehrer von der Zusammenarbeit zwischen Elternhaus und Schule, vom Sinn und Zweck der Erziehung und von den Aufgaben des Staates und der bürgerlichen Gesellschaft gegenüber den jungen Menschen. Dann sprach das Fräulein Modl für die achte Mädchenklasse, nicht sehr viel und hauptsächlich von Zucht und Ordnung, die unbedingt sein müßten, und dann hielt für die scheidenden Buben der Lehrer Gerber die Schlußrede. Er sagte:

»Meine lieben jungen Menschen! Heute geht ihr aus diesem Hause fort, in dem ihr gelernt habt, wieviel zwei mal zwei ist und was das Ohmsche Gesetz besagt. Ihr geht von hier fort und legt ein Ränzlein ab, von dem manche von euch sicher glaubten, es wäre schwer zu tragen gewesen. Das Leben draußen wird euch aber schnell eine andere Last aufbürden, und das Leben wird euch auch neue Gesetze lehren. Eure guten Eltern und die wenigen guten Menschen, die ihr habt oder findet, wollen euch sicher dabei helfen, die neuen Gesetze des Lebens verstehen zu lernen. Der Mensch aber ist fast immer so, daß er nur einen Lehrmeister anerkennt, die Erfahrung. Die Erfahrung aber verlangt für ihre Lehren einen glatten Preis. Alles, was ihr dann durch Erfahrung lernt, müßt ihr mit euren Idealen oder sogar mit eurem Körper selbst bezahlen. Die Erfahrung gibt euch dabei keinen Rabatt, die ist hart und gnadenlos. Darum hört auf die, die es gut mit euch meinen. Durch ihren Rat könnt ihr euch vieles ersparen.

Und darum will ich euch als euer Lehrer, der ich sein durfte, einen solchen Rat mit ins Leben geben. Er lautet:

Seid sparsam mit euren Freuden!

Jeder Mensch bekommt vom Herrgott die gleiche Portion Freuden mit, wenn er seine irdische Reise antritt. Es ist, wie wenn kleine Kinder Weihnachten dieselben süßen Geschenke bekommen. Da gibt es welche, die essen alles sofort auf, noch am gleichen Abend, und es bekommt ihnen gar nicht, und es wird ihnen schlecht davon, und wenn sie dann am anderen Morgen aufwachen, mit verstimmtem Magen und einem traurigen Geschmack im Munde, kommt auch noch der Neid hinzu, weil die klügeren Kinder noch einen großen Teil ihrer Süßigkeiten haben. Während die, gerade wenn sie recht großes Verlangen nach süßen Dingen haben, von ihrem weise eingeteilten Vorrat nehmen können, stehen die anderen, die zu gierig waren, daneben und müssen zusehen und können höchstens den Finger naß machen und die kleinen Zuckerbröserl, welche die anderen vielleicht übriglassen, damit zusammentupfen.

Und ohne Freude geht der Mensch zugrunde.

Es soll so sein, und der Herrgott hat es so bemessen, daß die Freuden gerade ebensolange dauern wie das Leben. Das, liebe junge Mitmenschen, ist ein kleiner Rat, den euch euer Lehrer mitgeben will, und wenn ihr auch den alten Lehrer Gerber bald vergessen habt, vielleicht denkt ihr doch manchmal an seinen Rat: ›Teilt euch die Freuden weise ein!‹«

Der grauhaarige Herr mit dem blitzenden Zwicker stieg vom Podium. Er nahm dabei sein Augenglas ab und blinzelte. An seiner Nase sah man deutlich die zwei roten Male, wo die Zwickerklemmen gesessen hatten. Die Gläser putzte er mit einem frisch gebügelten Taschentuch.

Die Matschi Kosemund hatte bei den Worten des Lehrers abweisend geblickt, der Herr Rupp überlegen und die Hausmeisterin Herrlich ungläubig, als wollte sie sagen: ›Was weiß denn der da?‹ Dann rumpelten und scharrten die Stühle, die Eltern erhoben sich und glätteten ihre verknitterten Konfektionsgewänder. Die Lehrer gingen zur Aulatüre, und auch das trockene Fräulein Modl ging hin und der Oberlehrer, um Abschied zu nehmen. Jedem gab der Lehrer Gerber die Hand, und von den vielen Bubenhänden hielt er die eine länger, die andere drückte er fester. Für jeden hatte er ein letztes Wort.

Er sagte: »Fikentscher, du hast reiche Gaben, nutz sie gut!«

»Na, Pirzer, bis du heiratest, ist dein Herz auch wieder gesund.«

»Rupp, vergiß nur nicht, daß du hier und da ein Komma machst im Leben, nicht wie in deinen Aufsätzen, alles in einer Litanei!«

Und als der Leonhard Knie drankam und seinem Lehrer den abgewandten Kopf hinhielt, denn der Leo weinte, sagte der Lehrer Gerber leise: »Bub, um dich hab' ich fast ein wenig Angst. Denk manchmal ein wenig an mich.«

Schnell ging der Leo weg. Er schaute seinen Lehrer nicht einmal mehr von der Seite an. Auch später traf er ihn nie wieder in seinem ganzen Leben. Als er einmal glaubte, er hätte ihn von weitem gesehen, ging er schnell in ein Treppenhaus und gleich bis zum vierten Stock hinauf.

In seinem leeren Klassenzimmer stand der Lehrer Gerber wie jedes Jahr an diesem Tag. Durch die schlecht geputzten Scheiben sah er auf die Straße hinunter, die seine Schüler aufnahm und vielen von ihnen ein Weg ohne Ziel wurde. Auf dem Stuhlsitz der letzten Bank fand Herr Gerber beim Aufundabgehen das Aufsatzheft vom Schüler Gerstner. Es war ganz rot vor lauter Korrekturen. Ganz in Gedanken zerriß es der Lehrer, was vielleicht nicht ganz richtig war.

Indessen ging der Leo fast als letzter durch das Portal, über dem, umrahmt von einer steingemeißelten Girlande aus Äpfeln und Birnen, zu lesen war: *Eingang für Knaben.* Auf der unteren Treppe stand der Leer Biwi und sagte:

»Was hast denn heut? Spinnst du?«

»I?« fragte der Leo geistreich.

»Ja du, wer denn?«

»Ah, i glaub manchmal selber, mich hat's.«

»Da kannst schon recht haben.«

Beide sahen zu, wie der Müller Gustl unter dem Gejohle von ein paar ehemaligen Klassenkameraden seinem Schulranzen, den er mit einem Lederriemengriff zu einer Mappe umgearbeitet hatte, ein paar Fußtritte gab. Die anderen hatten heute keinen Ranzen mehr dabei, aber der Müller hatte den seinen die letzten acht Tage in der Bank liegenlassen. Da sagte der Leo:

»Du, Biwi, sei mir net bös, ich muß für mei Großmutter noch ein Rezept holen in der Apotheke. Ich hol dich nachher am Nachmittag ab.«

»So?« sagte der Biwi etwas ungläubig und dann: »Also servus nachher.«

Der Leo hatte auf einmal das absolute Bedürfnis, den Schulweg noch einmal ganz allein zu gehen. Das mit der Arznei für die Großmutter, das war gelogen, die hatte noch genug Luminal.

Während nun das Geschrei und das Gekreisch der anderen, das zum Teil recht gezwungen klang, allmählich versikkerte, ging der Nachzügler langsam nach Hause. Es fiel ihm ein Satz ein, vielleicht die Überschrift eines Gedichtes oder eine Stelle aus einem Buch ›Abschied von der Jugend‹. Eine singende Weichheit kam über ihn, und er tat sich auf einmal sehr leid. Er tat sich selbst leid, wie ihm noch nie ein anderer Mensch leid getan hatte. Und im Gehen wurde dem gerade entlassenen Volksschüler die wehmütige Freude zuteil, daß er den ganzen Weg in seine jüngste Kinderwelt, bis hinter die sieben Berge, noch einmal zurückfand. Nochmals rollten die ersten steinernen Zauberkugeln vorbei, die kühlen großen Glasschusser mit den rätselhaften farbigen Spiralen, die nirgends enden wollten. Die surrenden Kreisel machten in der frühen guten Sonne des jungen Jahres ihre Bocksprünge über die moosigen Fugen des Trottoirs, und blecherne Fahrradfelgen voller Rost, aber mit der ungemein praktischen Speichenrinne, in die man das Treibsteckerl so gut zum Dirigieren einsetzen konnte, schepperten über das warme Pflaster. Ängstlich stieg der Siebenjährige wieder über die aufgemalte Leiter im Stiegenhaus. Er wußte schon, daß sie das Zeichen des schrecklichen schwarzen Mannes mit den rollenden weißen Augäpfeln war, mit dem die Großmutter oft drohte. Platschend hüpfte er baifuß über die Felder des Kreidekreises, in den krampfhaft aufgebogenen Zehen einen grünen Glasscherben haltend. *Himmel und Hölle* stand in diesen Zauberkreisen, und es war nicht einfach, sich ein Feld zu erkämpfen, in dem man ausrasten durfte.

Wie herrlich schmeckten die gelben Rüben, die er unter geringen Hautabschürfungen durch den Gartenzaun vom Rentner Wüst direkt aus dem frischen Beet erntete und die beim Essen so krachten zwischen den Zähnen oder manchmal auch knirschten, weil sie halt nur an der Kniehose abgewischt waren. Auch das Innere der Orangenschalen, die er öfters vom Kästl Nazi geschenkt bekam, war so eine Delikatesse. Oder gar ein geschenkter Apfelbutzen. Ob die Leute alle wußten, daß das Beste an einem Apfel der Butzen war? Ganz vorne, wo die dunkle Blütennarbe saß, da war er am allersüßesten.

In der Erinnerung steckte der Leo dafür dem gefräßigen Nazi, zu dem man nur sagen mußte: »Mach den Mund auf, kriegst was«, immer wieder die haarigen Hauben des verblühten Löwenzahns in den bedingungslos aufgerissenen Mund. Er hielt den grauen Löwenzahnmond hinter dem Rücken versteckt wie seine Großmutter den Kochlöffel. Der Nazi spuckte dann nach allen Seiten wie ein Lama im Tierpark, denn die Löwenzahnhaare klebten fest am Gaumen.

Und gab es auf den verwilderten Bauwiesen hinter der Mondstraße etwa keine Freuden? Da waren die jungen, zarten Sauerampferstengel oder die süßen Halme vom Zuckerkraut, die fast kein Mensch mehr kannte, nur er, weil der alte Kling sie ihm einmal gezeigt hatte, als er noch nicht spann. Und dann die Honigblüten der blinden Brennessel und die seltsam grünen Früchte einer unbekannten Grasstaude, die aussahen wie kleine Kleeblätter und mehlig schmeckten. Zusammen mit den grünen Bohnen aus den nahen Heimgärten, halbreifen Stachelbeeren und kohlenschwarzen Kartoffeln, die über offenen Feuern gebraten waren, konnte ein Mensch davon fast leben. Da brauchte man nicht das gräßliche Hammelragout der Großmutter zu essen. Und wohnen hätte man vielleicht auch gleich auf der Wiese können. In den Lokomotivkesseln oder in den Höhlen, die in wochenlanger Ferienarbeit in den Lehmboden gegraben und mit alten Dachpappen gedeckt wurden. Länger als eine halbe Stunde hatte allerdings auch der Leo, der noch lange nicht der Längste war, bei schlechtem Wetter in diesen Bunkern nicht sitzen können. Da wurde man krampfig, obwohl so ein Bubenkreuz allerhand aushielt. Aber immer hätte es ja nicht geregnet.

Und gegen den Spengler Müller, der ihnen ihre Heimstätte einmal vernichtete, weil sie eine lächerliche rostige Blechtafel von ihm entlehnt hatten, zum Abdecken gegen den Regen, da hatten sie rasch etwas gewußt. Der Himmelreich Kaspar war der Erfinder einer großartigen Wurfmaschine gewesen. Einen Balken legten sie einfach auf den Boden. Der andere kam in Kreuzform darüber, so daß eine Art Wippe entstand. Dann war auf das eine Wippenende ein faustgroßer Stein gekommen, und auf das andere schlug man mit aller Kraft mit einem schweren Prügel. Da schnellte der Stein in die Luft, in Richtung auf das Ziegeldach des Müllerschen Werkstattschuppens. Dreimal meldete der vorgeschobene Beobachter Bubi Rupp einen Volltreffer. Das viertemal ging das Geschoß, das ein wenig zu viel Streuung hatte, in das einzige Fenster der Tapeziererhütte. Und da erwies es sich wieder einmal, was doch der Kästl Nazi für ein Kerl war. Auf einstimmigen Beschluß, er selbst hatte ebenfalls beigepflichtet, nahm er die komplette Schuld auf sich und ließ sich von dem sonst so sanften Tapezierer Himmelreich mit Hilfe eines betriebseigenen Riemens ohne Widerstand überlegen. So hart war der Nazi.

»Hö, hö, hö, Saubub, rotziger«, hörte da der träumende Leo jemand sagen. Er war auf den Radlerweg gekommen, und ein vorbeifahrender Briefträger hatte seinetwegen eigens über den Randstein hinunterfahren müssen, daß das Vorderrad schepperte. Aber es war ein gelbes Postlerradl, wie der Leo bemerkte, und da machte es ja nichts, wenn das einen Achter kriegte.

Und dann ging er wieder weiter auf seinem Pfad in die Vergangenheit. Er wanderte jetzt in die Isaranlagen. Da gab es so seltsame hohe Halme, an denen wuchsen komische Schoten, genau wie kleine Erbsenschoten, und die waren im Herbst ganz geschwollen von Fruchtsamen, und wenn man sie auch nur ganz leise berührte, dann sprangen sie auf und schossen die Kerne heraus, gleich meterweit. Damit konnte man, wenn man sagte: »Langens einmal da hin«, die Erwachsenen schön erschrecken, weil die ja gar nichts mehr wußten und keine seltsamen Pflanzen mehr kannten, sondern höchstens noch den Nißlsalat. Auch die Isar-Auen ernährten ihren Mann ganz gut. Unvergleichlich süß schmeckten die kleinen Paradiesapferl, die nur haselnußgroß wurden und auf zwei hohen glatten Bäumen wuchsen; aber mit saftigen Prügeln konnte man sie schon herunterwerfen. Nur wurmig waren sie alle.

Und die Essigperlen, die wie winzige Würstchen in ganzen Trauben an den Sträuchern hingen und von überängstlichen Eltern als giftig angesehen wurden. Oder die Hagebutten, die doppelte Verwendung fanden, zum Essen und als Juckpulver.

Das höchste aber waren die gebratenenen Koppen gewesen. Im seichten Isar-Wasser fing man diese kleinen Fische, indem man vorsichtig die großen Kieselsteine aufhob. Und da saßen sie mit ihren großen Köpfen, und warteten strohdumm, bis man sie mit der Hand fing, um sie dann an einem rauchenden, beißenden Feuer zu braten. Freilich, ein bißchen Salz wäre schon nötig gewesen für eine solche Mahlzeit, und vielleicht wäre es sogar nötig gewesen, daß man die Koppen vorher ausgenommen hätte, wegen der Innereien, die doch fast jedes Lebewesen hat.

Plötzlich mußte der Leo laut lachen, wegen der sechsundfünfzig Quadratmeter Rasen, unter denen sie damals Maikäfer gesucht hatten, und wegen noch etwas, aber das war nicht besonders appetitlich. Der Müller Gustl hatte es dem Unterhäuptling ›Schweigsames Eisen‹ erzählt, als er aus der sechster Klasse gekommen war.

Als ihn nämlich der Lehrer Zeller mit dem Zwilling erschießen wollte, hatte er sich nachher ganz schön an ihm gerächt. Kurz nach der Hinrichtung ließ sich nämlich derselbe Lehrer Zeller von Gustav Müller seinen Leberkäs holen, zur Pause, die er im Erdkundezimmer machte, zwischen den ausgestopften Bussarden und einem Querschnitt durch den menschlichen Körper. Daß er ausgerechnet den Gustl beauftragte, ihm das zweite Frühstück zu holen, hatte seinen Grund. Die Tante vom Gustl hatte nämlich das Delikatessengeschäft neben der Schule gekauft. Früher war sie in Marktredwitz ansässig gewesen. Nun, das war ziemlich klar, daß die Tante für den Lehrer ihres Neffen den Leberkäs recht gut wiegen würde. Und das tat sie auch wirklich. Aber der Gustl hatte den Leberkäs mindestens fünfmal im dunklen Schulhausgang schnell ausgewickelt und einen ganz feinen Privatregen durch seine linke obere Zahnlücke drübergesprüht. Das war natürlich eine Riesensauerei, aber zwischen dem Schüler Müller und dem Lehrer Zeller ging es halt hart auf hart.

Da war eben der Lehrer Gerber doch ein anderer gewesen. Aber irgendwas stimmte nun einmal nicht mit ihm. Warum hatte er grad immer den Schüler Knie herausgerufen, wenn es was hinüberzutragen gab in die Mädchenklasse und der Bub vor dem Katheder von Fräulein Modl eine kleine Verbeugung machen mußte und sagen:

»Eine schöne Empfehlung vom Herrn Lehrer, und das Fräulein Modl möchte das unterschreiben.«

Jedesmal war der Leo brandrot zurückgekommen, weil die ganze Mädchenklasse gegluckst hatte, und sogar die langhaarige Marilli hatte gelacht.

In seinem Sinnieren war der halbwüchsige Träumer jetzt in die Pilgersheimer Straße eingebogen, statt geradeaus zu gehen in die Mondstraße. Da mußte er doch selber lachen, und auf einmal war die ganze wehmütige Stimmung von ihm abgefallen, weil eben für heute sein Vorrat an Melancholie verbraucht war.

Schnell ging der Leo um die Ecke. Er lief ein paar Schritte, sah den gichtkranken Krämer Eichheim in der Sonne neben seinen Orangenkörben schlafen und wollte rasch schauen, daß er den blauen Kommunionsanzug los wurde, droben bei der Großmutter. Da sah er vor seinem Hause eine Menge Leute stehen. Sie standen vor der Toreinfahrt, in der die Bierfässer lagen, und der Leo hörte ein hohes Geschrei. Da kam auch schon der Biwi auf ihn zu und rief laut:

»Saus, schnell, schnell.«

Der Leo sauste. Dann sah er aus der Einfahrt die Wirtin von der ›Alten Zeit‹ herauslaufen, weinend und schreiend. Und hinter ihr lief der kleine Wirt und schwang den langen Gummischlauch, der sonst neben der Gassenschenke hing, für den Fall, daß ein Besoffener Krach machte. Mit diesem Schlauch schlug der kleine Wirt von hinten auf seine riesengroße Frau ein und schrie dazu:

»Du Hurenmensch, du ganz gemeiner Fetzen du!«

Die Wirtin, in einer weißen Wickelschürze, lief um den Haufen Leute, die vor der Toreinfahrt standen, herum.

Gellend schrie sie: »Hiiilfe, Hiilfe, der erschlagt mich ja!«

Der Leo erstarrte. Das war ja grauenhaft. Der kleine Wirt schlug seine große Frau. Seine eigene Frau. Und das gab es bei den Erwachsenen.

»Halt, halt«, schrie der Leo, aber jetzt war das mächtige Weib mit dem verzerrten Gesicht in den Gang zur Gassenschenke gelaufen, und da konnte sie doch gar nicht mehr weiter. Der winzige Wirt, der auch einen weißen Schurz um die Hüften trug, war mit einem Satz hinterher. Der Leo hörte nur noch ein Wimmern aus dem Gang heraus und die Worte: »Ferri, Ferri, hör doch auf ...«, und das Klatschen des Schlauches. Dann sah er, wie der Fahrer vom Bierwagen, der am Randstein parkte, dahersprang und laut brüllte:

»Schluß ist jetzt!«

Mit seinen nackten Unterarmen riß der Bierführer die Gaffenden auseinander, faßte den schneeweißen Wirt von der ›Alten Zeit‹ hinten an der Weste und mit der anderen Hand den Gummischlauch, den der kleine Wirt auch gleich hergab. Dann schob der massige Chauffeur den völlig erschöpften Mann vor sich her, durch die Gasse hindurch und den Tordurchgang und durch die Küchentür, die in den Hinterhof mündete, in sein Geschäft hinein. Die Haare des schmalen Wirtes, mit denen er sonst seine Glatze belegt hatte wie ein Butterbrot mit Sardellen, hingen ihm schweißnaß über die Nase.

Kein Mensch hätte bei diesem Anblick geglaubt, daß so ein jämmerlicher Mann seine dreimal so starke Frau derartig verprügeln könnte. Aber der war auch in einem heiligen Zorn gewesen, da kriegt der schmalste Mensch Riesenkräfte. Der Leo stand da mit einem Klumpen im Hals. Er schluckte verzweifelt daran. Der Bierführer kam zurück, schaute sich um und rief drohend:

»Wo ist der Anderl?«

Die Leute schauten sich an, und die Hausmeisterin schlug in die Hände und rief:

»Kinder, schauts augenblicklich, daß ihr weiterkommts, aber augenblicklich.«

Die zwei großen Himmelreich-Buben, der Biwi und der Kästl Nazi, die außen herumstanden, gingen einen halben

Schritt zurück. Die Kosemund Marilli rührte sich natürlich nicht vom Fleck. Sie stand direkt am Eingang zur Gassenschenke und mußte die Wirtin sehen. Wieder rief der Bierführer:

»Wo ist der Anderl, mein Kollege, der Anderl?«

Da niemand etwas Näheres über den Anderl zu wissen schien, teilte der starke Mann mit seinen nackten Unterarmen noch einmal die Gaffenden, ging zur leise wimmernden Wirtin, die auf der Steinstufe direkt am Fenster der Gassenschenke saß und in die hochgenommene Schürze weinte.

»Wo ist der Anderl, Wirtin, wo ist er?«

Stumm deutete die Geschlagene mit ihrem dicken Finger auf den Boden.

»Im Keller vielleicht?«

Die Wirtin nickte.

»Kommens«, sagte der Bierführer und hob die Widerstrebende unter der rechten Achsel auf. Die Leute teilten sich, die zwei gingen durch die Einfahrt, durch die Wirtsstube, vorbei an dem zerrupften Wirt, der jetzt apathisch auf dem Fleischstock saß. Von der Küche ging eine Treppe in den Bierkeller. Die zwei gingen hinab und kamen nach Minuten wieder zurück. In der Mitte führten sie den Anderl, dem das Blut vom Gesicht lief, hinten in den Kragen hinein und beim Ärmel der blaugestreiften Jacke wieder heraus. Er mußte noch halb bewußtlos sein, der Anderl, denn sein Kopf wackelte auf der Brust hin und her, als ob es ihn gar nichts anginge. Die Leute vor der Einfahrt machten: »Oje, je, je.« Eine Frau sagte: »Um Gottes willen!« Und ein Mann: »Der blutet aber nicht ohne.«

Vorsichtig führten die Wirtin und der Chauffeur den Anderl an den großen Bierlastwagen, schoben ihn hinein auf den schwarzen Kunstledersitz und stiegen selbst ein. Die Wirtin blieb so, wie sie ging und stand. Im weißen Wickelschurz, der nun auch noch voll Blut war, und mit ihren Zottelhaaren. Sogar der Schlüsselbund hing an ihrer Hüfte.

Jetzt ging das Gefrage los bei den Leuten.

Aber da entdeckte die Kästlin auf einmal das Dimmer-Mädchen, die Eugenie. Die hatte bisher überhaupt keiner gesehen.

Dabei stand sie direkt neben der Gassenschenke, wo geschrieben stand *Bitte fest läuten*, und in dem angeschraubten Blechteller am Schalterfenster lag eine Mark Biergeld. Die Eugenie hielt einen Glaskrug in der Hand, und ihre Lippen flatterten, als man sie fragte: »Hast du's denn gsehn?«

»Ja«, sagte die Eugenie zwischen Wichtigkeit und Weinen.

»Ja, was war denn eigentlich los?«

»Im Keller war's!«

»Was war im Keller, red schon!«

»Sie, die Wirtin!«

»Wieso die Wirtin? So red doch g'scheit, Eugenie«, sagte die Herrlich und nahm das Mädchen am Arm. Die Himmelreichin war auch gleich da, und sie gab das Gehörte hinter sich weiter zu den Neugierigen, die immer zahlreicher wurden.

»So, jetzt erzähl schön, was du gesehen hast, ganz von vorn.«

»Von vorn?« fragte das Mädchen.

»Jessas, stellt sich die an«, ärgerte sich die Kästlin, aber die Hausmeisterin zischte sie nieder:

»Pscht jetzt!«

»Ich hab' halt das Bier holen wollen fürn Papa, eine Halbe Helles, und hab' an der Glocke geläutet und das Geld ins Schüsserl gelegt. Da hat der Herr Schindler das Fenster aufgemacht, aber einen Finger hat er vor den Mund gehalten, so.«

Und sie machte es vor.

»So, und?«

»Und da hab' ich mit dem Kopf durch das Fenster geschaut, und der Bieraufzug war in der Höhe, und man hat hinunterschauen können, in den Keller. Der Herr Schindler hat's ja auch getan.«

Die Eugenie verfiel wieder etwas ins Weinerliche, aber die Hausmeisterin hatte sie rasch wieder im Geleise, weil sie scheinheilig sagte:

»Aber geh, da passiert doch dir nix, red ruhig weiter, darfst es ruhig sagen.«

»Und da hab' ich gesehen, wie der eine Bierführer mit der Wirtin gerauft hat.«

»G'rauft?«

»Ja, er hat sie ganz ins Eck gedrückt gehabt und hat die Arme um sie herum gehabt, wie ein Athlet, und sie hat sich überhaupt nicht mehr wehren können, nur in den Mund hat sie den Mann noch gebissen.«

Die Augen der Hausmeisterin bekamen einen Glanz, wie wenn man sie mit Zucker kandiert hätte. Das war wieder einmal was! Der Himmelreich Melchior, dem seit zwei Monaten der Kopf nicht mehr kahl geschoren war, weil er langsam in die Jahre kam und deshalb eine Frisur hatte wie eine Messerputzmaschine, war der erste, der leise lachte. Er stieß den atemlos lauschenden Leo, der schaute ihn an und sagte:

»Meinst du wirklich?«

»Herrgott, bist du aber damisch«, sagte der Melchior flüsternd.

Das Dimmer-Mädchen schwieg einen Augenblick, bis es von der Frau Herrlich geschüttelt wurde, und da erzählte es widerwillig weiter: »Der Herr Schindler hat das auch gesehen, durch den Aufzugschacht, und dann ist er ganz leise näher hingegangen und hat am Zahnradl vom Aufzug was getan, und dann ist der Bieraufzug wie der Blitz hinuntergesaust auf die zwei, aber die Wirtin hat er nicht getroffen, sondern zuerst den Mann auf den Kopf, weil der größer war. Und dann hat sie geschrien.«

Die Erwachsenen stießen sich an und sagten langgezogen: »Hahaa«, und auch »Da legst dich nieder.«

Nur die Marilli Kosemund lief lachend weg und hüpfte auf dem rechten Bein und auf dem linken wie beim Dreisprung. Die Hausmeisterin hatte sich aus ihrer halben Hockestellung erhoben und sagte:

»Ein schönes Haus ist das, ein sauberes Haus.«

Das Dimmer-Mädchen, das seltsam angeschaut wurde, sagte mit einer wehleidigen Nasenstimme:

»Jetzt hab' ich kein Bier nicht«, nahm den Glaskrug und vergaß die Mark im Blechschüsserl, die der Himmelreich Balthasar trotz seines marmorierten Auges rasch erspäht hatte, mit flinker Hand verschwinden ließ und seinem großen Bruder gab. Der aber sagte: »Eine Mark ist zuviel, das geht nicht.« Und er schrie der Eugenie nach und gab ihr das Geld. Dann ging er zum Leo und zum Rupp Bubi und Leer Biwi und meinte:

»Die Wirtin und der Fahrer haben's getan miteinander, das ist klar.«

»Geh«, meinte der Leo, »vielleicht wollte er die Wirtin bloß umwerfen.«

»Weißt was, mir graust«, sagte der Leer Biwi.

»Was willst denn du, du weißt ja noch gar nix«, sagte der Melchior.

»Da lach ich ja«, sagte der Leer Biwi.

»I könnt euch schon was erzählen«, warf der Rupp Bubi ein. »Aber ich sag euch was, mir graust auch, o pfui Teufel.«

Die Hausmeisterin war vorbeigegangen und sagte zu den Buben: »Habts es ihr auch schon recht wichtig? Noch naß hinter den Ohren, aber wichtig haben's die Herren schon.«

Die Buben lächelten aufbegehrend, aber erst als die Frau Herrlich fast außer Hörweite war, sagte der Biwi: »Alter Besen.«

Da drehte sich die Hausmeisterin schnell um und fragte tückisch:

»Habt ihr nicht was g'sagt?«

»Mir?« erwiderte der Bubi, »nie!«

»Des wird auch gut sein, sonst –«

Die Frau Herrlich beendete ihre Rede nicht, sondern erstarrte in Ehrfurcht vor dem Hausverwalter Stein, der gerade mit dem Wanderer-Rad bremste. Und die Frau Herrlich ging zum Herrn Stein und berichtete in leise untertänigem Ton das Vorgefallene. Herrn Steins Gesicht blieb unbewegt. Als der Vortrag der Hausmeisterin beendet war, zog er den Hut vor den grinsenden Buben und ging in seine Wohnung wie immer. Es gab heute Kartoffelschmarren.

Die Gastwirtschaft ›Zur alten Zeit‹ blieb volle vier Wochen geschlossen. Die Leute holten ihr Bier im ›Ochsengarten‹. Dann kam ein neues Pächterpaar, das hieß Schmidt. Den alten Wirt hatte man noch ein einzigesmal gesehen, als er mit seinen paar lumpigen braunen Küchenmöbeln auszog. Der Hund Jericho lief hinter dem Möbelwagen drein.

Leonhard war zur Großmutter hinaufgegangen, die in der dunklen Küche saß, vor sich den leeren Deckelkrug vom Vormittag. Es roch tatsächlich wieder nach Hammelragout, und der Leo sagte ganz leise »varreck«. Und zur Großmutter sagte er:

»Jetzt hab‘ ich‘s überstanden, Oma.«

»So«, sagte die Großmutter, »is schon zwei Uhr?«

»Schon vorbei«, sagte der Bub, nahm den Krug, wusch ihn am Ausguß aus und ging mit dem abgezählten Geld zum Bierholen. Als er zurückkam, sagte die Großmutter:

»Nach den Ferien schaust nach einem Lehrplatz in der Zeitung. Nimmst sie von der Frau Kugler zu leihen. Die gibt dir‘s schon.«

»Ja«, sagte der Bub, »werd schon was finden.«

»Im Speisekammerl ist noch ein Kunsthonig.«

Der Leo strich sich ein doppeltes Kunsthonigbrot auf. Das lieblos gekochte Ragout ließ er stehen. Während er kaute, zog er seinen blauen Anzug aus und schlüpfte in die kurze Werktagshose. Die alte Frau brockte Brot in ihren Krug.

Zu sechst waren sie in diesem Jahr aus der Schule gekommen. Der Leer Biwi wurde Friseur im Salon Lechner, das war schon bestimmt. Nach den Ferien mußte er anfangen. Melchior, der älteste Himmelreich, kam zum Vater in die Lehre, ins Wanzensanatorium, wie der Melchior geringschätzig die Werkstatt nannte. Bubi Rupp konnte im Telegrafenamt anfangen, und Nazi Kästl sollte Steinmetz lernen, das war ein guter Beruf. Die Marilli Kosemund, das Flitscherl, blieb daheim. Der Leo aber, zweitbester Schüler der Klasse 8 B mit seinen enormen Noten, hatte noch keinen Lehrplatz. Er wußte überhaupt nicht, was er werden wollte. Dem Leo war nicht wohl. Im Hof schrie ein Hausierer:

»So, Leut, jetzt geht‘s ’raus heut.«

»Darf ich jetzt ’runter?« fragte der Bub die alte Frau, und die sagte:

»Meinetwegen.«

Während der Leo die Treppen hinunterging, das halbe Kunsthonigbrot noch in der Hand, dachte er an die Geschichte mit der Wirtin Schindler und dem Bierführer. Wo die Kinder herkamen, das wußte er schon lange, aber da gab's noch einen ganzen Haufen anderer Sachen, die er sich nicht erklären konnte. Und wann hat schon einmal ein Vierzehnjähriger einen Erwachsenen danach gefragt? In der Schule waren sie auch nur halb aufgeklärt worden, vom Religionslehrer, der aber hauptsächlich von der Heiligkeit der Ehe gesprochen hatte. Freilich, sagte er immer wieder, wer das nicht versteht, das zwischen Mann und Frau, der soll ruhig fragen und den Finger heben. Keiner aber hob den Finger, und jeder grinste dumm. Auch die Freunde vom Leo hatte kein Mensch richtig aufgeklärt. Aber jeder hätte nur mitleidig gelächelt, wenn man gesagt hätte, er wüßte vielleicht etwas nicht. Nur die Matschi Kosemund hatte der Marilli das Nötigste gesagt. Und was der Marilli noch gefehlt hatte, das brachte ihr die nunmehr neunzehnjährige Brunner Hanni, mit der sich die Marilli ganz überraschend angefreundet hatte, bei. Die Hanni hatte seit einiger Zeit viel weniger Pickel, Pusteln und Mitesser im Gesicht als früher.

Als der Leo die Haustür aufmachte, sah er die zwei. Eingehängt wie ein Liebespaar. Sie tuschelten miteinander, und die Marilli lachte und warf bewundernde Blicke auf die pferdeköpfige Hanni.

Wie die Marilli bloß daherkam. Nun war es nicht mehr zu übersehen, was sie unter dem Pullover hatte, und der Leo sagte zur Marilli jetzt:

»Servus«, und sie sagte auch: »Servus, Leo.«

Und in diesem letzten Sommer seiner Kindheit empfand der Bub auch das, was die Buben der ganzen Welt in diesem Alter empfinden.

Es kam jetzt die Zeit, da der Leo sich abends in seinem Bett wälzte und an die Marilli dachte und unsagbar traurig und allein war. Und dann war wieder alles weh und schön und dann wieder dunkel und schwer. Und manchmal war es, als käme eine rosarote Lawine auf ihn zu und wälzte sich über ihn, daß er keine Luft mehr bekam und Sekunden fast ohnmächtig war. Und plötzlich weinte dann der Bub. Er weinte alle Tränen heraus. Und doch stellte er sich dabei vor, wie er die rothaarige Marilli küßte.

Er war vierzehn Jahre und sechzehn Wochen alt.

Und in diesen letzten sechs sonnigen Wochen kam auch noch etwas anderes über ihn. Da waren ein paar Tage, die sehr langweilig waren, und der Leer Biwi wußte auch nichts Neues. Zu den gewohnten Spielen waren sie auf einmal zu groß, und ins Kino konnten sie auch nicht, weil sie kein Geld hatten und die Kontrolle fürchteten. Da sagte der Biwi einmal:

»Da gibt‘s doch so eine Volksbibliothek, wo man umsonst Bücher kriegt?«

Die Frau Leer wurde befragt, und sie wußte, wo das war. Im Arbeitsamtsgebäude. Die Buben gingen hin. Da saßen allerhand Leute herum, meistens hatten sie große Augen und waren schlecht rasiert, und ihre Hemden waren nicht gerade weiß.

Hinter einem Schalter stand ein Fräulein. Die hatte die allergrößten Augen – wie eine Kuh, dachte der Leo. Das Fräulein lächelte eigenartig und gab den Buben einen Katalog, damit sie sich ein Buch aussuchen konnten. Der Leo sah auf ihre Brust unter der durchsichtigen Bluse und bemerkte, daß das Fräulein gut roch. Nach Parfüm. Wie im Salon Lechner, wo ihm einmal, das fiel ihm jetzt wieder ein, seine Warze abgebunden worden war.

Beide blätterten eine Zeitlang in dem Katalog, doch dann sagte der Biwi:

»Die kennt doch sicher alle Bücher. Die soll uns doch was G‘scheites geben.«

Sie gingen an den Ausgabeschalter, hinter dem die Durchsichtige leise lächelnd wartete. Sie meinte zum Leo:

»Vielleicht nehmen Sie ›Brehms Tierleben‹? Oder?«

Und dann schaute sie den Jüngling mit seltsam überkandidelten Augen an, kräuselte den Mund ein wenig und sagte:

»Oder von Jack London den ›Martin Eden‹.«

Und an dem ›Oder‹ lag es. Hätte sie das ›Oder‹ nicht gesagt, vielleicht wäre es anders gekommen mit Leonhard Knie. Das Wörtchen ›Oder‹ ist nämlich ungeheuer wichtig in dieser Welt. Ja *oder* nein. Das ›Oder‹ machte es aus. Recht *oder* Unrecht, Krieg *oder* Frieden, linke Straße *oder* rechte Straße, Kopf *oder* Wappen, hopp *oder* topp.

Der Leo hätte also ›Brehms Tierleben‹ nehmen können oder ›Martin Eden‹. Hätte der Leo ein Paket Dynamit mit nach Hause getragen, anstatt des zwölf mal achtzehn Zentimeter großen, mit schwarzen Zeichen bedruckten Papierpaketes, es wäre längst nicht so gefährlich gewesen für ihn. Ein sogenanntes gutes Buch trägt meistens den Bazillus des Nachdenkenmüssens in sich. Nachdenken über das Leben und das Warum und Wozu. Das endet dann bestenfalls mit einem Lächeln und schlimmstenfalls im Floßkanal.

So trug also der Leo seinen ›Martin Eden‹ heim, und das Fräulein, das ganz gewiß auch eine Denkerin war, freute sich, daß es wieder einen angesteckt hatte mit dem Denken. Der Biwi hatte ›Brehms Tierleben‹ genommen. Weil es dicker gewesen war.

Das Tanzen lernte der Leo auch schon in dieser schwülen Zeit. Der Rupp Bubi hatte den Schlüssel zum Wäschespeicher besorgt, in dem gerade die Leibwäsche seiner Eltern und die Ruppsche Bettwäsche mit Monogramm trockneten. Es hatte sich so ergeben, daß die Hanni Brunner und die Marilli im Hausgang untergestanden hatten, denn draußen regnete es. Die Marilli hatte gesummt:

»Ja, das haben die Mädchen so gerne«, ein Lied, das ihr Adoptivvater manchmal sang, und sie hatte dazu ein paar Foxtrottschritte getan. Der Leo und der Bubi sahen es, und sie sagten: »Fräulein Zizibe möcht auch schon tanzen gehn!«

Und dabei dachte er ganz plötzlich an das Phantasiebild, zu dem er das Mädchen mißbraucht hatte, und er wurde sekundenschnell rot, fast wie die Haare der Marilli. Da sagte die Hanni zu ihm:

»Geh einmal her, dann zeig ich dir‘s.«

»Dem brauchst du‘s nicht mehr zu zeigen«, sagte der Rupp Bubi doppelsinnig, denn er hatte etwas von dem Zynismus seines Vaters geerbt. Die beiden Mädchen begannen über seinen Satz nachzudenken, und dann stieß die Marilli den Bubi mit dem Ellenbogen in die Rippen und sagte:

»Du gell, sei nicht so frech.«

Und dann sagte der Leo:

»Wißts was, ich hol den Biwi noch mit der Mundharmonika, und dann gehn wir 'rauf auf den Waschspeicher und lernen den Tango. Der Biwi muß spielen.«

»Komm, das tun wir«, sagte die eckige Hanni sofort, nahm die Marilli unterm Arm und sagte noch:

»Wir gehn voraus.«

Der Leer Biwi hatte gerade seine Fußballstiefel, ein paar ausgetretene, um vier Nummern zu große Schnürschuhe seines Vaters an, mit zentimeterhohen Stollen beschlagen, aber er nahm gleich seine gebogene Mundharmonika, auf der *Donauwellen* eingeätzt war, und ging mit auf den Speicher.

Nun waren zwischen den Wäscheleinen, die in Zwischenräumen von zwei Metern quer durch den Giebelraum des Hauses gespannt waren, fünf abgeteilte Felder entstanden. Ein jedes vom anderen durch die Handtücher und Tischdekken der Familie Rupp getrennt. Auch die langen Unterhosen des Vermessungsbeamten wedelten von den Stricken. Die meisten waren am Gesäß stark gestopft.

Der Biwi setzte sich auf eine niedere Dachstuhlverstrebung und klopfte zuerst seine *Donauwellen* aus. Graue wollige Kügelchen waren darin und alte Brotbrösel. Dann probierte er ein paar Schnaufer und sagte:

»Im Rosengarten.«

Als er jedoch das erstemal hoch hinauf wollte in den Rosengarten, verweigerte die Mundharmonika die Gefolgschaft, und da verkündete der Biwi:

»Du schwarzer Zigeuner.«

Das war vermutlich tiefer. »Du schwarzer Zigeuner« näselte die scharfkantige Hanni. Sie nahm den Leo bei den Armen und legte sich die rechte Hand des Buben um ihre Taille, während sie seine zögernde linke Hand in ihrer eigenen stattlichen Rechten fast verschwinden ließ. Der Leo tat in säuerlicher Verlegenheit die ersten Schritte, stolperte sofort und verscheuchte die feuchten Makobeine einer Unterhose, zwischen die er geraten war, vor seinem Gesicht. Der Rupp Bubi und die Marilli mit ihrem schwarzen Samtband um den jäh geschwungenen Hals schauten zu und lachten. Aber die Hanni nahm den Leo gleich wieder entschlossen mit einem

Untergriff und führte ihn in den zweiten Wäschegang, wo die anderen nur mehr die Beine des Tanzpaares sahen, bis etwas übers Knie. Wieder hauchte der Biwi energisch in seine leicht nach Grünspan mundende Maultrommel. Gleich nach den ersten Takten übernahm diesmal die Hanni die Führung. Sie zog den Leo fest an sich und sagte, damit es die anderen hörten und meinten, es wäre alles ganz harmlos: »Mein Gott, stellt sich der an, wie der Storch im Kartoffelsalat.«

Es war aber gar nicht ganz so harmlos. Die Hanni begann, sich an dem hoffnungslos stolpernden Leo zu scheuern, und ihr Pferdekopf wurde rot an den Backenknochen und ihr Tanz geradezu rabiat. Da sagte der Leo dumm, aber laut: »Was drückst denn so narrisch?«

Aber die Hanni ließ sich nicht blamieren und sagte frech und ebenso laut:

»Wenn jemand drückt, dann drückst du, gell, und jetzt mag ich nimmer, du lernst es sowieso nie, du Hirsch!«

Dann stieß sie den Leo weg von sich und ging zum spielenden Biwi hin und sah, wie die Marilli mit den leichten X-Beinen dem Bubi die ersten Schritte beibrachte. Die beiden zählten ganz richtig: »Eins und Wechselschritt.«

Sie schauten hinunter auf ihre Füße. Das war schon eher was. Der Biwi machte eine kleine Pause und zitierte dann lachend den Titel eines Films, der gerade im Isartal-Kino lief: »Und wer küßt mich?«

Dann legte er aber seine Lippen gleich wieder an die *Donauwellen* und spielte jetzt mit Tremolo:

›Wenn der weiße Flieder wieder blüht.‹

Der Leo ging zur Marilli hin und sagte kalt:

»Was is, jetzt schwofen wir einmal.«

Da nickte die Marilli. Sie strich ihre ziegelrote Trauerweidenfrisur zurück und tat die Arme etwas auseinander. Der Leo ging in sie hinein. Die Hanni hatte den Bubi in die energische Zange ihrer Bohnenstangenarme genommen. Bei der Marilli ging's wesentlich besser, merkte der Leo gleich. Sie schleiften in den dritten Wäschekorridor.

»Eins und Wechselschritt«, sagte das Kosemund-Mädchen. Bei ›Wechselschritt‹ drückte sie mit dem Oberkörper etwas nach, und der Leo spürte die kleinen Hügelchen unter ihrem verwaschenen Zwirnpullover. Da lachte die Marilli, die natürlich gemerkt hatte, daß er das spürte, und da lachte auch der Leo. Dann sagte die Marilli zu ihm:

»Du hast aber schöne Zähne.« Und dann sagte sie noch:

»Zeig einmal her, Leo.«

Der Leo zog gehorsam die Lippen zurück, und die Marilli klopfte mit dem Knöchel des Zeigefingers ganz leicht an seine geschlossenen Zahnreihen.

Da sagte das Mädchen:

»Probier's einmal bei mir.«

Sie entblößte ihr junges weißes Gebiß. Der Leo sah, daß die oberen Zähne etwas über die unteren gingen, und er probierte es mit dem Zeigefinger so wie sie, doch da biß sie ihn ganz leicht hinein und machte dann große Augen. Aus dem verhangenen Abteil nebenan kamen die schnarrenden Fußgeräusche von der Hanni und dem Bubi, und auf einmal hörte man die Stimme der Hanni, die jetzt hoffnungslos sagte:

»O mei, o mei.«

Die Marilli kicherte ein wenig und schaute mit runden Augen auf ihren Tänzer, der den gebissenen Zeigefinger dumm in den eigenen Mund gesteckt hatte. Dann sagte sie, und ihre Stimme war etwas sandig:

»Jetzt ist mein Straps abgerissen, wart ein bisserl, Leo.« Als sie hinter einem Kopfkissenbezug mit Hohlsaum ihren Rock hob, rief sie dem Buben leise vibrierend zu:

»Schau ja nicht her, Leo!«

Und er rief zurück:

»Ich schau nicht hin.«

Da zischelte sie noch einmal:

»Schaust ganz gewiß nicht her?«

»Nein«, sagte der Leo aufrichtig, »mein Ehrenwort.« Und er schaute auch wirklich nicht hin und stand starr und seltsam angstvoll in der Wäsche. Da kam die Marilli zurück, aber ihr Gesicht war jetzt anders als vorher, ein wenig mechanisch und allgemein.

»Aber du hast ja bloß Sockerl an«, sagte der Leo in dummem Erstaunen.

»Du merkst aber auch alles«, erwiderte das Mädchen. Als sie der Leo aber wieder zum Wechselschritt heranziehen wollte, sagte sie nüchtern: »Ah, geh«, und ließ die Arme hängen und schlüpfte zwischen einem Nachthemd und einem Abtrockentuch durch ins nächste Abteil. Da sagte auch die Hanni gleich zu ihrem Waschspeicherkavalier:

»Das Tanzen lernt ihr sowieso nie.«

Sie nahm die Marilli schnell um die Hüften und ging ganz schief mit ihr durch die Eisentür davon, die sie stark zuschlug.

»Da varreckst«, sagte der junge Kapellmeister Leer, lachte schallend und versenkte sein Instrument im graugrünen Trachtenjanker. Der Leo ging rasch hinunter in seine Wohnung. Er ging aber nicht gleich in die Küche, sondern blieb lange auf dem Gang stehen. Als er mit feuchter Stirn in die Küche trat, sagte die alte Frau vor dem Krug:

»Ich möcht nur grad wissen, warum du immer so lang auf dem Gang bleibst.«

Der Leo schwieg.

Als Leo den ›Martin Eden‹ ausgelesen hatte, war er wirr im Kopf und nahezu schwindelig. Der Leer Biwi war mit ›Brehms Tierleben‹ noch nicht einmal über die ersten fünfzig Seiten hinausgekommen. Es regnete immer noch, und der Leo ging allein zur Volksbibliothek. Das Fräulein war wieder da. Sie hatte heute einen weißen Kittel an, ganz hochgeschlossen, wie ihn die Ärzte bei der Operation tragen, hinten zum Zubinden. Sie kannte den Buben gleich wieder und sagte: »War's recht?«

Als ob sie ihm eine Fahrradkette verkauft hätte oder eine neue Bratheringsmarke für die Großmutter. Aber dann bekam das Fräulein gleich wieder verwischte Augen, mit denen sie den jungen Menschen ansah. Von hinten aus den Regalen rief eine trockene Männerstimme:

»Fräulein Heinrich, bitte kommen Sie doch einmal her.«

Da ging die eingewickelte Person weg.

So, Fräulein Heinrich heißt sie, dachte der Leo. Das konnte er sich leicht merken. »Auf so eine tät ich auch gern sparen«, fiel dem Leo ein Spruch vom Rupp Bubi ein. Da kam das Bibliotheksfräulein Heinrich wieder zurück.

»Also, was nehmen wir denn heut?« fragte sie.

»Bittschön, suchen Sie mir was 'raus«, sagte der junge Mann vor dem Schalter. Und:

»Sie wissen schon, was ich mag, darf schon etwas Schweres sein«, fügte er hinzu und deutete auf den ›Martin Eden‹. Das Fräulein Heinrich sagte gar nichts, ging auf seltsam steifen Beinen weg, wie wenn eine Malerstaffelei gehen lernt, und kam mit einem neuen Buch zurück. Auf dem weißen Etikett, das auf dem Bücherrücken aufgeklebt war und aussah wie die Biermarken, die der Leo oft auf den Gläsern der Zecher in der ›Alten Zeit‹ gesehen hatte, stand die Nummer achthundertdrei. Das Fräulein legte das Buch vor den Leo hin und lächelte wieder leise. Auch bei ihr standen die oberen Zähne etwas vor. Nicht ganz so stark wie bei der Frau Präsidentin Roosevelt, von welcher der Leo schon viele Bilder gesehen hatte, aber doch so stark wie bei der Marilli.

Auf der ersten Buchseite, die das Fräulein aufschlug, stand der Titel *Demian* und darüber *Hermann Hesse.* »Hesse?« – war das vielleicht der, nach dem man die Heßstraße genannt hatte, die in Schwabing war und die der Leo kannte, weil er dort einmal im Auftrag des Lehrers Gerber einen Steindruck hatte holen müssen, für Lehrzwecke in der Bürgerkunde ...

»Demian«, sagte das Fräulein, und es klang wie ›Damian‹, was zwar im Sprachschatz der Mondstraßler ein seltenes Wort war, aber doch so bekannt, daß jeder wußte, das hieß etwa ›Tölpel‹. Warum der Leo in diesem Raum vor dem Fräulein jedesmal so viel dachte – und so einen wirren Unsinn? Der Leo nahm schnell den ›Demian‹ von hinten am Genick, nickte nun ziemlich tölpelhaft und unterschrieb da, wo das Fräulein mit ihrem käsigen Zeigefinger hindeutete, schräg von links oben nach rechts unten. Das hatte er einmal stundenlang daheim geübt.

Das sah schon nach was aus.

Daheim ging er ins Schlafzimmer, rückte den mitgenommenen Küchenhocker ganz ans Fenster und begann zu lesen. Schnell wurde er auch von diesem Buch völlig rauschig. Der Regen wusch sinnlos an den schmutzigen Fensterscheiben herum und machte traurig. Draußen in der Küche saß die Großmutter und trommelte mit den kalten Fingern eine vergessene Melodie auf die Tischplatte neben den Maßkrug.

Nach dreißig Seiten holte der Leo den kleinen Handspiegel, der rechts neben dem Ausguß hing, ins Schlafzimmer. Dann las er noch ein paar Seiten, den Spiegel auf dem Schoß, und dann schaute er hinein.

Zuerst sah er nur sein Gesicht. Das Gesicht vom Leo war ein ziemliches Durcheinander. Die Haare waren gar nichts wert, das stand fest. Sie waren immer dagegen, gegen alles wie die Matschi Kosemund. Die Haare vom Leo waren gegen Kamm und Bürste, gegen Scheitel links und Scheitel rechts, aber auch gegen Stiftenkopf. Einfach widerborstig. Auch der Ansatz war häßlich. Die Stirn war zu nieder. Höchstens so hoch wie die Mundharmonika vom Leer Biwi, quer gemessen natürlich. Von den Augenbrauen war die eine höher als die andere. Und so ging es weiter. Es waren eigentlich zwei Gesichter wie die zwei Hälften von einem Schokoladenosterhasen, der Männchen macht und dessen Gußhälften beim Zusammenschmelzen etwas verrutscht waren. Die Nase war schief. Links höher angesetzt als rechts. Und der Mund war auf einer Seite sentimental nach unten gezogen und auf der anderen überheblich nach oben verrutscht. Nur die Augen gingen an.

Ein wenig verweint schienen sie zwar immer, aber die Krämerin Eichheim, eine stattliche Fünfzigerin, hatte einmal beim Einkaufen zu einer anderen Endvierzigerin im Hinblick auf die Augen des Knie-Buben gesagt:

»Schauns, was das Bürscherl für sündige Augen hat.«

Dann hatte sie dem Leo den Würfelzucker gegeben, gut gewogen, damit er sich ein paar Stückerl herausnehmen konnte. Leos Ohren standen ab. Das Kinn besaß ein Grübchen wie bei einem schalkhaften Mädchen. Es war viel zu weichlich. Ja, das war es. Aber seltsam: von der Seite, von links her betrachtet, im Profil, war er eine Schönheit. Diese Ansicht vom Leo war edel, da gab's gar nichts.

Er sah im ganzen etwa so aus, als hätte der liebe Gott in guter Laune an diesem Gesicht gearbeitet und Wohlgefallen gefunden an seinem Werk. Aber dann mußte der Schöpfer wohl sein Handwerkszeug plötzlich einem herumstehenden Engel gegeben haben; vielleicht hatte er zu ihm gesagt:

»Da, mach du den Kopf fertig, mir ist gerade etwas Wichtigeres eingefallen.«

Und der Engel, der gerade in der Nähe stand, war wohl in seinem früheren Leben kein Bildhauer gewesen, sondern vielleicht ein losgebeteter niederbayerischer Kammerfeldwebel, der früher immer gesagt hatte:

»Paßt!« Und so war der Leo wohl verpfuscht worden.

Der Leo war mithin ein Neunundneunzigpfennig-Mensch, der es nie zu einer Mark bringen würde.

Als der Leo eine Zeitlang seinen Kopf angeschaut hatte, stieg er langsam aus dem Spiegel heraus wie aus einem Kleidungsstück. Zurück blieb in dem kleinen glänzenden Fenster, das auf den Nirgendwoplatz mündete, eine Larve. Nun waren sie wieder ihrer drei. Der Leo kannte das.

Da war einer im Spiegel, einer, der jetzt redete und der hinter dem Spiegel stehen mußte, und dann der, der in den Spiegel hineinsah. Der mußte ja auch noch da sein.

»Du«, sagte jetzt der dritte zum Spiegelbild, »bist schon ganz schön verrückt, du.«

Und der aus dem silbernen Fenster lächelte und meinte:

»Vielleicht bin ich aber auch der Teufel, wie, was wäre denn dann, was?«

»Mit so einem Gesicht nie, schau doch einmal deine rechte Seite an, die ist ja zum Davonlaufen.«

Und der junge Mensch in dem Glitzerrahmen drehte seinen Kopf nach rechts und sah dieses weinerlich lange Gesicht mit der schiefen Nase und dem vertränten Winselblick.

›O du Falada, da du hangest‹, sagte der schlaffe Kriechermund, und der Kopf drehte sich auf die andere Seite. Und da schaute der römische Held Ben Hur aus dem Fenster, kühl, männlich, über den Wolken.

›So sage, du hast ihn hier liegen gesehen‹, sagte der kalte Edelsteinmund.

Da stieß der Bub an den Spiegel, und der fiel vom Hocker. Er war aber nicht zersprungen. Der Leo ging todmüde in die Küche und hing ihn an den Nagel über dem Ausguß. Hernach aß er ein keilförmiges Kunsthonigbrot. Er merkte nicht, daß er es gesalzen hatte, als ob er Schweinefett aufgestrichen hätte.

Auf den Isar-Wiesen stand das Gras so hoch, daß ein liegender Mensch ganz darin verschwinden konnte. Der Leo lag im Gras. Er hatte eine Knickerbockerhose an, die hatte ein ganz modernes Muster. Irgendein Bruder seiner Mutter, den er nicht kannte und der Konrad hieß, hatte sie in einer Waschmittelschachtel geschickt. Dieser Onkel Konrad schickte manchmal etwas in so alten Schachteln, einen Sweater zum Beispiel, auch einmal einen schwarzen, unmodernen Plüschhut, den der Leo dann zur Kommunion aufgesetzt bekam. Er war viel zu groß gewesen, der Hut, aber mit drei Einlagen Zeitungspapier paßte er schon.

Die neue Knickerbockerhose sah von vorn prächtig aus. Aber hinten das Gesäß war mit einem völlig anderen Stoff ausgeflickt. Wenn jetzt der Leo abends an der Hausecke stand mit den anderen Buben, lehnte er deshalb immer mit dem Rücken an der Wand. Erst wenn es dann ganz finster war, ging er heim. Die anderen mußten vorausgehen, und er war dann immer der letzte. Überhaupt hatte er große Routine im Verbergen seines eingesetzten Hosenbodens erlangt. Aber trotzdem hatten seine Freunde den beschämenden Besatz längst entdeckt, und sie lächelten ein wenig, wenn der Leo wieder so ein Manöver versuchte, daß man ihn nicht von hinten sah. Dann blickte er böse und herausfordernd.

Sicher hatte auch die Marilli Kosemund seinen Schandfleck bereits entdeckt. Der Leo hatte schon begriffen, daß vielleicht manchmal alles davon abhing, ob man vom Essen noch ein Bröserl am Mund oder die Nase unglücklich geputzt hatte.

Wenn es auf einen Ast schneite und es fiel immer mehr Schnee darauf, dann brach der Ast einmal ab. Und da mußte doch eine einzige winzige Schneeflocke die letzte und ausschlaggebende sein, damit dieser Ast abbrach. Also hing doch fast alles von so winzigen Dingen ab wie Schuhen, die zu klein sind, einem menschlichen Bedürfnis zur falschen Zeit, ob man nach Zwiebeln roch, weil sie im Salat waren, oder ob man über einen hervorstehenden Pflasterstein stolperte und wie ein Trottel aussah. Nein, von noch viel kleineren Dingen mußte es abhängen.

Aber mit dieser Denkerei kam er ja schön in den Wald hinein. Da geriet man ja genauso durcheinander, als ob man darüber nachdachte, was die Ewigkeit sei. Der Vergleich des Religionslehrers fiel dem Leo ein:

Wenn ein Spatz seinen Schnabel alle tausend Jahre einmal an der Zugspitze wetzt und die ganze Zugspitze auf diese Weise schließlich weggewetzt ist, dann ist die erste Sekunde der Ewigkeit vorbei.

Ja, da sollte man halt einmal hinüberschauen können in diese Ewigkeit, wie es da zuging. Das wär' was, wenn man so mit einem Fuß hinüberkönnte, nur zur Probe, und dann gleich wieder zurück.

Vorsichtig krümmte der Leo den Mittelfinger seiner rechten Hand gegen den Daumen, näherte sein Fingerkatapult einer mondgelben Wespe, die auf dem Rand des schwarzen Bucheinbandes vom ›Demian‹ herumschnüffelte, und schnellte das Insekt mit dem Fingernagel weit weg, daß es benommen im grünen Grasdschungel landete.

Auf einem scheppernden Damenrad wetzte ein junges Mädchen vorbei. Der Sattel war viel zu hoch. Das Mädchen sah auf diese Wiese herüber und winkte. Dabei kam ihm die Lenkstange aus, das Vorderrad stellte sich quer, und das Mädchen sprang herab. Gerade noch ohne hinzufallen. Lachend sprang das Kind zurück vom stürzenden Rad. Das eine Pedal dreht sich surrend. Das rote Haar des Mädchens fiel nach vorn und berührte beim Bücken fast die nackten Knie, als es das Rad aufhob. Es war die Marilli.

Der Leo wollte hochspringen, doch dann dachte er an seine eingestückelte Hose. Da kam die Marilli auch schon daher und sagte, indem sie das Rad ins Gras legte: »So ein alter Schleifer!«

»Hat's dich hing'haut?« sagte der Leo.

»Ah geh, mit so einem alten Schleifer«, sagte die Marilli. Und sie setzte sich einfach zu dem Leo ins Gras.

»Was liest denn da?«

»Ach, so ein Buch halt.«

»Is schön, von was handelt's denn?«

»Ah ja, eigentlich von nix«, sagte der Leo wegwerfend.

»Oder vielleicht von der Liebe?« lächelte die Kosemund. »Gell, von der Liebe!« Und sie nahm schnell das Buch und blätterte darin, aber sie fand keine Stelle von der Liebe und legte es wieder ins Gras. Der Leo riß einen langen Halm aus und nahm ihn zwischen die Zähne. Dann sagte er:

»Weißt denn du auch schon was von der Liebe? Da lach ich ja.«

»Geh, gib doch nicht so schaurig an«, gab ihm die Marilli heraus. Dann sah sie den Leo, der sich auf beide Ellenbogen gestützt hatte und mit der Zunge den Grashalm im Mund bewegte, sonderbar an und sagte rasch:

»Ihr traut euch ja alle nix.«

»Was?« fragte der Leo.

»Ihr traut euch ja alle nix«, wiederholte das Mädchen.

»Wer ihr?«

»Ihr halt, und du auch, du traust dir schon von Haus aus gar nix.«

»Da lach ich ja«, sagte der Leo wieder, aber es wurde ihm schwindlig, und er schluckte verlegen.

»Also, das möcht ich sehn«, redete die Marilli weiter.

»I trau mir nix?«

»Nein.«

»Des wirst jetzt gleich sehn.«

»Also!«

Und da setzte sich der Leo halb auf und fuhr mit der rechten Hand der Marilli in den Ausschnitt ihres blaßgewaschenen Sommerkleides hinab. Schnell, gierig und zu Tode erschrocken über seinen Mut. Das Mädchen hob keine Hand und rührte sich keinen Millimeter, ja, es atmete nicht einmal. Als der Leo die warme Mulde zwischen den jungen Hügeln spürte, zog er die Hand so schnell wieder zurück, daß er dabei die Marilli mit dem Ellenbogen leicht an der Nase traf, und da sagte er linkisch:

»So, da hast du's.«

Die Marilli griff sich an die Nase, die aber nicht weh tat, und der Leo sagte noch einmal genauso dumm:

»Da bist ganz allein selber schuld, warum hast du gesagt, ich trau mir nix?«

»Hm, hm«, summte die Marilli.

»Bist jetzt beleidigt?« fragte der Leo.

»So ein Hirsch«, sagte das Mädchen.

Dann legte die Marilli ihre sonnenwarme Wange ganz kurz an das Ohr vom Leo, sprang auf und griff nach der Radlenkstange.

»Hab' ich mir jetzt was getraut?« triumphierte der Bub, ohne sich zu erheben.

»Ja, ein bisserl was schon«, sagte das Mädchen, sah mit seltsam glänzenden Augen auf den Liegenden und sagte auf einmal aus heiterem Himmel:

»Aber vielleicht sag ich das deiner Großmutter, was du getan hast.«

Der Leo war baff.

»Meiner Großmutter? Der Großmutter?« sagte er zweimal. Es wurde ihm bang.

Die Marilli hatte das Radl auf den Fahrweg geschoben und stieg jetzt auf. Entgeistert sah der Leo, wie sie zweimal den Sattel zwischen die Beine schob, bis sie richtig saß. Und nach zehn Metern winkte sie lachend. Ja, was war denn jetzt das? Es der Großmutter sagen und dann winken? Der Leo stand auf und schaute sich um, ob keiner hinter ihm war, wegen der Hose. Dann ging er mit gesenktem Kopf, das Buch unterm Arm, der Mondstraße zu. Ein Hund lief daher, legte ihm einen dunklen Stein, der von seiner Zunge noch ganz naß war, vor die Füße und sah bittend empor. Der Leo gab dem Stein einen Fußtritt, und der Hund schoß wie ein Pfeil hinterher. Noch einmal und noch einmal. Bis jemand rief:

»Rex, daher!«

Da verschwand der Hund mit dem Stein.

»Rex, daher«, echote der Leo, ohne sein Wissen, halblaut vor sich hin und sagte dann kopfschüttelnd:

»Du traust dich nix, ich sag's der Großmutter, was du getan hast.«

Eine Frau mit einem Handwagerl voll dürrer Äste, die ihn überholte, sah den spazierengehenden kräftigen Buben von der Seite böse an.

Von den Heimgärten her kam Vater Himmelreich. Er hielt einen toten Stallhasen an den Ohren und schaute abwechselnd auf den Hasen und um sich herum, ob ihn irgendwelche Leute sahen. Er hätte den Leuten gerne erklärt, warum der Hase so fett war und mindestens zwölf Pfund schwer. Seine Frau würde ihn gleich wiegen. Aber zwölf Pfund hatte er gut.

Der Tapezierer Himmelreich hatte den Hasen mit einer langläufigen Flobertpistole ins Genick geschossen. Die Pistole war geliehen, vom Herrn Rupp. Den Hasen warf man altes Brot hin oder Salatreste, und da kamen sie angehoppelt und schnupperten um den Hackstock herum, auf dem der Tapezierer saß, die geladene Flobertpistole schußbereit unter seiner Arbeitsschürze. Und wenn die Hasen dann fraßen, vergnügt und ahnungslos, nahm man den, den man am Sonntag mit saurem Rahm essen wollte, bei den Löffeln. Mit der linken Hand. Schnell und brutal. Dann drückte man diesen fetten Hasen mit dem Kopf auf den Boden, wo gerade noch Salat gelegen hatte, nahm die Hand mit der Pistole unter der Schürze hervor und drückte den Lauf möglichst senkrecht an die Stelle, wo der Hinterkopf in die Rückenwirbel überging.

Dann krachte es.

Und dann warf man den Hasen am besten schnell von sich, damit er sich auszappeln konnte, daß gleich die weiße Wolle in Flocken nur so von seinem zuckenden Bauch wegflog.

Ja, das galt als eine saubere Art des Hasenschlachtens, mit der Flobertpistole, als eine tadellos saubere Art, nicht wie die Art des Straßenkehrers Jungverdorben, der auch Belgische Riesen hatte, sie aber mit einem gekerbten Prügel erschlug.

Der Himmelreich Balthasar ging knapp hinter seinem Vater her, denn es waren ihm die vier Hasenpfoten versprochen worden, für sein Indianergewand.

Als der Leo an die Toreinfahrt kam, sah er den Scherenschleifer Viviani darin stehen, besoffen wie ein Stint. Der Scherenschleifer hatte heute unter der Hand eine Gummiwärmflasche verkauft. Die lag schon ein Jahr lang geflickt in seiner Schublade und war nicht mehr abgeholt worden. Er hatte sie an eine Frau verkauft, die eine chronische Gastritis hatte oder so was Ähnliches und die der Meinung war, so eine Wärmflasche würde ihr sicher guttun. Das waren zwei Mark achtzig extra, die taten dem Viviani gut. Denn das waren sechs Obstler. Ja, und achtzehn und sechs macht vierundzwanzig. Vierundzwanzig Kleine à fünfunddreißig Pfennig. Da war man ganz schön voll davon. Der Luigi schickte sich an, seinen Fuß auf ein Bierfaß zu stellen und trat zweimal daneben. Der Leo sah immer noch geistesabwesend zu. Als jetzt der jüngste Himmelreich-Bub den langnasigen Philosophen sah, ließ er den Vater mit seinem toten Hasen im Stich und kam sofort in den Durchgang. Und als ob man dem schimmelhaarigen Kling eine Rohrpostpatrone an seine Spitalerbank hingeschossen hätte, kam auch er daher, mit dem Hakelstecken dem kleinen Balthasar von weitem zuwinkend.

Der Luigi stand jetzt endlich, den einen Fuß fest auf dem Faß und mit seinem Makrelenrücken den Kalk von der Wand wetzend. Der Leo setzte sich müde lächelnd auf ein großes Faß. Er sollte es nicht bereuen, denn heute sprach Luigi Viviani über ein Thema, das jeden Mann auf der ganzen Welt angeht. Luigi sprach über die Frauen.

»Cosi fan tutte – so sind sie alle. Dies besagt schon die gleichnamige Oper. Aber daß sie alle schlecht, treulos, verschlagen und falsch sind, weiß man ja längst von den alten Sagen, von den Bildern, den Theaterstücken und den Filmen her, in denen es dem Publikum bis zum Erbrechen immer wieder gezeigt, aber dennoch viel zuwenig geglaubt wird. Die Mediziner haben sogar das Gehirn der Frauen gewogen und haben herausgekriegt, daß es leichter ist als das des Mannes.

Das wundert mich keineswegs. Aber bei einer Frau ist ja das Gewicht des Hirns nicht ausschlaggebend, sondern eher schon das Gewicht des Busens. Ecco. Dafür gab aber der Herr und Schöpfer der Frau von einer anderen Substanz etwas mehr mit auf den Weg als den Männern, nämlich vom Instinkt. Der Instinkt aber ist um eine Kleinigkeit mehr wert als der Verstand. Das ist wie bei den Kartenspielen, wo die Dame auch mehr wert ist als der Bube, obwohl sie von hinten alle zwei gleich ausschauen, wie Mann und Frau auch, aber von vorne stellt sich's dann rasch heraus.

Nun also kommt der Mann daher mit seinem großen Hirn und dem Verstand, von dem er mehr hat, und trifft auf die Frau, die mehr Instinkt hat. Und mit seinem Verstand probiert jetzt der Mann, das Weib zu begreifen. Und er denkt zuerst nicht darüber nach, daß ja der Instinkt den Verstand sticht. Er denkt höchstens: Wieso – wenn das Weib dümmer ist als ich, warum hat es dann den Mann am Kragen? Warum läuft dann der Mann dem Weibe nach und ernährt es und kleidet es und liebt es gleich gar noch? Und er begreift nicht, daß das Weib ein absoluter Hohlraum ist, wie eine schöne Schnapsflasche in der Auslage von dem Schlawiner Karg, die ein prächtiges Etikett hat, aber innen ist sie leer, weil sie nur eine Attrappe ist. Der Mann aber denkt jetzt in diese leere Flasche das hinein, was er gerne darin haben möchte und was er sich alles wünschen würde von einer Frau und wie er sich eine Idealfrau vorstellt. In so eine Flasche geht schon allerhand hinein, weil sie halt leer ist. Und dann nimmt er sich diese Attrappe schließlich mit heim, weil sie ihm so gut gefällt, und unterschreibt auch noch auf einem Amt, daß er sie immer behalten wird. Und nach einiger Zeit, wenn er die Flasche von außen genug bewundert hat, ist er neugierig, was in der Flasche noch innen drin ist, und er macht sie auf.

Das hätte er aber nicht tun sollen, denn in der Flasche sind seine eigenen Vorstellungen von der Frau und seine eigenen Ideale, also nur das, was er hineingedacht hat. Weil aber Gedanken und Vorstellungen und Ideale meistens wie schlechte Luft sind, die bei der erstbesten Gelegenheit entweicht, ist in der Flasche auch meistens nichts drin als Luft.

Da hilft dann kein Schreien und Zetern. Umtauschen kann er sie nicht, die Schaupackung, denn es nimmt sie kein Mensch zurück, und in den anderen Flaschen wäre ja sowieso auch nichts drin. Auweh, da ist der Mann aber schön bedient, mit seinem schweren Hirn, der Herr der Schöpfung. Da steht er dann da und fängt wieder an zu denken, statt daß er die Frau ein bißchen verprügelt, was sie bestimmt erwartet und was ihn sehr erleichtern würde. Und der Mann setzt sein schweres Gehirn wieder in Bewegung und fragt sich, wieso er sich für sein gutes Geld eine leere Flasche aufschwatzen ließ, wo er doch für dieselbe Marie einen Zehnröhren-Apparat mit Plattenspieler gekriegt hätte oder einen Schäferhund mit langem Schweif. Ach was, einen, ein ganzes Rudel Schäferhunde! Und eine Glashütter Uhr und ein Leichtmotorrad mit Sozius – für eine Frau zum Spazierenfahren.«

Der Scherenschleifer verschnaufte kurz und suchte nach dem Taschentuch, weil er es aber nicht gleich fand, nahm er seine seltene Nase zwischen Daumen und Zeigefinger und entlockte ihr mit einer schwungvollen Bewegung alles, was sie herzugeben gewillt war. Da schrie der alte Kling auf einmal:

»Und stehlen tun sie auch noch, die Weiber!« Und er schwang drohend den Hakelstecken, sah um sich und zum Leo hin, der bejahend nickte, so daß sich der alte Mann schnell wieder beruhigte und seine Horchstellung wieder einnahm. Viviani sprach weiter:

»Das Weib aber weiß selbst, daß es ziemlich mies ist und minderwertig. Drum schreit auch jedes Weib: ›Einen Mann will ich haben, einen richtigen Mann, zu dem ich aufschauen kann!‹ Es gibt aber leider nur wenig richtige Männer, weil die Kultur den Mann verdorben hat. Heute führt der verweichlichte Mann die Frau erst fünfmal ins Kino, dreizehnmal zum Abendessen und viermal zum Friseur, bevor er sie schüchtern auf sein Bett aufmerksam macht. Wobei ihm der Friseur noch verziehen sei, denn was wäre das moderne Weib ohne diesen!

Und so weit hat es die Zivilisation mit ihrem Geschwätz von der Gleichberechtigung gebracht, daß der Mann geradezu eine Befriedigung fühlt, wenn er den Stiefel umgedreht hat und der Frau untertänig sein darf und ihr dienen. Aber wenn er ein Weib hat, dann stellt der Mann seinen ganzen schweren Verstand vor die Tür wie die Schuhe in einem Hotel. Nun gibt es aber auch noch ein paar unverbildete Männer, die nicht angekränkelt sind und die auch zu der steilsten Frau sagen: ›Laß jetzt das blöde Gestöhne im Bett, an meinem Mantel sind zwei Knöpfe ab, siehst du denn schlecht?‹ Ecco.

Es ist wohl verständlich, daß um diese wenigen richtigen Männer ein großes Geraufe entsteht unter den Frauen. Und manchmal gelingt es dann auch wirklich einer, so einem Mann ein Bein zu stellen, schon weil sie auf Kommando weinen und ihre Tränen fallen lassen kann, wann sie will, und steter Tropfen höhlt den Stein.

Wenn aber nun ein solches Weib einen solchen Mann hat, tut sie nicht das einzig Richtige, was sie zuerst eigentlich schon tun wollte, nämlich diesem Mann ergeben sein und zu seinen Füßen ihr Herz hinlegen, sondern sie beginnt langsam an dem Sockel zu rütteln, auf welchem der Mann steht, statt daß sie täglich Blumen und Vergißmeinnicht und Tag- und Nachtschatten hinstellt. Und sie wackelt und wackelt und unterhöhlt das Fundament, auf dem der Mann steht, so lange, bis dieser endlich herunterfällt und sie ihn herabgezogen hat zu sich.

Und wenn er dann endlich herabgestürzt ist, dann beginnt sie den Gestürzten genauestens zu untersuchen und zu zerlegen, so lange, bis nicht mehr viel von ihm da ist und bestimmt nichts, was sie nicht entwertet hat. Und dann beginnt das Geschrei von der Enttäuschung und es heißt: ›Du bist ja auch bloß wie die andern.‹«

Die Nase des Scherenschleifers kräuselte sich an den Flügeln, dann mußte er niesen, und das klang, wie wenn ein Lastwagen seine Bremsluft ausläßt.

»Sehr zum Wohle«, sagte hier sofort der Rentner Kling. Viviani dankte mit einem Lächeln, durch das er gleichzeitig vier lange gelbe Zähne zeigte. Mit seinem vernarbten Zeigefinger deutete er dann plötzlich auf den kleinen, atemlos zuhörenden Balthasar und rief:

»Halt, den Instinkt des Weibes haben wir ja vergessen. Ja, was ist denn mit dem Instinkt!«

Der Himmelreich-Bub schüttelte den Kopf. Er wußte auch nicht, was mit dem Instinkt war.

Aber Luigi Viviani war schon wieder im Bild und schwatzte weiter:

»Den Instinkt hat jede Frau, die im Eskimo-Iglu und die Stewardeß Madeleine Gilbert von der Air France. Der Naturtrampel aus den Schluchten des Riesengebirges und das künstliche Edelweibchen in den Filmateliers. Dieser Instinkt ist wie ein Funk-Leitstrahl, den die Flugzeuge benützen, um auch bei schlechtester Sicht glatt zu landen. Mit dem Instinkt findet das Weib unter zehntausend Männern den für sie einzig richtigen heraus, der ihr völlig angebranntes Gulasch ohne weiteres verzehrt und ihre Launen hinnimmt wie ein dankbarer Freikarteninhaber. Mit diesem Instinkt wittert die Frau um sieben Ecken, ob in dem Mann, den sie nimmt, etwas drin ist oder ob trotz des gleichen Kuverts ein ›Nichts‹ auf dem Los steht. Wenn es aber Frauen gibt, die trotzdem daneben gelangt haben bei ihrer Wahl, so ist daran weniger der versagende Instinkt schuld, als vielmehr ein Materialfehler des Mannes, der nicht vorausgesehen werden konnte und erst später zum Vorschein kam. Mein Gott, bei dieser Massenproduktion von jährlich fünfundzwanzig Millionen Männern, die auf der ganzen Welt geboren werden, muß schließlich ein bestimmter Prozentsatz Ausschuß anfallen.

Die Frau besitzt ihren Instinkt aber auch bei ihren Fehltritten. Es ist statistisch erwiesen, daß dreimal soviel Männer bei Seitensprüngen erwischt werden wie Frauen. Man könnte vielleicht behaupten, das spräche für die Tugend der Frauen, aber das wäre ein arger Fehlschluß – denn mit wem betrügen denn die dreimal so vielen Männer ihre Eheweiber? Mit anderen Frauen doch wohl, und nicht mit Fahrrädern oder Langstreckenskiern. Ecco.«

»Der Viviani spinnt«, schrien plötzlich der Himmelreich Kaspar und die Zierfuß Gertrud in die Tordurchfahrt. Und noch einmal:

»Der Viviani spinnt!« Sie drehten dabei den Zeigefinger an der Schläfe und schauten nur mit halbem Oberkörper über die Einfahrtsmauer hinaus. Als der Leo einen patschenden Schritt auf die zwei zu machte, verschwanden sie gleich wieder. Man hörte sie weglaufen. Da setzte der Betrunkene mit den Heringsschultern zu seinen Schlußausführungen an:

»Aber das Weib hat natürlich auch sein Nützliches. Es ist erwiesen, daß die Männer vier Fünftel ihrer Kraft und Energie verschwenden, um ein Weib zu kriegen oder eines loszuwerden. Viele verschwenden sogar ihren Stolz, ihren Charakter und alle vorhandenen Goldpfandbriefe auf die Jagd nach dem Weibe. Andere werden zu Säufern, Verbrechern, aber auch zu Künstlern, um die Vision eines Weibes zu erhaschen. Die meisten von denen, die eine Frau durch Geschenke, Gaben oder Komplimente zu erobern trachten, machen den Fehler, zuviel davon aufzuwenden. Wenn du eine Frau nicht zu einem vernünftigen Preis kriegst, hättest du sie entweder ganz umsonst haben können, oder du kriegst sie nie. Wer zuviel bietet, erweckt in dem andern die Vorstellung, seine Sache sei noch mehr wert. Und je mehr er dann drauflegt, desto wertvoller scheint dem anderen sein Zeug – und auf einmal ist es ihm unverkäuflich. Das ist auch so eine Kulturerscheinung, daß sich die Männer gegenseitig überbieten, wenn es um eine Frau geht, und dadurch den Preis enorm in die Höhe treiben. Man muß natürlich nicht immer mit Geld zahlen. Wenn man jung ist, zahlt man mit seinem angenehmen Gesicht und dem sauberen Körper. Das ist auch ein schöner Preis. Man muß auch nicht alles gleich bezahlen, sondern kann es auf Raten tun. Das nennt man dann die Ehe.

Sodann werden auch Naturalien, Erholungsreisen, Amethyste, Zahnbehandlungen und Schweinekoteletts und überhaupt alles Verwendbare in Zahlung genommen. Da ist die Frau gar nicht so. So hat alles in der Welt seinen Preis.

Nun ist es freilich richtig, daß die Ehe auch ihr Gutes hat. Wenn der Herr der Schöpfung nämlich einmal alle seine Energien, die er für das Weib braucht, freibekommt, so wird es meistens für seine Umwelt bitter bis finster. Wir haben Beispiele genug in der Geschichte, wo Männer ohne Weiber mehr

Schäden anrichteten als Brisanzbomben. Besonders dann, wenn diese Männer noch in den besten Jahren waren.

Auch für die Erfinder eben jener Brisanz- und anderer Bomben ist es heilsam, daß sie nicht immer ans Erfinden denken können, sondern mit ihren gefährlichen Gedanken sich lieber dem Weibe nahen. Dadurch wird ihr scharfer Intellekt rasch wieder geerdet wie der Schwur eines fränkischen Viehhändlers, der die Rechte hoch zum Zeugnis hebt und mit der Linken hinter seinem Rücken drei Finger abwärts, damit der Meineid in den Boden fahren kann.«

Kichernd nickte der alte Kling und hob auch drei Finger, der Kindskopf. Er war früher viel auf Pferdemärkten gewesen. Viviani ließ jetzt seinen Kopf nach vorn klappen. Er sah wie der Kasperl Larifari aus, wenn er neben der Krokodilkiste schläft und wartet, bis die Kinder warnend schreien. Und auf einmal ging er. Ohne Übergang. Er kam bis zum Einfahrtsgitter, da stieß er mit den Knien an seine kleine Lucia an, die ihn gerade holen wollte. Er sagte zu ihr:

»Gell, eine solche wirst du mir nicht, Herzilein, und die Mama ist ja auch keine solche. Unsere Mammi nicht, gell. Erst wenn das Weib zur Mutter wird, wird sie ein Mensch.«

Das Kind sagte gar nichts und zog den Papa hinter sich her.

»Molto delinquente«, fluchte er leise, weil ihm der Obstler hochzukommen drohte. Das Kind zog.

Leonhard war durch den Hof ins Haus gegangen. Er kam in die Küche, wo die Großmutter an einem Hering herumstocherte. Er sah die alte Frau an und wußte plötzlich, daß das alles nicht wahr sein konnte, was der Viviani geschwätzt hatte.

Das war der letzte Ferientag.

Zwei Mädchen, es waren die Zwillinge Silberstreit vom Nebenhaus, hingen an den Händen ihrer hochroten Mutter. In der freien Hand hielten die Kinder hohe spitze Tüten aus blauem Lackpapier. Die waren gefüllt mit Spekulatius, Lebkuchen, Bonbons und würfeligem Magenbrot. Es war der erste Schultag, und eine neue Generation hielt Einzug in die abgenutzte Burg des kleinen Einmaleins.

Der Leonhard saß auf dem Küchenhocker, die geliehene Zeitung der Frau Kugler vor sich auf dem Tisch. Offene Stellen, männlich: ›Tüchtiger Nutzzeitplaner gesucht.‹ Was war denn jetzt das? ›Prüfungsassistent gesucht‹, ›Hochbaustatiker‹, ›Gitarrist für Bar-Trio‹, ›Verkäufer für ein neues Erfrischungsgetränk‹, ›Tausend Mark im Monat verdienen nachweisbar jüngere Herren‹. Nein, so viel wollte der Leo gar nicht verdienen. Halt, das war vielleicht etwas:

›Intelligenter Junge, schulentlassen, für Bürodienst.‹ Intelligent war er doch? In seinem Zeugnis stand: *Intelligenter Junge, etwas sensibel, aber hochbegabt.* Unterschrift: *K. Gerber, Hauptlehrer.* War das vielleicht nichts?

Der Leo schrieb sich die Adresse auf und las weiter.

›Kaufmännischer Lehrling zum 1.10. wird eingestellt, Merkurio, Inkasso.‹ Schon wieder etwas für ihn. Und da:

›Elektrotechnisches Büro sucht aufgeweckten Jungen, der Interesse hat, wirklich etwas zu lernen.‹

Das hatte er, der Leo. Er hatte Interesse, etwas zu lernen. Er las die drei abgeschriebenen Offerten der schweigsamen Großmutter vor.

»Oma, was meinst?«

»Lauter Schwindel«, sagte die alte Frau mit dem Star.

»Wieso Schwindel, Oma?«

»Weil sie die Lehrbuben doch nur ausnützen.«

»Aber Oma, ich muß doch was lernen.«

»Freilich, lernen muß man, damit man was zum Vergessen hat.«

Sie klappte den Zinndeckel auf und balancierte ihn so, daß er senkrecht nach oben gerichtet stehenblieb. Dann sagte sie noch:

»Lernjahre sind keine Herrnjahre.« Darauf verfiel sie wieder in ihr dämmerndes Schweigen.

Sie hatte zuviel gesprochen.

Der Leonhard schrieb die drei Adressen auf ein neues Papier, frisch in Steilschrift.

Der Leer Biwi hatte heute früh schon im Salon Lechner angefangen. Er war gleich mit dem neuen weißen Mantel ins Geschäft gegangen. Dreiviertellang war der Mantel, und aus der Brusttasche hatten zwei schwarze Kämme herausgeschaut und ein feiner langhaariger Pinsel von der Sorte, wie ihn Vorstadtfriseure verwenden, um ihren Kunden das Genick abzupinseln. Bereits um zehn Uhr vormittags hatte der Biwi die ersten geschnittenen Haare zusammenkehren dürfen. Sie stammten aus dem verfilzten Balg eines Viehhändlers, der auch noch Fixativ-Pomade bekommen hatte, für dreißig Pfennig, auf seinen entschlossenen Händlerkopf.

Ein neues Friseurlehrmädchen war auch da. Sie hieß Nini. Sie hatte ein mächtiges Untergestell, aber oben herum sah es schlecht aus mit der Figur. Da hatte es nicht mehr gereicht. Der Biwi sah das schnell.

Der Meister Lechner war ein ziemlich gewandter Figaro. Er wußte an die zehn Witze, die der Biwi im Laufe des Jahres gewiß tausendmal hören mußte, und jedesmal war er verpflichtet, zu lachen. Auch die Nini mußte bei ein paar anständigen mitlachen. Laut mündlicher Absprache mußten auch die Friseuse Anita Böller sowie der einzige Gehilfe Augustus herzhaft mitlachen. Am ersten Tag bekam der Biwi insgesamt vierzig Pfennig Trinkgeld fürs Abbürsten. Aber der August nahm sie ihm abends ab und sagte, bei ihnen gebe es nur dieses System: Alles in einen Topf.

Nach Geschäftsschluß ging der Biwi mit seinem Mantel heim. Er roch schon ganz gut. Die Frau Herrlich sagte im Hausgang:

»Na, kann man schon bald zum Dauerwellen kommen, Herr Friseur?«

»Kommens nur«, sagte der Biwi. Und mit abgewandtem Kopf setzte er noch leise hinzu: »Alte Trauerweidn!«

Auch der Melchior Himmelreich war am gleichen Tag in den Ernst des Lebens hineingetreten. Dieser Bub war am weitesten entwickelt, groß, schon bartflaumig und etwas unwirsch, aus Angabe. Seine Stimme war bereits ins dunkle abgebrochen. Die erste Arbeit vom Melchior bestand im Roßhaarauszupfen der Kanapeefüllung vom Rosenkranzvertreter Löwenstein. Frau Löwenstein hatte es zum Aufrichten gegeben.

»So gut wie neu is des Kanapee noch«, hatte der Meister Himmelreich gesagt.

»Eine Schand is, wie die Leute das Geld 'rausschmeißen, die Weiber, die hysterischen. Aber der Herr Löwenstein wird's schon verdienen.«

»Des is wirklich wie neu«, stimmte selbst der Melchior mit seinen geringen Fachkenntnissen bei und sagte noch:

»Der alten Schäsn tun wir doch das alte Roßhaar wieder hinein?«

Aber der Meister warf die schöne Ware demonstrativ auf den Abfallhaufen, den man vom Haus aus sehen konnte. Er war sehr fürs Reelle.

Nazi Kästl, der Steinmetzlehrling, arbeitete schon seit acht Tagen. Er hatte den Daumen eingebunden, den er sich am zweiten Lehrtag beim Umlegen eines großartigen Grabmals mit der Aufschrift *Scheiden unser Schicksal, Wiedersehen die Hoffnung* gequetscht hatte. Der erste Gehilfe Willi Eirenschmalz haute ihm dafür auch noch eine herunter.

Auch Bubi Rupp stand seit einer Woche im Dienste des Telegrafenamtes, vorerst auf Probe. Seine Tätigkeit hatte sich bisher im Brotzeitholen für zwei Inspektoren, eine geschiedene Sekretärin und einen blauen Monteur, der vor einem surrenden riesigen Kabelkasten saß, erschöpft. Und alle seine Auftraggeber bestätigten ihm täglich, daß er die Wurst und das Brot tadellos besorgte. Bubi Rupp war sehr schnell auf dem Wege, ein guter Beamter zu werden.

Das Kosemund-Flitscherl tat nun nichts als seine roten Haare zu Stopsellocken einzudrehen, die Milch zu holen und unverschämte Augen zu machen. Die Hausmeisterin sagte:

»Des kann nimmer lange dauern, bis die einen Balg daherbringt. Da tät ich aber gleich mit jedem wetten.«

Aber sie fand niemand dazu.

Beim Merkurio-Inkasso, wo sich der Leo ganz allein mit seiner geflickten Golfhose vorstellte, saß ein Mann mit einem hölzernen Arm hinter einem Fenster, auf dem *Anmeldung* stand. Der gab dem Leo einen Zettel zum Ausfüllen. Darauf wurde gefragt, wie der Besucher heiße und nach dem *Zweck des Besuches.* In diese Spalte schrieb der Bub einfach: ›Stellungsantritt.‹ Der Mann mit der Prothese zog einen dünnen

Draht an seinem Kunstarm, und die lackierten Holzfinger ergriffen den hingehaltenen Zettel.

»Stellungsantritt«, las der Mann.

»Das ist zu wenig präzis«, sagte er, »was wollen Sie denn antreten?«

»Den gesuchten Lehrplatz.« Und er zog sofort sein Schulzeugnis heraus.

»Der ist schon besetzt«, sagte der Invalide und gab mit fadem Gesicht den Zettel zurück.

»So«, sagte der Leo, »aber –«

Da hob der Mann mit seinem Patentarm einen Telefonhörer ab und redete ziemlich untertänig in diesen Hörer:

»Wen darf ich melden? Jawohl, Herr Amtmann Kichle von der Buba, ich schalte um, bitte sprechen.«

Der Leo ging rückwärts hinaus.

Was war das wohl, eine Buba? Das klang unheimlich mächtig und gewaltig. Der Leo war froh, als er draußen war. Er sah auf der Straße schnell in seinen Taschenspiegel, wie er jetzt ausschaute. Ja, tatsächlich erleichtert. Dann ging er in die Maistraße, wo sie einen intelligenten jungen Mann suchten, für Bürodienste. Er ging ziemlich nah an der Hauswand. Auch das kam von der geflickten Hose her.

In der Maistraße mußte er bis in den dritten Stock eines frischverputzten Hauses hinauf. Da las er an einer Tür *Werbevertrieb Union*. Das mußte es sein, denn auf der zweiten Tür, die noch auf diesem Stock war, befand sich ein Schild *Bezirkskaminkehrermeister Wehr*. Es war sicher nicht anzunehmen, daß Herr Wehr noch eine Büroarbeit nebenbei und einen leichten Dienst vergab.

Der Leo wischte sich an dem rotgeränderten Abstreifer sein einziges Paar guter Schuhe ab, obwohl es heute strohtrocken war, und sagte noch einmal zur Probe vor sich hin:

»Leonhard Knie mein Name. Ich erlaube mir, mich um die freie Stellung zu bewerben.«

Oder sollte er lieber Stelle sagen?

Der Bub drehte an den Nickelflügeln der Patentglocke, und sie schlug nur sehr leise an. Darauf kam niemand. Er drehte ein zweitesmal, nach vier guten Minuten. Er hatte nur eine

Idee fester läuten wollen, aber jetzt schrillte es wie die Feuerwehr gleich durchs ganze Haus. Schnell legte er beruhigend seine Hand auf die Nickelschraube, aber im gleichen Augenblick ging die Tür auf, elektrisch.

Der Leo ging in die fremde Wohnung hinein, las an einer Tür *Privat* und an der nächsten gar nichts.

Da drückte er an der Tür, an der gar nichts geschrieben war, die Klinke hinunter und stand in einem Bad mit einer Badewanne. Es waren Kartoffeln in der Wanne, mindestens drei Zentner. Da hörte er eine andere Tür gehen, und eine heisere Stimme rief ungut:

»Is jemand da?«

Der Leo erstarrte. Die Stimme auf dem Gang sagte: »Lauter Bettler, lauter freches Dreckzeug!« Dann schlug die Gangtür wieder zu. Die Schritte verschlurften, und eine Tür klinkte widerwillig ins Schloß. Der Leo stand noch ein paar Sekunden atemlos. Dann schlich er auf den Zehen zur Gangtüre, riß sie auf und hetzte wie ein Schwerverbrecher die Treppe hinunter. Ein schöner Held war er ja. Aber was hätte sich denn dieser Firmenchef gedacht, wenn er sich vom Bad aus vorgestellt hätte. Er konnte doch nicht von dem fremden Bad aus zu dem Herrn sagen: »Mein Name ist Knie.« Zum mindesten hätte man ihn nicht genommen. Denn wenn einer schon so blöd ist, daß er ins Bad geht, statt ins Büro, einen solchen nimmt doch keiner. Das ist doch das wenigste, was ein junger Mann können muß. Das kann man doch vermutlich schon von einem Vierzehnjährigen verlangen.

Dem Leo war geradezu wohl bei seiner Selbstbezichtigung. Zwei Adressen hatte er nun schon absolviert. Was konnte denn er dafür, daß es nicht klappte! Jedenfalls war er dort gewesen. Er empfand jetzt fast Schadenfreude über sein eigenes Pech. Er mußte an einen Ausspruch vom Herrn Rupp denken, den er einmal gehört hatte: »Es gibt Leute, die langen überall nur in Dreck hinein, und andere, bei denen wird jeder Dreck zu Geld.«

Er, der Leo, gehörte zweifellos zu der ersteren Sorte. Zu den Drecklangern. Aber solche mußte es eben auch geben.

Der Leo schüttelte nun den Gedankenwulst, in den er sich schon wieder einmal verstrickt hatte, energisch ab. Der dritte freie Lehrplatz war in der Steinstraße, das elektrotechnische Büro. Alle guten Dinge sind drei, sagte der Bub, der ohne Übergang schnell zum Sachlichen und Normalen zurückgefunden hatte. Und er ging mit langen Schritten, aber an der Wand entlang, zur Steinstraße.

›Zwölf‹, ›zehn‹, ›acht‹, ›sechs‹. Steinstraße 6. Ein rotes Schild mit einem gelben elektrischen Blitz, der in den Boden zuckte, hing vor einem Ladengeschäft, in dessen Auslage Lampenschirme, Heizkissen, Bügeleisen, verchromte Brotröster für alle Spannungen sowie Schalter, Glühlampen, Stecker und zwei schon etwas unmoderne, aber im Preis stark reduzierte Radioapparate lagen oder standen. Unten rechts an der Milchglastür war zu lesen: *Hugo Bertele, Elektromeister.* Der Leo ging resolut in den Laden. Auch innen hingen viele Lüster und Lampen von der Decke, Taschenlampenbatterien waren auf einer grünen Ladenbudel aufgehäuft, und in der Ecke tippte ein Fräulein mit einem leicht chinesischen Gesicht auf einer ganz alten Maschine, bei der man die Buchstaben, die man anschlagen wollte, noch zuerst mit einem Führungsgriffel auf einem Abc-Feld anzeigen mußte. Hinten ging eine Tür aus dem Laden. Ein Meisterbrief hing an der Wand. Es roch nach Geschäft. Das Fräulein stand auf und sagte:

»Was darf's denn sein, bitte?«

Da sagte der Leo lächelnd:

»Ich komm wegen dem Inserat, ich wär der Lehrbub.« Dann verbesserte er sich: »Ich möcht als Lehrbub anfangen.«

»So«, sagte das Fräulein und lächelte auch. »Einen Moment bitte.« Und sie machte die hintere Tür auf und rief auf den Gang:

»Herr Bertele!«

Sogleich erschien ein untersetzter Mann, mit kurzem Hals und etwas schweißigen Ringelhaaren auf dem Kopf. Das Fräulein deutete auf den Leo und sagte:

»Der junge Mann möchte sich vorstellen.«

Da ging Herr Bertele auf den Leo zu, blieb vor ihm stehen und nahm ihn beim Oberarm. Geistesgegenwärtig spannte der Bub sofort die Muskeln an, weil er meinte, der Herr Bertele wollte mit dem Griff prüfen, ob der Leo auch stark sei. Aber der Meister hatte ihn nur so am Arm genommen, ein bißchen väterlich fast, und sagte jetzt:

»Zeig einmal deine Noten.«

Der Leo lächelte froh im ganzen Gesicht, weil seine Noten ja das Beste an ihm waren, und gab das viermal gefaltete Papier her. Dann drehte er sich so, daß man sein Gesicht im Profil sah. Von links natürlich.

»Bist ja ein aufgewecktes Bürscherl«, meinte Herr Bertele, der dem Buben gut gefiel, wegen seines Ringkämpfergesichtes und der abenteuerlichen Lockenringel.

»Ich war der Zweite in der Klasse«, sagte der Leo. Der Meister sah mit einem fragenden Lächeln zu dem Chinesenfräulein hin und fragte:

»Na, was meinen Sie, Fräulein Hegele?«

Als der Meister lächelte, zeigte er aber angefaulte Zähne. Und der Leo dachte sich: Schöne Zähne hat er aber nicht, schade. Das Fräulein an der alten Schreibmaschine sagte: »Na ja.«

»Na ja«, sagte der Herr Bertele nach und sah den Buben ein wenig verschmitzt an, wie einen Verbündeten. Dann sagte er noch:

»Warum ist denn dein Herr Papa nicht mitgekommen?«

Der Leo erzählte die Geschichte von seiner halbblinden Großmutter. Daß der Bub keine richtigen Eltern hatte, schien dem Meister gar nichts auszumachen. Er spielte mit der linken Hand an einem Kippschalter, den er achtmal schnackeln ließ. (Der Leo hatte mitgezählt.) Und dann sagte er auf einmal:

»Gut, bist eingestellt. Bringst morgen das Einverständnis deiner Großmutter. Jetzt gehst einmal in die Werkstatt 'runter, und nach Feierabend kannst gleich mein Radl heimschieben.«

»Fräulein Hegele«, sagte er noch, mit dem Kopf zur Chinesin hin, die nicht aufschaute, sondern nur »Ja?« sagte. Sie ging dann zu dem Buben und führte den Leo in den Hausgang, wo eine Tür in den Keller ging. Die ist aber stramm beisammen, dachte der Bub, als sie neben ihm ging.

Zwei Neonleuchtstäbe erleuchteten die Kellertreppe. Unten ging es um die Ecke, und die Schlitzäugige öffnete eine sehr zerschundene Tür, schob den Buben voraus und sagte nur:

»Der neue Stift.«

Dann ging sie gleich wieder zurück.

In dem Raum waren zwei Menschen. Der eine saß vor einer Kabelrolle, die auf dem Werktisch lag. Er hatte eine zerbrechliche wachsgelbe Nase, eine blaue Hose an und dünn gesäte farblose Haare. Von dem anderen Mann, der auf der obersten Sprosse einer Leiter stand, die in der Ecke aufgestellt war, sah man nur den Rumpf. Der Kopf dieses Menschen steckte in einer Öffnung, die offenbar durch das Verschieben von zwei Brettern des hölzernen Plafonds entstanden war. Dieser Kopf wurde jetzt aus der Luke herausgezogen und sagte ganz leise:

»Der Alte ist an der Kasse.«

Der mit der Wachsnase nickte gelangweilt. Dann sagte er zum Leo:

»So, bist da.« Der Bub sagte seinen Namen, und der Sitzende sagte zu dem auf der Leiter:

»Hans, gib ihm die Lage.«

Der Hans war vielleicht sechzehn Jahre alt und besaß einen fleischigen roten Kopf und einen arg weiten Mund, der aber gutmütig wirkte. Er trug ein schrecklich zerflicktes blaues Monteurgewand, stieg von der Leiter herab und sagte wie auswendig gelernt:

»Ich bin der Hans, dein Oberstift. Der Bertele ist ein alter Murkser und Schuldenmacher. Die Firma ist Bruch & Co. Der Alte geht mit dem Chinesenköpferl. Von dem Loch da oben, wo ich grad durchgeschaut hab', sieht man durch einen Schlitz direkt in den Laden. Wenn der Alte heruntergeht, mußt du ›Vierundzwanzig‹ sagen. Das ist die Geheimparole, dann wissen wir den Kurs. Jeden Tag mußt dem Alten sein Radl zum Bavariaring schieben, weil er da wohnt, aber auf d'Nacht erst später mit der Trambahn heimfährt. Aber fahr nicht mit dem Radl, weil er manchmal lurt, sondern schieb's. So, das ist die Lage. Der heißt Toni Schallerer«, fügte er noch hinzu. »Er ist Hilfsmonteur.« Der sonderbare Instrukteur deutete wegwerfend zu dem

Sitzenden hin. Der Leo machte ein schnell wechselndes, aber im Gesamteindruck säuerliches Zitronengesicht. Er wollte um weitere Auskunft bitten, da nahm der Hilfsmonteur einen gläsernen Apparat, an dem ein Gummiballon und in dem eine grüne Flüssigkeit war. Diesen Apparat hielt er sich unter die Nase und drückte auf den Gummiballon. Es zischte, und aus einer Düse sprühte ein feiner Nieselregen, der nach Tannenwald roch. Der Sitzende schnaufte diesen Strahl gierig ein. Da sagte der Hans zum Leo, vertraulich grinsend und ganz leise:

»Der hat die Schwindn, die Lungensucht.«

Mit seinem großen Daumen deutete er dabei auf den Hilfsmonteur hinter dessen Rücken.

Dem Leo wurde sonderbar.

Dann aber sagte der Hans:

»Sonst aber ist's bei uns ganz pfundig, brauchst dir keinen Fuß ausreißen. Morgen geht's auf Montasch. Ins Landbauamt.«

Um sechs Uhr bekam der Leo, der nach zwei Stunden mit der Werkstatteinrichtung und dem kleinen Lager schon ganz gut Bescheid wußte, vom Fräulein Hegele ein neues Opel-Fahrrad überreicht und einen Zettel mit der Adresse des Meisters. Das Fräulein sagte noch:

»Schieb das Radl auf der linken Seite, damit du noch dazwischen bist.«

Sie duzte ihn jetzt einfach und meinte wohl, der Leo sollte das Radl so schieben, daß er zuerst angefahren würde. Somit war also ein Lehrling weniger wert als ein neues Radl, dachte der Leo. Aber einen Lehrplatz hatte er jetzt. Da würden sie aber schauen in der Mondstraße, der Biwi und der Bubi!

Die Großmutter hatte schon gesagt, sie würde ihm einen Arbeitsanzug kaufen. Sie war doch auch wieder gut. Der Leo schob das Radl. Einmal läutete er, weil er einen Handkarren überholen mußte. Auf einmal sah er am Karlsplatz seinen neuen Chef, den Herrn Bertele, stehen. Er sagte zum Leo wohlwollend vom Trottoir herab:

»So ist's recht.«

Der Leo grüßte lächelnd, und Herr Bertele sah einer Trambahnschaffnerin nach, die eine stramme Hose trug.

Um diese Zeit begannen die größeren Buben von der Mondstraße, sich bei der Begrüßung die Hand zu geben. Der Leer Biwi hatte damit begonnen. Sie drückten sich die Hand fest und gaben sie einem jeden, auch wenn zehn im Kreis herumstanden. Zwei von ihnen, der Kästl Nazi und der Himmelreich Melchior, hatten sich schon einmal rasiert. Der Biwi hätte diese Handlung gern kostenlos vorgenommen, aber sie sagten zu ihm:

»Unsere Mutter hat kein schwarzes G'wand.«

Das ärgerte den jungen Friseur ziemlich. Der Leo hatte ihm darauf in die Hand hinein versprochen, daß wenigstens er sich von ihm als erster die Haare schneiden lassen würde.

Der Leo war mit seinem neuen Beruf und Lehrplatz schon ganz schön vertraut. Der Oberstift, der Hans, war wirklich ein glatter Bursch, aus dem Westend. Er hatte auch schon eine Braut, ein Lehrmädchen vom Schokoladengeschäft Schlichter, das er abends auf der Lenkstange seines Fahrrades oft in die Isar-Anlagen hinausradelte und wieder zurück. Als Lohn stand im Lehrvertrag des Leonhard Knie: *Fünf Mark im ersten Jahr, neun im zweiten und vierzehn im dritten.* Auch sonst stand noch eine Menge drin. Die Großmutter hatte ihn dort unterschrieben, wo er hingedeutet hatte.

Im übrigen war der Hilfsmonteur Anton Schallerer nur insofern lungenkrank, als er ein chronisches Bronchialleiden hatte, aber keine Lungentuberkulose. Darum mußte er sechsmal am Tag inhalieren.

Herr Bertele aber hatte es wirklich mit dem Chinesenköpferl. Der Leo konnte sich bald selbst davon überzeugen.

Es war zwischen der Großmutter und dem Buben vereinbart worden, daß der Leo zwei Mark von seinem Wochenlohn zum gemeinsamen Haushalt hergab. Das tägliche Bier holte nach mündlichem Vertrag jetzt der Himmelreich Balthasar. Er bekam dafür fünf Pfennig täglich. Der Leo aß mittags nicht mehr daheim. Nach dem Beispiel seines Kollegen Hans nahm er ein Einmachglas mit kaltem Essen, alles durcheinander und meistens Pichelsteiner, in die Werkstatt mit. Der Hans hatte fast immer einen Kartoffelsalat in seinem Glas oder kaltes Bohnengemüse. Das aß er mit einem

Löffel und trank dazu aus einer Bierflasche sacharinsüßen Malzkaffee. Der Gehilfe inhalierte mittags sehr ausgiebig. Er aß jedoch ein Viertelpfund Wurst und drei römische Weckerl. Der Leo mußte ihm dieses Essen holen. Auf Anweisung vom Hans nahm er stets drei Wurstscheiben aus dem Papier, das er genau an den Kniffen wieder zusammenlegen mußte. Von den drei Scheiben gab er Hans eine. Zwei aß er selbst. Dies mußte er tun, weil der Hans dem Schallerer eineinhalb Jahre lang auch drei Scheiben aus dem Wurstpackerl herausgenommen hatte; der hätte sich sonst vielleicht gewundert, warum jetzt auf einmal so gut gewogen wurde.

Drei Mark blieben dem Leo wöchentlich. Damit hatte er folgenden Plan durchgeführt:

In der Lindwurmstraße sah er eine prächtige Knickerbokkerhose ausgestellt. Sie hieß *Maloja* nach dem berühmten Paß. Sie kostete achtundzwanzig Mark. Vierzehn Wochen lang hatte der Leo dem netten Verkäufer jedesmal zwei Mark gebracht, bis ihm am vierzehnten Samstag nach seiner Berufswahl die Hose vom Firmenchef selbst sehr freundlich überreicht worden war. Nun trug sie der Leo nach Feierabend sehr oberflächlich und wie nichts. Überall und mit Vorliebe aber zeigte er sich jetzt von hinten. Die Malojahose hatte gleich ein doppeltes Gesäß und würde sich niemals durchwetzen lassen, hatte der Verkäufer garantiert. Auch die Marilli, die manchmal bei den Halbwüchsigen an der Laterne stand, hatte die neue Hose bemerkt und gesagt:

»Bist ein schmucker Bursch, Leo, direkt zum Verlieben.«

Das abendliche Herumstehen um die alte Laterne war schön. Jeder freute sich darauf. Meistens redeten die jungen Menschen von ihrem Beruf und der neuen Umgebung. In etwas schleppendem Ton, wie die Wildwesthelden im Isartal-Kino, wo nur Filme von Texas, Nevada und Arizona gezeigt wurden.

Der Leer Biwi war in der Schilderung pikanter und komischer Situationen der Beste. Er trug die fortschrittlichste Haarfrisur in der ganzen Gegend. Hinten messerscharf herausrasiert und das wunde Genick etwas gepudert. Seine Freunde nannten diese Art der Frisur ›Begnadigungshaarschnitt‹. An den Schläfen, beim Jochbein, ließ sich der Biwi lange Spitzkoteletten stehen, die aber nicht recht sprossen wollten. Das mit dem Trinkgeldsystem des Gehilfen Augustus hatte er einmal dem Meister Lechner erzählt. Seitdem durfte er alles behalten und brachte bis zu fünf Mark in der Woche zusammen, den Lohn von vier Mark nicht mitgerechnet. Einige Male hatte er bei minderer Landkundschaft schon Kopfwaschen dürfen. Beim Rasieren schlug er den Schaum. Wenn ganz kleine Kinder kamen, mit einem Zettel, auf dem *Haarschneiden* stand, und in den das Geld eingewickelt war, ließ Herr Lechner seinen neuen Lehrbuben mit der Maschine ein paar Probestreifen scheren. Der Stammkundschaft durfte aber der Biwi noch nicht zu nahe kommen. Für demnächst hatte sich allerdings der Leo in Aussicht gestellt.

Der Rupp Bubi hatte bereits einen tiefen Einblick in das Beamtenleben bekommen. Ihm gefiel es nicht schlecht. Er kannte schon die einzelnen Gehalts- und Besoldungsgruppen, Planstellen und Beförderungsmöglichkeiten und trug in seiner jungen Brust auch schon den ersten Dünkel der Festbesoldeten herum, der allerdings noch klein und unsicher war. Abends erzählte er manchmal, wie er dem alten Inspektor Bescheid gestoßen hätte, weil dem als einzigem die Brotzeit nicht paßte.

Nazi Kästls Daumen war längst wieder geheilt. Er hatte sich inzwischen auch schon alle anderen Finger eingezwickt und blau geschlagen. Die Steinmetzarbeit riß den Buben des mageren Trachtlervaters mächtig auseinander. Seine Brust wurde weit, und seine Waden waren jetzt schon ein schönes Stück dicker als die seines Vaters. Allerdings, in den Trachtenverein war er trotz der Bitten des Vaters, dem der Posten des zweiten Vorstands fast sicher war, noch nicht eingetreten.

Wohl als späten Ausgleich für die langjährige Kahlköpfigkeit hatte sich der Tapezierer Melchior eine unwahrscheinlich lange Mähne wachsen lassen, die blond war und ihm bei jeder Bewegung über die Augen fiel. Er schlenzte sie mit einer Kopfbewegung, die er sein ganzes Leben beibehalten sollte, aus dem Gesicht. Sein Haar war margarinegelb geworden.

Das kam wohl auch davon, daß sich der Melchior manchmal mit Zitronensaft den Kopf einrieb, was natürlich niemand wußte. Freilich, der Friseur Biwi schaute schon manchmal verdächtig.

Von den anderen Hausbewohnern stellte sich niemand in den Kreis der Halbwüchsigen. Bis auf die Marilli, die, wenn sie kam, immer einem der Jünglinge mit den Händen die Augen verdeckte und mit verstellter Stimme fragte:

»Wer is?«

Wenn sie das beim Leo tat, lehnte sich der leicht zurück, so daß er das Mädchen in seinem Rücken spürte, und sagte dann, geschmeichelt lachend:

»Der Graf Zeppelin.«

Da sagte die Marilli fast immer:

»Geh, du müder Hirsch.«

Manchmal kam auch der alte Kling zu den Bürscherln an die Laterne. Dann machten sie Platz und sagten:

»Geh nur her, Kling-Vadder!« und alle rückten auseinander und sagten:

»Laßts den Kling-Vadder her.«

Da stand der Alte dann im Kreis der Jugend, und ein ferner Schimmer der Erinnerung leuchtete über seine Augen. Er sagte aber nichts, sondern höchstens, wenn über etwas gelacht wurde:

»Bravo, bravo« oder »wie beim Tambosi z'Wien.« Das war ein alter Spruch aus seiner eigenen vergessenen Jugend.

Wenn der runde Mond wie eine dünne Oblate langsam über den Himmel rutschte, gingen die jungen Mondstraßler ans Ufer der Isar. Dort standen bitter riechende Weidensträucher, und der Schierling roch und manchmal auch der Seidelbast.

Wenn es warm war und der Abend blau und der lapisgrüne Fluß müde wie auf Socken seinen Weg ging, nahmen die Jünglinge auch Badehosen mit, und die Marilli, allerdings mit der Hanni im Schlagschatten, kam auch. Und sie hatten den Badeanzug unter den dünnen Sommerkleidchen schon an und schwangen die weißen Gummimützen im Kreis um den Finger.

Der Leo und der Melchior und die anderen zogen dann dreieckige Badehosen an mit einem aufgenähten Stern vorn drauf. Beim Rupp Bubi war sogar sein Monogramm R. B. seitwärts farbecht eingestickt. Wenn ihn seine Freunde fragten, wer das gestickt habe, ließen sie die Möglichkeit offen, daß der Bubi sagte: Ein Mädchen. Aber der lächelte nur wissend und wich aus. Er hatte es natürlich selbst getan.

Hinter den jungen Sträuchern zogen sich die jungen Männer um. Der Friseur Biwi, der am meisten verdiente, gab mächtig an mit seiner Badehose aus Trockenwolle, blau, mit einem weißen Streifen und einem gelben Gürtel. Aber der Nazi hatte die breiteste Brust und stieß mühelos dreißig Pfund schwere Steine, die herumlagen, meterweit. Er stieß aber immer allein. Der Melchior brachte eine alte Wolldecke mit und legte sie unter die Weidenbüsche. Alle Jünglinge setzten sich ganz knapp an den Rand, damit die Mädchen in der Mitte mehr Platz hatten. Die Hanni, im Badeanzug eckig wie ein Nachtkastel und mit gotischen Spitzbogenbeinen, wurde halt mit in Kauf genommen.

Dann gingen sie alle ins schmeichelwarme Wasser. Dort, wo es vom Überfallbrett herunterlief, war es am schönsten. Dort riß das Wasser die Luft mit hinein und sprudelte wie Limonade. Es kitzelte. Die jungen Männer gingen zuerst ins Wasser. Sie nahmen einen Anlauf, sprangen waagrecht vor, breiteten die Arme aus und machten dann ein Hohlkreuz, so daß sie senkrecht und fast ohne Planschen eintauchten. Dann blieben sie so lange unten, bis die gestaute Luft in den Köpfen hämmerte. Der Leo hielt es am zweitlängsten aus, weil er es schon in früher Jugend geübt hatte. Der Beste war der Nazi.

Auch die Marilli machte einen Kopfsprung, mit gefalteten Händen allerdings. Manchmal tauchten die Bürscherl in dem grünen Wasserloch ganz tief, schwammen dann zur Marilli hin und kitzelten sie an den Füßen. Dann schrie sie laut und hell. Der Leo hatte sie allerdings auch schon zweimal an der Brust genommen. Wenn er dann in der Nähe von der Marilli wieder auftauchte, sagte sie gar nicht sehr böse:

»Du, du!« Sie hob dabei einen Finger aus dem Wasser, denn sie konnte auch mit einer Hand perfekt schwimmen.

Oder sie tauchten alle nach Leos Taschenspiegel, der auf dem Grunde auch im Dunklen blitzte, oder die Marilli warf gar was ins Wasser. Vielleicht eine Stanniolkugel aus gefundenem Zigarettenpapier. Da ging's aber dann zu! Jeder wäre wohl lieber erstickt, als daß er ohne Kugel wieder aufgetaucht wäre. Obwohl es alle langsam merkten, daß die Marilli den Leo am meisten mochte. Die kantige Hanni, die sich zuerst immer abspritzte, wenn sie vom Seichten aus ins tiefere Wasser ging und die Hände mit angezogenen Daumen faltete, bevor sie »hu-uh« schrie und sofort genügend Wasser schluckte, hatte ein Auge auf den Friseur Biwi. Seine Freunde merkten das auch und sagten manchmal zum Biwi:

»Mensch, hast du ein Glück, wie leicht hättst du auch eine Gräusliche erwischen können.«

Der Biwi aber sagte:

»Lieber fünf Jahr nix auf Weihnachten.«

Wenn er nach dem Baden auf der Decke Mundharmonika spielte und die anderen mit leise wiegenden Köpfen durch die Nase mitsangen, hatte er aber so viel Sehnsucht, daß er sogar die Hanni hübsch fand, besonders wenn er die Augen schloß.

Der Leo war gerade von einer kleinen Steckkontakt-Reparatur gekommen. Das konnte er schon alleine. Als er in die Werkstatt kam, saß der Hilfsmonteur Schallerer vor der Werkbank und schlief. Es gab wenig Arbeit. Ein Bügeleisenkabel, an das er einen neuen Stecker anmontiert hatte, hielt der Schlafende noch in der Hand. Vor ihm stand sein halbvoller Inhalator.

Sofort erschien der Kopf vom Oberstift Hans aus seiner Ausguckluke. Er legte den Finger an die Lippen und winkte dem Leo schnell und dringend. Vorsichtig kletterte der auf die aufgestellte Staffelei und hielt sich an der malerischen Überzugshose von Hans fest, bis er seinen Kopf auch durch die Falltüre gezwängt hatte. Der Hans wurde von lautlosem Lachen geschüttelt.

»Jetzt packt er's z'samm«, wisperte er dem Leo ganz leise zu und stieß ihn ein paarmal hinweisend in die Rippen. Der Leo sah durch den Schlitz.

Im Laden hinter der Eingangstür aus Milchglas, wo man von der Straße aus nicht hinschauen konnte, bedrängte Herr Bertele seine Bürohilfe arg. Er sagte:

»Jetzt stell dich nicht so an!«

»Nein, diesmal unterschreibst mir zuerst«, sagte das Chinesenköpferl.

Herr Bertele hielt sie an den Handgelenken und drehte ihr die Arme nach hinten. Aber jetzt hatte er keine Hand mehr für seine weiteren Absichten frei. Sobald er aber eine Hand ausließ, stemmte ihn das Fräulein Hegele, das mit dem Rücken an der Wand eine gute Verteidigungsstellung einnahm, wieder von sich weg.

»Jetzt werd ich gleich grimmig«, sagte da der Meister.

»Nein, und ich mag nicht auf Verspruch, meinst, ich bin blöd«, sagte das Mädchen und drückte.

»Herrgott, kommst doch zu deinem Zeug«, versicherte der Herr Bertele.

»Das hast noch jedesmal gesagt ...«

Die Stimme des Fräuleins war weinerlich. Dann sagte es:

»Dort liegt die fertige Anmeldung zur Krankenkasse. Die Lohnerhöhung von zwanzig Mark steht drin. Die unterschreibst mir jetzt. Meinst, ich bin blöd?«

»Blöde Gans, kriegst es schon«, sagte der Meister. »Ich unterschreib schon nachher.«

»Nein, gleich unterschreibst, oder es wird nichts.«

Herr Bertele versuchte jetzt schnell einen Griffwechsel. Aber das Fräulein Hegele biß ihn in die Hand. Da ließ er sie ganz los und sagte:

»Eine andere wär froh, wenn sie so eine Stellung hätte.«

»Ja«, sagte Fräulein Hegele, »die Stellung, die Sie immer wollen, eine schöne Stellung.« Und: »Dort liegt die Anmeldung, Herr Bertele!« sagte das Fräulein schmollend.

»Gut«, sagte er, »gut, wenn man den Notstand eines Mannes so ausnützt.«

Dann hörten die zwei im Keller, wie er kratzend etwas schrieb und den Federhalter auf den Tisch warf. Ein Papier raschelte, dann sagte der Herr Bertele: »Aber dafür wirst jetzt sauber zu leihen genommen.«

Das Fräulein Hegele sagte gar nichts. Der Hans stieß den Leo gleich serienweise in die Seite, und der Leo sah, wie das Fräulein Hegele die Ladentür aufmachte und mit einem Reißnagel ein Schild hinhing: *Komme gleich wieder.* Diese Schilder gab es fertig zu kaufen. Dann sperrte das Fräulein von innen die Ladentür ab. Nun ging das Fräulein ganz in den toten Winkel bei der Ladentür, und die zwei Späher sahen nur noch die Füße der beiden. Auch Gewänder hörten sie rauschen. Herr Bertele war ganz still und auch Fräulein Hegele. Nur einmal sagte sie flüsternd: »Aufpassen, gell.«

Dann begann der Meister plötzlich zu schnaufen, und dann stieß der Hans den Leo zum letztenmal, denn der rutschte auf der Sprosse aus und fiel die zweimetersechzig hohe Staffelei hinunter. Im Fallen riß der Leo noch den großen Ballon mit verdünnter Schwefelsäure, der zum Auffüllen der Akkumulatoren gehörte, mit hinab. Dumpf platschte die Zehnliterflasche auf den Boden, den der Leo als erster erreichte. Wie erzürnte Brauselimonade begann das Zeug zu schäumen, in dem der Leo lag. Er selbst hatte sich fast nicht weh getan, aber die Säure fiel über seine Kleider her.

Der Hilfsmonteur war blitzschnell aufgewacht. Er nahm sofort den Kübel voll altem Wasser, in dem sie die gelöteten Kabel abschreckten, und schüttete ihn über den Daliegenden. Auch der Hans hatte schnell ernüchtert seinen Beobachtungsstand verlassen, das Deckenloch geschlossen und die Leiter ins Eck gestellt. Nun hob er den Leo auf, vorsichtig, daß er nicht auch voll Säure wurde und sagte:

»Mensch, Maier, das frißt dir dein Zeug bis aufs Hemd durch.«

Die zwei führten den Leo auf den kleinen Kellervorplatz. Dort mußte er sich ganz ausziehen, und der Hans schüttete ihm noch zwei Kübel Wasser auf die blanke Haut. Zum Glück hatte den Leo die Säure nur ein wenig am Ellenbogen erwischt. Aber die Hose war hin. Sie brauste. Es war die mit dem falschen Gesäß. Gott sei Dank war sie hin.

»Ihr zwei Idioten«, sagte der Hilfsmonteur. »Ihr zwei Schafwascher, wie habts denn das z'sammbracht?«

Dann holte er hinter der Werkstätte einen ehemals weißen Büromantel, den ein längst entlassener Gehilfe mit höherem Streben vergessen hatte, und gab ihn dem Leo. Der zog ihn an. Da kam der Meister. Er schaute gar nicht freundlich, als er die Bescherung sah. Er sagte aber nur kurz: »Das wird abgezogen.« Dann ging er wieder. Der Leo bekam vier Wochen hintereinander nur zwei Mark fünfzig Lohn.

Als er mit dem dunkelweißen Büromantel, unter dem er die Monteurhose vom Hans auf dem nackten Leib trug, heimkam, traf er den Biwi, der schon an die Laterne gehen wollte, im Hausgang. Der Leo hatte ihm seinerzeit von der Frau Kampf und dem jungen Mann nichts erzählt. Das hatte er überhaupt niemand erzählt. Aber das von seinem Meister und der Verkäuferin sagte er ihm jetzt gleich. Der Biwi lachte und schlug sich auf die Schenkel, aber als die Erzählung spannender wurde, wollte er jede kleinste Kleinigkeit wissen.

»Wie hast der ihre Füß g'sehn?« fragte er dringlich.

Der Leo machte ihm die Füße von Fräulein Hegele vor, mit etwas eingedrehten Spitzen.

»Unerhört!« sagte der Biwi erschüttert und ging gleich wieder in die Wohnung zurück. Aber der Leo wußte schon, was der Biwi jetzt in der Wohnung tat.

Wenige Tage später machte der Leo die erste Bekanntschaft mit dem König Alkohol. Er hatte seinen ersten Rausch. Das heißt, einmal bei der heiligen Firmung hatte er auch schon einen gehabt. Und gar keinen schlechten. Der Herr Leer war Firmpate gewesen, und der Wirt von der ›Alten Zeit‹, bei dem sie die Firmungswürstel aßen, der Leo sieben Stück, hatte einen Schoppen Maiwein für den Buben spendiert und, als der Leo lustig wurde, noch eine Halbe Bockbier hingestellt. Alles zusammen hatte dann der Bub dem dünnen Wirt vor seine Gassenschenke serviert, soweit es nicht auf dem Firmungsanzug Platz hatte. Er erinnerte sich noch genau, daß er damals schon so gut wie gestorben war. Der Herr Leer aber hatte gesagt:

»Macht nichts, das gehört zu einer Firmung.«

Danke schön!

Die Firma Bertele hatte den Auftrag gekriegt, im Keller der Alten Königlichen Residenz eine von der Feuchtigkeit zerfressene Lichtleitung neu zu verlegen. Der Meister hatte tags zuvor mit Herrn Schallerer die Arbeit schon mit abgeschritten und sie mit ihm abgesprochen.

Um acht Uhr früh nahm der Leo den Handkarren, legte die Bergmannrohre, vier Rollen Isolierdraht, einen halben Sack Gips, die drei Werkzeugtaschen sowie zwei Staffeleien auf und fuhr zur Residenz. Der Hans mit dem Tourenrad und der Hilfsmonteur, der sich geschickt aus der Innentasche seiner Joppe, in welche er die Nase hielt, einen Wald Ozon einspritzte, wartete vor dem düsteren Portal bei den verwaschenen Bronzelöwen.

Sie luden ab, und ein alter Hilfsaufseher ging mit ihnen in die ehemals Königlich Bayerischen Keller, wo es dumpf nach alter Geschichte roch. Die drei rissen zuerst die defekte Leitung herunter. Dann mußte der Leo mit einem langen Meißel einen meterlangen Durchbruch schlagen.

Damit war er mittags fertig. Danach aß er einen kleinen Tomatenkäse für zehn Pfennig, der ihm in letzter Zeit sehr schmeckte. Der Gehilfe inhalierte, und der Hans stach hungrig mit seinem Aluminiumlöffel speckigen, kalten Kartoffelsalat aus dem Einmachglas. Dazu erzählte er, daß er in seiner Liebe zur Emma einen Rivalen habe. Einen Sockenverkäufer, der neuerdings neben dem Schokoladengeschäft seiner Braut arbeitete und ein Leichtmotorrad hatte mit hundert Kubikzentimetern. Als er den Salat gegessen hatte, machte der Hans dem Leo vor, welchen Aufwärtshaken er diesem Sockenverkäufer demnächst geben würde. Er schlug keine schlechten Schwinger, der Hans, das konnte man wohl sagen. Der ahnungslose Nebenbuhler tat dem Leo heute schon leid. Der Hans gab seinem unsichtbaren Feind im Fallen noch einen rechten Geraden auf die Kaufmannsnase und sagte:

»So, du Vogel, bist jetzt satt?«

Dann war es Nachmittag, und der Leo gipste den Durchbruch wieder zu. Nun hatte aber der alte Keller viele Gänge und abgeteilte Räume. Ein paar davon gehörten zur Hofapotheke. Und in einem entdeckte der Hilfsmonteur Schallerer, der mit einer Taschenlampe auf Erkundung war, eine Menge Regale mit staubigen alten Flaschen und kleinen Fäßchen. Sofort holte er den Hans, der sein Urteil abgeben sollte, ob das vielleicht Wein sei. Der Hans sagte:

»Das ist ein Wein, sonst mag ich nimmer leben.«

Daraufhin holte Herr Schallerer den alten Hilfsaufseher und erklärte ihm, daß er zwecks Installation in diesen Raum hinein müsse.

»Ja, leider gerade in diesen«, weil da der Stromkreis durchginge. Und der Alte holte den Schlüssel, für den er eigens unterschreiben mußte.

»Aber laßts die Flaschen in Ruh«, sagte der Alte, »ich bin dafür verantwortlich.« Von den Fäßchen sagte er nichts.

Der Hilfsmonteur schraubte ein paar Rohrschellen ab und entdeckte ein kleines Fenster, das von diesem Raum in den stillen Nebenhof führte und nur mit einem Riegel verschlossen war. Diesen Riegel machte er verstohlen auf, dann machte er Feierabend für heute. Der Hans hatte alles längst kapiert und lachte wieder schüttelnd in sich hinein. Dem Leo sagte er auch gleich, was geplant war.

Nach einer Stunde, in der sie alles haargenau besprochen hatten und in der Herr Schallerer acht leere Bierflaschl von der nahen Baukantine besorgt hatte, gingen sie vorsichtig in den kleinen Hof. Das Fenster ging leicht und sofort auf. Es war still, und nur die Scheiben eines verwaisten Prunksaales sahen glasig in den Hof und auf die drei.

Der Herr Schallerer wickelte dem Leo einen starken Isolierdraht um die Brust, und dann seilten sie ihn durch das kleine Fenster in den dunklen Keller ab. Das leere Kartoffelsalatglas vom Hans hatte der Leo mit, da hinein sollte er von den kleinen alten Fäßchen Kostproben laufen lassen und ganz wenig davon probieren, damit man wußte, was drin war. Den besten Wein sollte er dann in die acht Bierflaschen füllen. Die Hähne der Fässer müsse er vielleicht von unten ein bißchen locker klopfen, damit sie sich leichter drehen ließen, meinte der Herr Schallerer noch.

Der Leo war schnell unten im Keller und richtete den mondblassen Blitz der Taschenlampe auf das erste Faß, auf dem etwas mit Kreide stand. Der hölzerne Wechsel war verklebt, aber er ließ sich unschwer nach einem kleinen Ruck drehen. In den Unterleib des Lehrlings war eine kitzelnde Angst eingezogen. Aus dem Hahn lief dickes rotes Blut in das Einmachglas. Der Leo probierte. Süß, klebrig und speichelreizend war dieser Saft. Man müßte vielleicht einen festen Schluck davon nehmen. Also jetzt war er auch noch warm. Fein war das! Prima! Beim Aufrichten stieß der Dieb an ein Flaschenregal. Das schepperte geisterhaft in dem Gewölbe. Vom Fensterloch her zischte es:

»Idiot!«

Der Bub hielt die Luft an. Lange, denn darauf war er ja trainiert. Es kam niemand. Er nahm noch einen erlösenden Schluck. Herrgott, in dem Faßl war ja flüssiges Glück. Der Leo lachte leicht. Zwei schwarze Köpfe erschienen am Fenster:

»Mensch, was is denn«, heiserte erregt der Hans. Der Leo lachte und trank noch einmal. Dann sagte er ganz laut, und das Bauchweh war weg, und ein froher Mut war über ihn gekommen:

»Prost Gemeinde.«

»Jessas, den hat's.«

Die zwei im einsamen Hof zischelten hastig miteinander. Der Leo schenkte nach, und auf einmal fiel ihm sein Auftrag ein, und er kommandierte zum finsteren Viereck hin:

»Runter mit den Flaschen.«

Sofort schwebte die Werkzeugtasche vom Hilfsmonteur mit den leeren Bierflaschen an einem Draht herab.

»Gut is«, sagte der Leo und zog, ohne die Tasche aufzumachen, die oberste Flasche heraus. Dann trank er noch einmal.

Da erinnerte er sich auf einmal an die grüne Schleife, die der Kästl Nazi auf seiner Zither hatte. Auf der stand doch mit Goldschrift: *Wer nicht liebt Wein, Weib, Gesang, der bleibt ein Narr sein Leben lang.*

Also – das Weib hatte er noch nicht geliebt, der Leo. Aber den Wein wollte er lieben. Das war ja großartig, so ein Rausch. Den Wein liebte er, den Wi-Wa-Wuzi-Wein, das war ja ganz klar. Der Leo kicherte. Und den Gesang? Jessas, den Gesang. Da waren's ihrer zwei. Den Gesang wollte er ja auch lieben.

Oder sollte er denn ein Narr bleiben? Sein Leben lang vielleicht? Nie, niemals, nimmermehr.

»Doktor Gudden, der wollt helfen«, tönte es kraftvoll aus dem Keller zu den zweien im Hof. Den Herrn Schallerer traf fast der Schlag. Der Hans sagte entsetzt:

»Hau ma ab.«

Aber der Hilfsmonteur, obwohl vom chronischen Bronchialkatarrh befallen, behielt die Übersicht.

»Schnell, schnell«, flüsterte er, denn sein Anfall war im Anzug und der Inhalator fast leer. Er drehte den Hans zu sich her, band ihm den Rest des Isolierdrahtes um die Brust, stieß ihn zum Kellerloch hin und drückte nach. Aber der Hans sträubte sich gar nicht. Er rutschte die feuchte Wand hinunter und war schnell am Boden. Sogleich gab er dem singenden Leo trotz der Dunkelheit einen Magenschwinger. Der Leo ließ die noch immer leere Bierflasche fallen. Sie zerbrach. Sein Lied verstummte. Den Draht hatte er noch um die Brust.

Der Oberstift nahm ihn, warf ein Ende zum Schallerer hinauf, schleppte den Unterstift ans Fenster, und von oben wurde sofort gezogen. Mit mittleren Schürfungen kam der Leo im Hof an.

»Hast ihn?« flüsterte der Hans hinauf.

»Hab' ihn«, tönte es herunter.

Trotz der wahrscheinlich angespannten Situation fingerte jetzt der Hans nach dem Hahn. Im milden Strahl der Taschenlampe ließ er, die Ohren weit in die Ferne gerichtet, fünf Bierflaschen und das Salatglas vollaufen. Dann war sein Mut aufgebraucht. Mit einem einzigen riesigen Schluck trank er das Salatglas leer und steckte es vorn in sein Hemd. Nun warf er das Ende seiner Drahtleine zum Herrn Schallerer empor, der es völlig nüchtern sogleich erfaßte und zog. Der Leo saß daneben am Boden und sang innerlich das König-Ludwig-Lied, aber er machte nur den Mund auf und zu, und kein Ton kam heraus. Das Lied vom stummen Fisch – so nannten es die Mondstraßler, wenn einer ohne Laut sang. Dann begann er zu lachen, ohne Stimme, doch so heftig, daß ihm die Tränen aus den Augen liefen. Der Hilfsmonteur schaute böse. Der Hans war heroben.

Die zwei nahmen den Betrunkenen in die Mitte und liefen. Erst in den Hofgartenanlagen schnauften sie aus. Jetzt hatte auch der Hans einen leichten Stich. Er gab Herrn Schallerer aus der Tasche zwei Flaschen Süßwein und sagte fragend:

»Geben wir dem Idioten auch noch was?«

Da sagte der Leo frech:

»Tut's her«, und schon hatte er eine Flasche.

»Hast fest zugemacht?« fragte der Hilfsmonteur, und der Hans bejahte.

»Pikkobello.«

Dann tranken alle drei. Der Leo schmatzte dazu.

Gegen neun Uhr waren die Räusche so groß, daß sie lallend auseinandergingen. Der Leo ging wie der Lumpensammler Uiker mit herabhängenden Armen, die fast am Boden schleiften. Er schwankte durch die Innenstadt, und die Leute blieben stehen, und die einen lachten und die anderen schimpften:

»Lausbub, trauriger.« »Das ist die heutige Jugend.« »Schöne Früchterl wachsen her.« Aber andere sagten auch: »Laßts ihn doch stehn.«

Kurz vor Mitternacht kam der Leo zu Haus an und fiel am Eingang hin. Er blutete aus der Nase. Mit seinem Sperrhaken, denn er hatte noch keinen eigenen Schlüssel, brachte er endlich die Tür auf. Auch oben in der Wohnung. Die Großmutter schlief schon. Der Leo erbrach sich auf dem Klosett, kniend. Er brach auch die Lustigkeit aus und die Stärke und den Mut und weinte. So schlief er ein.

Die alte Frau, die ihn am Morgen fand, holte den hölzernen Löffel und schlug zu. Als der erwachende Bub noch im Knien sagte: »Eine schlechte Wurst habe ich gegessen«, hörte sie auf. Aber sie redete ihn zehn Tage nicht an, und den Kunsthonig ließ sie ausgehen.

Mit zweistündiger Verspätung traf der Leo an diesem Tage am Arbeitsplatz ein. Der Hilfsmonteur Schallerer hatte ein Gesicht wie gestocktes Linoleum. Dem Hans mit seinem roten Fleischkopf merkte man fast nichts an. Er sagte mit seinem überweiten Mund verächtlich:

»Bist kein Steher – eine schöne Flasche.«

Die zerbrochene Bierflasche hatte übrigens der alte Aufseher gleich in der Früh' entdeckt, aber der Hilfsmonteur sagte nur von oben her:

»Die ist mir gestern beim Mittagessen heruntergefallen. Is scho wieder ein Zehnerl hin.«

Das glaubte der Mann wohl auch, denn sonst waren keine Spuren da.

Nach zwei Tagen kam der Hans am Morgen daher mit einem eingeschlagenen Vorderzahn und schiefem Kinn, das ihm kaum das Sprechen erlaubte. Der Sockenverkäufer hatte ihn so zugerichtet. Die Emma war er auch los. Sie hatte ihm noch am selben Abend einen Brief geschrieben:

»... und breche ich hiermit unsere gemeinsamen Beziehungen ab. Deine Emma.« Das ›Deine‹ war dreimal durchgestrichen.

Also war der Hans womöglich auch eine Flasche. Aber reden ...!

Genau mit sechzehn Jahren zog Leonhard Knie seine erste lange Hose an, außer der Monteurhose natürlich. Er hatte sich einen Anzug mit zweireihiger Weste geleistet, nach seinem Ratensystem. Allerdings hatte er diesmal vier Mark wöchentlich bezahlt, weil er ja jetzt neun verdiente. Vier bekam die Großmutter.

Die jungen Männer vom Haus Nr. 46 hatten einen argen Verlust zu beklagen. Die gesamte Familie Himmelreich war ausgezogen. Kein Mensch hatte bis dahin geahnt, daß die Frau Himmelreich einmal erben würde. Sie hatte es getan. Ein Einfamilienhaus in Allach ohne Hypotheken, aber mit einem Bad. Die Schwester ihrer Mutter war so freundlich gewesen, ihr das Haus zu vermachen. Der Auszug der Himmelreichs ging dem Leo lange nicht aus dem Sinn. Zwar hatten sie allen herzlich die Hand gegeben, und Balthasars Marmorauge war sogar feucht angelaufen, wenn sich der Leo nicht täuschte. Aber wie sie dann einfach weggingen –! Die waren schon gar nicht mehr da mit ihren Gedanken, als der Möbelwagen kam. Die haben alles mitgenommen, dachte der Leo, sogar den Hasenstall und den selbstgemachten Fußball, und das Stück Leben, das sie in der Mondstraße verbracht hatten, war einfach liegengeblieben. Nicht einmal vergessen. Nur einfach zurückgelassen, als wertlos.

»Jetzt geht ein neues Leben an«, hatte der Tapezierer noch gesagt, als ob das Leben ein altes Gewand wäre, das man ausziehen kann, wenn man ein besseres bekommt. Das hätte der Leo von den Himmelreichs nie gedacht, daß die so leicht auszogen, so mir nichts, dir nichts. Wenn sie wenigstens geweint hätten beim Abschiednehmen! Nein, gelacht hatten sie.

»Das sind halt Proleten«, hatte der Herr Rupp gesagt, und diesmal hatte er vielleicht fast recht. Die neue Partei, die kam, war ein junges Ehepaar mit einem kleinen Kind, das wochenlang schrie. Weil es Zähne bekam.

Eines Tages gingen der Biwi, der Bubi, der Nazi Kästl und der Leo zum erstenmal zu einer Tanzveranstaltung. Im Ausstellungspark war ein kleiner dämmriger Pavillon eröffnet worden. ›Maskottchen‹ hieß er. Biwi Leer trug einen dunklen Zweireiher mit fast weißen Streifen, den ihm der Hosenschneider Münch nach eigenen Angaben gefertigt hatte. In der linken Hand trug er braune Nappalederhandschuhe mit Wollfutter, in der rechten hatte er einen Hut mit einer winzigen Stieglitzfeder unter dem Band. Aufsetzen wollte er ihn nicht wegen der sorgsam gedrückten Wasserwellen. Der Bubi Rupp besaß schon zwei lange Anzüge. Den neuen mit Fischgrätenmuster hatte er an. Seine Schuhe waren gelb. Ein Restpaar vom Kaufhaus Gutmann. Und der Nazi ging kombiniert. Graue Flanellhose, Sportsakko mit Lederknöpfen und Schlitz. Aus der Brusttasche sah ein Stecktüchlein hervor, auf dem ein Fußballer abgebildet war. Der schoß gerade. Der Nazi war frisch rasiert.

Leos neuer Anzug war das Prachtstück. Aber der Leo, der fünfzehn Mark dazugelogen hatte, als man nach dem Preis fragte, wußte auch, was er wert war. Er hielt die Arme beim Gehen ganz steif, weil der Stoff erbärmlich knitterte. In der Innentasche des zweireihigen Sakkos steckten drei Visitenkarten. Das Fräulein Hegele hatte sie ihm ausnahmsweise auf der alten Schreibmaschine getippt. Es stand drauf:

Leonhard Knie

Elektrotechniker *z. Z. München*

›Zur Zeit‹ stand drauf. Aber der Leo war in seinem ganzen Leben noch nie aus München hinausgekommen. Und er wollte auch gar nicht fort von der Mondstraße.

Das ›Maskottchen‹ war ein Holzbau. Zirkusrund. Auch innen sah es wie eine Manege aus. Um eine kreisförmige Tanzfläche waren zweiundzwanzig Logen gebaut. Weiter hinten standen gewöhnliche Wirtshaustische und Klappgartenstühle. Neben dem ›Maskottchen‹ war eine Bau- und Werkkantine. Die war bis um zwölf Uhr nachts geöffnet. Eine uralte Frau verkaufte dort in den Tanzpausen schwarzen Preßsack auf Hausbrot. Zwanzig Pfennig die Portion. Für die hungrigen Tänzer und ihre Tanzliebchen. Weil die Frau Asthma hatte und beim Preßsackschneiden laut rasselte, wurde sie die Kreissäge genannt.

Der Eintritt ins ›Maskottchen‹ war frei. Aber der Garderobepreis betrug dreißig Pfennig. Deshalb kam jeder ohne Hut und Mantel. Nur solche Anfänger wie der Biwi brachten einen Hut mit. Es war im ›Maskottchen‹ üblich und herkömmlich, daß man dem Oberkellner, der bediente, im voraus dreißig Pfennig Trinkgeld gab. Sonst servierte er während des Tanzens das Getränk ab. Er hatte schließlich Familie. Der Pächter des ›Maskottchens‹ seinerseits sperrte am Samstag auf den Toiletten die Wasserhähne zum Händewaschen. Weil die jungen, heißgetanzten Leute sonst überhaupt nur Wasser getrunken hätten. Aus der hohlen Hand. So mußte denn jeder sehen, wie er zum Zuge kam. Es standen sowieso immer ein halbes Dutzend Amateurgigolos in den Gängen herum und plauderten gelangweilt und sehr erhaben. Sie standen von acht Uhr abends bis zwei Uhr früh in scharf gebügelten Anzügen herum, wenn sie nicht gerade tanzten. Sie hatten halt kein Geld. Aber sie waren halt auch jung.

Unter einem Verdeck, auf dem zwei Bogenlichtscheinwerfer zischten, saß die Kapelle. Es waren vier Mann, alle mit dünnen schwarzen Mäuseschwanzbärtchen. Sie führten alle vier einen fortgesetzten Lebenswandel und hatten unter den anwesenden Sonntagsbräuten immer die erste Wahl. Der kleine Trompeter hatte die allererste, denn das war der Schönste, und er blies manchmal, wenn er besonders gut aufgelegt war, aus der Hocke den vorbeitanzenden Mädchen unter die Röcke. Ja, das tat er. Die zwei Scheinwerfer bediente ein hemdsärmeliger Ausländer, ein Kroat oder so was, der hob auch auf dem nahen Tennisplatz die Bälle auf, bei den reichen Leuten, wenn sie danebenschlugen, sowie im Keglerheim die umgefallenen Saunägel. Beim English Waltz ›Ramona‹ und beim ›Tango Bolero‹ richtete er seine scharfen Lampen auf eine Kugel aus hundert kleinen Glasspiegeln, die sich auf einer Säule inmitten des Tanzparketts drehte. Dieser blitzende Globus wiederum warf das Licht zurück auf die Tanzenden, die dann aussahen, als würde es Silbertaler auf sie regnen. Lauter große, neue Fünfmarkstücke, wie sie der Ober nur ganz selten zum Wechseln bekam.

Es war nicht üblich, daß im ›Maskottchen‹ nach einer Tanzmelodie oder einem sehnsuchtsschweren Hawaii-Lied, bei dem der kleine Trompeter eigens einen Spezialtrichter vorne in den Trompetenmund steckte, geklatscht wurde. Das hätte die feierliche Stille entweiht. Alle tanzten sie bei diesen Melodien mit den Mienen von Sterbenden. Von der Geige, die ein langer, einförmiger Musiker strich, tropfte fast das geschmolzene Holz zu Boden, so groß war die Sehnsucht und die Wehmut. Die Augen der schwerelosen Tänzer glänzten geheimnisvoll und schwarz wie Anthrazit. ›Und so weit liegt Tahiti, ach, so weit.‹ Und die kleinen Vorstadtmädchen, die nach billiger Seife rochen, waren glücklich und bereit. Denn sie wußten ja noch nicht, daß sie schon drei Monate später mit Glühwein, Fußbädern und Herunterspringen vom Tisch verzweifelt versuchen würden, die Folgen der nächtlichen Tanzpausen wieder loszuwerden.

Und überall war das große Sehnen im Gange. Sogar die alte Frau, die in weißer Schürze in der Ecke stand und vom notwendigen Kreislauf des Lebens ein kümmerliches Benefiz erhielt, hörte zu und hatte den Schlüsselbund in der Hand und einen entsagenden Mund, der sonst spitz und voll gleichmäßiger Falten war wie das Ende einer Hartwurst.

Heißes, ungeschminktes Verlangen nistete in den Augenwinkeln der frühverbrauchten, salatölhaarigen Burschen, die mit dem Finger über die glatten Rückgratmuskeln der Mädchen hinweghuschten. Ihre Samstaggeliebten sangen ihnen leise in die Ohren und küßten sie ganz schnell mit der Zungenspitze. Die Burschen sahen alle brutal sieghaft und männlich drein, ohne es je zu sein oder zu werden. Sie gingen und taten alle wie Johnny Weissmüller, Gary Cooper oder Hans Albers. Wiegend, barsch und mit ›Weg da‹ und ›Kleines Baby‹. Und sie waren doch alle so weich und wehrlos wie eine Schnecke ohne Haus. Ganz nackt und mit der bloßen, empfindlichen Seite dem Leben zugekehrt, das sie nur mit dem Finger zu berühren brauchte, und schon war es um sie geschehen.

Und an anderen Tischen saßen Jünglinge mit Fernwehaugen, die schon der Verzicht auf das Leben glacierte und die dennoch mit beharrlicher Unsinnslogik auf einen grauen Engländer warteten, der jetzt gleich durch die Tür hereinkommen würde und schon lange einen Reisebegleiter nach Borneo, Sumatra und Java oder die Großen und Kleinen Sundainseln suchte. Der einfach auf sie zugehen würde und sagen: »Hello, da sitzt du ja, willst du auf meine Elefantenflinte aufpassen bei der Großwildjagd und mit mir einen Whisky Soda im weißen Bungalow trinken, wenn es Abend wird und mich das Heimweh überfällt nach meinem kühlen Schloß in Schottland? Willst du in Surabaja, wenn mich ein halbes Dutzend schurkischer Beach combers in der Bar zu ›König Salomons Diamanten‹ ausnehmen will, mit zwei stahlblauen Colts den Perlenschnurvorhang teilen und sagen: ›Los, nehmt schon eure dreckigen Klauen hoch, ihr Seelenhändler!‹? Willst du das und noch eine verdammte Menge mehr, dann komm nur gleich mit, old fellow. Laß den lächerlichen Himbeersoda stehen, wir fahren noch rasch zu Stenbroock nach Hamburg wegen deiner Tropenkleidung, und ein paar Schießeisen wirst du auch brauchen. Einen Smith & Wesson und auch einen flachen Browning für die Innentasche des weißen Dinnerjacketts, einen, der sich nicht abhebt.«

Ja, auf diesen von der Tropensonne gegerbten und vom Beriberi-Fieber zerrütteten Gentleman warteten diese jungen Slowfox-Tramps auf den verwetzten Gartenstühlen im ›Maskottchen‹.

Zur Not könnte es ja auch eine Miß sein. Na ja, man brauchte sie nicht gleich zu heiraten. So eine alleinstehende, von Clubs und Parties übersättigte Dame im Tropendreß brauchte doch sicher einen Chauffeur für ihren Rolls-Royce und manchmal ein bißchen Trost für ihren überzüchteten Weltschmerz.

»He, Willi, du Wahnsinniger, was wirfst mir denn mein Sodawasser um. Schütt bloß schnell von deinem Glas die Hälfte 'rein, sonst räumt's der Ober weg. Dieser Rabe.«

Mit diesem Kreis wurden jetzt zum erstenmal die vier Mondstraßler bekannt. In einer der Parkettlogen mit den abgeschabten Plüschbänken nahmen sie Platz. Das bewies sofort, wie unerfahren sie als Tanzpalastbesucher noch waren. Denn da konnte ja keiner schnell herauskommen, aus diesem Schnellzugsabteil. Bis da einer herauskommt, wenn der Geiger zu seiner Fiedel greift und die anderen Tänzer bereits das Startbein anziehen zum raschen Engagieren, sind die Fannys ja längst alle vergriffen.

Der Biwi las die Getränkekarte durch. Gott, was war denn das? ›*Ginger Ale*‹ oder ganz unten ›*chips*‹. Das wäre schon billig gewesen, aber was mochte es wohl sein und wie sprach man das Zeug aus? Der Rupp Bubi traute sich nicht recht. Er sagte:

»Ein Bier ist immer noch das Reellste.«

»Aber das ist halt gar nichts Besonderes«, sagte der Biwi, der das meiste Geld besaß.

Schließlich kassierte der Biwi seine drei Kameraden im voraus ab, und sie bestellten eine Flasche Süßwein, wie ihn die alten Frauen trinken, aus hohen Gläschen, die sofort umfallen. Den Kellner bezahlten sie gleich und gaben ihm gleich sechzig Pfennig Trinkgeld. Da sagte der Kellner geschniegelt:

»Vielleicht wollen die Herren sechs Gläser, wenn noch Damen kommen.«

Und der Biwi entgegnete gewandt:

»Vielleicht später.« Der Kellner lächelte aber nicht.

Der erste, der ein fremdes Mädchen zum Tanz holte, war der Biwi.

Eiskalt stand er auf, ging auf ein Fräulein mit einem Kleid zu, auf dem viele Heckenrosen blühten und sagte:

»Mit Verlaub.«

Das Dornröschen erhob sich sofort, und es sah aus, als würde es kein Ende mehr nehmen. Der Biwi ging dieser aufrechten Girlande knapp bis zum Schlüsselbein. Doch ohne Zaudern griff er seiner Tänzerin an die Hüften. In der linken Hand hielt sie ein sauber gefaltetes, lauwarmes Taschentuch. Kaum merklich zählte der Biwi beim Tanzen mit. Die Große blickte gelangweilt zum Kalten Büfett hinüber. Der Biwi sprach kein einziges Wort. Mit unverhohlenem Respekt schauten der Leo, der Nazi und der Bubi zu. Als der Biwi zurückkam und um ein Haar über den losen Kokosläufer auf dem Verbindungsgang gestolpert wäre, fragten alle drei auf einmal:

»Wie war's?«

Der Biwi sagte gelassen:

»Ein ganz glatter Has war die, ein ganz ein glatter.«

Da sagte der Bubi boshaft:

»Ein bisserl groß is sie halt.«

Aber der Nazi ermunterte den mutigen Biwi mit einem unwiderlegbaren Ausspruch seines Vaters:

»Die Großen sind halt nicht kleiner.«

»Bist ihr oft nauftreten?« wollte der Leo wissen.

»Von wegen«, sagte der Biwi.

»Beim nächstenmal hol ich auch eine«, sagte der Nazi.

»Ich wart noch«, verkündete der Leo und nahm sich vor, wenn die zwei anderen tanzten, mit dem Rupp Bubi zusammen schnell ein verbotenes Glas Süßwein aus der Gemeinschaftsflasche zu trinken. Er war jetzt schon angenehm schwindelig im Kopf und sah stolz und finster drein wie Napoleon.

Aber der Leonhard erlebte gleich beim ersten Foxtrott im ›Maskottchen‹ sein Waterloo. Er hatte eine runde Kleine, die noch nie geholt worden war, gerade noch erwischt, als sie schon aus Langerweile gehen wollte. Der Leo, am ganzen Körper leicht zitternd, spürte die prallen Wurstreifringe auf dem Rücken seiner Tänzerin, da, wo der Büstenhalter einschnitt. Da sagte er zu dem Fräulein, sie dort, wo sie eingeschnitten war, mit dem Mittelfinger antippend:

»Tut denn das nicht weh?«

Das Mädchen sah ihn verständnislos an und ließ ihn bei der ersten Pause einfach stehen. Aber gar nicht einmal wegen dieser Bemerkung. Nein, aus einem viel ernsteren Grund. Der Foxtrott, den der Leo getanzt hatte, war nämlich ein English-Waltz gewesen. Zu seinen Freunden am Tisch sagte der Leo unverfroren: »Jetzt so was, muß ich grad eine erwischen, die's nicht kann.«

Als die vier hochbegeistert um ein Uhr nach Hause gingen, lachend und sehr gescheit redend, dachte der Leo voll Bewunderung und Hochachtung an die schweigsamen, selbstbewußten Tangohelden, die eine Frau haben konnten wie nichts. Der Leo beschloß an diesem Tage fest und entschieden, ein Stenz zu werden.

Der Leer Biwi summte leise vor sich hin: »O mia bella Napoli.« Er wiegte dazu im Takt den Kopf mit einer Miene, als wolle er sagen: »Unglaublich, was ich für einer bin. Alle Achtung.«

Wenn der Leo aber einer von diesen bewunderten, geheimnisumwitterten Tangolöwen werden wollte, mußte er ein Mädchen haben, das war ihm klar. Ja, er mußte nach einer schauen, mit der er angeben konnte und zu der er dann eines Tages mit eisiger Miene sagen konnte: »Geh schon, ich kann deinen Anblick nicht mehr länger ertragen.« Und die dann doch mit wehen Mandelaugen zu ihm sagen würde: »Ich gehe nicht, und wenn du mich noch so verstößt.«

Es müßte aber eine sein mit wehen Mandelaugen, die niemals gehen würde, weil sie ihn unendlich liebte, ja, weil sie durch seinen Willen und seine innere Macht, die er ausstrahlte, seine Sklavin war. Eine, die mit roten Lippen und schimmernden Zähnen zu ihm sagen würde, wie es in diesem traumschönen Tangolied hieß: ›Es ist mir gleich, ob du mir Glück bringst oder Schmerzen.‹

Eine solche mußte her, träumte der Leo. Sie würden dann zusammen ins ›Maskottchen‹ gehen, und sie müßte sich allein an einen eigenen Tisch setzen. Rätselhaf müßte sie in weite Fernen schauen, und er würde irgendwo mit schmalen Augen im Dunklen stehen und ihren Willen mit seiner wellenweise gesendeten Energie lenken. Und wenn dann die anderen jungen Männer von seinem Mädchen mit schrägen Blicken haufenweise abgewiesen worden waren und sich tuschelnd und scheu unterhielten, wer wohl diese fremde Schöne sei, dann würde er aus dem Dunkel treten und nur eine herrische Bewegung mit dem Kopf machen, und sie würde wie eine Traumwandlerin auf ihn zuschreiten. Vielleicht würde er dabei nicht einmal die Hände aus den Taschen seines Jacketts nehmen. Und wenn sie, den Kopf im Nacken, vor ihm stünde, willenlos ergeben, und die Musik zu spielen aufhörte, sogar der kleine Trompeter, würde er nur mit dem Kopf zum Ausgang hindeuten, und sie müßte gehen und sich nicht ein einzigesmal umdrehen dabei. – Ja, so müßte es sein.

Und vielleicht würde er dann auch nicht mehr Leo heißen, so ein saudummer Name, Leonhard oder gar Hartl, wie sie ihn einmal in der Schule versucht hatten zu nennen, sondern Dschonny, und sein Mädchen würde er Ginger taufen oder Chérie. Ja, Chérie war nicht schlecht. So würde er sie nennen: »Scherie.«

Ein halbes Jahr lang machte der Leo Jagd nach einer solchen Sehnsuchtsfrau. Nach einer Freundin. Einmal hatte er sogar ein Inserat aufgegeben, auf einer Reklametafel, wie sie für minderbemittelte Personen an verschiedenen Plätzen der Stadt aushingen und auf denen Dinge angeboten, verkauft oder getauscht wurden, die den Preis für eine Zeitungsannonce nicht mehr wert waren. Der Leo hatte so ausgeschrieben:

Suche Freundin, die Lust zu allem hat.

Es hatten sogar drei Mädchen geschrieben, die Lust zu allem hatten, wie sie vorgaben. Als aber der Leo die drei Bildchen, die in den Briefen lagen, angeschaut hatte, war ihm die Lust zu allem vergangen. Eine, die sich angeboten hatte, war gleich gar schon achtunddreißig. Für Ausflüge und Fußwanderungen. Die andere stammte aus Cham und hatte in ihrer Art Privatdeutsch geschrieben: ›Geährter Härr!‹ Mit ›ä‹, gleich zweimal. Die dritte war Inhaberin eines Ehevermittlungsbüros. So ging es nicht, das war jetzt geklärt.

Mittlerweile aber hatte der Leo ganz schön tanzen gelernt. Sogar Tanganilla und Swing. Er hatte schon ein paar im ›Maskottchen‹, die blieben sitzen, wenn er mit dem Zeigefinger eine Bewegung zu ihnen hinmachte und mit dem Kopf nickte, und sie nickten auch und galten demnach als engagiert. Da konnte ihm dann keiner zuvorkommen. Aber schön waren die halt weniger. Eine, die noch am ehesten ging, wartete nur immer auf ihren Alten, der am Samstag Karten spielte und dann mit einem Riesenrausch vor dem ›Maskottchen‹ erschien. Und der war als Raufer ziemlich gefürchtet und hatte nur mehr an die sechs oder acht Zähne.

Also das war nichts mit der.

Ein anderesmal hatte der Leo den Biwi überredet, er solle das Lehrmädchen vom Lechner, die Nini, mitbringen. Auf Verdacht – das hieß, sie müßte selber für sich zahlen. Die Nini aber hatte unten herum ein Fundament wie das Ulmer Münster, und der Unterrock, ein hellblauer war's, hatte ihr auch noch herausgeschaut, als der Leo die ›Schraube‹, eine bedeutende Slowfox-Figur, mit ihr drehen wollte. Nein, auch mit der Nini war kein Staat zu machen.

Aber da wäre ja die Marilli Kosemund ...? Jetzt war's heraus. Die wäre es wohl, dachte der Leo. Jaja, die Marilli, die rote Marilli.

Das Kosemund-Flitscherl war unterdessen fast ein Fräulein geworden. Wochentags war sie einen Meter vierundsechzig groß, an den Sonntagen fast einen Meter siebzig, denn da trug sie Pumps mit hohen Stöckeln. Sie waren von der Mutter und ein wenig zu groß, aber wenn man vorn in die Spitzen etwas Watte tat, paßten sie auf kurze Strecken. Auch die dünnen, linksgewirkten Seidenstrümpfe, für die Karl Kosemund fünf Stunden ohne Abzug arbeiten mußte, waren von der Matschi, die sich in ihrer Tochter wiedergeboren sah.

Die Sonnenuntergangsfrisur der Marilli erregte ungeteiltes Ärgernis im ganzen Haus. Die rote Pracht war jetzt so gescheitelt, daß sie auf einer Seite glatt und schwer bis fast auf die deutliche Wölbung des Pullovers fiel, das rechte Auge beinahe verdeckend, während die andere Hälfte kürzer war und das weiße kleine Ohr freigab. Ihre Fingernägel begann die Marilli spitzig zuzufeilen, und die Augenbrauen wurden von Woche zu Woche schmäler.

Das erblühte Mädchen lachte jetzt oft und ganz gerade hinaus, wobei ihre Augen ein kleines, metallisches Flimmern bekamen. Wie Danziger Goldwasser blitzten sie, wenn man es aufschüttelt. Immer noch verkehrte die Marilli mit der Hanni. Zu allen Jungen im Haus war sie ungezwungen und ohne Hemmungen. Alle Bürscherl im Haus sagten einfach »servus, Marilli« zu ihr oder »altes Haus«. Nur der Verwalter-Karli, der manchmal eine farbige Studentenmütze trug, sagte auf einmal hochmütig »Sie« zu ihr. Der meinte, weil er studierte, könnte er sich alles erlauben.

Die kantige Hanni aber redete immer noch der jüngeren und viel schöneren Freundin ins Ohr. Wenn die zwei fest verschlungen miteinander spazierengingen, wirkten sie, wie wenn ein Derbysieger und eine Milchkuh vor denselben Wagen gespannt wären. Aber die Hanni hatte einen mächtigen Einfluß auf die Marilli. Denn die Kosemund, ehrlich zu sich selbst, empfand die gutgetarnten Schmeicheleien der Hanni als große Lust. Und da waren wohl auch noch andere Gründe, warum die Marilli so an dem Brunner-Mädchen hing. Die Hanni war ein stilles und trotzdem trübes Wasser.

Hätte man jemand raten lassen, wer denn nun ihr erster Liebhaber war, vielleicht hätte jemand auf den Hausmeister Willi getippt, der jetzt oft zu Besuch bei seinem Vater Herrlich war, oder auf den jungen Milchausfahrer, der die Klappwand seines Lieferwagens nie recht zubrachte und dann stark fluchte. Oder auch auf den miesen Gesanglehrer Kümmel; der wohnte zwar im Nachbarblock und trug eine dickwandige Glasbrille und war auch gewiß nicht schön, aber mit seinen langen wippenden Schritten war er hinter jedem Rock her.

Aber weit gefehlt. ›Kalt, kalt, nicht einmal lauwarm‹, wie es im Kinderspiel heißt, wenn jemand etwas sucht und dem Gesuchten nicht näher kommt. Aber wenn jemand vielleicht aus purer Freude am Raten gesagt hätte: »Ist es vielleicht der

Spenglermeister Johann Müller?« – wenn das jemand so aus reinem Übermut gefragt hätte, dann hätte der Gefragte antworten müssen:

»Heiß, heiß, siedend heiß.«

Dieser Handwerksmann, achtundvierzig Jahre alt, geschieden, aber gut beleumundet und ein Arbeiter, dem keine Dachrinne zu hoch und kein Ausgußrohr im ganzen Block unbekannt war, hatte die Hanni sehr sachlich und schnell an einem kühlen Oktoberabend verführt. In seiner Werkstätte. Er war wohl auch die Ursache, daß die Gesichtshaut des Brunner-Mädchens zusehends reiner wurde. Ihr Pferdekopf erfuhr natürlich keine Wandlung. Das hätte selbst die zweifellos sehr sündhafte Liebe des Spenglermeisters nicht zustande gebracht. Oft, das heißt, so zwei-, dreimal im Monat, ging die Hanni, meistens unaufgefordert, in die Werkstätte des Herrn Müller. Manchmal war gerade eine Kundschaft in der Werkstätte, oder der Herr Müller mußte gerade auf Montage, und dann war natürlich nichts. Jedesmal erzählte die Hanni nachher der Marilli, was und wie es gewesen war. Dann saßen die zwei auf der Bank am städtischen Kinderspielplatz, weil es da am unauffälligsten war, und die Marilli sagte:

»Es hilft gar nichts, ich muß das jetzt auch bald erleben.« Und es klang ziemlich ängstlich, und so, als wolle sie hören: Aber nein, gell, das hat doch noch viel Zeit.

»Ja, es wird jetzt Zeit«, entgegnete indessen ihre Freundin.

Der Marilli fehlten noch drei Monate bis zum sechzehnten Lebensjahr.

Nein, sie wollte nun nicht länger warten. Derjenige aber, den sie sich ausgesucht hatte, hieß Leo.

Wenn zwei junge Menschen oder auch ältere so aneinander denken, dann scheint es, als ob sie von einer unsichtbaren Hand aufeinander zugeführt würden. Als ob sich die Gedankenarme des einen um die Gedanken des anderen legen würden. Und wenn dann die zwei ihren Gedanken nachgehen, dann stehen sie sich eines Tages gegenüber.

»Servus, Marilli«, sagte der Leo zu dem Mädchen, das gerade eine Salatölflasche in der Hand hielt, im Stiegenhaus.

»Servus, alter Schigolo«, sagte das Mädchen, weil doch der Leo immer zum Tanzen ging.

Der Leo schaute auf ihren Pullover.

»Was schaust denn so kariert?«

»So schön, wie du bist, möcht ich auch mal sein«, lachte der Leo nach dem neuesten Schlager.

»Komm, mach's halb«, sagte das Mädchen.

»Gehst nicht einmal mit mir?« fragte der Leo und verschluckte sich vor dem ›mir‹ ziemlich deutlich.

»Mit dir?« Die Marilli stellte den rechten Fuß zwei Stufen höher, und ihr enger Rock spannte sich straff.

»Also sag, Marilli.«

Der Leo stotterte ein wenig.

»Wart einmal, was ist denn morgen?« sagte die Marilli und versuchte ein paar Falten auf ihrer jungen schönen Stirn.

»Donnerstag«, half der Leo nach – »also, was is?«

Da ging die Tür bei der Frau Kampf auf, und die zwei grüßten die üppige Frau, die lächelte und weithin nach Kölnisch Wasser roch.

Der Leo schaute ihr nach und auch die Marilli, und der Leo sagte: »Die riecht wie ein ganzes Puff.«

»Wie was?« fragte die Marilli erstaunt.

»Als ob du das nicht wissen tätst«, sagte der Leo überlegen, was der Marilli offenbar einen gewissen Eindruck machte. Sie ließ das Thema fallen.

»Also jetzt, was is?« drängte der Leo.

»Was willst denn nachher mit mir?« kokettierte die Marilli, die längst bereit war, ja zu sagen.

»Kommst morgen um acht, ich wart drunt beim Bahnübergang«, flüsterte jetzt der Leo. Seine Vorstellung von diesem ersten Rendezvous lähmte seine Stimmbänder und machte ihn schwindelig.

»Also gut is«, sagte die Marilli, und ihre Augen wurden weit, und sie zwickte den Leo, so fest sie konnte, in den Rücken der linken Hand und ging schnell. Der Leo rief ihr noch leise nach: »Ich nehm eine Decke mit«, und kam sich ungeheuer erwachsen und verwegen vor.

Und sie nickte mit sonderbarem Gesicht über das Geländer zurück.

Der Leo sah auf seinem Handrücken die klammerförmigen Male, wo ihn die Marilli gezwickt hatte, und er sagte beim Aufsperren der Wohnungstür ganz heiß durch die Zähne:

»Du zwickst mich nimmer lang.«

Schon zweimal hatte heute der Leo den direkten Pol einer 110-Volt-Leitung, die sie im Landbauamt verlegen mußten, berührt. Es gab ihm jedesmal einen saftigen Schlag, denn seine Hände waren seit dem Aufstehen feucht vor Aufregung.

Mittags brachte er nur mehr die Hälfte von seinem Tomatenkäserl hinunter. Die andere gab er dem Hans, der sie unter seinen Kartoffelsalat mischte. Der Gehilfe Schallerer schlief, an einen Bauschragen gelehnt, denn er war wieder recht matt in letzter Zeit. Eine Bierflasche stand neben ihm, halb angetrunken, und da, wo zuletzt der Stand des Bieres gewesen war, hatte der Hilfsmonteur mit einer blauen Ölkreide einen Strich gemacht, weil der Hans sonst immer verstohlen von seinem Bier trank, wenn er schlief.

Der Arbeitstag nahm kein Ende. Der Leo sah überall das Gesicht der Marilli. Einmal hatte sogar der Schallerer Toni den Kopf des Mädchens mit den roten Haaren aufgehabt, und der Leo hatte wie ein Blöder den Gehilfen angestarrt, bis der sagte:

»Du schaust ja dümmer wie ein Auto.«

Um sechs Uhr übertrat der Lehrling Leo Knie zum ersten und einzigen Male das Gebot seines Lehrherrn, nicht mit dem Opel-Rad zu fahren. Er stieg in der Sonnenstraße auf, kam sofort in das Trambahngleis und verursachte einen mächtigen Achter im Vorderrad. Mit zittrigen Händen bog er ihn, auf dem Randstein sitzend, wieder heraus. Ein guter Schutzmann half ihm dabei.

Daheim angekommen, rollte er die alte Militärdecke zusammen, mit der sonst die brüchigen Vulkanfiberkoffer auf dem Kleiderkasten verhangen waren, und dann machte er sich über dem Ausguß die Haare naß und versuchte, sich vorn eine Welle hineinzudrücken, was ihm aber nur mangelhaft gelang. Dazu sang er drei verschiedene Lieder leise und durcheinander, so daß die Großmutter, die lieblos im Ragouthafen herumrührte, fragte:

»Was bist denn heut so fahrig?«

Dann stand der Leo am Bahnübergang. Die Decke hatte er ganz in der Nähe unter einem grünen Strauch versteckt. Es war noch zu früh. Langsam erhellten sich die Fenster in den großen Neubaublöcken gegenüber, eines nach dem anderen. Er dachte wie schon Tausende von Menschen, wenn sie mit Gedanken an die Liebe beschäftigt sind, nämlich, was hinter diesen beleuchteten Fenstern wohl vorgehen mochte.

Sicher gab es hinter vielen dieser gelben, erhellten Vorhänge die Liebe, von welcher der Leo träumte. Vielleicht hinter dem rosaroten Vorhang im dritten Stock? Der war hinreichend verdächtig. Vielleicht sagte da einer gerade: »Helga, ich hab' mich so nach dir gesehnt« – und sie sagte: »Ich möcht mich festhalten an dir, ich möcht einmal wieder glücklich sein.«

Oder dieses schwüle Licht, dieses orangenfarbene, das im linken Block aus einem angelehnten Fenster quoll. Da feierten wohl gerade zwei Verlobung. Und alle hinter diesen Fenstern kannten die Liebe ...

So stand der Sechzehnjährige und hatte eigentlich Angst, aber er kam sich gleichzeitig auch sehr mutig vor und sehr abenteuerlich, und er war sehnsüchtig und furchtsam und stolz und unsicher zugleich. War er vielleicht noch zu jung?

Ja, das konnte sein. Sicher war er noch zu jung – aber einmal, eines Tages, würden so viele Frauen kommen, daß er sich gar nicht mehr auskennen würde vor lauter Frauen. Ganz bestimmt.

Jetzt schlug's acht Uhr, aber auf der Straße war noch keine Marilli.

Der Leo hatte schon einen Platz ausgesucht für sich und sein erstes Mädchen. Er wußte diesen Platz noch vom Indianerspielen her. Es war ein guter Platz, am Zaun der Stadtgärtnerei. Mit dichten Büschen eingesäumt. Seine Gefühle wechselten ständig zwischen ohnmächtiger Sehnsucht und muskelspannender Begierde, die fast schon eine Wut war. Leichter Schweiß brach ihm aus. Er fuhr mit der Zunge über die Oberlippe; es schmeckte säuerlich. Jetzt war's fünf Minuten nach acht. Der Leo breitete die Arme aus, als wollte er einen unsichtbaren Expander ziehen und knirschte mit den Zähnen. Da sagte eine Stimme hinter ihm:

»Was machst denn da?«

Die Stimme klang genauso wie die an der alten Laterne, die den Leo immer gefragt hatte beim Augenzuhalten:

»Wer is?« Ja, es war wirklich die Marilli, und vom Leo wich die Spannung. »Ich hab' halt trainiert auf dich«, sagte er und ging auf die rechte Seite von der Marilli.

»Ich bin hintenrum 'raus«, sagte das Mädchen, »daß mich niemand sieht.«

»Gut so«, sagte der Leo.

Der Mond war auch schon da. Er sah aber heute nicht schön aus. Er war viel zu gelb, überreif und böse wie ein Abszeß.

Die zwei gingen in einen schmalen Gebüschweg, der manchmal so eng war, daß der Leo vorausgehen mußte, was er ja jetzt ohne weiteres konnte, mit seiner neuen Sporthose. Einmal ging aber auch die Marilli voraus, und da sah der Leo ganz genau, wie sie die Füße setzte, daß sie immer noch leichte X-Beine hatte, und manchmal hörte man, wie ihr kunstseidenes Unterzeug beim Gehen leise raschelte. Da blieb der Leo eine halbe Sekunde stehen, weil es rosa wurde vor seinen Augen. Noch gerade hatte er die nahende Lawine, die Traumlawine, die ihm den Atem nahm, abbremsen können.

Zweimal sagte die Marilli hinter ihm:

»Wo führst mich denn hin, Leo?«

Da sagte der Leo, dem das blitzschnell so eingefallen war:

»Was heißt *hin*führen – *ver*führen!« Da lachten alle beide wieder, und einen Moment war es wie ein Waffenstillstand zwischen ihnen.

Die Decke hatte der junge Mann hinter dem grünen Busch hervorgeholt, und er trug sie schon eine ganze Zeitlang unterm

Arm und dachte fröstelnd: Das weiß die doch, die Marilli, warum ich die Decke dabei hab'. Mein Gott, das weiß die, und trotzdem geht sie mit. Und der Leo konnte selbst kaum mehr weitergehen bei dem Gedanken, und hinter den Ohren stieg es ihm heiß auf, und sein Hals schloß sich immer mehr, da, wo sonst die Töne zum Sprechen heraus sollen.

Als sie auf dem bestimmten Platz angelangt waren, teilte er einen Strauch und hielt die Zweige zurück, damit sie der Marilli nicht ins Gesicht schnellten. Das Mädchen mit dem Samtband lächelte noch immer und war noch immer natürlich.

»Is des da?« fragte sie.

»Ja«, sagte der Leo, »da ist es –«

Er nahm die Decke, rollte sie auf und kniete hin, damit er die Deckenzipfel richtig ausbreiten konnte. Dann sagte er zur Marilli auf hochdeutsch:

»Bitte nimm Platz.«

Das Mädchen sah ihn an und setzte sich hin. Dann machte sie »aou«, als ob sie vom Gehen müde wäre. Ihre roten Haare hingen nun herunter bis auf die Oberschenkel und waren wie ein Vorhang, den man teilen mußte, wenn man ihr Gesicht sehen wollte. Mit den Fingerspitzen warf sie die Haare über die nach vorn gebeugte Schulter zurück. Sie trug eine weiße Bluse, eine abgeänderte von der Matschi, und ihre Brüste spannten das dünne Kunstseidenzeug. »Und jetzt?« sagte die Marilli. Sie legte die Hände um die geschlossenen Beine und den Kopf auf die Knie und sah den Leo sehr schräg an, aber doch ganz voll und so frei, daß der Jüngling mit seinen sündigen Vorsätzen zu schwanken begann wie ein Turnierreiter nach einem wohlgezielten Lanzenstoß.

»Und jetzt«, sagte er aber doch noch, »jetzt kriegst du einen Kuß.« Was das anbelangte, so glaubte der Leo, da schon seinen Mann stehen zu können. Er hatte allein schon durch die Filme, in denen das in Großaufnahme gezeigt wurde, allerhand Erfahrungen gesammelt. Glaubte er.

Er nahm die Marilli bei den Armen oberhalb der Ellenbogen und zog sie sanft zu sich her. Das Mädchen warf den Kopf zurück, fast waagrecht, wie eine, die schon massenhaft geküßt hat, und machte den Mund etwas auf, aber die Augen schloß sie nicht. In dieser akrobatischen Haltung gab ihr der Leonhard seinen ersten Kuß. Seine Lippen waren kühl und seidenglatt, wie junge, zarte Baumrinde. Und als er mit ihnen die Lippen der Marilli berührte, traf ihn ein Schlag, nicht unähnlich jenem, den er am Morgen von der 110-Volt-Leitung bekommen hatte. Und die Marilli öffnete ihren Mund mit den geworfenen Lippen etwas weiter. Aber dann ließ die Kraft seines Armes, mit der er sie hielt, nach, und sie sank langsam nach hinten zurück. Atmen konnte er auch kaum mehr, weil er das noch nicht so geübt hatte, wie man beim Küssen atmet, ohne daß man seinen Mund von dem Mund des Mädchens löst.

Wie die Marilli so dalag und gar nichts mehr sagte, sondern nur unverstanden schaute, ganz schlimm und sinnlich, schob der Leonhard seinen Arm hinter ihren Rücken und probierte etwas aus, was ihm der Hans geraten hatte. Er fuhr ganz leise mit den Fingerspitzen auf der Wirbelsäule des Mädchens auf und ab. Da machte die Marilli ein Hohlkreuz und sagte ziemlich echt:

»Ach nein, nicht.«

Da fiel der Leo über sie her.

Als er aber ihre Seidenbluse öffnen wollte, kam die Lawine über ihn. Riesig, rosarot und heiß. Sein Atem stockte, und er fiel vornüber neben das Mädchen und lag auf dem Gesicht mit ausgebreiteten Armen und hatte Gras in den Händen und den Mund dicht an der Erde.

Und dann war gar nicht mehr viel.

»Hast du was, Leo, ist dir schlecht?« sagte die Marilli nach ein paar Momenten, als sie ihren ersten Liebsten so liegen sah. Und der Leo schüttelte den Kopf, und ein Blick kam in seine Augen, der war so fremd, daß die Marilli fast Angst bekam und froh war, als sie gingen.

Bei dem Holzgeländer an der Überführung standen ein paar junge Burschen und ein Mädchen, und als die zwei vorbeikamen, sagte einer gerade – wie zufällig – zu den anderen:

»Hinfallen ist keine Sünde, aber liegenbleiben – ha ha ho.«

Und der Leo gab der Marilli hinter den Bahngeleisen die Hand und sagte zu ihr:

»Nix für ungut, Marilli.«

Er sah aus, als ob er verstohlen geweint hätte auf dem stummen, dunklen Weg.

Das Mädchen lief schnell heim.

Der Leo war aber von diesem Abend an oft etwas sonderbar, wenn es die anderen und er selbst auch nicht so merkten.

»Sei doch nicht gar so empfindlich«, sagte der Leer Biwi.

»Ich bin doch nicht empfindlich, aber das brennt halt so«, sagte der Leo.

»Mein Gott, ist der empfindlich«, sagte der Biwi, »wie ein altes Weib.« Dann rasierte er weiter am Gesicht seines Freundes. Der saß im Reitsitz auf einem alten Küchenstuhl, die Lehne in der Hand und den Nacken gebeugt. Der Biwi barbierte ihn nach Art des Hauses. Die Haare im Genick vom Leo waren wie mit einer Laubsäge scharf und plötzlich abgeschnitten. Der Nacken selbst war kahl und feuerrot rasiert. Zweimal blutig geschnitten war er auch, aber der Biwi hatte einen Spezialstift, der das Blut sofort und brennend stillte.

Jetzt zwickte er ein Auge zu und ging einen Schritt zurück und entdeckte in der Genickrille noch einen Rest, den er, gegen den Strich fahrend, mit seinem ersten selbstgekauften Rasiermesser rücksichtslos ausmerzte. Dann streute er reichlich Puder auf den Ort seiner Tätigkeit und drehte den Stuhl mit dem Freund um. Nun kam der Leo von vorn dran.

»Dein Haaransatz ist wie der von der Frau Stein ihrer Katz«, sagte der junge Figaro. »Der ist keine Mark wert, da kriegst nie einen Preis dafür.«

Der Leo sagte:

»Das weiß ich selber, der ist ehrlich nix wert.«

Der Biwi drückte den Kopf seines Freundes jetzt auf die Lehne zurück und sagte:

»Aber den richt ich dir her wie dem Taylor Bertl seinen.«

»Wie wem seinen?« fragte der Leo etwas mißtrauisch.

»Wie dem Robert Taylor seinen.«

»Ja, das tust«, sagte der Leo. Er hielt erfreut stille.

Der Biwi vergrößerte zuerst einmal den Gesichtskreis vom Leo, indem er den Ansatz der Stirnhaare einfach um zwei Zentimeter weiter nach oben zurückverlegte. Auch leichte Geheimratsecken sah er vor. Von da aus deutete er mit der gefährlich klappernden Schere pfeilspitze Koteletten an, selbst zartesten Schläfenflaum mit einkalkulierend. Dann seifte er den ganzen Kahlschlag ein und begann zu schaben. Dem Leo war nicht recht wohl bei dieser Schönheitskorrektur, aber er hatte es dem Biwi seit Monaten versprochen, sich bei ihm auf Hochglanz herrichten zu lassen. Und der Biwi war doch sein Freund.

Als der Leo ausrasiert war, brach der Biwi in einen Triumphgesang aus.

»Wennst jetzt keine aufreißt, kannst gleich ins Spital gehn«, sagte er und hielt seinem Freund den Handspiegel vors Gesicht. Der Leo schaute hinein.

Ein Kopf sah ihm entgegen, der unmöglich ihm gehören konnte. Das war eher der Maschinenmensch Frankenstein, der da heraussah. Oder bestenfalls der Harald Kreutzberg, der Welt größter Tänzer, der gerade auf allen Plakatsäulen klebte. Das war ja fürchterlich, was der Biwi aus ihm gemacht hatte! Aber der Biwi sagte:

»Bleib nur sitzen, es ist noch nicht fini.«

Jetzt bekam der Leo in die Augenwinkel noch einen roten Tupfen mit einem Lippenstift.

Dann wurden seine Augenbrauen ›korrektiert‹, wie der Biwi sagte. Und nachher zeichnete der junge Maskenbildner mit eingehaltenem Atem die spitzen, kaum sichtbaren Flaumkoteletten mit einem langen schwarzen Stift nach. Was von Leos ursprünglichem Gesicht schließlich noch übrigblieb, wurde ausgiebig gepudert.

»Und was sagst jetzt?« fragte der Biwi, als er endlich fertig war.

Der Leo sagte:

»Unerhört, eine Wucht, akkurat wie der höchste Stenz.«

Aber wohl war ihm nicht nach seiner unheimlichen Wandlung. Dann ging er in seine Wohnung hinauf, um sich umzuziehen für den Tanzpavillon. Indessen verschönte sich der Biwi mit Schere, Puder, Rasiermesser und eigens konstruiertem Nackenspiegel in beispielhafter Solidarität genauso rücksichtslos wie seinen Freund. In die Augen spritzte er sogar ein paar Tropfen Belladonna, ein Mittel, von dem ihm der Kosmetikvertreter eine Probepackung geschenkt hatte und mit dessen Hilfe der Blick feurig werden sollte. Aber das Zeug brannte schrecklich, und da wusch es der Biwi wieder 'raus.

Sie gingen heute nur zu zweit ins ›Maskottchen‹. Der Rupp Bubi mußte nämlich mit einer Gemeinschafts-Omnibusfahrt der Telegrafenbeamten nach Marquartstein mitfahren, und dem Nazi Kästl waren die Mandeln herausgenommen worden. Auf dringende Empfehlung des Sanitätsrats Dreißigacker.

Der Leo suchte sich beim Gehen lauter Stellen aus, wo kein harter Boden war. Wegen der Schuhabsätze, die er sonst zu schnell schieftrat. Auch die Arme bewegte er kaum. Der Stoff seines Anzuges war wirklich ein miserables Gelump, und in den Taschen hatte er nichts als zwei Mark in bar, den Sperrhaken und ein flach zusammengelegtes Taschentuch. Sonst gab's solche Buckel. Der Rundholzhändler Dimmer, der die zwei am Abend aus dem Haus kommen sah, blieb stehen, schaute ihnen entgeistert nach und lachte vor sich hin, bis sein Kopf ganz rot war vor lauter verhaltener Lustigkeit.

»Wie zwei Kloone«, sagte er ein paarmal in den kurzen Lachpausen, »wie zwei Kloone.« Er meinte Clowns.

»Heute tut sich was«, sagte der Biwi im Gehen mit großer Gewißheit zu seinem Freund. Es war fast zu vermuten, daß die zwei heute womöglich ein Mädchen kennenlernen würden, denn heute war Maitanz.

»Was meinst, was heute gefällig ist«, sagte der Biwi, und der Leo stimmte ihm zu und ergänzte:

»Wenn wir heut keine kriegen, dann weiß ich nimmer.«

Sie kamen in den Ausstellungspark, und vor ihnen ging jetzt ein Pärchen, das offenbar kleinere Differenzen hatte. Er sagte gerade zu ihr:

»Du mußt doch mindestens einen Zehner 'rausgekriegt haben bei vierzehn Überstunden.«

Aber sie widersprach:

»Wenn ich dir sag, Ferri, acht Mark fünfzig habens mir zahlt, und sechs Mark hab‘ ich daheim hergeben müssen.«

Da sagte er:

»Und wo bleiben die zwei fuchzig so lang, und wann trudeln die ein?«

»Achtzig Pfennig hat doch der Friseur gekostet«, sagte sie, »für die Windstoßfrisur und ein Fuchzigerl Zigaretten, und da ist das andere.« Und sie gab ihm eine Mark zwanzig.

Da sagte er noch:

»Da bist aber schnell herg‘schenkt mit solchen Summen.«

Sie hing sich jedoch jetzt ganz fest an seinen Arm, so daß sie ihn etwas zu sich herüberzog, und sagte ziemlich lieb:

»Aber Ferri!«

»Is doch wahr«, sagte er und schien wieder ganz gut zu sein. Ein wenig mürrisch war er aber schon noch.

Der Leo stieß den Biwi an und raunte:

»Siehgst, des is a steile Frau.«

»Wo der bloß so ein Hasn her hat«, sagte der Biwi voll Verwunderung, »wo‘s so eine bloß gibt.«

An diesem Abend lernte der Leonhard die Hedy kennen. Aber er verkaufte sie schon acht Tage später an seinen Freund Biwi Leer für etwas über zwei Mark. Durch die Umstände gezwungen.

Sie saßen diesmal in der Nähe des Ganges, der zur Damentoilette führte. Der Biwi hatte diesen Platz ausgemacht. Es war ein praktischer Platz, denn man sah, wenn die Mädchen vorbeigingen, gleich, wie groß sie waren und ob sie keine krummen Beine hatten oder besonders dicke, was manchmal vorkam und was man sonst nur merkte, wenn man beim Tanzen die geringschätzigen Blicke sah, welche die anderen auf so ein Mädchen warfen.

Die Hedy war eigentlich zuerst dem Biwi aufgefallen. Er sagte:

»Du, die Schwarze schau an.«

»Nicht schlecht«, meinte der Leo. Er sah sie aber nur von

hinten. Als sie zurückkam, sah er sie auch von vorn, und da stach es ihn geradezu. Er sagte schluckend:

»Eine Riesenfrau.« Damit meinte er aber nicht ihre keineswegs riesige Erscheinung, sondern den riesigen Eindruck, den sie auf ihn machte.

»Holst sie du?« fragte der Biwi.

»Nein, hol's du zuerst«, entgegnete der Leo.

Es kam ein Walzer, den sie alle beide nicht gut konnten, und drum blieben sie alle beide sitzen. Die Schwarze wurde von einem älteren Herrn geholt, der nie im ›Maskottchen‹ fehlte. Er war kahlköpfig, aber ein so unerhörter Walzertänzer, daß er allgemein der Walzerkönig genannt wurde. Er hatte immer eine zusammengelegte Zeitung in der linken Tasche, und es war für jedes Mädchen eine Ehre, von ihm engagiert zu werden, und einen Korb oder ein Nein gab es überhaupt nicht bei dem. Die jüngeren Tänzer und die Mädchen sagten, der Herr sei von der Presse. Das stimmte auch in gewissem Sinn, denn der Walzerkönig war Pförtner bei einer großen Tageszeitung.

Als der Walzer zu Ende war, kam eine Pause. Der Leo und der Biwi schauten unentwegt zu der Schwarzen hin, und die wandte den Kopf, wie es fast jeder Mensch tut, wenn ihm ein anderer, den er nicht sieht, dauernd ins Genick schaut. Als die Schwarze herübersah, machte der Biwi schnell eine kreisende Bewegung mit dem Finger zu ihr hin, was als Aufforderung für den nächsten Tanz allgemein anerkannt war. Aber die Schwarze hatte nicht ihn, sondern den Leo mit seinem geisterhaften Frankenstein-Gesicht angeschaut, das im Halbdunkel des ›Maskottchens‹ mindestens interessant wirkte. Da streifte der Biwi mit seinem mißachteten Finger schnell die Haare zurück, aus Verlegenheit. Was hätte er sonst damit tun sollen. Der Leo aber bekam beim Blickwechsel mit der Schwarzen eine leichte, schöne Gänsehaut, wie man sie manchmal im Kino bekommt, wenn ein Held besonders tollkühn wird, oder wie sie viele Menschen überläuft, wenn sie die Nationalhymne hören.

Das Herz schlug dem Leonhard mit polternden Zwischentakten, als der kleine Trompeter sein Mundstück zum nächsten Tanz ansetzte. Schnell sprang er auf, und im selben

Augenblick stand auch die Schwarze auf. Sie war schon engagiert – von einem lächerlichen Gast, der direkt am Nebentisch saß und einen weißen Kragen zum Aufschrauben trug. Einer, der nicht ins ›Maskottchen‹ paßte. Aber die Schwarze hatte beim Aufstehen schnell zum Leo hingeschaut und mit köstlicher Geste die Schultern gezuckt: »Leider, Geliebter, der war halt zuerst da, aber ich gehör schon zu dir, ich weiß schon alles.«

Da hatte der Leo leicht über den jungen Mann mit seinem Großvaterkragen lächeln können. Und jedesmal, wenn sich das Paar drehte, schaute die Schwarze zu ihm her. Na, jedesmal gerade nicht, aber jedes zweitemal mindestens. Auch sie lächelte leise über ihren Tänzer.

Ein wüster Vorstadt-Stenz mit glattgescheiteltem Dobermannkopf am Nebentisch hatte den einen Arm auf dem Logengeländer, den anderen auf einer Stuhllehne und sang in dieser Stellung die Melodie mit:

»Laß die Frau, die du liebst, öfters baden.« Der Leo hätte ihn erwürgen können. Aber der andere war viel zu stark. Hoffentlich hatte es die Schwarze nicht gehört. So was Ordinäres. Der Biwi sagte jetzt:

»Du, die gehört dir, das sieht ja der Dümmste.« Er hatte den Blickwechsel mit verfolgt.

Der Leo entgegnete bang:

»Meinst?«

Und beim nächsten Tanz blieb die Schwarze sitzen, als sie der Stehkragenhengst wieder holen wollte. Sie blieb sitzen, bis der Leo kam, der über die Tanzfläche ging und nicht wußte, wohin mit seinen Händen und beinahe alle beide zu gleicher Zeit nach vorne geworfen hätte beim Marschieren, so wie es manche Komiker tun.

Sie hieß Hedy. Hedy Blei. Sie war achtzehnjährig und Verkäuferin im größten Kaufhaus, Abteilung Parfümerien. Sie drückte sich schon beim ersten Tanz an den leicht gepuderten Leo, der im Lichtreflex aussah wie eine geschminkte Leiche. Das erste, was er zu ihr sagte, und er sagte es dramatisch, war:

»Haben Sie auf mich gewartet?«

Und sie ging sofort auf seine Tonart ein und sagte ebenfalls mit tiefer Theaterstimme:

»Ich habe gewartet.«

Da drückte sie der Leo auch oben mit den Fingerspitzen zu sich her, und sie verstand das und sah zu ihm empor. Jedesmal, wenn eine Melodie zu Ende war, drehte sich der Leo so, daß sie nur die linke Gesichtshälfte, die schöne, sah, und zog die Gesichtshaut über seinem schmalen Nasenrücken mit den Kopfmuskeln ganz straff. Er konnte das. Nach dem ersten Tanz hatte er der schwarzen Hedy bereits eine Visitenkarte von sich gegeben. Die erste, die er losbrachte. Sie hatte die Karte schnell in der hohlen Hand gelesen und fragend gesagt:

»Zur Zeit München?«

»Jaja«, sagte der Leo, »aber ich bleib schon da jetzt.« Und er schaute sie an, ob ihr das recht war.

Es war ihr recht.

Die Hedy hatte stets etwas feuchte Hände beim Tanzen und roch nach vielen Parfüms. Sie erzählte ihm bald, daß sie so gut röche, weil sie die Probesendungen von den Grossisten an sich ausprobieren müsse.

In der großen Pause ging sie gleich mit hinüber zur Kreissäge, die beim Herrichten der billigen Wurstbrote immer stärker rasselte. Das Mädl aß auch ein belegtes Brot, und da kam der Leer Biwi heran, und der Leo stellte ihn vor.

»Angenehm«, sagte das Kaufmannsfräulein und schaute den Biwi genau an. Dem Biwi gefiel der Name ›Blei‹ so gut.

Bis um Mitternacht tanzte der Leonhard mit der Hedy. Sie war nicht ganz so groß wie er, und wenn er sich streckte, konnte er gut von oben auf ihren Scheitel sehen und auf ihr schwarzes Haar, das knisterte. Schmale Kohlenstiftbrauen hatte das Mädchen und große braungraue Pupillen, und der Mund war auch schön. Nicht so ein kleiner Zwergenmund, sondern schon ein voller. Und die Wangen waren etwas eingefallen. Interessant war das.

Um halb ein Uhr gingen sie zu dritt heim. Die Hedy in der Mitte. Der Leo und der Biwi gingen ganz gelangweilt neben ihr, als wären sie das längst gewöhnt, ein Mädchen nachts heimzubegleiten. Und alle zwei redeten sehr wegwerfend über allerhand und wußten alles. Am Goetheplatz wohnte die Kleine. Sie begleiteten das Mädchen bis vor ihr Haus, und dort blieben sie stehen und redeten noch eine ganze Menge. Doch auf einmal rief jemand vom Haus zur Hedy herunter, vielleicht jemand, der nicht schlafen konnte, so ein alter Narr:

»Is jetzt eine Ruh da unten oder nicht?«

Die zwei jungen Männer lächelten geringschätzig, aber die Hedy sagte: »Pst«, und dann war eine Ruh'.

Zum Abschied gab sie nur die Hand. Was denn sonst am ersten Tag? Der Leo hätte die Hedy schon küssen können, weil der Biwi fünf Schritte vorausgegangen war, aus Takt, aber am ersten Tage tat er das nicht.

Und es war so bestimmt, daß er sie überhaupt nicht küssen würde, denn am nächsten Samstag, an dem er verabredet hatte, mit ihr und dem Biwi wieder ins ›Maskottchen‹ zu gehen, hatte der Leo keinen Pfennig Geld. Es war das erstemal, daß der Elektrolehrling Knie von seinem Meister Bertele keinen Pfennig Geld bekommen hatte. Auch der Oberstift, der Hans, nicht und auch nicht der Hilfsmonteur Schallerer. Herr Bertele, der schon längere Zeit in größeren finanziellen Schwierigkeiten war, hatte seine Zahlungen eingestellt. Nur das Fräulein Hegele, das nachmittags noch ein Bügeleisen verkaufen konnte an eine Laufkundschaft, hatte zwanzig Mark für sich gerettet. Einhundertsechzig Mark hätte sie noch bekommen müssen. Das war genau die Aufbesserung von acht Monaten. Und das war genau die Zeit, für die ihr der Herr Bertele die Aufbesserung versprochen hatte. Also hatte es das Fräulein Hegele letzten Endes doch wieder umsonst getan, wie sie zu sagen pflegte.

Die Firma Hugo Bertele hatte Konkurs angemeldet. Eine saubere, glatte Pleite hatte der Herr Bertele aufs Parkett gelegt. Das kam daher, daß ihn ein großes Bauunternehmen einfach nicht bezahlte. Auch dieses Unternehmen hatte nämlich Bankrott gemacht und die Firma Bertele mitgerissen.

Zu allem Unglück aber wettete der Elektromeister auch seit Jahren noch auf Pferde. Das kostete den Rest vom Geld des Herrn Bertele, weil die Pferde, die er sich zum Siegen aussuchte, immer hinterdrein liefen und nie an der Spitze, wo sie hätten sein sollen. Denn nur wer den anderen voraus ist, bekommt bekanntlich einen Preis. Der letzte aber muß stets bezahlen.

Deshalb mußten wohl auch der Leo und der Hans, welche die letzten in der Firma Bertele waren, zuerst einen Teil der Schulden bezahlen, indem sie nicht einmal ihren lächerlichen kleinen Lehrlingslohn bekamen.

Der bankrotte Meister versammelte am Tage des Zusammenbruchs, an einem Donnerstag früh, seine Belegschaft um sich und erklärte den Versammelten mit glänzenden, aber sichtlich aufgeregten Lockenhaaren die Situation. Dann sagte er noch, er würde in seine Wohnung am Bavariaring ziehen und das, was von seinem Laden noch übrigblieb und der Werkstätte, wenn die Pfändung vorüber war, mitnehmen. Wer von den Angestellten mitgehen wollte, den würde er auch noch mitnehmen. Die zwei Lehrbuben konnten bei ihm auslernen. Von der Wohnung aus, wenn sie wollten.

Der Herr Schallerer hustete sehr und sagte, er möchte sich jetzt zuerst einmal krank melden, zwei, drei Monate. Der Leo und der Hans waren fürs Mitgehen. Fräulein Hegele hatte zwei mittlere Tränen in den Augen und sagte, sie würde schließlich auch beim Meister bleiben, wenn er sie brauchen könnte. Herr Bertele sagte zu ihr:

»Für Sie wird's schon eine Beschäftigung geben.«

Der Leo ging am Abend gleich zum Biwi und erzählte ihm alles. Das kaputte Geschäft vom Herrn Bertele bewegte ihn fast gar nicht. Und daß sein Lehrplatz wackelte, bewegte ihn auch fast gar nicht. Tief verborgen schlummerte in Leo die Gewißheit, daß er nichts Gescheites werden würde. Nichts Ganzes jedenfalls. Denn auch ein halber Mensch fühlt mit halber Deutlichkeit, daß er kein ganzer ist. Der Biwi sagte als erstes:

»Was ist dann mit der Hedy?«

»Ja«, sagte der Leo, »das ist es ja.«

»Wenn du kein Geld mehr hast, wirst sie aber schnell los sein«, sagte der Biwi.

»Eben«, sagte der Leo.

»Du kannst doch nicht gleich beim erstenmal sagen, daß sie selber zahlen soll.«

»Nein, das verträgt sie wahrscheinlich nicht.«

»Das verträgt ja kaum eine«, sagte der Biwi.

Schon als dieses Gespräch begann, hatte der Leo ungefähr gewußt, wie es enden würde. Er wollte sich kein Geld leihen vom Biwi. Wahrscheinlich hätte ihm der eins geliehen. Sicher sogar. Und im blauen Heft standen schon über zwanzig Mark von der Großmutter. Das würden einmal später zweihundert sein zum Zurückzahlen. Und was half es schon, wenn er der alten Frau wirklich noch eine Mark genommen hätte. Eine Mark war sowieso zuwenig. Gereicht hätte die sowieso nie. Zwei Kaffee, Zigaretten, vielleicht zwei Wurstbrote und wer weiß, da sagt so ein Mädl vielleicht noch ein paarmal, sie müsse hinaus und hat kein Kleingeld. Da schaut ein Kavalier dann sauber aus, wenn er auch kein Kleingeld hat und ein großes noch viel weniger.

Dem Leo war das klar. Er konnte die Hedy nicht halten. Die war er los. Da sagte sein Freund, der Biwi, der denselben Gedankengang verfolgte:

»Einen Kaffee würd' ich ja ausgeben für die Schwarze.«

»Jaja«, sagte der Leo mit gläsernen Augen.

»Und für dich auch einen natürlich«, meinte der Biwi.

»Jaja«, sagte der Leo. Dann hatte sein wandernder Blick die unsichtbare Wendemarke erreicht und kehrte wieder um. Nun wußte der Leo genau, was er schon gleich hatte sagen wollen:

»Weißt was, wenn ich sie versetz, das ist einfach blöd.«

»Dann schnappt sie halt ein anderer«, sagte der Biwi.

»Bevor sie aber ein anderer schnappt, kannst sie genauso gut du haben.«

»Wie meinst jetzt das?« fragte der Biwi, der längst merkte, daß das Rennen für ihn lief.

»Hör zu, wir sind doch Freunde, oder? Und was ich einem anderen vergönnen muß, vergönn ich dir zuerst«, sagte der Leo.

»Wegen einem Weib darf keine Freundschaft zerbrechen«, bestätigte der Biwi.

»Also nimm's, die Hedy.«

»Wenn du unbedingt meinst?«

»Kannst ihr ja sagen, ich hab' eine andere.«

»Wennst halt meinst.«

»Kannst mich ruhig miesmachen«, sagte der Leo noch und hatte einen bitteren Geschmack im Munde, wie nach den Roßkastanien, die er als Bub zuweilen angebissen hatte.

»Und ich zahl dir die Spesen aus vom letzten Sonntag«, sagte der Biwi sachlich, »zwei Mark, glaub ich, warn's.«

»Zwo dreißig«, sagte der Leo. Der Biwi ging schnell in seine Wohnung und kam mit einem Patentportemonnaie zurück, zahlte aus und sagte:

»Jetzt kannst ja mitgehn von dem Geld.«

»Ja«, sagte der Leo, »aber mach mich nicht ganz mies.«

»Brauchst keine Angst zu haben«, sagte der Biwi.

Und das mit der Hedy klappte ausgezeichnet. Zwei Monate lang gingen die drei zusammen aus. Der Leo bekam hin und wieder etwas Geld vom Herrn Bertele, und er tanzte auch manchmal mit der Hedy und sagte, wenn sie nach seiner abwesenden Freundin fragte, mit verlegenen Augen:

»Wir haben Streit miteinand.«

Und beim Nachhauseweg wartete der Leo am Goetheplatz, bis der Biwi aus dem Hausgang der Hedy zurückkam und sagte:

»Mensch, mit der lohnt sich's.«

Oder er kam voller Lippenstift um den Mund daher und sagte:

»Die hat mich ganz aufbissen.« Und im Heimgehen erzählte er dem Leo jede winzige Kleinigkeit von der Hedy, und daß sie direkt das Große Los sei. Der Leo aber nannte die Heimgänge mit Biwi einen Canossagang, was er aus einem Buch hatte, denn jetzt las er wieder mehr. Das mit dem Canossagang stimmte nun zwar nicht ganz, doch dem Leo gefiel dieses Wort so gut. Aber auch die Erzählungen vom Biwi stimmten nicht, denn mit der Hedy war genaugenommen rein gar nichts. Weil sie mit dem Bezirksvertreter der Kölnischwasser-Marke ›Pompadour‹ so gut wie verlobt war. Und nur, weil dieser Herr gerade Württemberg bereiste, hatte sie Zeit fürs ›Maskottchen‹, denn sie tanzte für ihr Leben gern. Den Lippenstift strich sich der Biwi selbst ins Gesicht.

An einem Freitagabend sah der Biwi Leer seine Hedy am Arm eines bauchigen Enddreißigers gehen.

Am Samstag darauf kam sie nicht mehr.

Die Firma Bertele befand sich jetzt im dritten Stock eines Rückgebäudes. Der Hans und der Leo hatten in die Decken der zwei Zimmer, die der Meister sein eigen nannte, große Haken geschraubt und die verbliebenen Lampen dort aufgehängt. Im Speicher standen die restlichen Rohre, eine Kiste mit Schaltern, Heizkörpern, Sicherungen und Drahtresten.

Eine Woche lang trugen die zwei Lehrbuben Geschäftskarten in die benachbarten Häuser und warfen sie in die Briefkästen. Das Fräulein Hegele schrieb ziemlich nutzlos in den alten Büchern herum oder tippte auf der museumsreifen Schreibmaschine kleine Rechnungen, wenn die Buben irgendwo einen Schalter angeschraubt oder einen Kurzschluß gesucht hatten. Manchmal blieb sie auch nach Feierabend noch da und wartete auf Herrn Bertele, der in einem tagsüber mit einer türkischen Decke verhüllten Bett schlief.

Karl Kosemund saß am Mittagstisch und trank die Soße von einem Tomatensalat aus einer Schüssel. Die kleinen Zwiebelstückchen strich er mit dem Zeigefinger so am Rand zusammen, daß er sie mit dem letzten Rest Essigwasser in den Mund spülen konnte. Matschi stand mit hartem Kopf hinter ihm.

Sie hatte in der vergangenen Nacht die untrüglichen Beweise eines vollendeten Ehebruchs entdeckt. Als der Mann mit dem Schlürfen fertig war und »ah« sagte, denn kochen konnte seine Frau erstklassig, sperrte die Matschi die Küchentür von innen ab. Die Marilli war nicht da. Dann sagte sie, mit der Stimme vibrierend:

»Was war denn des jetzt also?«

»Was denn?« fragte der Rundschleifer, dessen Gleichgültigkeit beim Essen nur eine synthetische gewesen war.

»Frag nicht noch so blöd!«

»Du gell, reiß dich z'samm, sonst scheppert's!«

»Was da war, möcht i wiss'n, du unverschämter Hurenbock!«

»Du bist ja blöd, was willst du denn, du hast ja einen Vogel. Ich war doch bloß beim Kegelschieben gestern. Du g'hörst ja zum Doktor mit deinen Wahnvorstellungen.«

»Blöd«, gellte die Matschi, packte den Karl von hinten an den Haaren und riß gleich so an, daß er rückwärts vom Stuhl herunterfiel, und schrie wie eine Fabriksirene, hell, schrill und gleichbleibend. Die Haare ließ sie nicht los. Der Karl lag auf dem Boden, hilflos und lächerlich, und schrie auch.

»Laß aus, sag ich, laß bloß aus! Du sollst auslassen, sag ich!«

Von der Wohnung Zierfuß kam ein pumperndes Geräusch herauf. Die Witwe klopfte mit einem Besenstiel an die Decke. So eine Unverschämtheit von dem Gschwerl, die hatten jetzt fast jeden zweiten Tag ein Theater. Dann schrien sie und schmissen Geschirr und scheinbar auch Möbel umeinander. So ein hysterischer Besen, die Matschi – und dann grüßte sie auch noch bei der Milchfrau, als ob nichts gewesen wäre.

Jetzt erwischte der Karl die Schreiende an den Beinen, unten, wo sie in den Kamelhaarhausschuhen steckten. Mit einem wütenden Ruck zog er an, wie ein Freistilringer, und die Matschi stürzte schwer zu Boden, und im Fallen schlug sie mit dem Mund auf die scharfe Ausgußkante und spaltete sich die Lippen.

Ein Zahn grub sich in ihre Unterlippe, und da schrie die Matschi wie ein Pferd, und so ein Pferdeschrei ist das Gräßlichste und das Gellste, was es gibt.

Der Karl sprang auf, entblößte Vernichtung in den Augen. Er stand auf und stieg der blutenden Frau mit den Stiefeln auf den Rücken. Er stand auf, nahm das schwere, plumpe Messer, das zum Spänemachen unter dem Ofen lag, und schlug es sinnlos in die Tür hinein. Kaum, daß er es noch herausbrachte. Dann, als es wieder frei war, schlug er damit in die Scheiben des Küchenschranks, er hieb die Drehknöpfe vom Radio weg, wischte mit beiden Händen das Geschirr vom

Tisch, spaltete mit einem Schlag das Nähkästchen, schlitzte die Ottomane mit einem irrsinnigen Ruck auf, hämmerte in den Spiegel über dem Ausguß und trat mit den Füßen in die Füllungen der Zimmertüre.

Er drehte das Wasser auf, das Gas, riß den Ofen um und nahm plötzlich in völliger Ruhe seinen Hut. Die Matschi hatte sich unterdessen auf der Toilette eingesperrt und schrie aus dem schmalen Fenster laut um Hilfe:

»Hi-hi-hilfe.«

Der Karl ging die Treppe hinunter, ganz ruhig und nur etwas matt. Vor allen Türen standen die Mütter. Stumm ging der Karl durch das Spalier. Die Neugier, eine halbverhüllte Freude und ein kribbelndes Staunen krochen den Gaffenden auf den Gesichtern herum. Unten seufzte die Türe.

Die Schreie der Matschi gingen in dünnfädiges Weinen über. Als der Karl aus dem Haus war, sagte die Frau Zierfuß: »Das hat man kommen sehn.«

Der Karl kam nie wieder. Er ließ auch nichts aus der Wohnung holen. Nicht einmal seinen Hosenträger oder sein Monteurgewand, was ihm in jedem Fall zugestanden hätte, ließ er holen. Selbstverständlich war er schuldig geschieden worden. Was denn sonst. Und zahlen mußte er ganz gehörig. Die Matschi hatte ein ärztliches Attest beigebracht, da hatte sogar der Richter den Kopf geschüttelt, wie man eine Frau so zurichten konnte. Wegen nichts. Zur Marilli hatte die Matschi gesagt, der Vater sei verreist. Und sie selbst sei auf den Ausguß gefallen, was ja stimmte.

Aber die Marilli war nicht mehr so dumm, daß sie nicht alles schnell gewußt hätte. Trotzdem schüttelte das Mädchen den Kopf und sagte zu sich selber sinnend: »Nein, Mama, so geht's nicht, so nicht.«

Die Hanni Brunner hatte es geschafft. Zusammen mit der Natur und der Veranlagung der Marilli. Als die Geschichte mit dem Leonhard vorüber war, dachte das Flitscherl nach. Sie dachte aber ganz anders nach als der Leo und viele Leute, die in Schnörkeln und in Spiralen denken. Die Marilli dachte geradeaus. Sie dachte ungefähr so: Sie wollte es jetzt wissen, aus Neugier, und weil die Hanni und die anderen sagten, es sei schön. Und was schön war, mußte sie haben.

Viele Mädchen, so hatte sie in einfachen Büchern gelesen und von manchen Menschen gehört, erfuhren das angeblich erst in der Ehe. Aber so lange wollte sie nicht warten. Sie fand es auch nicht richtig, vorher nichts Rechtes darüber zu wissen. Warum denn nicht? Es war ihr jetzt ziemlich gleich, von wem sie es zum erstenmal erfuhr; auf jeden Fall aber wollte sie einen, der kein Larifari drum herum machte. Und bei dem es gefahrlos war.

So weit hatte die Marilli gedacht, und ihre Gedanken hatte sie der Brunner Hanni mitgeteilt. Weil die nun schon längst wollte, daß die Marilli auch so weit wäre wie sie, grübelte sie hin und her, wie sie ihrer Freundin dazu verhelfen konnte.

Und sie dachte hin und her und drum herum, bis ihre Gedanken beim Spenglermeister hängenblieben. Plötzlich, wie man mit einem Kleid an einem Drahtzaun hängenbleiben kann und dann stehenbleiben muß.

Da sagte die Hanni zur Marilli:

»Du, Marilli, ich wüßt schon einen.«

»Sag ihn halt.«

»Wenn du nicht erschrickst.«

»Ich erschrick schon nicht.«

»Was meinst du zu meinem?«

»Zu welchem?«

»Zu meinem, in der Werkstatt halt.«

»Zu dem Spengler da?« sagte die Marilli und war kein bißchen erstaunt.

»Ja, zu dem«, sagte die Hanni, »aber du erschrickst ja gar nicht.«

»Warum sollte ich«, sagte die Marilli. Sie stellte sich den Spengler vor. Sie hatte ihn schon hundertmal getroffen und oft neugierig angeschaut, seit sie wußte, daß er es mit der Hanni hatte, aber sie wußte trotzdem nicht genau, wie er eigentlich aussah. Es gibt viele solche Menschen, von denen man nicht weiß, wie sie aussehen, obwohl man sie doch schon tausendmal gesehen hat. Wer kennt schon die Augenfarbe seines Hausmeisters, oder wer weiß mit Sicherheit, auf welcher

Seite der Wastl, der zwölfjährige Hausnachbar, seinen Scheitel trägt.

Die Marilli holte also das Bild des Spenglers aus der Kartei ihrer Eindrücke hervor. Nicht weil sie feststellen wollte, ob er ihr gefiel. Das brauchte er gar nicht unbedingt. Nur ausgesprochen mißfallen sollte er ihr gerade nicht. Doch sie wollte sich auch nicht verlieben in ihn. Sie wollte etwas ganz anderes. Da war es ihr ziemlich gleich, ob er Müller hieß oder vielleicht Tausendteufel, Schuster oder Huber.

Na ja, dieser Müller schaute halt ›so‹ aus, einfach ›so‹. Nicht schön und nicht häßlich, nicht dumm und nicht gescheit. Der Marilli war's recht. Sie sagte zur Hanni, deren eckiger Mulikopf zartrosa wurde:

»Wie willst denn des machen?«

»I sag's ihm halt«, meinte die Hanni.

»Und meinst, er mag?«

»Der schon, der hat ja schon öfters g'sagt, ich soll mei Freundin mitbringen.«

»So«, sagte die Marilli. »Dann sag's ihm halt.«

Ein solches Gespräch führten die zwei Mädchen, die zusammen nicht viel älter als dreißig Jahre waren. Unklar spürten sie beide, daß dieses Gespräch verderbt und schlecht und überhaupt allerhand war. Aber wenn man alle verderbten und schlimmen und schlechten Gespräche, die in jeder Minute zwischen hochachtbaren Frauen oder silberhaarigen Männern geführt werden, in Kantinen und Salons, in Anlagen oder Pullmanwagen, alle gleichzeitig hören könnte – es gäbe ein gewaltiges Brausen auf Erden, gegen das die guten und reinen und tröstlichen Gespräche, die zur gleichen Zeit zum Himmel emporsteigen, wohl nur ein zartes Geflüster wären.

Zwei Tage später ging die Marilli am Lattenzaun entlang durch die Mietsgärten. Sie fuhr mit ihrem Hausschlüssel über das ausgetrocknete, spröde Holz des Zaunes, und das ergab eine stumpf klingende Tonleiter. Auf und ab, höher und tiefer. Das Mädchen ging ganz gleichmäßig.

Hinter dem Stiegenhausfenster des dritten Stockes stand ein anderes Mädchen, die unschöne Stirn ans kühle Glas gedrückt und auf den Wangen rote Flecken: Wie geschminkt sah das aus. Als die Marilli um die letzte Ecke zur Spenglerwerkstätte ging, preßte das Mädchen im Stiegenhaus die Knie ganz fest zusammen. Dann schlenkerte sie mit dem Daumen gegen den Zeigefinger, wie man es tut, wenn man sich verbrannt hat. Es gab einen leise platschenden Ton. Dazu lachte das Mädchen mit feuchten Lippen. Das Lachen war nicht lauter als das Fingerschnalzen, aber viel stärker. Das Mädchen lachte so lange, bis es sich verschluckte und husten mußte. Weil es sich aber dabei nach vorn bog, sah es gar nicht, wie die Werkstattür des Spenglers jetzt halbweit aufging. Und darauf hatte das Mädchen im Stiegenhaus doch gewartet.

Der geschiedene Mann in der Holzhütte hatte seit Mittag einen dicken roten Kopf. Er roch nach getrocknetem Schweiß und Messing. Seine breiten Hände waren nicht gewaschen. Das Gerät mit den Azetylen- und Sauerstoff-Flaschen hatte er zum Fenster geschoben und dann mit einem stumpfen Besen aus der Ecke Zinkblechspäne und Werg weggekehrt. Auf dem freien Platz hatte er eine große Rolle braunes, neues Wellpapier ausgebreitet. Etwa zwei Meter lang und halb so breit. Als das gleichmäßige Knirschen des Kieses auf dem Gartenweg anwuchs, machte er die Tür ein Stück auf, so daß die Marilli nicht einen Moment warten mußte, sondern gleich eintreten konnte. Der Mann schloß die Tür hinter dem Mädchen wieder. Dann deutete er wortlos auf das braune Wellpapier, das auf dem Boden lag. Es war das erste Hochzeitsbett der Marilli Kosemund.

Sie ging stumm und langsam darauf zu.

Als das Mädchen zurückkam, saßen auf den schwingenden Telegrafendrähten an der Mondstraße zwei Reihen Schwalben. Aufgefädelt wie auf einer Zählmaschine. Sechzehn Schwalben saßen auf dem oberen Draht. Genausoviel, wie die Marilli Jahre zählte. Auf der unteren Zeile waren es gerade einundzwanzig.

Der Leo hatte ein Gedicht gemacht.

Er wußte natürlich nichts von Versmaßen und dergleichen. Er hatte das Gedicht in einer recht traurigen Stimmung gemacht. Er war jetzt häufig traurig, und manchmal war er es sogar gern. Traurig und allein. Das Gedicht hatte er kurz nach der Episode mit der Hedy Blei in dasselbe blaue Heft geschrieben, in dem auch die Schulden standen, die er an die Großmutter hatte. Und obwohl die Verse von der Sache mit der Hedy herrührten, hatte er darin ein ganz andres Mädchen besungen. Eins, das es gar nicht gab. Das Gedicht ging so an:

Eintönig, sinnlos rinnt die zähe Zeit
und frierend sehe ich das Ende,
denn alles wird so schnell Vergangenheit,
noch spür ich streichelnd deine blassen Hände.

Er hatte es ›Der Abschied‹ genannt. Das ganze ungestüme Verlangen nach Zärtlichkeit sprach aus den unbeholfenen Versen, die für einen Jüngling, der sein erstes Gedicht schrieb, gar nicht einmal übel waren. Nachdem der Leo sein Werk des öfteren gelesen hatte, gefiel's ihm so gut, daß er es auf kariertes Papier schrieb, mit Tinte, und an die Zeitschrift ›Die Jugend‹ einschickte. Aber es kam schon nach acht Tagen wieder zurück, in offenem Kuvert, als Drucksache. Gut, daß er selber immer den Briefkasten leerte und die Großmutter es nicht gefunden hatte. Sie hätte es womöglich jemandem zum Vorlesen gegeben ...

Eine Blamage wäre das gewesen.

Die finanzielle Lage des bankrotten Herrn Bertele wurde immer trüber. Der Leo ging jetzt jede Woche in die Gerichtsvollzieherei, um Pfändungstermine hinausschieben zu lassen oder Stundungen zu beantragen. Er brauchte erst um neun Uhr ins Geschäft zu kommen, und das Opel-Fahrrad mußte er auch nimmer zum Bavariaring schieben, weil ja nunmehr die Firma und die Wohnung des Meisters eins waren. Außerdem klebte der Kuckuck unter dem Sattel des Opel-Rades. Auf der Innenseite der Satteldecke.

Trotzdem war Herr Bertele seinen zwei Lehrbuben gegenüber korrekt. Wenn der Leo etwas brauchte, einen Bügeleisenstecker, ein Stück Kabel oder Sicherungen, bekam er es sogar fast immer umsonst. Soweit natürlich diese Artikel noch vorhanden waren. Der Leo hatte schon ein paarmal etwas verdient, mit kleinen Reparaturen, denn die Leute im Haus und in der Nachbarschaft wußten, daß er das konnte und billig war, und sie holten ihn.

Wenn der Leo ins Geschäft kam, lag Herr Bertele manchmal noch in seinem Bett unter der türkischen Decke. Dann rief er durch die Tür den Buben irgendeinen Auftrag zu. Wenn der Leo wiederkam, war der Meister dann aufgestanden und trug einen blaugestreiften Bademantel.

Das Fräulein Hegele, die Buchhalterin, kam meistens erst gegen Mittag und hackte dann Kostenvoranschläge auf der mittelalterlichen Schreibmaschine.

Eines Tages beschloß Herr Bertele, seinen beiden Lehrlingen die Lehrzeit abzukürzen und sie die Gesellenprüfung machen zu lassen. Es war gerade ein Auftrag da, das Installieren des Lebensmittelgeschäftes Fischer, ganz in der Nähe.

Der Leo machte diese Arbeit. Der Hans, obwohl der Oberstift war, half ihm dabei. Die alte Fischerin war recht geizig und mißtrauisch. Unter ihren Zahlteller aus Glas hatte sie mit festem Kitt ein Zehnpfennigstück geklebt. Damit prüfte sie die Ehrlichkeit ihrer Kundschaft. Manche Leute nämlich griffen nach dieser Münze, wenn sie glaubten, die Alte schaue nicht her. Oder wenn sie noch nicht aus der Küche herausgekommen war, deren Tür in den Laden mündete und deren Glasscheibe einen Spitzenvorhang hatte, hinter dem die Fischerin lauerte. Wenn sie dann so einen vergeblichen Griff beobachtet hatte oder jemanden gar dabei ertappte, strahlte ihr runzeliger Apfelkopf. Durch solche Erlebnisse wurde die Alte geradezu aufgewärmt.

Wie der Leo und der Hans zur Installation kamen, hatte sich die Fischerin auch wieder so einen Trick ausgedacht. Auf das große Warenregal, das fast bis zur Abzweigdose reichte, an welche die Elektriker heran mußten, legte sie ein nagelneues Fünfzigpfennigstück. Der Leo wollte es gleich nehmen, als er es entdeckte, aber der Hans schaute haarscharf hin und sah, daß das Regal oben ganz voll Staub war, das Geldstück aber blitzblank. Da sagte er zum Leo:

»Die alte Schachtel will uns ausprobieren. Aber jetzt weiß ich was anderes.«

Und sie ließen das Geld seelenruhig liegen, und die Fischerin wartete gänzlich umsonst. Dafür nahm der Hans drei Pfundtüten mit Keksbruch, die auch auf dem Regal standen, machte sie von unten vorsichtig auf, schüttete den Inhalt in die leere Werkzeugtasche, blies die Tüten wieder auf und stellte die präparierten Papiersäckchen wieder sachte zu den anderen. So was fiel dem Hans ein. Als die Arbeit fertig war, bekam jeder von ihnen ein Lehrzeugnis mit der besten Beurteilung, die der Herr Bertele zu vergeben hatte. *Überragende Kenntnisse und einzigartiges Betragen*, hatte Hugo Bertele geschrieben. Aber dann entließ er alle beide. Schon wegen der Krankenkassenbeiträge, die er nicht mehr zahlen konnte.

Trotzdem kam der Leo noch ein halbes Jahr in die Wohnung seines Lehrmeisters und fragte nach, ob keine Arbeit da sei. Nebenbei bekam er Arbeitslosenunterstützung, Stempelgeld, fünf Mark sechzig in der Woche, wovon die Großmutter vier Mark einzog.

Bei einem seiner Frühbesuche traf er auch das Fräulein Hegele schon in der Wohnung. Es schien so, als hätte sie gleich gar die ganze Nacht bei Herrn Bertele gearbeitet, so sah sie aus. Der Leo lächelte sie in dieser Richtung an, und das Chinesenköpferl lächelte zurück, als wollte es sagen:

Na und?

Als sie der Leo dann häufiger schon morgens traf, wußte er Bescheid. War das nun noch sogenannte Treue zur Firma oder kam das Fräulein Hegele einfach nicht mehr vom Herrn Bertele los? Der Leo ahnte so etwas. Denn das Chinesenköpferl war nicht so übel, daß es nicht jederzeit auch einen andern bekommen hätte, einen, der nicht pleite war. Aber so eine alte Gewohnheit, dachte der Leo, hält vielleicht besser als alles andere. Und er wurde noch Zeuge, was die Gewohnheit des Herrn Bertele und seiner Sekretärin alles aushielt.

Das war nach einiger Zeit, als es dem Leo nichts Neues mehr war, daß das Fräulein Hegele ebenfalls unter der türkischen Decke schlief. Mittlerweile schien es, als wäre Herr Bertele sehr eifersüchtig auf seine ehemalige Sekretärin geworden. Jedenfalls, wenn er manchmal fortging, auf den Rennplatz vielleicht, um nachzusehen, ob sein Pferd noch immer hintennachlief, schärfte er dem Chinesenköpferl strengstens ein, ja nicht fortzugehen. Das Fräulein Hegele aber schien eine ganz andere geworden zu sein, seit sie keine Angestellte mehr war. Seit sie nicht mehr hinter dem Ladentisch stand, hatte sie für den Leo sowieso ein anderes Gesicht bekommen. Wie seltsam und schnell sich doch jemand verändert, wenn er nicht mehr hinter einem Ladentisch oder einem Schalter steht oder einen weißen Kittel oder einen Geschäftsmantel trägt. Das Fräulein Hegele schien ein richtiges kleines Luder geworden zu sein. Vielleicht war sie das schon immer gewesen und hatte nur eine Achtstunden-Larve getragen im Geschäft, was ja viele Leute tun müssen.

Gerade weil Herr Bertele gesagt hatte, sie solle daheim bleiben, ging sie nämlich fort. Und gleich gar noch in bessere Tanzlokale, zum Fünfuhr-Tee. Der Leo hatte sie sogar einmal in einem großen Auto gesehen, mit einer französischen Nummer außen und einem qualligen Herrn drin. Nein, er hatte sich nicht getäuscht. So ein Chinesenköpferl gab's nur einmal. Und sie hatte Tage später, als er es ihr auf den Kopf zusagte, nur »pst« gemacht, und auf die Schlafzimmertür gedeutet, wo Herr Bertele im Bett die Pferdezeitung las.

Nun war der bankerotte Chef aber einmal schon nach einer halben Stunde wieder zurückgekommen, und das Fräulein Hegele war nicht da. Er hatte dann auf sie gewartet. Der Leo reparierte gerade ein Heizkissen auf dem Küchentisch, als sie kam.

Mein Gott, solche Ohrfeigen, wie sie das Fräulein da kriegte, mitten in ihr mongolisches Gesicht hinein, hatte der Leo noch nicht erlebt. Er ging sofort hinaus und hörte im Parterre die zwei noch schreien.

Erst nach acht Tagen fragte er dann wieder nach beim Herrn Bertele, ob was da wäre. Ja, es war schon was da. Aber etwas, was der Leo nie und nimmer gedacht hätte; nämlich die Hegele. Unter der Türkendecke sogar.

Ja, hatte denn die überhaupt keinen Charakter? Nach so einer Sache wäre er gelaufen, so weit die Heide reichte, dachte der Leo. Da wäre er lieber in die Fremdenlegion gegangen, als zu einem Menschen zurückzukehren, der einem derartig ins Gesicht schlug und ›Sau‹ und ›Miststück‹ dazu sagte. Einen schönen Charakter hatten die Erwachsenen.

Wenn es der Leo nicht so nötig gehabt hätte, wäre er nie mehr in diese Wohnung gekommen. Obwohl es ihn ja nichts anging, was mit den beiden war. Ihn gingen nur die Reparaturen an und die paar Pfennige, die er dafür bekam. Oder hätte er vielleicht doch nicht mehr kommen dürfen? Möglicherweise war das auch schon charakterlos ... Man sollte halt ganz genau wissen, wo der Charakter begann und wo er aufhörte. Das war aber bei den Menschen sehr verschieden. Am Ende gab es ganz verschiedene Maße, mit denen ein Charakter gemessen wurde? Und ganz verschiedene Charaktersorten gab es natürlich auch. Einen Trambahner-Charakter zum Beispiel, einen Regierungsrats-Charakter, einen Luftschiffer-Charakter und einen Charakter der armen Leute.

Den gab es ganz sicher, sinnierte der Leo. Wenigstens redeten die armen Leute am häufigsten davon. Manche von ihnen sagten zwar auch, sie hätten ihren Charakter längst abgelegt, denn das sei ein Luxus, den sich nur die Reichen leisten könnten, andere aber hielten geradezu den Kopf für den Charakter hin und blieben allüberall fest, stolz und streng.

Aber mager waren diese Menschen meistens. Die armen Menschen mit Charakter waren fast immer mager, und sonderlich beliebt waren sie auch nicht. Wenn der Leo so nachdachte, kam er darauf, daß er die harten, unnachgiebigen und sturen Charakterleute gar nicht mochte. Die Charakterfesten. Warum wollte er dann einer von ihnen sein? Das war ja blanker Unsinn. Denn das stand fest: die Gütigen und Nachgiebigen, die sogenannten Weichen, waren ihm viel lieber. Der Leo mochte die sogenannten Weichen mit den ruhigen, guten Gesichtern weit mehr als die Harten mit den scharfen Augen.

Aber da war dann doch noch ein großer Unterschied zwischen solchen Menschen und dem Fräulein Hegele, das sich derartig schlagen ließ und immer wiederkam. Der Herr Kosemund war doch auch nicht gekommen nach dem großen Krach. Aber richtig, der war ja auch nicht geschlagen worden, der hatte ja selber geschlagen.

Durfte ein Mensch so sein wie die Hegele? Oder durften das vielleicht nur die Frauen? Jedenfalls, es gab da Grenzen, aber wo die eigentlich lagen, fand der Leo nicht heraus.

Jetzt war der Leo wieder da, wo er mit dem Nachdenken angefangen hatte, daß man halt die Grenzen des Charakters erkennen müßte. Was der junge Mann in dieser Zeit dachte, war nicht gefiltert und etwas unklar, aber es war wohl etwas dran.

Das Verhältnis zwischen dem Fräulein Hegele und dem Herrn Bertele wurde immer unverständlicher für den Leo. Wenn er auch manchmal darüber lachen mußte, was die zwei da alles aufführten.

Damit die Hegele ganz gewiß nicht mehr fortgehen konnte, wenn er unterwegs war, versteckte der Herr Bertele neuerdings die Schuhe. Oder er nahm einen davon einfach mit, in der Manteltasche. Da brachte aber die Sekretärin ein zweites Paar von daheim mit und versteckte es ihrerseits. In einer der Ampeln zum Beispiel, die von der Decke hingen. Als das Chinesenköpferl mehrere Kleider in das Wohngeschäft gebracht hatte, weil sie manchmal gleich einige Tage hintereinander dablieb, kam der Herr Bertele auf eine ganz großartige Idee. Er nahm von seinem gepfändeten Opel-Rad das Einsperrkabel, das er noch gerettet hatte, und zog es durch sämtliche Ärmel der vorhandenen Kleider, dann sperrte er das Schloß ab und nahm den Schlüssel mit. Triumphierend lachend, denn die Idee war neu und gut.

Aber es waren auch ein paar ärmellose Kleider unter der Garderobe des Fräulein Hegele. Und die trennte sie an den Schulternähten vorsichtig auf, heftete sie wieder zusammen, und fort war sie.

Der Leo ging jetzt immer schon gleich mit der Hegele weg aus der Wohnung, weil er nicht noch einmal dabeisein wollte, wenn's blitzte. Ein Höhepunkt aber ergab sich, als Herr Bertele ihr einmal die Strümpfe versteckt hatte. Von jedem Paar einen Strumpf. Geld hatte sie nun auch nicht mehr, die Hegele, um sich neue zu kaufen. Und von den restlichen Strümpfen waren ausgerechnet der eine ganz hell und der andere ganz dunkel.

Da färbte sich das saubere Fräulein mit Ofenruß beide Beine schwarz. Dann zog sie die zweierlei Strümpfe darüber und ging aus, mit durchgedrücktem Kreuz. Sie schaute dabei sehr von oben auf jedermann herab.

Der Leo schaute hinfort eine ganze Zeitlang jede elegante Dame an und fragte sich, ob die wohl auch so etwas tun könnte oder ob sie vielleicht schmutzige Wäsche trüge oder ob ihre Füße wohl nicht ganz sauber seien wie die der Brunner Hanni seinerzeit im Etagenbad.

Eine ganze Zeitlang war das Verlangen, das er beim Anblick einer schönen Frau sonst immer hatte, einem erheblichen Ekel gewichen. Lächelnd mußte der Leo auch manchmal an das Inserat denken, das er als Vierzehnjähriger gelesen hatte in der geliehenen Zeitung und dem er seinen verpfuschten Lehrplatz hauptsächlich zu verdanken hatte:

Junger Mann, der Interesse hat, wirklich etwas zu lernen ...

Ja, er hatte schon etwas gelernt beim Herrn Bertele. Wie man's halt nimmt.

An einem Herbsttag kam er um zehn Uhr an die Wohnungstür seines ehemaligen Meisters und klopfte an. Die Tür blieb verschlossen, aber eine Nachbarin öffnete und sagte:

»Den habens gestern abend g'holt, und die Schlamp'n habens in die Klinik.«

Der Leo ging. Am nächsten Tag las er im Polizeibericht, der an der Tageszeitung immer gratis aushing:

Festgenommen wurde ein sechsundvierzigjähriger Handwerksmeister in seiner Wohnung am Bavariaring, weil er seine sechsundzwanzigjährige Geliebte so schwer mißhandelt hatte, daß sie einen Nasenbeinbruch und erhebliche Verletzungen davontrug.

Damit war für den Leo auch das vorüber. Sein Weg machte eine neue Kurve.

K–L hatte am Freitag Zahltag. Bevor die Arbeitslosen aber ihr Unterstützungsgeld erhielten, das sie doppelt und dreifach vorher an Beiträgen eingezahlt hatten und das sie nach Abzug der Beamten- und Ministergehälter, der Verwaltungsspesen und der Benzinrechnungen für die Dienstwagen widerwillig und gnädig bekamen, mußten sie beim Arbeitsvermittler stempeln. In ihre grüne Meldekarte. Es gab auch gedruckte Aufforderungen, sich da und da um Arbeit zu bewerben. An den Wochentagen gab es einen eckigen Stempel und am Zahltag einen runden.

Der Leo hatte schon zwei Karten vollgestempelt. Seit einem Jahr bekam er jetzt am Freitag fünf Mark sechzig. Das heißt, für ihn waren es nur eine Mark sechzig, weil ja die blinde Großmutter daheim auch ihren Anteil an der Arbeitslosigkeit vom Leo haben mußte. Das verstand er schon.

Für eine Mark und sechzig Pfennige wöchentlich kann sich aber ein junger Mann nur wenig vom Leben kaufen. Zahnpasta ging auch noch weg und manchmal ein Haaröl, weil doch die Frisur vom Leo so schlecht hielt. Das Haarschneiden besorgte zum Glück Freund Biwi gratis. Aber, die Haare hätte man sich schließlich auch umsonst in der Berufsschule für Friseure schneiden lassen können. Die suchten sowieso immer Arbeitslose, die das taten, damit die jungen Leute an ihren Köpfen lernen konnten.

Dem Leo war das von anderen jungen Arbeitslosen erzählt worden. Durchschnittlich konnte also der Unterstützungsempfänger Knie mit einem Wocheneinkommen von einer Mark und dreißig Pfennig rechnen. Aus dem Geldbeutel seiner Großmutter nahm er nur mehr selten etwas. Das war ihm allmählich widerlich geworden. Außerdem standen schon fast vierzig Mark im Heft. Genau neununddreißig Mark siebzig.

Der Leo stand in der langen Schlange vor dem Zahlschalter. Vor ihm rutschten ein paar ältere Arbeiter auf dem Fliesenboden immer zwei kleine Schritte nach, wenn vorne das dumpfe ›Bum‹ des eisernen Zahlstempels auf der Gummiplatte ertönt war. Die Hände der Arbeiter, die vor dem Leo standen, hingen abwärts. Die Finger waren krumm und erstaunt, weil man ihnen die Arbeit herausgenommen hatte. Sie hielten aber alle noch unsichtbare Eisenstangen oder Ziegelsteine oder Hammerstiele.

Der Mann, der direkt vor dem Leo stand, hatte ein kleines Eisenkettchen als Aufhänger an seinem moosigen Wintermantel. Und ein Genick, das ganz gleichmäßige Falten zeigte wie der Balg einer Ziehharmonika. Beinahe wäre der Leo mit dem Daumennagel darübergefahren, nur so, weil das Warten recht eintönig war. Leo schnupperte. Der roch aber verbraucht, dieser Mensch. Verbraucht und wertlos. So ähnlich roch es in der ganzen Schalterhalle. Und aus der Suppenküche, die sich im Keller des Arbeitsamtes befand, dünstete es auch noch herauf.

Der Leo war schon zweimal unten gewesen und hatte für zehn Pfennig eine graue, zähe Suppe gegessen, mit einem Löffel, der am Tisch mit einer Kette angemacht war. Für andere, freie Löffel mußte man Geld einsetzen.

Achtzehnmal zwei kleine Schritte war der Arbeitslose Knie gerutscht. Jetzt war er dran. Schwupp, da lag sein Geld auf der Marmorplatte. ›Bum‹ machte der runde Stempel. Der Mann mit dem Moosmantel gab sein Geld gerade einer Frau, die ganz mager war und alt und tabakgelb im Gesicht. Die wird nimmer lang leben, dachte der Leo. Vielleicht sollte man sie wenigstens grüßen ... Er grüßte die alte fremde Frau. Die sah gar nicht auf.

Im Leseraum der Volksbibliothek war heute fast kein freier Stuhl mehr zu bekommen. Das kam von dem schlechten Wetter draußen. Viele blätterten in klebrigen, illustrierten Zeitungen. Zwei, eine dicke Frau mit Pulswärmern und ein verwahrloster Mann mit einem häßlichen Schildkrötenhals, saßen da und schliefen. Doch das war verboten. Wenn der Aufseher kam, der eine Schildmütze trug, würde er die zwei wecken und des Saales verweisen. Müde sein und infolgedessen schlafen war in einem städtischen Raum verboten. Es sei denn, man saß nicht vor, sondern hinter dem Schalter.

Ein anderer Mann hatte ein Papier vor sich, auf dem lag ein Stück Brot, das in saubere Würfel geschnitten war. Die spießte der Mann mit einem Taschenmesser auf und schob sie ganz vorsichtig in den Mund, als ob sie heiß wären und er sich den Mund nicht damit verbrennen wollte.

Neben diesen Mann setzte sich der Leo auf einen freien Stuhl. Übrigens war das Essen in diesem Lesesaal auch verboten. Ebenso wie das Sprechen. Nur Lesen und Nachdenken durfte man. Der Leo sagte zu dem Mann, der einen ganzen Stoß Zeitschriften vor sich liegen hatte, leise:

»Gestatten Sie.«

Der Mann drehte den Kopf zu ihm hin. Sein Mund war gerade offen, und das Messer mit dem Brotbrocken zielte in den offenen Mund. Eine Sekunde sah er den Leo so an, mit offenem Mund, scharf und prüfend, dann nickte er und schob das Brot bis zum Gaumen hinunter.

Der Leo dachte: So ein dummes Luder. Da sagte der Mann, der jetzt alles hinuntergegessen hatte, flüsternd zu ihm:

»Gehst nicht mit ins Kasino?«

»Was?« sagte der Leo, der nicht verwundert war, daß ihn sein Nachbar duzte, denn das taten die Arbeitslosen fast alle unter sich. »Ins Kasino«, sagte der Mann und deutete mit dem Daumen hinter sich. Der Leo begriff. Der andere meinte die Suppenschule. Die Arbeitslosen nannten sie das Kasino. Er wußte eigentlich nicht, warum er nickte und aufstand. Der andere war auch schon aufgestanden und ging hinaus.

Als der Leo am Buchschalter vorbeikam, suchte er mit den Augen das Fräulein Heinrich. Er wollte sich ja eigentlich was zum Lesen mitnehmen. Aber er sah sie nirgends. Gut, dann würde er eben später noch einmal kommen.

So dumm war es gar nicht, im Kasino zu essen. Da brauchte er mittags nicht heim zur Großmutter und zu ihrem ›Drahtverhau‹, wie er den Standardfraß aus Kartoffeln, Kraut und ein paar zwirnigen Fleischfasern nannte.

Das Bier holte seit dem Wegzug der Himmelreichs die kleine Lucia Viviani für die blinde Frau. Sie durfte kein Geld dafür nehmen, hatte die Frau des Scherenschleifers gesagt. Sie hätte sowieso keines genommen. So klein und arm sie war, besaß die Lucia doch schon einen Charakter. Es war erstaunlich.

Im Kasino sah der Leo seine neue Bekanntschaft näher an. Der Mann hatte gar keinen dummen Kopf auf. Schmal und fast elegant war sein Kopf. Aber ziemlich abgenutzt doch schon. Glatte Scheitelfrisur, schmale Augen, eckiges, doch schwachknochiges Kinn. Alter etwa achtundvierzig. Sein Anzug war sicher einer nach Maß gewesen. Schade, daß er glänzte.

Die Hände des neuen Bekannten waren unglaublich schmal. Hebammenhände nannte man das.

Der Leo kaufte sich eine Tasse Kakao. Die kostete ein Zehnerl. Der neue Bekannte erwarb eine Erbsensuppe mit Wurst. Die Wursthaut schlitzte er mit dem Daumennagel auf, blitzschnell und sauber. Dann schälte er die Wurst ebenso schnell und piekfein heraus. Was der für geschickte Hände hatte. Sauber waren sie auch. Beim Essen stellte sich der Mann vor:

»Charly heiß ich.«

»So«, sagte der Leo und nannte auch seinen Namen.

»Ich bin der Engelmacher-Charly«, sagte der andere noch einmal.

»Das ist ja allerhand«, sagte der Leo und lachte dumm, weil er nicht wußte, was das war.

Aber Charly erwiderte nichts, weil er gerade ein Stück Wurst mit dem Messer vorsichtig zum Munde führte. Genauso umständlich wie zuvor das Brot. Warum denn der bloß mit dem Daumen die Wursthaut aufgeschlitzt hatte statt mit dem Messer, wenn er doch eines hatte, dachte der Leo.

An dem Tisch nebenan saß ein rundbuckeliger Alter, der eine gelbe Binde am Arm hatte mit schwarzen Punkten. Ein Blinder also. Eine Frau mit unendlich abgetragenem Dutzendgesicht hockte ihm gegenüber. Beide aßen ein Rohrnudelgericht in irgendeiner künstlichen Soße. Der Alte fischte mit dem diebstahlsicheren Kettenlöffel nach den Nudelbrokken. Als es nichts mehr zu fischen gab, weil die Nudel aufgegessen war, schaufelte ihm die Frau mit dem Niemandgesicht die eigene Rohrnudel verstohlen auf den Teller und sagte:

»Heut hat's zwei Nudeln geben, Max, iß nur.«

Gierig fuhrwerkte der Blinde die Portion seiner Begleiterin zusammen. Die Frau schluckte bei jedem Bissen mit. Ihre Kunstsoße strich sie mit krummem Zeigefinger zusammen. Dann führte sie den Max vorsichtig durch die herumstehenden Hocker dem Ausgang zu.

Da sagte der Charly zum Leo:

»Für die zwei wär's auch besser, sie wären im Knast.«

»In welchem Knast?« fragte der Leo.

»Na ja, im Hefen halt, im Kittchen«, sagte der Charly.

»Wieso, wie ist's denn da?« meinte der Leo.

»Besser schon wie da. Da kriegst wenigstens deinen Schlag und einen Fuchsen dazu, dein Brot«, erklärte der Charly.

»Warum, waren Sie denn drin, warst du schon drin?« verbesserte der Leo.

Der Charly lachte.

»Meinst, daß man fürs Engelmachen ein Verdienstkreuz kriegt?«

Der Leo wollte nicht mehr fragen, was das war, das Engelmachen. Er lachte etwas hölzern mit.

Als er ging, sagte der Charly noch zu ihm:

»Kommst wieder einmal 'nauf in Leseturm?«

»Jaja«, sagte der Leo, »sicher.«

Er war schon ein gutes Stück auf dem Heimweg, als ihm einfiel, daß er ja gar kein Buch hatte. Also ging er noch einmal zurück. Das Fräulein Heinrich war diesmal da. Sie stand frisch gebügelt und weiß hinter dem Schalter. Gerade sagte sie zu einem Herrn, der ein Propellerschleifchen trug und einen viel zu weiten Anzug:

»Ja, ich glaube an eine Reinkarnation.«

Der Propellermann entgegnete:

»Liebe Gnädigste, wie sagt schon Bert Brecht so schön: Ihr sterbt mit allen Tieren, und es kommt nichts nachher, hehe hi.«

Sein Lachen war aus Zinkblech und verrückt. Der Mann nahm die bleiche Hand Fräulein Heinrichs ganz behutsam bei den Fingerspitzen und küßte sie. Der Leo sah dabei, wie im Genick des Mannes beim Bücken ein graublasser Hautstreifen zwischen dem Kragen und dem Hemd aufklaffte. Ihn ekelte. Das Fräulein drehte sich zum Leo hin.

»Ah, mein junger Freund«, sagte sie.

»Grüß' Gott, Fräulein Heinrich«, sagte der Leo.

»Das alte Thema«, sagte das Fräulein und deutete auf den Schleifengalan, der gerade durch die Tür verschwand. »Na ja. Auf seine Weise ein ganz interessanter Kopf.«

»Aber nicht ganz sauber«, sagte der Leo ein wenig triumphierend. »Im Genick«, fügte er erklärend hinzu.

»Wer ist schon ganz sauber«, sagte das Fräulein, und ihre Augen verdämmerten rasch.

Dann wurde sie wieder ganz freundlich, und nachdem ihr der Leo die Bücherwahl überlassen hatte, kam sie mit einer besonders dicken Schwarte daher.

Von indischer Selbstversenkung und dem Karma handelte die, ob er das wolle.

»Ja«, sagte der Leo, »gewiß, danke schön.«

Dann ging er, und das Fräulein hinter dem Fenster schaute ihm nach. Sie schüttelte ein wenig den Kopf, der auf einem dünnen zarten Hals saß und sagte: »Schade.« – Wer weiß, was sie damit meinte.

Wie der Leo mit seinem Buch durch die Frühlingsstraße ging, sah er vor der Auslage einer großen Bäckerei ein Mädchen, das sich gerade zu ihrem Fahrrad hinabbückte. An dem Lenker hing ein Netz mit Semmeln. Auf einmal fiel das Rad um, und das Mädchen fuhr erschreckt hoch. Bevor es sich wieder bücken konnte, um das Radl aufzuheben, war der Leo schon da und tat es. Das Rad war fast neu mit einem Dynamo dran. Er sagte:

»Den Lenker hat‘s verschoben.«

Tatsächlich, die Lenkstange stand schief zur Fahrtrichtung. Das Mädchen sagte: »Danke schön.« Da sah es der Leo an.

Sofort wurde ihm wieder heiß. Er sah in ein Gesicht, das weich war und gut und fließend. In ein Gesicht, in das noch gar nichts geschrieben war als nur das Jungsein und die Erwartung; keine Gier und kein Hunger, sondern nur das Bereitsein für das Leben und eine kleine Ergebenheit und auch ein bißchen verwischtes Dummseindürfen.

Eine bescheidene Pfirsichfarbe nahm auf den Wangen des Mädchens Platz. Die wachsrosa Lippen gaben kleine Mäusezähnchen frei. Eine butterblonde Zottel wehte ins Gesicht. Das Mädchen lächelte. Der Leo drückte ihr das Buch in die Hand und sagte:

»Da, bittschön, haltens das.«

Dann nahm er das Vorderrad zwischen seine Beine, visierte ganz scharf auf den Sattel hin und brachte den Lenker mit einem schnellen Ruck wieder in die richtige Stellung. Mit der Faust schlug er noch ein paarmal auf das Ende der stählernen Hörner und korrigierte so eine winzige Unregelmäßigkeit. Das Mädchen schaute lächelnd und still zu, und als der Leo fertig war und »so« sagte, gab sie ihm das Buch zurück und meinte:

»So ein dickes.«

»Ja«, sagte der Leo, »das ist schon allerhand dick.«

Und er lachte über seinen Ausspruch unsicher.

Da sagte das Mädchen:

»Jetzt hätt ich beinahe das Dankeschönsagen vergessen. Dank schön, gell.«

»Geh«, sagte der Leo wegwerfend. Und dann standen sie beide da. Zweimal schluckte der Leo, und dann läutete er an der Fahrradglocke, die auf der Lenkstange war. Und dann lachte er wieder. Da sagte das Mädchen:

»Also dann.«

»Ja also«, sagte der Leo.

Das Mädchen begann, sein Fahrrad auf die Straße zu schieben und richtete das Netz mit den Semmeln. Als sie die Pedale so gedreht hatte, daß sie mit dem linken Fuß gleich antreten konnte und mit geglättetem Rock auf dem Sattel saß, griff der Leo noch einmal nach der Lenkstange und läutete wieder mit der Glocke.

Und auf einmal sagte er mit einem Riesenanlauf:

»Möchtens nicht einmal mit mir fortgehen, Fräulein? Tun Sie's halt.«

Das Mädchen lachte ein ganz hohes Zwitscherlachen und blies über die vorgeschobene Unterlippe zu ihrer Nase hinauf, die ein Haar kitzelte. Dann sagte sie:

»Ich kenn Ihnen ja gar nicht.«

»Das macht aber doch nichts«, sagte der Leo hastig und verschluckte sich sofort.

»Wo möchtens denn hingehn?« fragte darauf das Mädchen.

»Wo Sie halt gern hingehn möchten«, sagte der zitternde Leo.

»Vielleicht zum Tanzen?« fragte das junge Fräulein auf dem Rad.

»Ja, das wär pfundig«, haspelte der junge Mann.

»Aber nur, wenn ich selber für mich zahlen darf«, sagte das Mädchen ganz unverhofft. Der Leo erschrak. Ein Mädchen einladen zum Tanzen – mit so einem Taschengeld, wie er es hatte ... Und so ein Glück. Jetzt wollte dieses herrliche Mädchen selber für sich bezahlen. Also die war doch eigens für ihn bestimmt. Von hundert Mädchen lernt man höchstens eines kennen, und von hundert kennengelernten zahlt vielleicht eines für sich selber. Ja, das war ein Verhältnis von eins zu tausend, rechnete der Leo blitzschnell und falsch, und dann sagte er:

»Wenn Sie unbedingt wollen, kann ich eben nix machen.«

»Ich laß mir nie was zahlen«, sagte das Mädchen stolz.

»Das ist schad!«

Der Leo wurde rot, weil er log.

Und sie machten aus, daß sie sich morgen, am Samstag, treffen würden, und der Leo sagte, daß er seinen Freund mitbringen würde, wenn's ihr recht sei, und sie hatte nichts dagegen.

Mit schwindelnden Vorstellungen ging der Leo heim. Also jetzt hatte er eine ganz allein kennengelernt, weil er ein eiskalter, frecher Hund war.

Da würde aber der Biwi schauen. Und die anderen. Einfach angeredet hatte er die.

Der Leo erschrak wieder, bekam aber auch eine hohe Meinung von sich selbst.

Aber wenn sie nicht kam? Was, die, die kam, da würde er gleich alles wetten, daß die kam. Wenn aber was passierte? Wenn sie krank wurde oder vom Radl fiel? Oder nicht fortdurfte von daheim? Immer, wenn sich der Leo auf etwas freute, dann passierte todsicher was. Er wurde völlig verzagt. Aber dann dachte er:

Man muß sich eben auf nichts freuen, man muß ganz wurschtig sein, dann macht das Schicksal gerade das Gegenteil.

In Leos Vorstellung war das Schicksal oder die Bestimmung, oder wie man dieses Unbekannte nannte, ein Gegner, und zwar ein ungemein boshafter. Ja, man mußte vorher das Gegenteil denken, dann tat das Schicksal wahrscheinlich, was man eigentlich wollte. Haha, das war eine List, die er da anwendete. Aber man durfte auch wieder nicht zu stark an diese List denken, sonst hörte es das Schicksal womöglich und merkte es, und dann mußte man noch eine Stufe weiter zurückdenken, also das Gegenteil vom Gegenteil von dem, was man haben wollte; aber dann konnte es sein, daß das Geschick das doch nicht merkte und meinte, es wäre das Erstgedachte, und tat dann das Gegenteil – und dann war man wieder der Geprellte. Also dachte der Leo schnell was ganz anderes.

Er dachte sich jetzt:

Diese, die Neue da, die kommt mir nicht mehr aus.

Der Leo hatte schon stundenlang über die Weiber nachgedacht und genau herausbekommen, wie man eine Frau an sich fesseln mußte. Das war doch ganz klar.

Da mußte man eben der sein, den so ein Mädchen wollte. Und was so eine wollte, mußte man ganz schnell herauskriegen. Nach höchstens einer Stunde mußte man wissen, was so ein neues Mädchen von einem erwartete – und der Leo war sich klar darüber, daß er jeden Wunschmann spielen konnte.

Vielleicht wollte da eine einen Träumer, der sentimental war und poetisch und unglaublich romantisch ...

Konnte sie haben bei ihm. Bitteschön.

Der Leo würde einer solchen von Palmen und Flieder erzählen, vom Goldenen Tor und der Hagia Sophia und dem Bosporus und eine Menge sehnsüchtiger und rätselhafter Namen gebrauchen wie Gaurisankar, Jaspis, Lotosblüte und Sierra Nevada. Er hatte sich schon allerhand angelesen. Ja, da würde sie staunen, wie romantisch er war. Er würde allerhand Fernweh in so einer erwecken können. Unter Umständen würde er auch ganz leise singen, vielleicht das sündige Jugendlied: ›Auf ihre Ringellocken, da fielen Blütenflocken.‹

Und er würde, wenn sie mittat, feuchte große Augen kriegen, das fiel ihm gar nicht so schwer, und von Wehmut und Trennung sprechen, bis sie ganz weich war und er auch.

Gab es vielleicht irgendwo jemanden, der auch nur annähernd so romantisch war wie er? Da war er weit und breit der Beste.

Oder er fände heraus, daß ein Mädchen, von dem er wollte, daß es sich in ihn verliebte, einen kühlen harten Helden suchte. Da würde er kurz sein und verschlossen. Herrisch und kalt. Ein Naturbursche.

Da würde er, ohne eine Miene zu verziehen, durch die Isar-Strudel schwimmen, sie würde auf dem Brückengeländer stehen, die Hände verzweifelt auf der Brust gefaltet, und sie würde in die schäumenden Wogen schauen, wann er dann endlich wieder auftauchte. Und er konnte doch bis einhundertfünfzehn unter Wasser bleiben! Oder er würde einen Widersacher, den das Mädchen nicht wollte und der ihr immer nachlief, kurz bedienen. »Hör mal zu«, würde er zu dem sagen, »was willst du von meiner Freundin, du Nikolaus, du Harlekin, du trauriger? Wenn du eine Braut willst, dann such dir selber eine. Und jetzt nimm diesen Rechten mit auf die Reise und den da.«

Und dann würde er zu dem Daliegenden noch sagen: »Bist du jetzt satt?« und die blutigen Knöchel von seiner Hand würde er mit einem Taschentuch umwickeln, und zu seinem aufschreienden Mädchen würde er abwinkend sagen: »Laß nur, ich habe dummerweise seine Zähne getroffen.«

War aber vielleicht ein lustiger Bursch ihr Ideal, so konnte sie den auch haben. Einen richtigen Gaudiburschen. Einen Leichtfuß und Luftikus, dem alles einfach Wurscht war. Der einen ganzen Tisch so zum Lachen brachte, daß alle flehentlich baten: »Bittschön, hör auf jetzt, wir können nicht mehr.« Der Leo wußte eine ganze Menge Witze, und es fielen ihm immer eine Unmenge Späße ein, die allerlustigsten, wenn er verliebt war und froh und heiter.

Aber auch ein Verschlossener war in ihm drin, ein Gefährlicher, ein Still-Versonnener, ein Ehrlicher oder ein Sündiger. Ja gewiß, wenn er auch noch keine Erfahrung hatte, dafür hatte er Phantasie.

Sein System, ein Mädchen verliebt in sich zu machen, war unfehlbar. Er mußte nur die richtige Platte erwischen.

Und nach ein paar Wochen, wenn so eine dann hoffnungslos verschossen war in einen, dann konnte man ja langsam wieder so werden, wie man wirklich war. Denn auf die Dauer war das natürlich anstrengend, immerfort einen anderen spielen müssen.

Auf einmal aber fragte jemand den Leo, wie er denn wirklich war. Warum er denn nicht einfach so war, wie er wirklich war.

Und da kam eine große Verzagtheit über den jungen Menschen. Ja, wie war er denn bloß? Mein Gott, er war ja doch gar keiner. Nein, ein Halber war er. Ach nein, nicht einmal ein Halber war er ganz.

Auch der Halbe war angefault, das merkte er jetzt. Eine unbändige Wehmut überkam ihn schon wieder. Wie war doch der Kästl Nazi zu beneiden. Der war vielleicht nicht so gescheit wie er, aber der war doch abgerundet. Der wußte genau, wie weit es bei ihm reichte, und sein Verstand wuchs nicht über seine Veranlagungen und seine Grenzen hinaus. Oder der Rupp Bubi und der Leer Biwi. Das waren Komplette. Und zufrieden waren die auch. Die dachten auch nicht so viel wie er. Die verfluchte Leserei war es vielleicht bei ihm.

Er krampfte die Finger um die dicke Schwarte und hätte sie gerne an die rote Ziegelwand des alten Klosters geworfen, an der er jetzt vorüberging. Aber das hätten sie ihm vom Stempelgeld abgezogen, das Buch, er hatte unterschrieben.

Der Leo machte wieder die Übung des Expanderziehens, vor und zurück. So, das tat gut.

Er stieß an einen vorübergehenden Mann und der sagte: »Hehe, wie haben wir's denn?«

»Verzeihung«, sagte der Leo, »Pardon, Mussjöh.« Und er wurde schnell wieder froh.

Wie schnell das ging, dachte er und wunderte sich. Und lächelnd dachte er an das Mädchen vor dem Bäckerladen, das er am Samstag treffen würde.

›Zur Zeit München‹ fiel dem jungen arbeitslosen Mann ein, und er grinste.

Vielleicht war das gleich gar eine zum Heiraten? Wenn sie sich schon nichts zahlen ließ, war sie vielleicht auch keine Arme. Und das neue Radl mit Dynamo ...

Der Leo war jetzt so voll eitel Glück, daß er ganz schnell ging, bis er vor dem Salon Lechner stand und mit einem kleinen Kieselstein das Klopfsignal vom Ausgußrohr an die Auslagescheibe gab.

Der Biwi kam gleich.

Nachmittags war nicht viel los beim Lechner. Die ausrasierten Stirnhaare des jungen Friseurs waren stoppellang. Der Leo sagte sofort:

»Ich hab' eine.«

»Mach mich nicht schwach«, sagte sein Freund, der gleich wußte, was der Leo meinte.

»Eine ganz unverschämt Steile«, sagte der Leo.

»Wo hast du's denn angesprochen?«

»Einfach auf der Straße.«

»Was!« sagte der Biwi voll Hochachtung, staunend und mit leisem Neid.

Und dann erzählte der Leo haargenau, wie alles gewesen war, aber alles stark zu seinem Vorteil. Auch, daß er dem Mädchen gesagt hatte, er würde seinen Freund mitbringen, erzählte er dem Biwi. Und gleich darauf sagte er noch:

»Bin ich dir eine Mark wert?«

»Jede Menge«, antwortete der Biwi lässig.

»Weißt, die zahlt ja selber«, erklärte der Leo so nebenbei, »aber halt als Rückversicherung.«

Da kam ein Kunde, und der Biwi mußte hinein in den Laden, aus dem der Lechner schon ein wenig verstimmt schaute, weil er Privatgespräche in der Geschäftszeit nicht liebte.

Als der Leo die Treppe zur Wohnung hinaufging, begegnete ihm ein mittelgroßer, fremder Mensch, der ihn prüfend ansah. Der Leo grüßte gutgelaunt, nahm immer drei Stufen auf einmal und bemerkte das Nicken des Mannes gar nicht.

In der Küche lag eine alte große Lodenjoppe über dem Hocker. Die Großmutter stand am Gasofen und probierte das

Abspülwasser mit dem Finger. Ohne sich umzusehen, sagte sie mit müder leerer Stimme zu ihrem Enkel:

»Der Onkel Konrad war da, hat dir eine Joppe gebracht.«

»Ist der Onkel ein Mittelgroßer?« fragte der Leo.

»Ja«, sagte die Großmutter. »Warum?«

»Dann hab‘ ich ihn auf der Stiege gesehen«, erwiderte der Leo, und die Großmutter sagte noch:

»Kann schon sein.«

Einen verwehenden Moment dachte der junge Mann an seine Mutter, und er wollte fast die Oma was fragen über sie, doch dann sah er lieber die geschenkte Joppe an. Sie war ihm viel zu groß. Aber wenn er die vorderen Knöpfe versetzte, würde er sie schon tragen können.

Er setzte sich gleich hin, schnitt die großen Hornknöpfe ab und versetzte sie. Die Joppe saß nun direkt auf Taille.

Komisch sah der junge Mann mit dem grünen Lodenschlauch aus. Aber für werktags ging es schon. Er war ja schließlich auch nur ein Stempelbruder ...

Nachdem der Leo alle Taschen durchgeschaut hatte, ob nicht irgendwo vielleicht noch ein Geld drin wäre, nahm er das dicke Buch und stellte sich den Küchenhocker an die Balkontür. Es wurde schon langsam dunkel, doch das Licht zündete die Großmutter erst an, wenn es ganz finster war. Es mußte gespart werden.

Eine trostlose Stimmung zog mit der grauen Dämmerung in die schmucklose Wohnküche ein. Zum Umbringen, dachte der Leo. Eine Stimmung zum Umbringen. Gott sei Dank, daß das juckende Glücksgefühl seiner neuen Bekanntschaft in ihm war.

Die Großmutter begann, mit den Fingern auf dem leeren Tisch, an dem sie jetzt stumm, starr und zeitlos saß, zu trommeln. Die traurige Melodie des Vergessens.

Der Leo hatte einmal gehört, daß es da so ein Geigenspiel gab von einem Zigeuner, der Bulanger hieß oder so ähnlich. Der hatte ein Lied komponiert, das hieß ›Trauriger Sonntag‹. Auf dieses Lied hin sollten sich in Budapest sechs Frauen umgebracht haben. Das fiel dem Leo jetzt ein. Dieses Lied hätte er furchtbar gerne einmal gehört. Er wollte den kleinen Trompeter im ›Maskottchen‹ fragen, ob der es kannte. Auch was ein ›Engelmacher‹ war, wußte der kleine Trompeter sicher. Der Leo machte sich einen Knoten ins Taschentuch, damit er diese Fragen morgen nicht vergaß. Dann begann er zu lesen, bis ihm die Augen weh taten.

Das war aber ein seltsames Buch.

Wieder sollte der Kreis der Jugendfreunde vom Haus Nr. 46 kleiner werden. Bubi Rupp, der Telegrafenamtslehrling, war in seinem dritten Dienstjahr nach Bremen abkommandiert worden. Ganz schnell war das gekommen. Er sollte einen Spezialkurs für Funktelegrafie und Fernschreiben mitmachen. Achtzehn Monate lang. Am gleichen Samstag, an welchem der Leo seine Fahrradbekanntschaft bestellt hatte, mußte der Bubi fort.

Der alte Rupp, der Zyniker, hatte den Leo, den Leer Biwi und den Kästl Nazi deshalb zu einer kleinen Abschiedsfeier in die Wohnung eingeladen. »Sodala«, sagte er, als Frau Rupp einen Marmorkuchen und Kaffee servierte, in winzigen Chinatassen mit ganz schwachen Henkeln. Der Leo wußte sofort, als er diese Tassen sah, daß er eine davon zerbrechen würde. Er mit seinem unheimlichen Pech. Als die alten Rupps einen Augenblick hinausgegangen waren, sagte der Biwi zum Bubi:

»Also, das erste, was du funkst, ist, ob mit den Hasen was los ist in Bremen.«

»Also, darauf prost«, sagte der Kästl Nazi, und sie stießen mit den dünnen Tassen an, und die vom Leo war gleich hin. Das war ja schon geisterhaft. Den Leo fror es.

Der Bubi jedoch nahm blitzschnell die kaputte Tasse, steckte sie in den Hosensack und huschte ins Wohnzimmer. Dort nahm er aus dem Eichenbüfett eine neue Chinesenschale, denn das Service war vierundzwanzigteilig. Als die Ruppschen gleich darauf wieder hereinkamen, lachten alle laut.

Das mit der Tasse sollte der letzte Freundschaftsdienst sein, den der Bubi dem Leo erweisen konnte. Als sie Abschied nahmen vor der Wohnungstür, sagte der Leo zum Gespielen seiner Kindheit seltsam:

»Ich wünsch dir alles Gute für dein Leben.«

»So ein Hirsch, ich bin doch bald wieder da«, sagte der Bubi und schlug ihm scherzend in den Magen.

»Jaja, freilich«, sagte der Leo, »du schon.«

Und dann ging er schnell die Treppe hinunter. Da, wo das Porträt vom Apatschen Wanagu an die Stiegenhauswand gemalt war, blieb er noch einen Moment stehen, drehte sich um und sagte leise auf Hochdeutsch:

»Leb wohl, Bubi, alter Freund.«

Die Tür hinter ihm fiel klickend zu.

Mit festlicher Weste und sieghafter Krawatte standen der Biwi und der Leo am Abend vor dem Ausstellungstor und warteten. Der Leo trug seinen gestreiften Knitterer und war vom Biwi noch schnell barbiert worden. Auch ein Probeparfüm hatte der Biwi über ihm zerstäubt. Der Leo roch scharf nach Flieder.

Allerhand Figuren gingen vorüber. Junge Männer mit kohlschwarz gefärbten winzigen Schnurrbärtchen und langen Haaren. Mädchen auf schwankenden Stöckelschuhen, zu zweit eingehängt oder allein, die schmalen Augen abgeblendet, denn sie wurden erwartet. Ein alter ›Maskottchen‹-Stammgast kam mit einem rostigen Fahrrad, stieg ab, sperrte sein schäbiges Vehikel mit einem riesigen Kettenschloß am Lattenzaun fest und wickelte die Socken, die er über der Streifenhose getragen hatte, zu kleinen Röllchen. Dann nahm er zwei blitzende Autoschlüssel aus der Tasche des Kammgarnsakkos und schlenkerte sie lässig um den Zeigefinger. Den Leo und den Biwi grüßte er.

Manchmal fuhr der seltsame Radlkavalier eine müdgetanzte Vorstadtschönheit auf der Lenkstange seiner Freiluftlimousine heim. Die Autoschlüssel schwang er nur für Mädchen, die ihn nicht kannten. Die anderen wußten Bescheid.

Mit dem Glockenschlag acht Uhr kam Leos neue Bekanntschaft quer über die Straße. Sie trug einen mächtigen gelben Filzhut und einen gelben vielfaltigen Flauschmantel, dazu gelbe Handschuhe und ein gelbes Seidentuch um den Hals. Der Leo erkannte sie sofort, obwohl er noch Minuten vorher keine Ahnung mehr gehabt hatte, wie sie ausschaute.

Sie lachte schon von weitem gut und lieb wie der Mond. Und als sie kurz vor den beiden über einen Pflasterstein stolperte, ging sie lachend noch einmal drei Schritte zurück und erneut über die Stolperstelle.

Dem Leo zeigte sie sofort verschmitzt und lausbübisch das niedliche Mäusegebiß, und bevor sie ihm die Hand reichte, zog sie rasch den rechten Handschuh aus.

»Guten Abend«, sagte die Kleine, und der Leo sagte mit zittrigem Triumph:

»Pünktlich sinds aber, Fräulein.«

Und der Biwi schaute kritisch auf seine Armbanduhr, was der Leo nicht konnte, weil er noch nie eine besessen hatte.

Dann stellte der Leo seinen Freund vor, und dabei erfuhr er auch den Namen des neuen Mädchens.

»Anneliese Dingler«, sagte sie. Sie sagte den ganzen Namen laut und klar.

»Und wie heißen denn eigentlich Sie?« fragte das Mädchen den Leo, und der bekam gleich rote Ohren.

»Leonhard Knie«, sagte er etwas heiser. »Habens meinen Namen vergessen?« Er log mit dieser Frage, denn er hatte dem Mädchen seinen Namen noch gar nie gesagt. Aber der Biwi war doch dabei.

»Ich hab‘ Ihren Namen noch nie gehört«, sagte die Gelbe und sah den Leo schnell an.

Dann gingen die drei den Kiesweg zum Tanzpavillon entlang. Und das Mädchen wechselte den Schritt, so daß auch sie mit dem linken Fuß vortrat, wenn es die beiden jungen Herren taten.

Das ›Maskottchen‹ gefiel der Anneliese sehr gut. Besonders wenn es dunkel wurde und die hellen Blinklichter über die Tanzenden huschten. Der Leo fragte das Fräulein Dingler, das in der Mitte saß, leise nach ihrer Lieblingsmelodie. Er wollte in der Pause erreichen, daß der kleine Trompeter sie vielleicht spielte. Der mochte ihn gern und hatte gleich, als der Leo mit der Gelben hereinkam, mit einem Auge zu ihm hingezwinkert und den Mund nach unten verzogen.

›Respekt‹ sollte das heißen.

Die Anneliese dachte ein bißchen nach, und dann sagte sie freudig:

»Der Walzer *Morgenblätter* von Johann Strauß.«

Da war der Leo aber stark enttäuscht. Mit den Morgenblättern würde es auch beim kleinen Trompeter seine Schwierigkeiten haben. Überhaupt mit den Walzern. Die wurden höchstens zweimal gespielt am Abend, für den kahlen Walzerkönig von der Presse, der dafür der Musik meistens eine Maß Bier hinstellen ließ.

»Den haben wir daheim auf dem Standgrammola«, erklärte die Anneliese, als sie Leos kleines Stutzen bemerkte. Der sagte darauf sofort übertrieben:

»Das ist ein ganz pfundiger Walzer.«

Die Kleine schaute ihn wieder schnell an. Und dann tanzten sie zum erstenmal miteinander.

Der Leo besann sich jetzt schnell auf sein System. Welches wollte sie haben? Da durfte er keine falsche Taste erwischen. Er fragte sie beim Foxtrott, den die Anneliese ganz schön konnte, ohne besondere Figuren allerdings, das hatte er schon ausprobiert. Er fragte sie:

»In welchem Viertel wohnens denn, Fräulein Annelies?«

»Ich? Im Süden, wenns so neugierig sind.«

»Gell, Sie wohnen daheim?«

»Was haben Sie denn gemeint?«

»Nein, natürlich, ich frag nur so.«

Der Leo versuchte ganz sanft, seine neue Freundin ein bißchen näher heranzuziehen. Sie gab auch gleich nach. Als er aber ihre Knie spürte und sie merkte, daß er das absichtlich tat, bekam sie sofort ein steifes Rückgrat und gab nicht mehr weiter nach. Vorsicht, dachte der Leo, das mag sie also nicht. Und er tat schnell, als ob er sie nur herangezogen hätte, weil die anderen so nah vorbeitanzten und sagte:

»Verzeihung.«

Aber sie wußte wohl nicht, warum. Da fragte der Leo weiter:

»Ich rat, Sie sind eine Verkäuferin von Beruf.«

»Schau ich so aus?« fragte das Mädchen.

»Oder eine Sekretärin.«

»Nein, erst recht nicht«, sagte die Gelbe, »aber damits eine Ruh geben, ich bin daheim im Geschäft tätig. Wir führen Haushaltswaren.«

»Da schau her«, sagte der Leo und fügte blödsinnig hinzu: »Gratuliere.«

Und dann fragte ihn die Anneliese:

»Was arbeiten denn nachher Sie?«

»Ich bin Elektrotechniker«, sagte der Leo, »bei der Firma Bertele.«

»Bertele«, wiederholte das Mädchen und machte eine kleine Falte in ihr glattes Gesicht, als ob sie sich den Namen merken wollte.

Dann kam ein Tango, und das Licht wurde ganz matt, und der Beleuchter über den Musikern steckte eine Scheibe vor den zischenden Scheinwerfer. Die Spiegelkugel begann sich langsam zu drehen, und der kleine Trompeter schob den Dämpfer vorne in das blitzende Trompetenmaul. Sie spielten das Lied: ›In einem alten Märchenbuch.‹

»Und grad so wie im Märchenbuch, so ist es auch im Leben«, sang der glückliche Leo ganz nah am zartblassen Ohr der Anneliese, die auf einmal leise zu kichern anfing und sagte:

»Sie, das kitzelt aber.«

Doch dann schaute sie zu ihm auf, und er sah, daß ihre Augen groß waren und glänzten.

Es mochte das Wechsellicht gewesen sein.

Der Leo aber dachte sich:

Aha, einen Romantischen mag sie also, einen Interessanten.

Und er schaltete gleich innerlich um.

In der Pause hatte der Leo eine Unterredung mit dem kleinen Trompeter, der auf dem Gang eine Zigarette rauchte.

Das mit den Morgenblättern wurde nichts, davon hatten sie die Noten nicht. Auch das von dem ›Traurigen Sonntag‹ wollte der Leo wissen, ob sich die wirklich umgebracht hatten, und der Leo sagte, als der Trompeter lächelte:

»Das ist doch eine billige Reklamemasche. Na ja, ist ja klar.«

Was ein Engelmacher sei, erklärte ihm der Musiker kurz und deutlich. Der Leo wußte nun Bescheid und machte seinen Knoten wieder aus dem Taschentuch. Der Trompeter fragte noch:

»Was hast denn da für ein Tschapperl dabei?«

»Is die vielleicht nichts?« meinte der Leo stolz.

»Eine recht Solide, mein ich, is sie halt«, sagte der Trompeter, »da wird nicht viel zu machen sein.«

Der Leo wiederholte:

»Und ob da was zu machen ist!«

»Na schön«, sagte der Musikus und drückte seine Zigarette auf dem Stiefelabsatz aus.

Die Anneliese schien sich mit dem Biwi recht gut unterhalten zu haben, während der Leo weg war. Der Biwi fragte seinen Freund nun gleich, ob er mit dem Fräulein Dingler tanzen dürfte.

»Freilich«, sagte der Leo, »bist doch mein Freund.«

Der nächste Tanz war ein Walzer, und der Leo schaute zu.

Die Anneliese hatte ihren Arm fast ganz um den Nacken vom Biwi gelegt und lachte ein paarmal ganz hell mit ihrer Zwitscherstimme. Als sie zurückkamen, fragte das Mädchen nach der Uhrzeit. Der Biwi entblößte mit einem eleganten Ruck sein Handgelenk mit der Armbanduhr. Um zwölf Uhr müsse sie an der Trambahn sein, sagte die Anneliese.

Bis dahin ließ der Leo keinen Tanz aus. Nun suchte er dabei den Blick seines Mädchens. In dem neuen, dicken Buch hatte er auch gelesen, daß die Willenskraft der Menschen von den Augen ausgehe. Jedesmal, wenn er der Anneliese in die Augen schaute, machte er große, starre Pupillen und preßte soviel Willen in die Augen, als nur ging. Nach dem drittenmal sagte das Mädchen:

»Was Sie für Augen haben.«

Der Leo lächelte leise und wissend und sagte nur:

»So, finden Sie?«

Aber kurz vor zwölf Uhr, als er das Augen-Experiment fast zehnmal wiederholt hatte, sagte das Fräulein Dingler:

»Machens bitte keine solchen Augen, da fürchtet man sich ja.«

»Aha«, dachte der Leo, »hab' ich dich schon«, aber er sagte zu ihr nur:

»Sie müssen zu mir gehören, Anneliese.«

Sie sagte nichts darauf, und sie gingen zum Tisch, wo sie ihre echt lederne Handtasche aufmachte und aus einem Geldbeutel, der an einem silbernen Kettchen hing, ihren Kaffee und ihre Torte bezahlte.

Der Leo hielt auch sein Geld in der Hand und tat, als ob er unbedingt zahlen wollte, aber die Anneliese winkte mit erstaunlicher Bestimmtheit ab. Dann gingen sie zu dritt zur Trambahn. Als sie auf den Bavariaring kamen und der Biwi zehn Schritte abseits ging aus Takt, sagte der Leo schnell und unerwartet: »Bittschön, Fräulein Anneliese, geben Sie mir Ihr Tüchlein als Pfand. Daß Sie auch bestimmt wieder kommen.«

Sie hatten sich für nächsten Samstag wieder alle drei verabredet.

»Wenns meinen, das hilft«, sagte das Mädchen ein klein bißchen spöttisch, aber sie löste das Tüchlein schnell vom Hals.

»Dann bin ich auch nicht so allein«, sagte der Leo und roch an dem kleinen Schal, was ihn leicht berauschte.

Von der Plattform aus winkte das Fräulein Dingler noch einmal zurück. Tief zog der Biwi den Hut mit der kleinen Stieglitzfeder.

Der Leo saß auf dem Küchenhocker und hatte vor sich auf dem Tisch einen Flaschenkorken und eine Stecknadel. Die Nadel war warm und blau, denn er hatte sie gerade in der Gasflamme ausgeglüht. Das dicke Buch von der Selbstversenkung aus der Volksbibliothek lag aufgeschlagen daneben. Auch der Spiegel stand da.

Nun legte der junge Mann seine Hand so auf den Korken, daß sie gerade mit dem weichen Ballen auflag. Dann setzte er die Spitze der Stecknadel in eine winzige Porenöffnung. Jetzt begann er, fest und gleichmäßig zu denken.

Es tut nicht weh und blutet nicht, es tut nicht weh und blutet nicht, es tut nicht weh.

Gleichzeitig drückte er die Nadel herunter. Ein kleiner bedeutungsloser Schmerz durchpochte ihn, wie er die obere Hautschicht durchstach. Dann fuhr die Nadel leise knirschend, aber ohne jedes Wehtun fast bis zum Nadelkopf in den Handballen. Der Leo triumphierte.

Seine Gedanken wurden jetzt steif, und die Augen schliefen offen ein. Er drückte ganz gleichmäßig weiter. Noch einmal gab es ein unmaßgebliches Kitzeln, wohl als die Nadel die Innenhaut des Handballens durchstach, und dann hörte er, wie sie ein wenig seufzend in den Korken drang.

Der junge Mensch stand auf. Er hatte sich die Nadel so durch die Hand gestochen, daß der Korken mit aufgespießt war. Keine Spur von Blut war zu sehen.

Der Leo hielt die Hand an den Spiegel und sah auch selbst hinein. Er drehte die Hand und kokettierte mit ihr, wie ein Reicher vielleicht mit einem neuen Brillantring kokettierte. Das Gesicht des jungen Mannes war etwas verzerrt und fremd. Auf einmal zeigte sich der Leo selbst die Zähne und begann, sie zu fletschen. Gleich wurde er aber wieder anders, ging in der Küche auf und ab und schlenkerte mit der zerstochenen Hand, als ob es gar nichts wäre. Dann zog er die Nadel mit einem schnellen Ruck heraus und pfiff ein Kirchenlied. Das wollte aber die Großmutter nicht, drum war er schnell wieder still. Die alte Frau hatte gerade den Mund aufgemacht, um ihm das zu sagen. Sie schloß ihn ohne Ton wieder.

In dem dicken Buch stand auch viel vom menschlichen Willen und der Macht der Suggestion und des Denkens.

Weil man damit alles erreichen kann, wie es in dem Buche hieß, hatte der Leo noch ein anderes Experiment versucht. Er meinte, daß unbändig starker Wille zum Beispiel eine dünne Uhrfeder aufhalten könne.

Da hatte er sich mindestens eine Viertelstunde vor den häßlichen alten Küchenwecker gesetzt und mit verkrampften Kiefern immer nur gedacht:

Uhr, bleib stehen, bleib stehen, bleib stehen!

Aber der Wecker hatte weitergehackt, mechanisch und blechern. Einmal schien es ihm für einen Herzschlag lang, als hörte das Geräusch auf, doch dann kam es wieder und hackte weiter.

Es müßten halt mehrere starke Willen sein, die eine Uhr aufhielten, entschied der Leo. Vielleicht sollte man einmal zehntausend Menschen auf einen großen Platz stellen, vor eine Turmuhr, und alle müßten schweigend hinaufschauen und die Uhr von allen Seiten mit ihrem geballten Willen aufzuhalten versuchen.

Daß die Wissenschaft noch nicht auf den Gedanken gekommen war, so etwas auszuprobieren! Aber da waren sie ja überhaupt weit hinten, auf diesem Gebiet.

Der Leo zog seinen grünen Lodenschlauch an und ging auf die Straße. Die Hände steckte er in die schrägen Joppentaschen. An der gestochenen Hand war gar nichts mehr zu sehen.

Bei der vierten Ulme traf er die Marilli Kosemund, die gerade um die Ecke kam.

Das ganze Haus wußte es schon. Die Marilli war bereits zweimal in einem senfgelben Auto vor das Haus gefahren worden. Aber das Auto war so niedrig gewesen, daß nicht einmal die Hausmeisterin Herrlich, die sofort tat, als sei ihr was auf den Boden gefallen, und sich bückte, daß also nicht einmal die gesehen hatte, wer noch darin saß.

Nur die Matschi, Marillis Mutter, wußte alles. Ihr rothaariges Kind hatte ihr alles gesagt, wie einer alten Freundin. Hanni Brunner wußte auch ein bißchen was, aber lange nicht so viel wie die Matschi.

Marillis Kavalier war der Sohn eines Margarinegroßhändlers. Alle im Haus kannten diese Margarinemarke.

Die hätten geschaut.

Der Margarinesohn war ein guter Dreißiger, sehr gedrungen und mit einem verdrückten Gesicht, das immer aussah, als hätte er darauf gesessen. Geld hatte er wahrscheinlich mehr als genug. Die Bekanntschaft der beiden war drei Wochen alt und auf der Straße in der Nähe des Hillerhausblocks zustande gekommen.

Der Sohn des Margarinegroßhändlers, der immer, wenn er Auto fuhr, links und rechts auf die Mädchen sah und nur wenig auf die Fahrbahn, hatte scharf gebremst, als er die spazierenschlendernde Marilli entdeckte. Er hatte das Autofenster 'runtergekurbelt und geheimnisvoll zu dem rothaarigen Mädchen hingerufen:

»Fräulein, ich muß dringend mit Ihnen sprechen.«

Da war die Kosemund zu dem senfgelben Auto hingegangen, und weil sofort die Tür des Wagens aufging, war sie auch gleich eingestiegen. Da hatte der gedrungene Mensch am Steuer aber gar nicht mehr gewußt, was er dringend mit dem rothaarigen Mädchen besprechen wollte, sondern er war sehr überrascht, daß die Kleine gleich so selbstverständlich war und einfach einstieg, und da hatte er halt gefragt, ob das Fräulein nicht ein bißchen spazierenfahren wollte. Natürlich wollte die Marilli.

Nach dem dritten Zusammentreffen brachte der Rolf, denn so hieß er, der Marilli ein kleines goldenes Kettchen mit. Das sollte sie tragen, um das Fußgelenk, meinte der Rolf, der schon eine Ahnung hatte, was modern war.

Er tat das Kettchen selbst um die schöne Fußfessel der Marilli und atmete dabei schwer. Dann nahm er sie um die Hüfte und näherte sein versessenes Gesicht dem Mund der Marilli, und da ließ sie sich halt küssen für das Kettchen.

Als aber der Rolf an ihren Kleidern zu nesteln begann und immer stärker ein- und ausschnaufte, mußte sie über seine Schultern hinweg lächeln. Da hatte dieser Mensch nun ein Riesenauto, vermutlich auch ein Riesengeld und war viel älter als sie und war wer, und jetzt schnaufte er so lächerlich.

Wie konnte so einer sich nur so aufführen wegen eines einfachen Mädchens. So ein Gokolori.

Wenn er wenigstens ernsthaft etwas versucht hätte. Die Marilli wußte nicht, wie das ausgegangen wäre. Er hätte es halt versuchen müssen. Das weiß man doch nicht zuvor, dachte sie, wie das ausgeht. Da riß ihr der Rolf von ihrem Rock einen Knopf aus. Die Marilli sagte:

»So is recht.«

Und der Rolf ließ sofort von ihr ab und fragte sie, ob sie böse sei, und er küßte ihr die Hand. Als ob man böse wäre, wenn einer von einem was will, dachte die Marilli. Da war man doch eher geschmeichelt, ob man nun darauf ausging oder nicht.

Ja, das war eine feine Sache, wenn man die zappeln lassen konnte, die Männer, und ganz allein entscheiden, ob und was man ihnen gab oder nicht.

Die Marilli hätte gar nichts dagegen gehabt, wenn es der Rolf weiterprobiert hätte, weil sie doch wissen wollte, was es da für Tricks gab und ob es einer wirklich fertigbrächte, daß man ohne eigenen Willen »ja« sagte, weil man angeblich schwach wurde.

Wenn das einer zusammenbrächte, in den wollte sie sich dann verlieben. Das hatte das Kosemund-Flitscherl beschlossen.

Als die Marilli den Leo bei der vierten Ulme traf, war sie gerade wieder vom Rolf gekommen. Diesmal hatte er sie auf eigenen Wunsch am Bahnübergang aussteigen lassen. Neuerdings schenkte ihr der Rolf beim Abschied jedesmal eine Schachtel feiner Zigaretten. ›Simon Arzt‹ stand darauf, und die Schachtel war schon offen, und ganz unten unter dem Silberpapier lag noch ein Fünfmarkstück. Das nahm die Marilli schon. Warum denn nicht.

Der Rolf hatte noch nie gefragt, ob sie dieses Geld gefunden habe. Er küßte sie nur immer, wenn er ihr zum Abschied die Schachtel gab, und seine Hand verirrte sich ein bißchen dabei.

Die Zigaretten gab die Marilli meistens der Matschi, die seit der Flucht des Karl rauchte. Auch sie selbst hatte schon ein paarmal geraucht, mit steifen Fingern. Das Fünfmarkstück hatte sie gleich beim erstenmal entdeckt, denn die geschenkte Schachtel war zu schwer dadurch. Sie erzählte auch das der Matschi. Sie durfte es immer behalten, denn die Matschi sagte: »Seinem Kind nimmt man kein Geld ab.«

Der Leo wurde rot, als er der Marilli gegenüberstand. Sie hatten sich lange nicht mehr getroffen, höchstens einmal auf der Treppe. Der Leo hatte nichts vergessen, und deshalb wurde er rot. Auch wegen der Lodenjoppe wurde er etwas rot. Aber die Marilli lachte sofort und sagte:

»Servus, altes Haus, wo steckst denn immer?«

»Wo man halt immer so steckt«, sagte der Leo.

»Hast schon eine neue Schanz?« fragte die Marilli und meinte damit eine neue Arbeit.

»Im Moment is stille«, sagte der Leo und wußte nichts mehr.

Da sagte die Marilli wie in den Tagen der Kinderspiele zum Leo:

»Augen zu, Hand auf!«

Und sie drückte dem Jugendfreund die Schachtel ›Simon Arzt‹ in die Hand, und der Fünfer war auch noch unten drin.

Die Finger vom Leo wurden schlaff, und er wollte die Schachtel fallen lassen, aber die Marilli lachte hell und lief davon. Der Leo sah das goldene Kettchen an ihrem linken Fuß und rief ihr linkisch und erstaunt nach:

»Ein Ketterl hast du um den Fuß?«

Sie aber winkte mit dem Finger von der langsam zufallenden Haustür aus zurück.

Da sah der Leo die Schachtel an und las die Marke, die er nicht kannte, und entdeckte ziemlich schnell das Geld. Da blieb er stehen bei den Ulmen und schaute. Vor seinen Augen stieg und sank immer so eine sonderbare Figur, die aussah wie verwickelte Zwirnreste. Er sah diese Fäden heute zum erstenmal. Langsam ertranken sie in den aufsteigenden Tränen.

Wieder war es Samstag abends. Wieder gingen der Biwi und der Leo den Weg ins ›Maskottchen‹. Der Leo hatte seinem Freund sofort die geliehene Mark zurückgegeben, und der Biwi hatte erstaunt geschaut und neugierig gefragt:

»Hast was verdient?«

»Ja«, sagte der Leo, »einen Fünfer. Einen kurzen hab‘ ich g‘sucht, im Müller seiner Werkstatt, und eine Dose gesetzt.«

Er log ganz unbeteiligt. Die Schachtel ›Simon Arzt‹-Zigaretten, fünfzehn Pfennig das Stück, zeigte er dem Biwi noch nicht. Die würde er nachher ganz selbstverständlich auf den Tisch legen.

Der Biwi hatte eine neue Krawatte an. Sie war quergestreift. Das letzte.

Diesmal kam die Anneliese ganz in Grün. Sie mußte eine unverschämt reichhaltige Garderobe haben. Alles war grün, sogar die Handtasche. Die Halskette bestand aus großen grünen Kugeln.

Es ergab sich so, daß der Leo gerade hinter dem Biwi stand, als sie kam. Drum gab die Anneliese wohl auch dem Biwi zuerst die Hand. Der zog den Hut in weitem Viertelbogen. Der Leo hatte keinen.

Die alte Garderobenfrau war sehr erstaunt, weil der Leo diesmal auch seinen Mantel abgab, den er sonst jedesmal zur Kreissäge in die Kantinenküche hing. Gelassen legte der junge Mann den silbrigen Fünfer auf den Zahlteller, daß er klingend nachwackelte. Die zwei Garderobenkarten gab er dem Fräulein Dingler in die Handtasche zum Aufheben. Das verband ihre junge Bekanntschaft mehr. Den gelben Schal von ihr, den er als Pfand hatte, ließ er in seinem Mantelärmel stecken.

Er hatte die Anneliese gefragt, ob sie ihn gleich zurückwolle, da hatte sie gesagt: »Nachher.« Sie hatte ihn heute schon zweimal sonderbar angeschaut.

An ihrem alten Platz waren gerade noch drei Stühle frei. Das Fräulein Dingler setzte sich aber nicht mehr neben den Leo, sondern ihm gegenüber. Neben dem Leo saß der Biwi. Noch bevor sie etwas bestellt hatten, kam die krumme, magere Blumenfrau, die jeden Samstag ohne Überzeugung mit ihren Heimgartenblumen ins ›Maskottchen‹ ging. Den Tisch, an dem die drei saßen, schaute sie gar nicht an. Noch nie hatte sie an diesem Tisch etwas verkauft. Da rief sie der Biwi heran. Der Leo schaute ganz entgeistert.

»Darf ich dem Fräulein Dingler ein Sträußerl kaufen?« fragte der Biwi den Leo. »Wir sind doch Freunde, oder?« fügte er mit schiefen Augen hinzu.

»Halt, die zahl ich«, sagte der Leo blitzschnell und schob der Blumenfrau gleich eine ganze Mark hin und sagte wie ein Fürst:

»Is schon gut.«

Der Biwi wollte auch zahlen, aber er war zu spät daran. Das war ein Fehler, dachte der Leo. Wenn ich schon hab' zahlen müssen, hätte ich auch auf die Idee kommen können, daß ich sie frag', ob sie Blumen mag, Idiot.

Dafür legte er jetzt die ›Simon Arzt‹ auf den Tisch. Die Anneliese nahm die Schachtel gleich und entzifferte halblaut den Preis.

»Sie müssen aber viel Geld verdienen bei der Firma Bertele«, sagte das Mädchen zum Leo, und ihr weicher Mund war nicht ganz schön, als sie das sagte.

»Es geht schon«, lächelte der Leo, und dann versuchte er kurz einen dämonischen Blick über den Tisch. Doch sie schaute nicht her. Beim ersten Tanz mit dem Leo blieb das Fräulein Dingler heute merkwürdig still. Auch der Leo sagte nichts. Ihm war schon wieder so bang. Er war innen hohl, aber in leiser Erwartung, daß ihn bald etwas Schlimmes ausfüllen werde.

Es war zuviel in letzter Zeit gut gegangen bei ihm, das würde er sicher büßen müssen. Der Leo meinte, daß er auch die kleinste Vergünstigung vom Schicksal immer gleich bezahlen mußte. Der Fünfer von der Marilli und die Zigaretten und das Glück mit dem Mädchen, das war nicht umsonst. Das würde er bezahlen müssen. Da würde gleich etwas Böses nachkommen.

Aber noch einmal schlug seine Stimmung um an diesem Abend, und er wollte es der Anneliese schon zeigen, was er für einer war.

Während der Biwi mit der Anneliese tanzte, einen Walzer – und das war ausgemacht gewesen und in Ordnung –, zog der Leo eine Stecknadel aus dem Revers seines Streifenanzuges und stach sich die Nadel mit gefrorenen Augen durch den Handballen. Als die zwei zurückkamen, lächelte er wie einer, der etwas weiß und es gleich sagen wird. Der Biwi sah das und fragte:

»Was hast denn auf einmal?«

Aber der Leo lächelte nur weiter. Dann tanzte er einen Tango mit der Anneliese. Es war ›Der blaue Himmel‹. In der Hand, mit welcher der Leo das Mädchen führte, steckte die Nadel. Er zog seine Tänzerin etwas zu sich heran und drückte sie leise, wie wenn er etwas von ihr wollte, so daß sie den

Kopf hob. Da schaute er sie mit seinem stärksten Blick an und drehte die Hand so, daß sie die Spitze der durchgesteckten Nadel spüren mußte. Die Anneliese sagte ganz leise »au«, und dann sah sie Leos Hand, und da kam eine Wachsangst in ihr Gesicht. Sie sagte noch:

»Mir wird gleich schlecht«, und dann löste sie geschwind ihren Arm, ging ganz schnell an den Tisch hin, nahm die Handtasche und ging hinaus. Der Leo ging auch zurück an den Tisch. Ganz langsam.

Der Biwi war aufgestanden, sah Leo zornig fragend an und sagte:

»Was is jetzt?«

Der Leo zeigte dem Biwi seine Hand mit der Nadel.

»Mach's nach«, sagte er.

Da schüttelte der junge Leer den Kopf, sah noch einmal erstaunt zu seinem Freund hin und machte den Mund ein wenig auf. Dann ging auch er ratlos hinaus.

Die Musik hörte eben zu spielen auf.

In der kurzen Pause schenkte der Leo dem kleinen Trompeter eine ›Simon-Arzt‹-Zigarette. Der rauchte sie an und fragte:

»Hast Kummer mit der Kleinen?«

»Is nicht so wichtig«, entgegnete der Leo, doch da lief er auf einmal weg.

Sein Tisch war noch immer leer. Der Leo lief an die Garderobe. Die alte Frau gab ihm einen gelben Schein und sagte:

»Grad sind die zwei fort. Das soll ich Ihnen geben, und einen schönen Gruß von dem Fräulein, die Firma Bertele oder Bergele gäb's seit zwei Jahren schon nimmer. Sie hat eine Auskunft eing'holt, hats gesagt. Ein gelbes Tuch hats auch 'raus aus Ihrem Mantel«, sagte die Alte noch.

Seinen billigen Wintermantel über den Arm gehängt, ging der Leo kerzengerade aus dem ›Maskottchen‹ hinaus. Bezahlt hatte er auch nicht. Aber er kam ja jetzt auch nicht mehr ins ›Maskottchen‹. Dann ging er über die große Wiese hinüber. Mitten auf der Wiese legte er seinen Mantel ins Gras und machte in die Nacht hinein seine Übungen zum Expanderziehen. Sofort war ihm leichter.

Er wurde geradezu lustig. Schön, sein Freund hatte ihm sein Mädl genommen. Schön, sein Freund, dieser feige, schuftige Hund war weg und die Anneliese auch. Aber wichtig war alleine das: er hatte jetzt keine Schulden mehr beim Schicksal. Alles war zurückbezahlt. Vielleicht sogar ein wenig darüber. Dann hatte er sogar etwas gut beim Schicksal.

Aber dann kamen ihm die Tränen. Der Biwi hatte ihm das angetan, der gute Biwi, sein Freund, der fast wie er war. Mein Gott, der konnte ja vielleicht gar nichts dafür. Der hatte doch selbst immer gesagt, wegen eines Mädchens dürften zwei Freunde nicht auseinanderkommen.

Ja, das hatte er gesagt, dieser feige, gemeine Schuft. Der Leo begann mit dem Mantel in der Hand langsam zu laufen. Und er weinte dazu so lange, bis der Rhythmus des Laufens alles aus ihm herausgeprellt hatte.

Dann ging er in eine nahe Wirtschaft. Dort trank er vier Glas Exportbier und sah den alten Stammgästen interessiert beim Kartenspielen zu. Als die Wirtschaft schloß, hatte er noch zwei Mark. Mit denen ging er in die Straße, in der die späten Mädchen standen. Er wankte stark und hatte ein großes Rauschen in den Ohren.

So ging er auf ein ziemlich dickes, ältliches Mädchen zu und sagte ihr, was er wollte. Sie drehte sich halb um und sagte im Weggehen zu dem betrunkenen Leo: »Nicht mit Kindern!«

Da ging der Leo auf ein anderes Fräulein zu, eine Junge, wie ihm schien. Er hatte ja noch zwei Mark. Das junge Fräulein stand nahe an der beleuchteten Speisekarte eines Nachtlokals. Wieder sagte Leo, was er wollte. Dabei schaute er nach dem Gesicht des Fräuleins. Es war das Chinesenköpferl.

Das Fräulein Hegele tippte schon lange nicht mehr auf der unmodernen Schreibmaschine, sondern ging jetzt einem anderen Beruf nach.

Der Leo war schon weit weg, als sie endlich etwas antworten wollte. Um drei Uhr kam der Leo heim. Da ging er an den Gasofen, drehte den Hahn auf und roch an dem ausströmenden süßen Gas. Als er den Hahn wieder zudrehte, roch schon die ganze Küche nach Gas. Er dachte:

So schlecht riecht das gar nicht.

Nicht einmal eine Hure hat mich mögen, dachte er noch. Nicht einmal für Geld. Bravo, da weiß ich wenigstens Bescheid.

Er traf den Biwi am Montagabend vor dem Salon Lechner.

»Du, geh einmal her«, sagte er und hielt einen Schlüsselbund in der Hosentasche umklammert. Die Schlüssel hielt er so, daß der längste zwischen Mittel- und Ringfinger aus seiner geschlossenen Faust herausragte.

Mit diesem herausschauenden Schlüssel wollte er dem Biwi die Zähne einschlagen. Diesem schuftigen Hund.

Der Biwi Leer kam auf ihn zu. Ein bißchen wiegend im Gang, aber gar nicht besonders ängstlich und sagte:

»Ja, was willst denn?«

»Hast mir nix zu sagen?« fragte der Leo und zog langsam die Hand mit dem Schlüsselbund heraus.

»Wieso?«

»Hast mir nix zu sagen, du dreckiger Schuft?«

»Geh einmal ein bisserl vom Laden weg«, sagte der Biwi, »muß denn das mein Chef hören?«

Der Leo ging vom Laden weg, und sie gingen nebeneinander um die Ecke, als ob gar nichts wäre.

Als sie wieder stehenblieben, und der Leo spürte, wie sich seine Härchen auf den Unterarmen sträubten vor eiskaltem Entschluß, sagte der Biwi:

»Du kannst mich ruhig schlagen, hau nur her, wenn du meinst, hau ruhig her.«

Und er steckte sogar seine Hände in die Tasche, obwohl er ganz weiß wurde im Gesicht.

»Ich hau dich zu Dreck«, sagte der Leo, »zu lauter windigem Dreck.«

»Bittschön«, sagte der Biwi und rührte sich nicht.

Da lief dem Leo auf einmal die ganze Kraft zwischen den Fingern durch wie Wasser, ganz schnell, und er wußte, daß er in ein paar Minuten ganz ausgelaufen sein würde. Alle Stärke und Wut und die ganze geplante Rache liefen ihm einfach davon, und er konnte sie nicht halten, wie sehr er auch die Fäuste ballte.

»Einem Freund hast du das getan, deinem einzigen Freund, pfui Teufel, du feiger Hund«, stöhnte der Leo.

Da sagte der Biwi Leer, noch immer mehlig im Gesicht:

»Ich will dir einmal was sagen, Leo. Es ist das gescheiteste, du gehst zum Doktor. Dich hat's ja. Das weiß schon lange ein jeder, daß es dich hat. Im ganzen Haus wissens das. Du tust mir leid.«

»So, ich tu dir leid?«

»Ja.«

»Leid tun tu ich dir?«

»Ja, leid.«

»Da hast es.« Der Leo spuckte dem Biwi Leer mitten ins Gesicht. Dann drehte er sich um, lachte schreiend und ging. Langsam ertrank seine Gestalt im Spätherbstnebel.

Der Charly saß im Kasino, als Leo sein Stempelgeld holte. Er aß eine Portion Rehragout, ein seltenes Essen in der Suppenschule. Den Leo bemerkte er gleich.

»He, alter Stampfbruder«, sagte der Charly, als er ihn sah.

»Ja, wen seh ich denn da?« sagte der Leo.

Er setzte sich auf den Hocker an der Stirnseite des Tisches. Der Charly lutschte jedes einzelne Knöchlein des Wildgerichts sorgfältig ab und meinte: »Ich glaub, mir habens das G'weih von dem Hirschen gegeben.«

Der Leo lachte etwas und legte dann die Finger jeder Hand übereinander. Jeden einzeln. Den Mittelfinger über den Zeigefinger, den Ringfinger wieder über den mittleren und zum Schluß auch den kleinen über den Ringfinger. Die Hände sahen jetzt aus wie verkrüppelt.

Der Charly sah sie und sagte:

»Was sind denn das für neckische Spiele?«

»Gell«, sagte der Leo und steckte die verkrampften Hände in die Taschen der Lodenjoppe. Als der Charly mit dem Essen fertig war, schlug er dem Leo vor:

»Weißt was, geh doch einmal mit in den ›Eselstall‹, da wird allerhand geboten.«

»Geboten?« fragte der Leo.

»Ja, von eins fuchzig aufwärts«, sagte der Charly.

Dann gingen die zwei.

Der ›Eselstall‹ war eine uralte und verrufene Wirtschaft im Herzen der Altstadt. Hausierer kamen dorthin, Arbeitslose, Zuhälter, die Polizei, Berufskartenspieler und anderes Großstadttreibholz.

Der Leo ging seit dem Fall Anneliese Dingler und dem Ende seiner Jugendfreundschaft mit dem Biwi Leer ständig hinter sich selber her. Er beobachtete sich selbst mit einer stillen Schadenfreude. Es war, als ob er immer sagen wollte: Ganz recht geschieht mir, daß es dem Leonhard Knie so drekkig geht. Paß nur auf, der nimmt kein gutes Ende. Schau nur, was er jetzt wieder tut. Hab' ich's nicht gesagt. So einem ist einfach nicht zu helfen. Was der bloß noch immer nutzlos herumläuft. Soll schauen, daß er endlich einmal weiterkommt. Was hat der bloß noch verloren hier.

Dem weint bestimmt keiner nach.

Als er mit dem Charly das alte muffige Lokal betrat, das voll verpfuschter Existenzen war, voller Unglück, voll schiefer Schicksale, wertloser Gier und ausgelaugtem Leben, fühlte sich der Leo gleich wie zu Hause.

Ja, hier gehörte er her. Das waren die Seinen.

Das waren die Schattengewächse, die Verpfuschten und Halben. Die Stiefkinder, Zaungäste und die Bitteren. Da war auch das tappende Halbdunkel der verwischten Gefühle. Das war schön, wie diese Menschen sich gleiten ließen. Ohne Widerstand langsam und wohlig hinab, dorthin, wo sie endlich aufhören würden. Bald schon.

Der Leo spürte das mit einer dämmrigen, nebelschweren Freude und Genugtuung. Da konnte man sich fallenlassen, man fiel bequem, denn alle Sünden waren weich. Einen Moment dachte der Leo an eine Stelle aus seinem vorletzten Buch, aus dem von Indien. Da war ein Vers zitiert, der ihm gut gefallen hatte. Der hieß etwa: *Du sollst nicht willens sein, eine Schwelle zu überschreiten, hinter der die Dunkelheit dich umgeben wird. Meide Ka-ama, das Verlangen.* Der Leo lächelte nur.

Sie setzten sich an einen der ungedeckten Tische bei den blinden Fenstern. Ein paar Geranienstöcke standen auf den Fensterbrettern, und in den Stöcken lagen viele ausgedrückte Zigarettenstummel.

Ein Telefon war auch da. In der Ecke in einer braungebeizten Zelle. Ein ganz altes, an dem der Hörer noch neben dem Sprechkasten hing. Die Kellnerin war faltig im Gesicht und klein und lustig. Hinter einer Blechtheke stand der große, schwammige Wirt. Dort hing auch ein Totschläger aus einer langen Feder mit einer Bleikugel. In der Ecke stand ein altes Klavier. Ein Regulator pendelte. Zwanzig Figuren mochten im Raum sein. Die Hälfte waren Frauen.

»Deux bierres«, sagte der Charly auf französisch und lachte die alte, lustige Bedienung an. Die sagte:

»Jessas, der Charly.« Dann lief sie schon. Sie hieß Maria. Beim Laufen sah man fast, wie sich ihre Gelenkkugeln in den Hüften unter dem alten Rock bewegten. Sie sah aus wie ein marschierendes Skelett.

Der Leo horchte herum. Dann blieb seine Aufmerksamkeit an einem Mann und einer Frau hängen, die von einem Thema sprachen, das der Leo noch nicht genau kannte. Die Frau hatte ein geschminktes Puddinggesicht. Aber sie war beileibe nicht häßlich. Auch der Mann gefiel dem Leo.

Die beiden sagten zueinander:

»Hör mal zu, das war doch ein Zehnmarkfreier.«

»Geh, Jonny, ein Stumpen war's, sag ich dir.«

»Und der mit dem Lodenmantel?«

»Das war auch ein Nasser.«

»Da hab' ich mir ja eine schöne Anschaffe angelacht.«

»Heut is halt mal so ein linker Tag, lauter Fehlschläge.«

»Hast das andere deponiert?«

»Ja, bei der Maria.«

»Is gut, hau jetzt ab mit Rückenwind.«

»Ich geh ja schon, Alter.«

»Is gut.«

»Ich bin ja schon weg.«

»Is gut.«

Das Fräulein mit dem Gummikopf stand auf. Der Leo war höchst verblüfft über ihre Figur. Eine Bombe war das. Da kam ein angesoffener alter Mann mit viel zu großer Gesichtshaut an ihren Tisch.

»Hhii«, sagte er, »wenn dir einer auf die Füße steigt, mußt du au sagen: Au, du blöder Hund. Wenn du sagst: Macht nichts, soll man dir auch noch eine herunterhauen.«

Dann wollte er von Charlys Bier trinken, aber der zog schnell sein Glas zurück und sagte:

»Marsch, marsch, alter Penner.«

Dann sagte er und deutete auf den jungen Menschen, der zuerst mit der Mehligen gesprochen hatte:

»Ein alter Lottl ist das, ein Sexualrentner.«

Da lachte er schluckend und lang.

»Geh, Molly, spann den Kerl in deinen Straps und schieß ihn 'raus«, schrie einer laut aus dem Hintergrund. Dort stand ein elektrischer Spielapparat mit Kugeln, die an verschiedene Kontakte anschlugen, worauf farbige Zahlen aufleuchteten.

Der Wirt gab einem Mann, der es verlangte, Spielkarten und eine Tafel zum Schreiben.

An das alte Klavier setzte sich ein verwahrlostes Weib, schlug den Deckel auf und begann zu klimpern. Die Kellnerin Maria brachte ihr ein Bier und schüttete einen Schnaps in das Glas, was die Klavierspielerin genau verfolgte.

»Beim erstenmal, da tut's noch weh«, sang ihr der besoffene Alte vor, aber sie stieß ihn an, daß er zwischen die Stühle fiel. Das schepperte stark, doch der Wirt sah kaum hin. Die Maria stellte die Stühle wieder auf.

Der Mann, der die Karten geholt hatte, spielte mit einem anderen am Nebentisch und sagte jedesmal, wenn er gewonnen hatte, beim Kassieren: »Schräubchen angezogen, dreißig Pfennig, gewußt wo, drei Mark.« Dann lachte er seinem Partner ganz nah ins Gesicht. Der trank sein Bier in großen Schlucken.

Der Leo saß und schaute. Ihm war wohl. Das war einmal interessant. Was die wohl alle taten, die im ›Eselstall‹ verkehrten? Von was lebten die denn wohl? Das mußte sehr geheimnisvoll sein, so zu leben wie die. Die wußten sicher alle, wie's ohne Arbeit ging. Der Charly sagte nun:

»Die schau dir einmal an, wie die Kameliendame. Aber mehr Kamel als Dame.«

Er deutete auf eine Lichthaarige mit einem großen Kopf und einer Blume im Haar. Sie war gerade hereingekommen und grüßte den bewegungslosen Wirt. Der nickte kaum, aber die Maria sagte zu ihr:

»Na, Fanny.«

Das Mädchen setzte sich zum Charly und zum Leo an den Tisch. Der Leo hörte ihre Kleider aneinanderrauschen und dachte: Die hat lauter seidenes Zeugs an.

Die Spieler am Nebentisch hatten eine neue Partie begonnen. Alle beide legten ihren Einsatz unter die Schiefertafel. Der eine verlor noch immer. Jedesmal verdoppelte er seinen Einsatz. Auch diesmal verlor er wieder. Da hob er die schwarze Schiefertafel gelassen auf, nahm das Geld und steckte es einfach ein.

»Das kann ich mir nicht leisten«, sagte er und zuckte mit den Achseln. Der andere stutzte nur einen Moment, dann wußte er Bescheid.

»Komm heraus«, sagte er ziemlich ruhig.

Die zwei gingen langsam hintereinander durch die Eingangstür auf die schmale stille Gasse vor dem Lokal. Der Wirt sah ihnen einen Moment nach, dann machte er ein Zeichen zum Spielapparat hin, und ein großer Mann mit einer grauen Strickjacke folgte den beiden.

Der Gewinner war als erster hinausgegangen.

Während der Mann, der das Geld eingeschoben hatte und hinten nachkam, noch die Türklinke in der Hand hatte, schlug ihm der erste mit der rechten Faust hinters Ohr, daß er mit dem Kopf an die Mauer platschte. Das klang, wie wenn man eine Gurke an die Wand wirft. Der Leo sah das alles vom Fenster aus. Aber der Getroffene fiel nicht um. Er duckte sich nur, nahm einen Anlauf und fuhr dem anderen mit dem angezogenen Knie zwischen die Beine.

Das mußte schrecklich weh getan haben, denn der Gewinner stieß einen rasselnden Laut aus, hielt sich aber gleich die Hand vor den Mund. Dann griff er in die hintere Hosentasche.

Das Mädchen, das sich neben den Leo gesetzt hatte und auch alles sah, packte ihn krampfhaft beim Arm und schrie:

»Er sticht ihn.«

»Halt dein Maul, Fanny«, sagte der Wirt, der sich keinen Schritt bewegte, von der Schenke herüber.

Da war auch schon der Mann mit der grauen Strickjacke zwischen den beiden. Er mußte allerhand Achtung genießen, denn die zwei hörten gleich auf. Er sagte etwas zu ihnen, was der Leo durch die Scheibe nicht hören konnte. Das Mädchen neben ihm ließ seinen Arm los. Dann kamen die beiden Spieler wieder herein ins Lokal. Der hintere, der getreten worden war, ging ganz krumm und ließ sich vor dem Tisch, auf dem sie gespielt hatten, in die Kniebeuge fallen:

»Oah«, sagte er gekrümmt.

Der andere zählte Geld auf den Tisch. Der Große mit der grauen Strickweste sah zu und zählte es nach.

Dann stellte die Marie einen hohen Krug mit Weinschorle auf den Spielertisch. Der Gekrümmte setzte sich wieder und der andere auch. Der Wirt sagte von der Schenke her: »Bei mir wird nur Bier ausgespielt, keine Marie. Capito?«

Es wurde wieder ganz ruhig im Lokal. Nur die Alte am Klavier klimperte, und die Kugel im Spielapparat glickste auf die Kontaktstifte.

Mit lächerlicher Bruchstimme sang die Frau am Klavier:

»Es ging ein Mädchen wohl auf ein Schiff.«

Der Leo hatte seltsame Schauer verspürt, als die beiden zuerst rauften und dann wieder zusammen am Tisch saßen und sogar aus einem Krug tranken. Das paßte gar nicht in seine Stimmung. Er liebte keine Roheiten. Die Kellnerin stellte ihm ein frisches Glas Bier hin.

Der Leo sah den Charly an, ob er das bestellt hätte, aber der machte mit dem Kopf eine leise Bewegung zu Fanny hin. Dann stand er auf und sagte:

»Jetzt bist ja bestens verbunden.«

Dann zahlte er sein Bier und ging. Der Leo blieb sitzen. Er konnte nicht sagen, warum. Oder doch – natürlich. Das Mädchen neben dem Leo war vielleicht fünfundzwanzig Jahre alt. Sie hatte mächtige Schenkel und wuchtige Hüften. Der Kopf war zu groß. Als die Fanny den Leo vorher am Arm gepackt hatte, war er etwas zu ihr hingerutscht und hatte ihre mächtigen Beine gespürt. Ihm war ganz heiß geworden.

»Na, tschitschi«, sagte die Fanny jetzt und hob ihr Bierglas aufmunternd zum Leo hin. Der sagte auch ganz dumm:

»Tschitschi.«

Er wußte überhaupt nicht, was das hieß. Dann lachten sie beide.

»Bist ein Neuer da?« fragte die Fanny. Der Leo hatte sich gleich gedacht, daß sie ihn duzen würde.

»Da schon«, erwiderte er.

»Bist aber ein ganz Schmucker«, sagte die Fanny.

Die Fanny trank fünf Glas Bier und aß dann Linsen mit Speck. Den Leo hatte sie auch gefragt, ob er Linsen mit Speck essen wolle. Aber er wollte nicht. Die Fanny hatte ihn auch gefragt, ob er sie heimbegleiten würde, zur Theresienwiese, wo sie bei ihrer Freundin wohne. Der Leo hatte gesagt:

»Ja.«

Als sie gingen, schaute der eine Spieler, der den Haken bekommen hatte, flüchtig auf und murmelte gelangweilt:

»Halbseide.«

Die Fanny hing sich beim Leo gleich ein und ging so mit ihm durch die Stadt. Der Leo war durch das Bier, das seine neue Braut heimlich der Maria bezahlt hatte, ziemlich mutig. Seine dauernde Traurigkeit war einer wurschtigen Weltuntergangsstimmung gewichen. Bei der Hauptpost küßte er die Fanny frech. Sie nahm dazu die Zunge her. Das ekelte ihn ein wenig.

Als sie aber über die dunkle Theresienwiese gingen, blieb der Leo doch wieder stehen, um die Fanny zu küssen. Als er sie geküßt hatte, hob die Fanny eine Haarspange auf, die aus ihrer Frisur gefallen war, und kratzte sich damit auf dem Kopf. Dann sagte sie:

»Riskieren wir's einmal.«

Der Leo wußte sofort, was sie meinte. Nun tat er alles schnell und mechanisch. Als ob es der andere täte, den der Leo oft beobachtet hatte und der er sein sollte. Jener andere zog jetzt die Lodenjoppe aus und legte sie auf den Boden und sagte zur Fanny:

»Also dann.«

Der junge Mann ohne Lodenjoppe schüttelte fast erstaunt den Kopf darüber, was der Leonhard Knie auf einmal alles wußte und konnte. Das war ja wirklich ganz einfach. Die Fanny war natürlich eine, die ihrerseits alles wußte. Die half.

Als es vorbei war, ganz schnell war es vorbei, stand der Leonhard Knie auf und wußte nun beim besten Willen nicht genau, ob es überhaupt gewesen war. Das also? Das war überhaupt nichts. Das war gar nichts. O du liebe Güte, da machten sie nun so ein Getöse darum! Wegen so einem Nichts brauchte man nicht unbedingt weiterzuleben.

Nicht einmal die Lawine war über ihn gekommen, dachte er.

Die Enttäuschung füllte den Leo ganz kühl aus, wie wenn man ihn innen mit kaltem Brunnenwasser ausgespült hätte.

Die Fanny war aufgestanden und gab ihm die grüne Lodenjoppe. Dann richtete sie ihre Frisur und sagte:

»Frisch ist's.«

Als sie ein paar Schritte mit dem Leo gegangen war, blieb sie noch einmal stehen, legte die Hand auf ihren Magen und sagte mit ungutem Gesicht:

»Immer wieder eß ich die Linsen, und ich soll's doch nicht fressen, mit meinem Magen.«

Den Leo ekelte es schon wieder.

Als ihm aber die Fanny vor einem blatternarbigen Mietshaus sagte, er solle in der nächsten Woche wiederkommen, wußte der Leo, trotz seines Ekels, daß er es tun würde. Er war ja so allein jetzt. Der letzte seiner Jugendfreunde, der Kästl Nazi, war auch nur einmal im Monat in der Mondstraße. Seine Firma arbeitete an einem großen Relief für eine Kongreßhalle in Stuttgart. »Allein«, sagte der Leo ein paarmal beim Heimgehen.

Als er in das Schlafzimmer kam, die Kerze in der Hand, schaute er ohne Grund zu dem Bild empor, auf dem die Berge über die unglücklichen Sünder hereinbrachen. Neben dem Hausmeister Herrlich, der unter riesigen Brocken zermalmt wurde, sah er einen jüngeren Mann mit ausgebreiteten Armen niederstürzen. Der sieht fast aus wie ich, dachte der Leo.

Er hatte die Fanny schon sechsmal getroffen. Als er sie zum erstenmal im hellen Tageslicht sah, wäre er am liebsten davongelaufen. Ihre Gesichtsporen waren alle mit kleinen Talgpfropfen gefüllt. Jede einzelne Pore hätte man ausdrükken müssen. Den Leo würgte es. Das hatte er abends nicht so gesehen, weil sie da gepudert war.

Kein Mensch wußte etwas von seinem Verhältnis mit der Fanny. Die wußte auch nicht genau, wo der Leo wohnte. Sie trafen sich immer an ganz einsamen Plätzen. Der Leo war noch mehrfach mit der Fanny über die große Wiese gegangen.

Sein Verhältnis zu dem gewöhnlichen Mädchen mit den mächtigen Formen hatte gar nichts mit Liebe zu tun. Es war vielleicht nur die grenzenlose Verlassenheit, die ihn zu ihr hindrängte, und das Gefühl der Genugtuung, daß es mit ihm so schnell abwärts ging. Dieses Gefühl war jetzt das stärkste in ihm. Er las gerade das Buch vom Bildnis des Dorian Gray. Ein Buch, das ihn schrecklich aufwühlte.

Was war denn das in ihm, das alle Mädchen abstieß? Und nicht nur alle Mädchen, auch die Freunde. Alle ließen sie ihn allein. Als ob er ein Kainszeichen auf der Stirn hätte. Aber er war doch gar nicht häßlich oder abstoßend. Wenn er in den Spiegel schaute, konnte er wirklich nicht behaupten, daß er besonders abstoßend aussah.

Gab es denn keine auf der ganzen Welt, die ihn gerne hatte? Er würde doch alles, was es gab, für Zärtlichkeit und Gutsein tun. Er sah in den Spiegel und sagte zu sich:

»Hast keine gute Mutter, armer Teufel, keine Mutter und niemand.«

Man müßte sich vielleicht ein Schild vor die Brust hängen und sich auf den Hauptplatz stellen, und auf dem Schild müßte stehen:

Tue alles gegen Güte.

Aber nicht nur, daß der Leo so sehr die Güte suchte, er wollte ja selbst auch so gut sein. Er wollte jemanden lieben und die Güte, die ihm der geliebte Mensch gab, tausendfach zurückgeben. Er hätte sich für einen Menschen, der ihn liebte, jederzeit auch überfahren lassen oder einsperren, oder er hätte gestohlen für ihn und geschuftet oder gedarbt bis zur Ohnmacht. Aber niemand wollte das von ihm annehmen. Niemand wollte sein Opfer. Er war halt selbst geschenkt zu teuer. Er war also nichts wert. Er war ein wertloser Mensch. Ein Mensch zuviel auf der Welt.

Vor ein paar Tagen hatte ihm die Fanny gesagt:

»Gell, das weißt schon, wenn einer Geld von so einer nimmt wie ich, das ist strafbar. Und du hast schon ein paarmal was gekriegt von mir.«

Die faustgroße beharrliche Geschwulst über dem Magen vom Leo wurde zentnerschwer.

Und am letzten Sonntagabend hatte das Mädchen mit dem großen Kopf zum Leo gesagt:

»Damit du‘s weißt, bei mir hat‘s g‘schnackelt.«

Da war die bange Geschwulst, rechts vom Herzen des jungen Mannes, kürbisgroß geworden.

Der Leo schlug sich ein paarmal mit gespannten Muskeln auf das Brustdreieck, wo der Druck saß.

Wenn er einmal gestorben war, würden die Ärzte ihn aufschneiden und die Geschwulst finden. Er wäre gern dabeigewesen, um diesen Klumpen zu sehen, der da in ihm wucherte. Möglicherweise war in der Mitte von der Geschwulst sogar eine Perle drin ... Das war dann sicher der gute Kern in ihm, den niemand gewollt und der sich deshalb eingekapselt hatte.

Der Leo ging an diesem Abend noch spät in den ›Eselstall‹. Er wollte den Charly suchen. Der wußte doch sicher, was man tut, wenn‘s geschnackelt hat. Das war ja schließlich sein Beruf. Aber er fand den Charly nicht. Da dachte sich der Leo: Das ist ganz gut, daß ich ihn nicht gefunden habe, ich weiß ja etwas viel Besseres als den Charly. Das würde nicht nur das Problem mit der Fanny lösen, sondern auch den Klumpen. Als er das dachte, schien sich der Druck in seiner Brust zu lindern.

Siehst du, dachte der Leo, man braucht so einer Geschwulst nur drohen, schon haut sie ab. Aber ich werde sie verfolgen. Diese Geschwulst kommt mir nicht mehr zurück.

Der kahlköpfige Apotheker, bei dem er läutete, kannte den Leo schon seit seiner Schulzeit. Seit damals holte der Bub immer das Luminal für seine Großmutter bei ihm, das ihr der alte Sanitätsrat Dreißigacker verschrieb. Sie nahm es, damit sie schlafen konnte. Als der Leo acht Jahre alt war, hatte ihn seine Großmutter einmal dabei erwischt, wie er gerade eine von den weißen Tabletten in den Mund schob. Das Kind meinte, es wäre Pfefferminz-Zucker. Da war die alte Frau dem Leo gleich mit dem Zeigefinger in den Mund gefahren und hatte die halb aufgeweichte Tablette gerade noch herausbekommen. Dann mußte der Leo lange mit lauwarmer Milch gurgeln und hernach auch Milch trinken. Als die Großmutter schließlich merkte, daß nichts passiert war, erklärte sie dem Kind eindringlich und oftmals hintereinander, man müsse sterben, wenn man zuviel solche Tabletten nehme. Kleine Kinder müßten vielleicht schon von einem solchen winzigen Plätzchen sterben, die großen Leute erst von mehreren. Weil sie eben größer seien.

Später hatte das der Leo einmal dem Apotheker erzählt und ihn gefragt, ob es wahr sei.

Der kahlköpfige Mann mit dem weißen Mantel hatte mit dem Finger gedroht und gesagt:

»Zehn Stück von diesen da, und jeder Mensch ist hinüber.«

Das mochte übertrieben sein, aber der Leo hatte seither die Glasröhrchen, die er für das Rezept bekam, immer mit großem Respekt heimgetragen. Zwanzig Stück waren drin. Da war also der Tod für zwei Menschen in seiner Joppentasche, wenn er heimging. Das beeindruckte ihn sehr.

»Grüß Gott, Herr Apotheker«, sagte der Leo, »gebens mir doch bittschön die Tabletten für die Oma. Ich hab‘ aber das Rezept vergessen.«

»Nur weil du es bist«, sagte der Apotheker, als er dem Leo das Glasröhrchen gab. »Ich darf‘s eigentlich nicht.«

Der Leo versprach, daß er das Rezept das nächstemal mitbringen würde. Als er schon aus dem Laden war, rief ihm der Apotheker auf einmal noch nach: »Warum kommst du denn so spät?«

Der Leo hörte es nicht mehr. Und der Apotheker dachte: Was schrei' ich jetzt da, ich hab' ja heute sowieso Nachtdienst.

Das letzte Buch, das der Leo sich von der Volksbibliothek geholt hatte, nach dem ›Dorian Gray‹, handelte von Astrologie. Halb fasziniert und halb skeptisch hatte er drin geblättert. Dann hatte er ›Buchorakel‹ gespielt: man schlug irgendeine Seite auf, und was dort stand, diente als Vorhersage. Astrologische Bücher waren dafür sehr geeignet. Verblüfft hatte der Leo gelesen, was er da aufgeschlagen hatte:

»*Ein Mensch, der zwischen dem 23. Oktober und dem 23. November geboren ist, kam im Tierkreiszeichen Skorpion zur Welt. Steht nun über dem achten Haus eines Horoskops der Mars und daneben der Neptun und werden diese beiden Planeten von den Strahlen des Uranus ungünstig getroffen, so ist ein gewaltsames Ende dieses Menschen denkbar.*

Unter dieser Stellung der Gestirne kann der Soldat auf dem Schlachtfeld sterben, der Flieger abstürzen, der Revolutionär enthauptet, der Neger gelyncht, der Bergmann verschüttet und der Diktator ermordet werden.

Steht aber der Neptun direkt über dem Uranus, so kann sich daraus nach viel vorangegangenem seelischem Leid ein Ende durch die eigene Hand ergeben. Uranus, der Planet der Philosophen und der Denkenden, ist auch der Stern der Selbstmörder.«

Leonhard Knie war am 29. Oktober geboren.

In Augenblicken, da der Leo sich ganz deutlich erkannte, tat er sich aber namenlos leid. Das Mitleid über sich selbst machte ihn innerlich ganz wund. Er schaute dann in seinen Spiegel und weinte. Keine hatte ihn gewollt. Er dachte sich einmal, man sollte alle Mädchen vom ›Maskottchen‹ auf eine Seite stellen und alle Männer auf die andere. Dann sollte jedes Mädchen einen Mann wählen dürfen. Und es waren viele Männer darunter, die nicht schön waren und dumm, und viele alte. Aber wenn jedes Mädchen gewählt haben würde, einer würde ganz sicher übrigbleiben. Er.

Es war ein Sonntagnachmittag im Oktober. Die Fensterscheibe in der Küche war beschlagen. Frau Jungverdorben hatte die alte Frau Knie zur Abendandacht abgeholt. Der Leonhard stand an der nassen Scheibe und drückte seine Nase an das Glas. Wie er es als Kind gerne getan hatte. Dann preßte er seine Stirn an die kühle Fläche. Da konnte man sehr genau die feinen Falten sehen und das zarte Geäder der Haut. Er fuhr mit dem Fingernagel seine Stirnfalten auf dem Glas nach. Es waren vier und eine halbe. Vor den Fenstern drohten die kahlen Äste der Ulmen, die im Spätherbstwind froren, zu ihm herein wie dürre Finger.

Eine Tür schlug schmetternd zu. Im Haus nebenan übte jemand auf einer Geige: ›O Straßburg, o Straßburg.‹ Langsam kroch die Dämmerung über den alten Küchenofen, die Möbel mit der speckigen Ölfarbenschicht und das gipserne Kruzifix in der Sofaecke. Der junge Mann ging zu dem fasrigen Tisch, an dem die Großmutter immer saß. Er fand das Röhrchen mit den Schlaftabletten in der Schublade gleich. Es waren noch acht Stück darin. Jetzt hatte er achtundzwanzig.

Dann ließ er am Ausguß Wasser in das Mundglas laufen, das auf dem Boden einen grauen Satz von Zahnpasta hatte. Als er den Brunnenhahn zudrehte, dachte er: Alles tut man ein letztesmal. Jetzt hab‘ ich den Wasserhahn zum letztenmal zugedreht. Er drehte ihn aber noch zweimal auf und zu. Und als er das Glas auf den Tisch gestellt hatte, ging er zurück und drehte den Hahn noch einmal kurz auf und zu. Dann sagte er: »So.«

Die acht Tabletten, die er ins Glas geworfen hatte, zerdrückte er mit einem Löffelstiel. Dann ließ er auch die anderen zwanzig aus dem vollen Röhrchen hineinrutschen. Er hielt das Röhrchen schräg, und alle zwanzig Tabletten sprangen kopfüber in das Wasserglas. Wie bei einem Wassersportfest, dachte der Leo.

Er hatte nie eines gesehen.

Es war ihm so leicht, wie ihm manchmal im Traume war, wenn er glaubte, er könnte fliegen. Als ob er nur mit den Händen ein bißchen schwingen müßte – dann könnte er‘s. Da ging der Leo an die feuchte Fensterscheibe und schrieb langsam mit dem Zeigefinger:

Und keiner weint mir nach.

Da, wo die Buchstaben standen, konnte er jetzt deutlich auf die Straße hinuntersehen. Zwischen der dritten und vierten Ulme war eine große Regenlache. Es lief aber kein Strahl durch die Randsteinritze. Freilich, weil ja niemand mit einem Draht hineingestochert hatte.

Als sich der Leonhard hinlegte, tat er es so, daß seine Schuhe über die untere Kante der Ottomane hinausragten. Die Großmutter hatte ihm das beigebracht. Er probierte, ob es genau stimmte, und setzte sich noch einmal auf.

Als er das Glas mit den zergangenen Tabletten schwenkte, gab er acht, daß nichts über den Rand hinausschwappte. Die Flüssigkeit war grautrüb und würde sicher schlecht schmekken. Wenn man so etwas trinkt, dachte er, hält man am besten den Atem an. Dann schmeckt man nichts beim Trinken. Erst hernach.

Das leere Glas stellte der Leo auf den Tisch. Neben den Löffel, der auf einer Seite halb abgegessen war. So ißt der Mensch ein Stück Blech in seinem Leben, wenn er immer den gleichen Löffel benutzt.

Der Leo legte sich ganz steif hin. Wenn er jetzt starb, dachte er, würden seine Sehnsucht und sein Schmerz, sein Kummer und sein Unglück auf der Welt zurückbleiben. Denn das Glück und die Liebe und die anderen Gefühle bleiben doch alle, so schien es ihm, auf der Welt, wenn jemand stirbt. Wenn jeder seinen Kummer mit ins Grab nehmen würde, wäre ja auf einmal kein Kummer mehr da. Also blieb der auf der Welt zurück. Wer wohl nach ihm seine Angst und seinen Schmerz bekommen würde ... Und er wäre doch auch gern glücklich gewesen.

Und er hätte doch so gern gelebt.

Aus den starr geöffneten Augen liefen dem achtzehnjährigen Menschen die Tränen über das Gesicht, das in der hereinbrechenden Dunkelheit immer mehr verwischte. Der Leo faltete die Hände über der Stelle, wo einst die bange Geschwulst saß, die jetzt weg war. Da sah er direkt vor seinen schwimmenden Augen auf den Ärmeln der Lodenjoppe zwei Fliegen sitzen. Sie lagerten übereinander und surrten mit den Flügeln.

Der Tod nahm den jungen Menschen von hinten unter den Armen. Mit demselben Griff, mit dem man einen Ertrinkenden ans Ufer bringt. Die Schrift auf der Scheibe verrann rasch.

»Grüß Gott, Herr Oberarzt«, sagte der sechsunddreißigjährige Doktor Schaufel zu seinem Kollegen, der den Gang vom Operationsraum heraufkam. Er legte die Gummischürze auf den hochbeinigen Transportwagen.

Jener blieb stehen und holte eine halbvolle gelbe Packung ›North State‹ aus der Tasche. Er bot dem andern eine Zigarette an. Dieser sagte:

»Eine interessante Magenresektion«, und er deutete mit dem Kopf nach dem Saal, aus dem soeben eine weißverdeckte Gestalt geschoben wurde. Das stearinfarbene Gesicht des Liegenden war ungemein weit weg.

Die beiden Herren gaben sich höflich gegenseitig Feuer.

»Hm«, sagte der jüngere, »ich hatte da heute früh eine Sektion. Barbitursäure-Vergiftung. Vermutlich Luminal. Ein junger Selbstmörder. Konnte noch gar nicht soviel erlebt haben, aber schon eine perfekte Lues im Blut. Wenn's nur den jungen Leuten nicht gar so pressieren würde, ans Leben 'ranzukommen. Ist doch lang genug.«

»Jaja, der Lebenshunger halt«, sagte Doktor Schaufel etwas abwesend und zog mit pressenden Lippen an der ›North State‹.

Hinter dem Sarg des Selbstmörders Leonhard Knie gingen sechs Leute her. Vier Friedhofsdiener, von denen zwei den Wagen schoben, auf welchem die schwarzgebeizte Holztruhe lag, die Großmutter und ein fremder Mann in einem Regenmantel. Die Friedhofsdiener gingen sehr schnell, weil ein dünner grauer Regen fiel. Sicher wären schon noch mehr Leute bei der Beerdigung des Leonhard Knie dabei gewesen, aber die Großmutter hatte niemandem gesagt, wann die Leiche vom Gerichtlich-Medizinischen Institut zur Bestattung freigegeben wurde.

Unter den amtlichen Nachrichten stand es auch erst einen Tag später.

Mit tränenlosen Augen stand die alte Frau an der Grube, als die Bestattungsgehilfen die nasse Erde, die an den Schaufeln klebenblieb, klumpenweise und schnell hinabwarfen.

Der Mann im Gummimantel war der Onkel Konrad. Spät am Nachmittag hielt ein Auto vor dem Friedhof, und ein Mädchen mit einem Schirm ging rasch durch die Gräberreihen. Ein Holzkreuz steckte in dem schlampigen Erdhaufen. Das Mädchen hing etwas über dieses Kreuz und lief schnell wieder weg. Etwas später kam der Friedhofswärter vorbei und steckte das schwarze Band mit dem kleinen Goldherzchen in die Tasche.

»Sonst nimmt's nur der Gärtner«, murmelte er.

In der Wohnung der fast blinden Frau Knie packte Onkel Konrad Leos Hinterlassenschaft in eine alte Schachtel. Die Spielsachen aus der Küchenschublade, Laubsägemännlein, eine Steinschleuder, Fußballbilder und eine doppelte Schnur mit einem zahngelben Mantelknopf warf er in den Aschenkübel. Dann blätterte er in einem blauen Heft und las: *22. Oktober, 30 Pfennig; 10. Oktober, 10 Pfennig* und die Gesamtsumme *Dreiundfünfzig Mark vierzig.* Er schüttelte den Kopf und zerriß das Heft.

Das alte Haus in der Mondstraße stand da wie immer. Lautlos rieselte der Steinsand aus den unzähligen Runzeln und Falten des Verputzes. Bei jedem Gast, der ein oder aus ging, seufzte die Haustür, wie es ganz abgeklärte Leute tun, wenn sie in der Sonne sitzen und sagen:

»Hmm, jaja.«

Die staubige Straße vor dem Haus hatte längst eine glatte Asphalthaut bekommen. Sie war in einer Richtung gesperrt und auf einem Blechpfeil, der rot eingesäumt war, stand *Einbahnstraße.* Weiter vorn beim Hillerhausblock hielt sogar ein Omnibus. Die vier Ulmen lehnten sich mit ihren höchsten Ästen jetzt an die obersten Balkone des Hauses, als wären sie müde geworden und wollten sich ein wenig aufstützen. Aber es war trotzdem noch nicht sicher, ob die Äste getragen hätten, wenn ein Bub vom Dritten-Stock-Balkon aus hinübergesprungen wäre in die Baumwipfel. Nein, das war immer noch ein Problem. Zwischen den Ulmen hatte die Hausverwaltung die Mulde, wo sich sonst die große Regenlache sammelte, pflastern lassen. Das Wasser lief jetzt direkt in den dunklen, gurgelnden Gully.

Der Hausgang und das Treppenhaus waren geweißelt worden. Der neue Prokurist von der Versicherungs-Gesellschaft, der den pensionierten Herrn Amend würdig ersetzte, hatte es gleich nach seiner Amtsübernahme angeordnet. Alles in Ockerfarbe. Ein ungemein tüchtiger Vertreter, dessen Name leider in Vergessenheit geriet, hatte dem neuen Prokuristen einen Riesenposten Ockerfarbe angedreht.

Nun sahen alle Versicherungshäuser aus, als hätten sie eben mit Mühe die Gelbsucht überstanden. Überhaupt wirkten sie ziemlich schäbig und rückständig zwischen den herrischen neuen Wohnblocks, die auf der ehemaligen Bauwiese entstanden waren und Müllschächte hatten und beleuchtete Nummernschilder.

Und genauso schäbig und ein wenig lächerlich wirkten auch die Bewohner der Versicherungshäuser. Die alten Bewohner natürlich, die von den neu eingezogenen Parteien – welche nur widerwillig und vorübergehend in diese Häuser zogen – kaum gegrüßt wurden. Wie frostige Keile hatten sich diese neuen Mietsparteien, meistens jüngere Ehepaare mit nichtssagenden Fischgesichtern, zwischen die große warme Wohngemeinschaft des Hauses Nr. 46 gezwängt. Sie hatten auch eine Menge neuer Bräuche mitgebracht, verboten es ihren aufgeklärten Kindern, mit den Bälgern der alten Parteien zu spielen, erwirkten beim Bezirksinspektor, daß keine Hasenställe mehr auf den Balkonen aufgestellt werden durften und ließen sich auch nicht auf die Etagenbadtafel der Hausmeisterin Herrlich schreiben.

Die Stiegenhauswände waren zwar schon wieder verschmiert. Doch zum größten Teil mit politischen Zeichen oder Galgen, an denen Parteiembleme baumelten. Dies hatten die Kinder der Neuen getan.

Ganz selten sah man in dem alten Hof noch ein Kind spielen. Der freie Platz war ziemlich klein geworden, weil jetzt sechs Motorradboxen im Hof standen. Verstummt war längst das Ringelreihenlied der Kleinen mit den bunten Propellerschleifen im Haar. Statt der scheppernden Radfelgen rollten manchmal lautlose, gummibereifte Patentroller über das Pflaster, von sachlichen Buben verkehrskundig und mit großer Geschwindigkeit angetrieben.

Der hinkende Laternenanzünder, der mit seinem Stangl den blassen Gassenmond an die vertraute Laterne gehängt hatte, war gestorben. Man hatte keinen neuen mehr eingestellt, und die Gaslaternen bekamen für eine kurze Zeit Automaten, bis sie auf elektrisches Licht umgestellt wurden.

Die alte Zeit war vorbei. Niemand hatte sie gehen sehen, aber eines Tages war sie einfach nimmer da. Entschwunden.

Fräulein Sidonie Innig sang nicht mehr. Mit zweiundachtzig Jahren singt man nicht mehr viel. Ihr Gesicht war ganz winzig geworden, wie eine verschrumpelte Faust so klein. Sie war auch recht arm jetzt. Denn eines Tages war ein Mann gekommen, der hatte gesagt, sie müßte sich ihre Geschäftsanteile an der Papiergroßhandlung gleich auf einmal auszahlen lassen und einer Bank zum Aufheben geben. Da würde sie einen Zins dafür kriegen, das wäre doch gut und fein. Es war aber nicht gut und fein, weil der Staat etwas anderes vorhatte mit dem Geld der Sidonie.

Aber was versteht denn so ein altes Weib, wozu der Staat ihr Geld braucht. Alte Leute verstehen das sowieso nie, darum nimmt ihnen der Staat immer zuallererst das Geld.

Aber einen Teil des Geldes gab dem Fräulein Sidonie Innig der Staat schon wieder zurück. O doch. Über das Wohlfahrtsamt. Da konnte sich das alte Fräulein jetzt jeden Monat ihr Geld abholen.

Damals, als das passierte, hatte die Sidonie das Singen ziemlich eingestellt.

Einmal war dann noch ein anderer Mann gekommen, der Hausrat kaufte, auch alte Bücher, Zeitschriften, Kleider und sogar Schallplatten. Dem hatte die Sidonie ihre ganze Schlagersammlung gegeben. Sie war damals lange vor dem Karton mit diesen Platten gestanden und hatte nachgedacht, woher die überhaupt kamen und warum sie die besaß. Es war ihr einfach nicht mehr eingefallen. Etwas über fünf Mark bekam sie für ihre ganzen Jugenderinnerungen.

War das Wetter schön, setzte sich die Sidonie jetzt immer auf die Spitalbank unter die Kastanien.

Das war sehr unterhaltsam, weil dort allerhand gesprochen wurde, wovon sich die Vorübergehenden nichts träumen ließen. Zum Beispiel vom Rentner Spieß und seinem Harnleiden, das er mit Hagebutten kuriert hatte, oder von der älteren Tochter der Walli Singerl, die in Amerika schwer reich sein sollte.

Gegen Abend wurde es dann meistens ganz still auf der Bank, und die alten Leute beugten sich beim Sitzen vornüber. Der Erde zu.

Manchmal ging die alte Sidonie mit der Witwe Limmer auf den Friedhof. Dort richteten sie irgendwelche Gräber. Mit einem kleinen eisernen Rechen scharrte die Sidonie das alte Laub von den Hügeln. Den Grabsteinen nickten sie zu wie guten Bekannten.

»So hat's kommen müssen«, sagten die alten Mondstraßler. »Wann mich nix freut, des g'freut mich, daß der großkopfige Dimmer Pleite gemacht hat.«

Ja, das stimmte. Der kanisterköpfige Holzhändler hatte alles auf eine Karte gesetzt und alles verloren. Auch sein Auto hatte er verloren, von seinem Ansehen ganz zu schweigen. Das war ein arger Schlag gewesen für die Dimmerschen. Sogar der Rotfuchs mußte aus dem Haus. Sie hatten ihn ausgeschrieben in der Zeitung, und der pensionierte Rupp hatte natürlich das Inserat entdeckt. Wer eigentlich schuld war an der Pleite vom Dimmer, wußte niemand genau. Irgendein Großer hatte eben einen kolossalen Preisrutsch angezettelt, und der kleine Dimmer war mitgerutscht. Seither arbeitete er in der bedeutendsten Stangenholzgroßhandlung der Stadt als Lagerist. Brachte man das Gespräch auf sein geschäftliches Unglück, dann wackelte er mit seinem dicken Kahlkopf und sagte:

»Jaja, das Rundholz ist ein heißes Eisen.«

Mit der Zeit erholten sich die Dimmers von ihrem Schock und wurden sogar recht umgänglich. Sie nahmen stets Anteil am Geschick des Hauses und seiner Inwohner. Die Eugenie hatte in ihrer molligsten Blütezeit einen Kassier von der Krankenkasse erwischt und ihm schnell und mühelos zwei Kinder geschenkt. Nun hausten sie zu sechst in der kleinen Wohnung. Sie hatten in ihr ureigenstes Milieu zurückgefunden, denn zum Reichsein waren sie nicht geboren, und ihr Dreiviertelreichtum war ungesund gewesen. Der mit den Jahren weise gewordene Rupp kommentierte das Dimmersche Drama so:

»Unser Herrgott läßt der Geiß den Schwanz nicht zu lang wachsen, damit sie sich nicht die Augen ausschlagen kann.«

Die Dimmerschen gehörten nun auch zu den pünktlichsten Etagenbadegästen. Die Frau Dimmer kochte jetzt mit fast genau demselben Fett wie die alte Kästlin. Ganz genauso aber ranzelte es nicht. Die Trambahnerin hatte zwar der Frau Dimmer ihr Rezept verraten, aber das letzte Geheimnis der Mischung doch nicht gelüftet. Sie sagte:

»Jaha, da könnt ja jeder kommen.«

Die Leute, die jetzt in der Himmelreich-Mansarde wohnten, waren von der Sorte, die überhaupt nicht hereinpaßte. Das junge Ehepaar, das seinerzeit die Wohnung bekam und das Kind hatte, das Tag und Nacht schrie, war später nach Venezuela ausgewandert. Dort konnte das Kind sicher ungestört schreien.

Sechs verschiedene Parteien hatten seitdem in den Dachzimmern gewohnt. Lauter Kroppzeug und Krattler, erklärte die Hausmeisterin. Aber immer noch besser als diese Polakken, die jetzt gemietet hatten. Kein Mensch wußte, was die taten. Manchmal schrie er mit seiner breitgesichtigen Frau, oder was sie war, in einer fremden Sprache. Die Treppe wischte die auch nicht. Die dachte ja gar nicht daran. Ob man ihr das Schild *Stiegenwischen* an die Wohnungstür hing oder nicht. Sie wischte die Treppe einfach nicht. Das Schild hätte nach einem Monat auch noch dort gehangen.

Vor dem Polacken, er war übrigens ein Jugoslawe, hatten alle Leute Angst, weil er so wild schaute. Die Herrlichin sagte:

»Der ist ein Spion, das sagt mir meine innere Stimme, und die hat immer noch recht gehabt.«

Die Jungverdorben waren alle zwei schon tot. Kurz hintereinander hatte es sie erwischt. Sie wurden schnell vergessen. Nur zwei Löcher in der Wohnungstür, wo einst das Schild angebracht war, stammten noch von ihnen. Sonst hatten sie keine Spuren auf der Welt zurückgelassen. Wenn sie nicht gelebt hätten, wäre es genauso gewesen. Den neuen jungen Leuten, die jetzt drin wohnten, gehörte eine Dreihundertfünfziger-Maschine, die im Hof stand, in einer Boxe. Sie nahmen immer ein Kofferradio mit, wenn sie zum Baden fuhren. Man fand keinen Kontakt mit diesen jungen Menschen. Auch hatten sie keinen richtigen Beruf und hausierten mit etwas wie Gasbrennern. Sie wurden einmal sogar auf der Dult gesehen, wo sie laut schreiend Gemüseschneidmaschinen anpriesen. Nichts Solides.

Gefallen waren in einem Krieg der Panzerschütze Max Johann Rupp und der Sanitätsunteroffizier Berthold Leer.

Auf dem Felde der Ehre, hieß es.

Wie der alte Vermessungsbeamte damals den Brief von seines Sohnes Hauptmann bekommen hatte, stand er zuerst lange vor dem Bild des obersten Chefs aller Deutschen, das er als guter Beamter über der Küchenottomane aufgehängt hatte. Er stand dort, während seine stille Frau im Schlafzimmer über dem Bettplümo lag und schrie. Dann sagte der Beamte Rupp ganz leise und zischend zu dem Bild hinauf:

»Du dreckiger Hund, du Hund, du Hund, du Hund!«

Als er das Bild herabgerissen hatte, schlug er es mit dem Gesicht an die Ecke des Gasherdes, daß die Scherben des Glases spritzten, machte die Balkontür auf und warf das mißhandelte Mörderporträt weit über die Straße in die Mietsgärten hinein, wo es ein pickendes Huhn traf und somit selbst in demoliertem Zustand noch Unheil anrichtete.

»Sodala«, sagte der Herr Rupp dazu. Es war ziemlich das letztemal, daß er das sagte.

Dort aber, wo das Bild des Chefs gehangen hatte, kam jetzt eine große Fotografie vom Bubi hin, mit schwarzer Panzermütze, schräg von vorne aufgenommen, und mit einem schwarzen Florstreifen geschmückt. Im Brief des Hauptmanns war gestanden, daß der Held Max Johann Rupp durch einen Kopfschuß gefallen war. Das beruhigte die Mutter des toten Soldaten doch etwas, wenn sie den Brief immer und immer wieder las.

Ein Kompaniekamerad des Panzerschützen Rupp, der in Urlaub kam und den Nachlaß vom Bubi in einer leeren Gasmaskenbüchse überbrachte, hatte aber dem Vater nach langem Drängen genau erzählt, wie es gekommen war.

Der Bubi war nämlich verbrannt. In einem nagelneuen Panzer, dem er als Richtschütze zugeteilt worden war. Mit noch vier anderen Kameraden. Ein Soldat von der Gegenarmee hatte den neuen Panzer mit einer Nahkampfwaffe, welche die Deutschen damals noch nicht hatten und die deshalb eigentlich verboten war, in Brand gesteckt. Es war keiner herausgekommen, aus dem eisernen Sarg. Sie hätten später dann bei einem Gegenstoß das ausgebrannte Wrack gefunden und auch die Toten. Sie waren an sich unverletzt. Doch durch das Schmoren in dem glühenden Eisenwagen waren sie halt stark zusammengeschrumpft. »So klein war der Maxe«, sagte der Kamerad vom Bubi. Und er zeigte es Herrn Rupp mit der Hand vom Boden weg, wie klein sein Sohn geworden war.

Die Hand reichte nicht einmal bis zur Tischplatte.

Biwi Leer, der als Friseur natürlich zu den Sanitätern eingerückt war, freute sich sehr, als er hörte, daß er durch den Krieg in ein anderes Land kommen sollte. Das wollte er schon immer. Er kam tatsächlich nach Afrika. Dort wurde er schnell zum Unteroffizier befördert und starb dann rasch an Typhus. Ausgerechnet er als Sanitäter.

Und daheim in der Mondstraße war weder dem alten Haus etwas geschehen noch den daheimgebliebenen Leuten, die es bewohnten. Obwohl oft nächtelang die Bomben aus dem dunklen Himmel auf die Nachbarhäuser fielen, daß sie platzten wie Seifenblasen. Der Blätsch-Block blieb verschont. Später, als das Bersten und Brüllen ein Ende hatte, kamen der Hunger und die Demut über die Leute. Vielleicht, daß wegen dem Hunger manche der Alten eher starben.

Zum Beispiel die Frau Rupp und die Frau Leer, die wenige Monate nach dem Heldentod ihrer Kinder auch heimgegangen waren. Es hieß, aus Gram, aber die Ärzte stellten bei der Frau Rupp einen erheblichen Miokardschaden fest, während Frau Leer an einer Lungenentzündung verschied. Die zurückgebliebenen Männer nahmen nach einiger Zeit Haushälterinnen in ihre verwaisten Wohnungen. Ältere, gutmütige Geschöpfe, die gern murmelnd im Treppenhaus ratschten und gut in das Haus paßten. Die beiden pensionierten Beamten gingen viel spazieren. Manchmal sogar gemeinsam wie früher ihre gefallenen Söhne. Herr Leer hatte den ehemaligen Himmelreich-Garten gepachtet. Er züchtete dort auch Belgische Riesen. Herr Rupp fischte noch immer. Er besaß eine Erlaubniskarte für die Isar und mindestens zwölf verschiedene Angelruten.

Was nie jemand geglaubt hätte, war geschehen. Nazi Kästl, unversehrt aus den Kriegsjahren zurückgekehrt, hatte die kantige Brunner Hanni geheiratet. Bald bekam sie einen Buben. Es bestand berechtigte Hoffnung, daß er genauso hart werden würde wie der Vater, denn der kleine Nazi war schon einmal vom Tisch heruntergefallen und hatte nachher die zu Tode erschrockene Mutter einfach angelächelt. Auch der alte Kästl strahlte. Sein Sohn war in den Trachtenverein eingetreten und einstimmig zum Vorstand gewählt worden. So erfüllte sich der Lebenswunsch des wackeren Trambahners doch noch an seinem Buben. Wenn dann ein Trachtenfest war oder ein Umzug, gingen die Kästls zu dritt, denn auch die Hanni trug stolz die Talerketten am kräftig geschnürten Mieder, durch die Mondstraße zum Versammlungsort, und der Adlerflaum wehte auf ihren aufrechten Häuptern.

An der Tür der Witwe Stoll, die in einem Altersheim dahindämmerte, und an der ehemaligen Knie-Wohnung standen neue Namen. *Igmar Rebelsam*, ein seltsamer Name, prangte unter dem Messingspion der Stolltür. Dies war die dritte Partei, die gar nicht in das Haus paßte. Bei jedem Dreck lief dieser neue Mieter, der Steuerberater war, in die Hausverwaltung. Zweimal hatte er auch schon Anzeige bei der Polizei erstattet. Einmal als das Treppenlicht nicht gebrannt hatte, weil halt eine Birne hin war. Das gibt's doch. Aber der Herr Rebelsam war angeblich deshalb mit dem Fuß übergeschnakkelt, und dafür wollte er wohl Geld haben von der Versicherung. Auch das zweitemal war es eine Haftpflicht-Angelegenheit, die den Steuerberater veranlaßte, zur Behörde zu laufen. Es war nicht aufgestreut gewesen vor dem Haus, hatte er behauptet; dabei konnte die Hausmeisterin nachweisen, daß sie ihr ganzes Aschenküberl hingeschüttet hatte auf das Glatteis. Rebelsams Frau konnte niemandem in die Augen schauen. Sie stammte aus Ostpreußen, und der Rupp nannte sie einen ›Masurentempel‹. Die Rebelsams ließen sich nie in Diskussionen ein, und die schimmelgraue Hausmeisterin seufzte:

»Dies ist der letzte Nagel zu meinem Sarg.«

Die Leiche der blinden Großmutter Knie fand man erst am dritten Tage. Der Gasableser bestand darauf, daß man die Wohnungstür der Frau Knie nun mit Gewalt öffnete, weil er bereits das siebentemal gekommen war und niemand aufgemacht hatte. Die alte Frau war sechsundachtzig Jahre geworden. Sie lag im Bett und war wohl einfach eingeschlafen.

Als man sie eingrub, dachten einige von den alten Hausinwohnern auch an den Enkel der Großmutter Knie, der sich vor mehr als zwanzig Jahren umgebracht hatte.

»Dem ist allerhand erspart geblieben«, sagte der Herr Rupp, der auch mit der Leiche ging, und der Pensionist Leer meinte sogar:

»Das war der Schlaueste von allen.«

Ein Verwandter der Frau Knie, es mochte wohl der Onkel Konrad gewesen sein, kam in die leere Wohnung. Er weißelte alles selbst aus, brachte aber nur wenige Möbel mit, als er einzog, und eine Frau, die immer zu husten anfing, wenn jemand sie grüßte. »Sie geht zur Not«, sagten die Leute im Haus, wenn man von ihr sprach.

Bei Kugler, Stumm und Zierfuß gab es nichts Neues. Als wären die Jahre gar nicht gewesen. Gertrud Zierfuß war noch immer feucht an den Händen und tippte in einem Büro auf der Schreibmaschine. Sonst gab es wirklich nichts.

»Der Herr hat's gegeben, der Herr hat's genommen, der Name des Herrn sei gelobt«, hatte der Rosenkranzvertreter Sigmund Löwenstein seinerzeit gesagt, als ihm die Frau durch eine Rippenfellentzündung weggerissen wurde.

Monatelang saß er nachher allein auf dem Kanapee und dachte darüber nach, warum einem etwas keinen Spaß mehr machte, wenn man es tun darf, ohne jemand zu ärgern. Er hätte doch jetzt unentwegt auf dem Sofa wippen können. Und niemand hätte ihn zwingen können, die dreckigen Stiefel auf dem unverwüstlichen Fußabstreifer, auf dem immer noch ganz schwach *Salve* zu lesen war, abzuputzen. Aber Herr Löwenstein tat es unaufgefordert. Er begann langsam einzusehen, daß auch die häusliche Reinlichkeit Inhalt eines Menschenlebens sein kann und daß man den Lebensinhalt eines anderen Menschen immer achten soll.

Seit fünf Jahren hatte Herr Löwenstein einen Gehilfen für das Rosenkranzgeschäft eingestellt. Auch der Gehilfe trug ein dunkles Gewand und hatte ein unreines altes Bubengesicht, was ihm das Aussehen eines moralischen Menschen gab sowie die Aussicht, einmal Löwensteins Geschäft zu erben.

Da ein Krieg gewesen war, hatten sich viele Menschen wieder auf den Herrgott und das jenseitige Leben besonnen, und die Umsätze der Firma Löwenstein waren groß. Der Gehilfe wohnte auch bei seinem Prinzipal. Abends spielten sie oft Karten. Sechsundsechzig.

Längst war das Licht im Schlafzimmer der Kampfs erloschen. Für immer. Ihre Ehe war nichts mehr. Sie lebten halt nebeneinander. Aus Gewohnheit und Trägheit. Manchmal putzte auch sie jetzt die Stiefel. Nicht alle Tage allerdings. Meistens waren die Schuhe des Herrn Kampf grindig. Frau Kampf hatte mindestens um sechzig Pfund zugenommen. Warum aß sie auch so viel Kuchen und Keks und Schokolade. Die Kinder sagten es, wenn sie der Frau Kampf was holten. Dann gab sie ihnen ein Stück Schokolade ab, manchmal gleich eine halbe Tafel. Die andere Hälfte aß sie sofort selber.

Auch die Vivianis lebten noch zusammen und waren sehr glücklich. »So dumm wie die möchte ich auch einmal sein«, sagten fast alle, wenn die Rede auf die Frau des Scherenschleifers kam. Aber die war gar nicht so dumm, weil sie durch ihr Schweigen und ihre Unterwürfigkeit mindestens ihren Frieden hatte. Oder ist denn der dumm, der es fertigbringt, in Frieden zu leben? Der Scherenschleifer soff noch immer, aber er vertrug jetzt nimmer so viel. Vielleicht vier, fünf Obstler. Die Zeiten ändern sich halt. Lucia, das rundliche Töchterlein der Vivianis, war Verkäuferin in einem Käsegeschäft geworden. Eine allererste Kraft, hieß es.

Die böse Verbitterung der Frau Herrlich hatte sich auch in ihren alten Tagen nicht gelöst. Warum auch? Die Sorgen um die Mieterbagage waren fast dieselben geblieben. Ein schnell fahrendes Auto aber hatte ihrem Mann den fleißigen Hausmeisterbesen aus den Händen geschlagen. Buchstäblich.

Er hatte am Samstagnachmittag gekehrt und mit dem Eisenschäuferl am Ende des Besenstiels das Gras vom Radlerweg aufgestoßen. Da kam ein Lastwagen in brausender Fahrt, erfaßte das andere Besenende, brach den Stiel ab und trieb dem verblüfften Herrn Herrlich das gesplitterte Besenende in den Unterleib.

Wenigstens hatte es die Unfallkommission so rekonstruiert. Herr Herrlich lebte noch sechs Monate nach der Operation, dann starb er. Seine Frau stritt wie eine Furie um die Rente, doch dann ließ sie sich abfinden. Dummerweise. Denn die auf der Sparkasse mündelsicher deponierte Abfindungssumme wurde ebenfalls vom Strudel des Staatskonkurses erfaßt und verschlungen. Und so trugen das Unglück des Hausmeisters

Herrlich und sein langes, mit größter Geduld ertragenes Leiden nicht die kleinsten Zinsen.

Was den Herrn Verwalter Stein betraf, so dachte der noch nicht im entferntesten daran, in den Ruhestand zu treten. Nur Radfahren tat er nimmer. Er ging jetzt. Die Emmi hatte es planmäßig zur Lehrerin gebracht und stand kurz vor der Vermählung mit einem fünfzehn Jahre älteren Referendar. Der Verwalter-Karli, klug wie er schon immer war, hatte die gehobene Beamtenlaufbahn gewählt. Seiner Karriere standen Tür und Tor offen. Das Leben des alten Ehepaars Stein, der ›Frau‹, wie er sie noch immer streng nannte und des ›Engelbrecht‹, war abgelebt. Obwohl zwei gebildete Leute angeblich mehr vom Leben haben als einfache, ist auch bei ihnen einmal alles gesagt. Und dann werden sie ganz ruhig und schauen knapp aneinander vorbei, wenn sie abends am Tisch sitzen. Das taten auch die Verwalterseheleute Stein. So lange halt, bis es Amen hieß.

Da atmen die Menschen so sorglos, als ob es immer so sein müßte, und meinen vielleicht manchmal, wenn sie über sich und über ihr Leben nachdenken, das ihre würde ein geschlossener Kreis sein und jetzt könnten sie ja doch auf keinen Fall sterben, da sie gerade vor der Beförderung stehen oder das Einfamilienhaus noch nicht fertig ist. Wo bliebe denn da der Sinn des Lebens.

Und sie rufen sich gegenseitig zu »Prost Kameraden, die Nacht wird kühl« und »Sollst leben, alter Bock«, und sie singen »Wo deutsche Eichen stehn, senkt mich hinab«. Aber niemand meint das natürlich so ernst. Geh, das Schicksal wird doch noch einen Spaß verstehen!

Da gehen sie also dahin auf ihrem Lebenspfad und ärgern sich halb zu Tode, weil die Hose, die sie vor drei Wochen gekauft haben, jetzt um vier zwanzig billiger geworden ist. Oder sie schauen zu den Sternen empor und jubilieren in den blauen Himmel hinein wie der Hans Guckindieluft und sehen Gott sei Dank das dunkle Loch nicht, das sich vor ihren Füßen öffnet, in den Maßen zwei Meter zwanzig mal ein Meter achtzig.

Hoppla, ist schon verschwunden.

Bald wächst Gras über den Herrn Schindler.

Die Marilli Kosemund hatte ihr Leben viel zu schnell gelebt. Zu gierig war sie halt gewesen, zu hungrig. Obwohl Hunger eine ganz gesunde menschliche Eigenschaft ist. Aber Eigenschaften wie Gier, Verlangen oder Wut darf man natürlich nicht unverdünnt anwenden. Ein paar Tropfen davon.

Alles mit Maß und Ziel, sagen die Menschen in solchen Fällen. Die Substanz, die solche Gefühlskonzentrate verdünnt, heißt beim Menschen der Verstand. Wozu hat denn der Mensch wohl seinen Verstand ...

Und was verdünnt und verwässert ist, reicht auch länger.

Hätte die Marilli Kosemund bloß einmal an die Schlußansprache des Herrn Lehrer Gerber gedacht:

»Teilt euch eure Freuden weise ein!«

Aber sie war halt mit vierzehn Jahren schon ein Flitscherl, und an was denkt denn so ein frühreifes Kind schon bei einer Schulschlußfeier. Wahrscheinlich an das Leben, das draußen vor der Tür wartet, und an schöne Kleider und vielleicht gleich gar schon an Mannsbilder. Die Wurzel alles menschlichen Unglücks ist halt das Geschlecht. Nicht bei allen vielleicht, aber bestimmt bei Menschen, wie die Marilli es war.

Nach dem Margarinegroßhändlerssohn Rolf hatte ein Autoverkäufer das Kosemund-Mädchen geliebt. Er war ein schüchterner, wohlerzogener Junge gewesen, der von seiner Firma immer große neue Wagen zu Vorführungsfahrten bekam. Mit denen fuhr er dann die Marilli vor. Vor das Haus an der Mondstraße.

Aber einmal waren die zögernden Käufer des jungen Herrenfahrers der Firma halt doch zuviel geworden, und sie hatte dem wohlerzogenen Mann einen Kollegen nachgeschickt, der ihn beobachten sollte. Und der sah den Blonden vor dem Haus der Marilli, in dem unmöglich ein Interessent wohnen konnte, lässig im offenen neuen Kabriolett sitzen, und als die zwei ausgestiegen waren und sich verabschiedeten, gab der junge, wohlerzogene Mann dem Vorderrad des Vorführungswagens einen verächtlichen Fußtritt, wie es die jungen Autofahrer tun, wenn sie nachprüfen wollen, ob noch Luft in den Reifen ist.

Das meldete der Beobachter der Firma, und das reichte. Man schmiß den Blonden noch am selben Tag hinaus, und auch die Marilli kündigte ihm auf. Denn was tut so ein hübsches Kind mit einem Kavalier ohne Auto, bitte schön?

Daß viele Männer nach ihren Röcken trachteten, war der Marilli klar. Auch wenn sie von ihrem Haarschnitt schwärmten, ihren Hals lobten und ihr tief und lächerlich in die Augen schauten. Jeder der Herren hatte so seine eigene Masche.

Die einen, die es mit der Angabe, wie man das nannte, versuchten, lernte sie rasch durchschauen. Weil Frauen viel nüchterner und spitzfindiger sind, viel wacher als Männer, noch dazu, wenn sie verliebt sind, merken sie den kleinsten Widerspruch sofort. Dann wartete die Marilli, bis eine Handvoll solcher Widersprüche beisammen war, und dann deckte sie auf.

Es war köstlich, was die Freier dann für dumme Gesichter machten und wie sie zu stottern begannen und sagten, sie wüßten selbst nicht mehr, so verliebt seien sie halt gewesen.

Manchmal sagte dann die Marilli, selbst nach der Demaskierung solcher Angeber, nicht nein. Vielleicht, weil ihr einer leid tat oder weil sie ihn noch nicht verlieren wollte oder weil sie neugierig war. Mein Gott, das wissen doch die Frauen, so vernünftig und nüchtern sie sonst auch sein mögen, selber nicht, aus welchen Motiven sie das tun.

Sie tat es eben, weil sie eine Frau war, und gerade meistens dann, wenn es besonders unlogisch schien.

Dann hatte die Marilli auch die Systematiker kennengelernt, die Strategen und Mathematiker der Liebe. Die wußten alles haargenau so zu arrangieren, daß sich so ein Liebesverhältnis ganz unauffällig und organisch und wie von selber entwickelte. Kennenlernen, erstes Rendezvous, erster Kuß und zufälliger Besuch im Zimmer mit Einheitsdialog:

»Es regnet vielleicht doch, ich hol bloß schnell meinen Mantel.« »Kommen Sie doch rasch mit 'rauf.« »Aber ich geb Ihnen mein Ehrenwort, daß nichts passiert, was Sie nicht selber wollen.«

»Schau ich aus wie ein Räuber?« »Hast nix vergessen, Herzi?« »Geh leise, meine Hausfrau horcht immer.« »Sag, war's nicht schön?« »Lauf ein bisserl, da kommt schon deine Trambahn!«

Und dann waren da die ganz Weichen. Sie schrieben Briefe, weinten, drohten mit Umbringen und schleppten sie mit zu ihren Müttern, die sie so verzogen hatten, die lieben Bübchen.

Aber auch die legten ihr zur rechten Zeit die Hand aufs Knie. Schau, schau. Und gerade die Stillen wußten meist nicht schlecht Bescheid. So sehr viel anders als die lauten Angeber und die planmäßigen Strategen waren sie im Grunde auch nicht.

Dann waren da die besonders Plumpen und die Dicksten, die es am liebsten mit Bargeld schaffen wollten, und dann die schrecklich Beharrlichen und schließlich die Dulder. Und die mit den kleinen Diensten, die alles gleich erledigten und zu jeder Tag- und Nachtstunde so hilfsbereit waren und nur Freunde sein wollten. Eine Zeitlang.

Mit manchen Außenseitern war die Marilli gegangen, die gar keine Chance zu haben schienen, und mit solchen, die der Papierform nach wie die sicheren Sieger aussahen, war sie nicht gegangen.

Und die Bars hatte sie kennengelernt und amerikanische Zigaretten geraucht und Papyros und Kippen. Kippen sogar sehr oft. Und Prärie-Austern hatte sie geschlürft und durch den Strohhalm in Sektgläser geblasen und Bier aus großen Humpen getrunken. In den Vorstadtwirtschaften mit drei, vier Akkordarbeitern, die ihretwegen nachher gerauft hatten und genäht werden mußten. Und in Frühlokalen hatte sie herumgesessen, wo ihr die Besoffenen an die Bluse griffen, und in Villen hatte sie geschlafen mit Schwimmbassin hinter dem Haus.

Sie hatte alles zu oft getan, die Marilli, zu oft und zu stark. Es war deshalb schließlich nichts mehr drin in ihrem Leben. Und gar nichts mehr dran an ihr. Dabei war die Marilli doch erst siebenunddreißig.

Einen Männertyp hatte die Marilli immer gewollt und gesucht. Das waren die Brutalen, die Kalten, die sogenannten

Herzlosen. Nach dem blassen Autojüngling war ein solcher gekommen. Es war eigentlich kein Besonderer. Äußerlich. Aber was er tat und redete war ganz. Es war rund, selbstverständlich und nahtlos. Er war halt wer.

Bei dem war die Marilli gern ganz klein und hilflos und das Fräulein Garniemand gewesen.

Aber dann hatte sie der Hafer gestochen. Und als er wieder einmal zu spät gekommen war, mit dem Fahrrad, denn er hatte kein Auto, hatte sie ihm probeweise gesagt:

»Kannst gleich wieder gehen, geh nur, bist schon verschenkt.«

Da hatte er gesagt:

»Wie sprichst du denn mit mir, du bist wohl vollkommen verrückt?«

So ähnlich hatte er geredet. Und sie hatte ihn noch einmal herausgefordert.

»So, darf man mit dir nicht so reden? Ich red aber so mit dir.«

»Dann kann ich ja gehen«, hatte er erwidert.

»Sicher kannst du das«, sagte sie darauf, obwohl sie das gar nicht wollte.

Da ging er fort, und sie konnte es nicht glauben. Als sie es aber langsam glauben mußte, war die Marilli zum erstenmal fast verzweifelt gewesen. Herrgott, noch heute dachte sie an den mit dem Fahrrad. Der war's gewesen.

Der zweite brutale und sogenannte herzlose Mann, den sie erwischt hatte, war ein Blender. Der gehörte ihr heute noch. Seit sieben Jahren. Droben auf dem Sofa in der Kosemundküche lag er.

Das war so gekommen:

Er hieß Schorsch und hatte den Versicherungsinspektor, mit dem sie damals ging, bei einem Sommerfest im Isartal einfach verprügelt.

Dann hatte er sie mitgenommen, in einem alten Opel-Wagen, in dem es stark nach verbranntem Öl roch. Die Marilli konnte sich haargenau an alles erinnern. Der Schorsch fragte gar nicht lang, ob sie wollte oder nicht. Er fuhr einfach zu sich nach Hause, und sie blieb bei ihm. Bereits nach wenigen

Tagen hatte er sie auch verprügelt. Zuerst hatte es nur Ohrfeigen gegeben, aber nicht zu knapp. Weil sie ›Idiot‹ zu ihm gesagt hatte. Später gab es mehr.

Nach den ersten Prügeln wollte sie ihm eigentlich davonlaufen, aber er sagte, er würde sie schon finden – und dann gäb's erst richtige. Also blieb sie bei ihm. Halb aus Angst und halb aus einem ganz anderen Gefühl, das angenehm in ihr kribbelte.

Aber nach zwei Monaten, als sie ihm wirklich einmal davonlief, fiel der Schorsch auseinander.

Er gab ihr nicht einmal Ohrfeigen, sondern fing an, zu weinen und zu betteln, sie solle bei ihm bleiben.

Seitdem hatte sie ihn an der Kandare. Und fuhr mit ihm Schlitten, wenn sie wollte. Die ganze Brutalität vom Schorsch war nur gespielt gewesen. Sie war auf einen Blender hereingefallen. Damals war sie dreißig. Später hatte sie der Schorsch dann hin und wieder doch noch geschlagen. Aber jetzt gefiel ihr das nicht mehr so wie früher. Manchmal hatte sie sogar zurückgeschlagen, um ihn zu reizen; doch so richtig in Fahrt kam er nur noch selten. Aber sie blieben beisammen. Sie zogen sogar zusammen. In die Wohnung der Matschi zog der Schorsch mit ein, als Zimmerherr.

Er hatte noch nie viel arbeiten mögen, der Schorsch. Seit einem Jahr verkauft er abends in den Wirtschaften Freiburger Dauerbrezeln. Aus einem Korb. Tagsüber lag er auf einem Kosemund-Kanapee in der Küche und schlief oder las. Es war noch dasselbe Kanapee, auf dem die Marilli schon mit ihrer Puppe Fanny als Kind geschlafen hatte. Die Matschi Kosemund, Marillis vom Leben enttäuschte Mutter, duldete alles still und verhärmt. Wenn die beiden rauften und schrien, sperrte sie sich in die Toilette ein. Das war noch immer ihr Zufluchtsort.

Von ihrem ehemaligen Mann, dem Revolverdreher Karl, bekam sie längst keine Unterhaltsbeihilfe mehr. Der hatte wieder geheiratet und verdiente jetzt nur mehr das Existenzminimum. Das war nicht pfändbar. Deshalb mußte die Matschi in ihren alten Tagen noch einmal arbeiten gehen. Die Frau Kästl, die drei Jahrzehnte lang halbtags in der Großmarkthalle ausgeholfen hatte, brachte die Frau Kosemund, als sie selbst mit fünfundsechzig Jahren aufhörte, in der Halle unter.

Die Matschi war dort fleißig, zäh und stumm.

Ein stiller Septembertag ging durch die Mondstraße. Die Sonne war müde und schien durch viele Schleier. Altweiberfäden kitzelten die Spitaler auf der blaßgrünen Bank. Eine junge dicke Frau schob einen Kinderwagen. An der Bank hielt sie. Auch Fräulein Sidonie Innig saß dort. Sie beugte ihren kleinen Kopf mit dem dünnen Truthahnhals über das Wägelchen und sang kichernd in die weiße Spitzenpracht hinein:

»Schniebel, Schnabel, Schnebel, kommt der Herbst mit Nebel.« Dann wußte sie nicht mehr weiter und lachte winzig und lautlos.

Auf dem nahen Kinderspielplatz schaufelte ein Mädchen ihrem Brüderlein eifrig feinen Sand auf den Scheitel. Der Bub hielt ganz still. Als genug Sand auf seinem Kopf war, führte ihn das Mädchen an den Brunnen, aus dem ein stiller Silberstrahl lief. Ein vernickelter Trinkbecher hing dort an einer Messingkette.

Das kleine Mädchen füllte ihn, stellte das Brüderchen nah an den Brunnen und schüttete den vollen Becher auf das sandige Haupt. Sofort schrie der Bub wie ein junges Schweinchen, das geschlachtet werden soll.

»Laß jetzt den Micherl endlich in Ruh«, rief eine Frau, die unter einem Baum saß und strickte. Sie hob sich mühsam empor, kam dahergewatschelt und schlug das Mädchen auf die Finger. Nun weinten die Kinder alle beide.

Da ging der Soldat einer fremden Armee vorbei. Er blieb einen Augenblick stehen und gab dem schreienden Buben eine Zuckerwaffel in glänzendem Goldpapier. Dann ging er weiter, schaute noch einmal um und lachte breit mit großen gelben Pferdezähnen. Der Bub war still, und das Mädchen nahm ihm die Hälfte der Waffel ab, ohne daß er protestierte.

Vor dem Haus Nummer 46 kehrte eine alte Frau die geröteten Blätter der Ulmen zusammen. Ihre Haut war an den Ellenbogen viel zu weit. Ein zehnjähriges Bürscherl trug eine

Gießkanne hinter ihr her und spritzte lauter große Achter auf das Pflaster. Und ein paar Fragezeichen.

»Hören Sie zu, Herr Schlagintweit«, sagte der Verwalter Stein zum Lastwagenchauffeur, der ihm unterstand:

»Sie fahren heute von unserem Bauhof die vier Ster Buchenscheite neben dem Geräteschuppen zu mir heim.«

Der Chauffeur Schlagintweit hörte.

»Nehmens den Maiereder noch mit, zu zweit geht's schneller. Und noch was, fahren Sie erst, wenn's ein wenig dunkler ist. Die Leute im Haus müssen nicht alles sehen. Und noch was: Der linke Schacht neben dem Hauseingang geht in meinen Keller, der linke. Da hebens das Gitter 'raus und werfen die Scheite einfach 'runter. Und dann schauts, daß ihr wieder weiterkommt.«

Nicht, daß der Hausverwalter Stein etwas Unreelles dabei empfunden hätte, weil er sich die vier Ster Buchenscheite für seine eigene Tüchtigkeit zuteilte. Jeder Hausverwalter belohnt sich selber ein bißchen für seinen Fleiß und seine Mühe. Hin und wieder. Aber die Leute mußten ja nicht unbedingt alles sehen.

Und der Chauffeur Schlagintweit fuhr bei Einbruch der Dunkelheit ab. Der Beifahrer Maiereder saß neben ihm und schimpfte:

»Überstunden darfst auch noch machen für den alten Deppen.«

Fahrer Schlagintweit jedoch sagte:

»Sei stad, des habn mir gleich.«

Sie hielten mit ihrem Wagen zwischen der zweiten und dritten Ulme und ließen die hintere Bordwand herab. Gleich fiel ein Scheit zu Boden, und der Maiereder hob es auf und schimpfte schon wieder, weil die Scheiter so schwer waren. Das machte die Nässe, denn es hatte tagelang geregnet.

Dann hob der Fahrer Schlagintweit das Kellergitter aus dem Falz, aber das falsche, das rechte.

Herr Schlagintweit hatte eben doch nicht genau hingehört. Weil's eben auch nur ein Auftrag außer der Reihe war. Einer nach Dienst, für den's keinen Pfennig Lohn oder Trinkgeld gab.

Der rechte Lichtschacht aber mündete in den Kosemund-Keller. Das war der, in den der siebenjährigen Marilli damals das Milchgeld hinabgefallen war.

Die Marilli stellte gerade die Milch zum Abkochen auf den Herd. Auf dem Kanapee lag der Schorsch.

Er sagte: »Wie wär's denn mit dem Einheizen?«

»Wenn noch Kohlen da sind, dann schon«, sagte die Marilli.

»Wieso, frißt du denn die Briketts?«

»Von den zwei Zentnern, die du gekauft hast, könntest kaum fett werden«, erwiderte die Marilli. Aber sie nahm den Kerzenleuchter und den Kohlenkübel und ging. Im Stiegenhaus grüßte sie die Frau Kampf, die beim ersten Treppenabsatz ausschnaufte, denn sie war viel zu dick.

Als die Marilli die Tür zu ihrem Keller aufsperrte, löschte ihr ein Luftzug die Kerze aus.

»So was Blödes«, sagte die Marilli, denn die Zündholzschachtel war auch leer.

Da ging sie vor zum Lichtschacht, durch den die Dämmerung wie ein grauer Sack auf den Kellerboden hing. Sie bückte sich, und die rote Mähne fiel ihr über die Schulter. Mit der linken Hand griff sie über den Nacken in die Flut und schwang sie zurück. Der Hals wurde ganz frei.

Draußen warf jetzt der Beifahrer Maiereder das erste Klafterscheit. Es traf die Marilli Kosemund genau hinter dem Ohr, wo die Hauptschlagader verläuft. Das rote Blut, das herausstieß, schlug sich mit dem Rot der Haare.

Die Marilli starb ohne einen Laut. Nach wenigen Minuten lagen vier Ster Buchenscheite auf ihr.

Oben im zweiten Stock lief die Milch über.

»Märry, he, Märry«, schrie der Mann auf der Ottomane. Aber er rührte sich nicht.

Er nannte die Marilli schon eine ganze Zeit Märry.

Weitere Bände in der
Süddeutsche Zeitung Bibliothek

ISBN 978-3-86615-628-9
752 Seiten

ISBN 978-3-86615-644-9
192 Seiten

ISBN 978-3-86615-629-6
160 Seiten

ISBN 978-3-86615-631-9
480 Seiten